「ふーむ……。随分と派手に落ちたが、
本当に大事はないのじゃろうか？」
ミラ
「おお、心配かけてすまない。
だがこの通り何の問題もない！」
ウォルフ所長
「安静にしていてください」
ユリウス
GC NOVELS
She professed herself pupil of the wise man.
story by hirotsugu ryusen, illustration by fuzichoco

賢者の弟子を名乗る賢者 13

りゅうせんひろつぐ／著
藤ちょこ／イラスト

「あーっと、これはわしの知り合いが作ってくれたものなのじゃよ」

姦しいながらも可愛らしい少女三人に群がられる。状態はどうあれ悪い気はしなかったミラは、されるがまま彼女達の声に答えた。

「凄い、手作りなんだ！」

「気合入っていますね！」

「いいなぁ」

賢者の弟子を名乗る賢者
She professed herself pupil of the wise man.
13

〈1〉

怪盗ファジーダイス。世間一般では義賊として名高く、悪人ばかりを標的にして、孤児院に多額の寄付をしているなどと噂される大怪盗だ。

ファジーダイスならば、九賢者の一人であるアルテシアが運営している孤児院について、何か知っているかもしれない。

そんな可能性を追い、やってきたのはグリムダートの隣国リンクスロットに属するハクストハウゼン。

ファジーダイスに狙われた貴族のいる街である。

その入口となる門を抜けると、広大な街並みが目の前に広がった。

まずは、大きな半円形の広場だ。ここハクストハウゼンでは、東西南北にある門を抜けると、全てこのような広場となっていた。その広さは相当なものであり、門から奥の大通りまで百メートルはあるだろう。

歴史好きの知り合い曰く、この構造は戦争に備えたものだそうだ。だが今は、平和そのものといった景色がそこにある。露店販売でよく賑(にぎ)わい、商人や冒険者、そして一般の者達が入り交じり、買い物や交渉を楽しんでいた。

そんな広場を行くのは、ミラを乗せたワゴンと、ワゴンを牽(ひ)くガーディアンアッシュ、そして案内をするユリウスだ。

ミラは今、ウォルフ探偵事務所の助手だと名乗った彼に連れられて、その探偵、ウォルフ所長に会いに行くところである。

彼の話によると、ウォルフ所長こそが最も怪盗ファジーダイスについて詳しいとの事だ。

探偵と怪盗。つまりウォルフ所長とやらは、怪盗ファジーダイスのライバル的存在というわけだ。

「何やら……仮面をつけた女性が随分と多いのぅ。……祭りでもあるのじゃろうか？」

よく見ると広場にいる女性の半数ほどが、目元を隠す仮面をしていた。中には仮面を売っている露店まである。一見すると、まるで水の都の謝肉祭の如き雰囲気だ。

しかしミラは、何となく気付いていた。気付いてはいたが、文化的な祭りの一環である事を願いつつ、あの女性達は何者かと隣を歩むユリウスに問うた。

結果、やはりミラの願いは叶わずに、望んでいない真実がユリウスより語られる。仮面をつけた女性達は怪盗ファジーダイスのファンであると。

「彼女達にしてみれば、祭りと言っても過言ではないでしょうけれど」

ユリウス曰く、この女性達は、どこでそれを聞きつけたのか、予告状が届いてから続々と集まり始めたそうだ。しかも大陸のあちらこちらから駆けつけているらしい。ファジーダイスファンクラブの情報網は、下手をすると国家レベルなのではないか。そうユリウスは楽しそうに笑っていた。

「まさかこれほどじゃったとは……」

モテる男がどれだけモテているのかを目の当たりにする事ほど胸糞悪いものはない。だが、それはそれだ。ミラはそれ以上の、今後にかかわる一つの懸念を抱いた。

事が全て上手く運び、ファジーダイスを捕まえる事が出来た場合、もしかするとこの仮面の女性達全てが敵に回るのではないかという懸念だ。

事実、ユリウスが敵対勢力であるウォルフ探偵事務所所属であるからか、こちらへ向けられる視線が心なしか冷たかった。というより、この広場で多くの視線を感じられるほど、ユリウスは彼女達に注目されていた。

義賊の敵役というだけあって、やはり相当多くの人に敵視されているようだ。

と、そのように実感していたところで、ふと違和感を覚えたミラ。はてさて、どうにもこうにも、それらの冷たい視線はユリウスではなく自分自身に向けられていやしないかと。

何となくそれに気が付いたミラは、そこでふと現状を考える。

天下の大怪盗ファジーダイスと、探偵助手で好青年のユリウス。そんなところに、ひょっこりと現れた美少女ミラ。

その構図を頭に描いたミラは、自分が今、どういった立場に置かれているのかを悟った。そしてそっとユリウスから距離をとった。

しかしながら御者台では動けるスペースは限られており、しかもユリウスがワゴンを牽くガーディアンアッシュの隣にぴたりとくっついているものだから、無関係だという弁明は困難だ。

（これは、相当に厄介な案件じゃな……）

精霊女王などという呼び名が広まっている昨今、ファジーダイスを打ち負かしたとなった日には、確実にその名で噂が拡散される事だろう。

そしてユリウスが言うに、ファジーダイスのファンは大陸中におり、普段は大人しくしているそうだ。そんな彼女達の前に、ヒーローをその座から引きずり下ろす人物が現れたら、どのような行動に出るだろうか。

（アイドル絡みの事件など、過去に幾らでもあったからのぅ……）

ミラは、現実世界で起きた様々な事件を思い出しながら、ぶるりと震えた。突如、後ろからぷすり、なんて事だって十分に考えられる話だ。

この世界には、堂々と剣を腰に帯びた者達がそこかしこにいる。そんな世界の街中でなら、そっとナイフを忍ばせて背後に迫る事など、そう難しいものでもない。

もしかしたら、常に背後に気を配る生活が待っているかもしれない。ミラは、どこのスナイパーだと苦笑しつつ、どうにか穏便に済ませられる方法はないか模索した方がいいかと本気で考えた。

気休め程度にしかならないが、ミラはユリウスとの無関係を装いつつも案内に従い、ファジーダイスファンが行き交う大通りにワゴンを進ませていく。

「今も昔も、気持ち良いくらいにきっちりとした街並みじゃのぅ」

ここもまた、実に特徴的な構造をしていた。まずは、街を囲う東西南北の外壁。その外壁全ての中央に門はあり、その内側に大きな広場がある。この半円形の広場からは、正面と左右、左右の斜め前方で計五本の大通りが延びていた。

大通りを鳥瞰したら、四角の中に四十五度傾けた四角を入れて、十字を描いたような状態だ。

そして、北東、北西、南東、南西の区画に分けて、それぞれに代表がいる。それがこのハクストハウゼンの統治形態となる。

ミラが今歩いている場所は、西門から入って真っ直ぐ行った大通りだ。鳥瞰した場合の十字に当たる部分であり、ハクストハウゼンでは一等地となっていた。

それゆえに、大通りにはいかにもお高そうな店が並ぶ。しかも同じ一等地でありながら、中央に近づくほど更に上等になっていくという構造だ。

通りを進めば進むほど、立ち並ぶ建造物の背も高くなり、教会や公的な施設も増えていった。

「お、あれは」

その最中、ミラはとある店舗を見つけ、思わずといった様子で声を上げる。それは、お高そうな街並みにお似合いの宝飾店であり、御婦人方が実に朗らかな笑みを湛えている様子が窺える場所だ。

「やはり精霊女王さんも、煌びやかな装飾品はお好きですか？　何でしたら報酬を装飾品でお支払いする事も出来ますよ。特注でご用意する事だって可能です」

流石は探偵助手だろうか、その洞察力は優秀だった。呟きと僅かな視線の方向で、ミラが興味を示したものを察したようだ。しかしながら、その心中を察するとなると、やはり難しいらしい。

「いや、結構じゃや。ただ飾るだけの装飾品に興味はないのでな。というより、その精霊女王さんというのを止めてもらえぬじゃろうか。何ともこそばゆい気持ちになって仕方がなくてのぅ」

装飾品で飾るという感覚をまったく持ち合わせていないミラは、きっぱりと断言しながら、以前から気になっていた点を指摘する。精霊女王さんと呼ばれる事に、ずっと違和感があったのだ。

「素敵な二つ名ですが、そう仰るのならば仕方がありませんね。では、ミラさんと呼ばせていただきます」

きっと本当に素敵だと思っていたのだろう、ユリウスの表情は、実に残念そうだった。

しかし、もっと残念そうだったのは、ミラの脳裏に響いた精霊王の声だったりする。曰く、存在を拒絶された気分だという事だ。ミラはただ、そんな事はないと釈明するのが精一杯だった。

「ところで興味がないのだとしたら、何をご覧になっていたのでしょうか？」

眺めていただけならば、声など漏らさないだろう。ユリウスは、ただただ興味を持ったとばかりに訊いてきた。

「なに、ここの特産品は琥珀だったなと思い出しただけじゃよ」

「琥珀、ですか？」

それを思い出したからといって、声を上げるほどだろうか。装飾品に興味がないというのなら尚更だ。

職業柄かそういった細かい事が気になるようで、ユリウスは腑に落ちないといった風にミラを見つめる。

「うむ、琥珀じゃ。とはいえ、ただの琥珀ではないぞ。もう一つの、虹珠琥珀の方じゃ」

ミラはそう口にしながら、前方に見えてきた店を指し示してみせる。

そこもまた装飾品を扱う店であり、大きな窓から首飾りやブレスレットなどが並んでいるのを確認出来た。

しかし、先程の店とは一つ違う点がある。

それは、客層だ。御婦人ばかりであった先程の店に対して、今度の店は男性の姿も多く、そして何よりそのほとんどが冒険者然とした姿ばかりであったのだ。

「なるほど。何とも凄腕冒険者らしいお言葉ですね。私の目もまだまだのようです」

日々精進だと向上心を覗かせるユリウス。顔が整っているだけでなく、努力家でもある彼は、ミラが提示したヒントで、それらを察する事が出来たようだ。

ミラが口に出した虹珠琥珀。斑に虹色が浮かぶという美しい宝石であり、琥珀の十倍ほどの価値がある代物だ。そしてそれは、現在でも森深くに生息する、虹アゲハという蝶の化石と共に見つかるという。

樹液を餌とする虹アゲハは、腹が大きく膨れるほどに樹液を吸う。この状態で、何かしらの要因があり化石となった時、腹に残った樹液が虹珠琥珀となるのだ。

「何でしたら、報酬を虹珠琥珀にいたしましょうか？　加工や付与なども、懇意にしている技師がおりますので、店で選ぶよりずっと理想的なものをご用意出来ますよ」

ユリウスが、ふとそう提案した。余程のものが用意出来るのだろう、その表情には自信が浮かんでいる。

「魅力的じゃが、そのあたりは実際に所長とやらと話してからにしよう」

ミラは、そう言ってこの場では提案を断った。報酬については今、触れる気はなかったからだ。そもそもミラの目的は、ファジーダイスから目当ての孤児院の場所を訊き出す事であり、捕まえる事ではない。

そして何より、今後の背中の心配もある。場合によっては、見逃す事だってあり得るのだ。そんな状況で、報酬の話など出来るはずもないだろう。

とはいえ、惹かれる提案ではあった。

その美しさと希少性から、虹珠琥珀の価値は高い。しかし一番の特徴は、そこではない。虹珠琥珀は、能力値強化の付与とすこぶる相性が良いのだ。

多少なりとも魔法を使う蝶の影響か、虹珠琥珀は、ただの琥珀の数十倍という付与強度を誇っていた。

能力値強化の付与とは、特別な武具や装飾品などにみられる付加価値であり、命がけを生業とする冒険者達にとっては、生死を分ける重要な要素だ。

その効果は、その名の通り、筋力や体力、魔力などの基礎能力を強化するというもの。単純だが、それゆえに効果もはっきりしており、当然需要も高い。

そして付与強度とは、能力値強化の上限である。同じ付与でも、使う素材などで効果が変わるため、強度が低い土台に高い効果を発揮する素材を利用しても無駄になるだけだ。

ただ、何よりもこれらの事に重要な要素があった。それが、ユリウスの提案に含まれていた技師の部分である。

土台の付与強度もさる事ながら、何よりそれを最大限に活かせる加工技師というのが、なかなかに貴重な人材だったりする。

ミラは、精錬の技術によって付与効果を抽出する事は出来るが、効果自体を生成する事が出来ない。後々、精錬で最大効果にまとめ上げるつもりではあるが、素となる付与がなければ始まらないわけだ。

とはいえ、きっと国に戻れば、ソロモンお抱えの技師がいる事だろう。

今度、ソロモンに頼んでみようかと考えながら、ミラは後であの店も確認しようと心にメモした。

いくら技師がいようとも、強化付与品の製作には時間がかかる。だがそれ以上に、ただ商品を見て回るのが好きだからという理由でもあった。

時折、他愛のない会話を交わしながら、しばらく大通りを進み続けていたところで、いよいよユリウスが足を止めた。

その目の前には立派な屋敷が建っており、一番目立つ正面に『男爵ホテル』という看板が掲げられている。一見すると貴族邸風の建物は、どうやらそういった風情を楽しめるという宿泊施設のようだ。

「所長を呼んでまいりますので、ミラさんはロビーの方でお待ちください。あと、ワゴンはそちらの駐車場にどうぞ。先程お渡しした私の名刺を係の者に見せれば、置かせてもらえますので」

そう説明したユリウスは、随分と急いでホテル内に駆けていった。余程ミラへの期待が高いらしい、早く精霊女王の訪れを伝えたかったのだろう。

「まあ、とりあえず話を聞くだけじゃからな。聞くだけ……」

駐車場へとワゴンを進めながら、ミラはどうしたものかと考える。

まず、ファジーダイスについての情報は一番欲しいところであり、それは欠かせない。問題は、協力云々についてだ。

ユリウスの話からして、ファジーダイスを捕まえたいという気持ちが、ひしひしと伝わってくる。それは執念か、プライドか。どちらにしろウォルフ所長とやらは、ファジーダイスを捕まえる事に並々ならぬ覚悟をもって挑んでいるのだろう。それは、かの三代目大怪盗を追う、インターポールの警部のように。

対してミラだが、そこまで気合が入っているかといえば、やはりそうでもない。

一番の目的は名も無い村の孤児院の場所を訊き出す事であり、尚且つ、ファジーダイスがそれを知っているという確証はないのだ。

ファジーダイスについてのミラの気持ちは、とりあえず訊いてみようという程度のもの。ファジーダイスが知っていれば万々歳。知らなければ、次の手がかりを探すだけである。

あの日の地下室にて偶然にも遭遇した時にその質問が出来ていれば、ここで悩む必要もなかっただろう。

更に今回は、ファジーダイスファンの問題が浮上してきた。これからの身の安全と心の安らぎを考えるならば、敵対しない方が無難であるといえよう。

(とはいえ情報だけもらって、はいさよならというのも悪いしのぅ……)

ユリウスは、協力せずとも情報は寄越すと言っていた。しかしそれでは申し訳ない気がするのが人の心理というものだろう。受けた恩は返すべきだ。そんな思いが、どうにもミラを悩ませていた。

だがもう一つ、ミラを悩ませる種があった。

ミラは御者台側の扉をそっと開けて、ワゴン内の様子を確かめる。

そこでは水の精霊であるアンルティーネが、まだぐっすりと眠り込んでいた。精霊とはいえ、流石にこのままでは不用心だろう。

精霊王は数日で目が覚めると言っていたが、あとどの程度かはわからない。それでいて、ミラはこれから怪盗ファジーダイス対策で色々と動く予定だ。ほぼ間違いなくアンルティーネが目覚める時には、近くにいないと思われる。

そのためミラは、護衛役として灰騎士をワゴン内に召喚しておく事にした。加えて炬燵(こたつ)の上には書置きも残しておいた。それは今の状況を簡潔に説明すると同時に、無理をして急がずとも良いという、アンルティーネを思いやるものでもあった。

ワゴンの駐車は、ユリウスに言われた通りに名刺を提示した事で問題なく完了する。ただその際、係員がワゴンを牽引していたガーディアンアッシュに、これは珍しいと興奮した様子だった。

何でも係員曰く、この道三十年の歴史の中で数多くの牽引者を見てきたが、灰色の熊は初めてらしい。そして、そんな彼の趣味は、牽引者の記録だという。

これまた珍しい趣味もあるものだ。駐車を終えてワゴンから降りたミラは、そんな事を思いながら、とても楽しそうにガーディアンアッシュの写真を撮る初老の係員を、何だか微笑(ほほえ)ましいと見守った。

なお、高級品であるカメラの持ち主は、係員の彼ではなく、このホテルのオーナーだそうだ。彼の趣味に理解があり、貸してくれているらしい。随分と優しいオーナーのようだ。

ミラは満足いくまで写真を撮らせた後、熊の厩舎(きゅうしゃ)はどうしたものかと考え始めた係員の前で、自慢げにガーディアンアッシュを送還してみせる。

すると係員はミラの望み通りに、また驚いた。そして、まさか召喚術だったとはと楽しげに笑った。

召喚術は健在だと係員に主張してから、ミラは『男爵ホテル』のロビーに向かう。

「ほぅ、これまた本格的じゃのぅ」

建物の中に入ると、そこは正しく貴族邸そのものといった雰囲気だった。

正面の大階段と、その突き当たりに飾られた誰かの肖像画。天井のシャンデリアによくわからない風景画と、ぱっと見お高そうな壺など。実にそれっぽく設えられている。

客は疎らで、商人から冒険者に旅人など様々だった。

受付は大階段の脇にあるが、宿泊するわけではないので行く必要はない。ロビーを見回したミラは、数人の客に交じり適当な待合席に腰かけてユリウスを待つ事にした。

2

「あ、ミラさん。お待たせしました」

ロビーで待つ事、数分。大階段の上に姿を現したユリウスは、ミラの姿を確認するなり頭を下げた。

「おお、君があの。待たせてすまなかったね」

その手前、ユリウスと共に現れた男は、そう口にしながら優しい微笑みを浮かべる。

きっとこの男が、ユリウスの言っていたウォルフ所長なのだろう。元冒険者というだけに体格はがっしりしており、その顔は老練といった言葉が似合う渋さがあった。

それでいてくっきりとした瞳には、知的な輝きが秘められている。武と知を併せ持った隙のなさが全身から感じられた。

だが何よりもミラを驚かせたのは、彼が車椅子に座っている事だ。また、その車椅子は病院などでよく見るそれとは少し違い、グリップ付きの車輪がついた骨組みに、安楽椅子を固定したようなものであった。

「お、おお！　貴殿がウォルフ所長じゃな。お初にお目にかかる」

ミラは、名探偵登場を予感させるその風貌に胸をときめかせる。広義としては色々とあるが、ミラの目の前に現れた所長は言葉通り、見た目だけは完全に安楽椅子探偵であったのだ。しかも理想的な渋さであるため、ミラは憧れを抱きながら答え、そして立ち上がった。

所長の前には大階段。ゆえに、ここからはこちらから出向こうとミラが歩き出した時だ。

「おっと、ミラ殿はそこで待っていてくれないだろうか」

不意に所長本人から、待ったの声がかかった。

「しかしじゃな……」

流石に足の不自由な者に無理をさせるのは忍びない。そうミラが難色を示したところ、所長はこの程度どうという事はないと笑い飛ばす。

「そもそも、こちらがお呼びしたのだからな。こちらから出向くのが礼儀というものだよ」

言うが早いか、所長はその両手で力強く身体を押し上げ立ち上がった。その勢いは、動向を見守っていた周りの者達も「おお！」と驚くほどのものだった。

しかしながら、彼の足はその気合に応えてくれそうにはない。「ぐっ」と苦悶を口にした所長は膝を折り、身体の不自由さに屈した。

ただ、立ち上がった時の勢いはまだ失われておらず、彼の身体はそのまま傾き、大階段の手摺に干した布団の如く引っかかる。

瞬間、誰もが「あっ」と声を上げた。手摺に引っかかった所長が、滑り台のように滑り下りていったからだ。

「ぐほぁっ」

手摺の終点より僅かに飛翔した後に、所長は勢いよくロビーのど真ん中へ全身を打ち付け嗚咽（おえつ）を漏らした。だが流石は元冒険者というべきか、周りからの心配する声の中、何事もなかったとばかりに身を起こす。

「いやはや、お恥ずかしいところを見せてしまったね。そろそろ大丈夫かと思ったのだが、まだ駄目だったようだ」

その場に座り込んだまま、愉快そうに笑う所長。どうやらその様子からして、足は完全に動かないというものではないらしい。

そっと足を動かしては「いてて」と戻し、「悪化したか……？」と深刻な顔で呟いている。

「所長。そんな事ばかりしているから、痛みが治まらないんですよ。安静にしておくのが一番だと、お医者様や聖術士の方が仰っていたではないですか」

溜め息交じりに小言を口にしながら、車椅子を抱えユリウスが大階段を下ってくる。もしかしたら、よくある事なのだろうか。彼の声に心配の色はなかった。

「いやぁ、失敗失敗」

所長はユリウスの手を借りて立ち上がると、そう笑いながら車椅子に座り直す。すると先程までの知的で逞（たくま）しい印象はどこへやら、照れたように笑う所長の姿は、どこか愉快で愛嬌（あいきょう）のあるものとなっていた。

「ふーむ……。随分と派手に落ちたが、本当に大事はないのじゃろうか？」

見た限りでは、ぴんぴんとしているが、実際はどうなのかわからない。ミラは念のためといった具合で、そう確認する。

「おお、心配かけてすまない。だがこの通り何の問題もない！」

所長は、そう答えながら全身を動かしてみせた。しかも、少し前まではちょっと動かすだけで、いててと言っていた足の方まで元気に動かしているではないか。もう痛みは引いたのだろうか。

不思議そうにミラが見つめていると、ウォルフ所長はにやりと笑い種明かしをした。何でもこの安楽椅子の方には、鎮痛効果のある術式が施されているという事だ。そのため、座っていれば余裕だと笑う所長。

「安静にしていてください」

そんな所長にユリウスが静かな怒りを湛えて告げた。鎮痛の術式は痛みを誤魔化しているだけで治療出来ているわけではないため、そのように無理に動かしていると治るものも治らない。何度言ったらわかるのか、と。

「ああ、そうだね。もう大丈夫だ」

ユリウスの怒気に気圧されたのか、所長の肩が少し縮こまる。

ミラは、そのやり取りを眺めながら、最初に感じた印象とは随分と違ってきたなと苦笑する。どうやらこの探偵は、ハードボイルド系ではないようだ。

「ところで、その足はどうしたのか訊いても良いじゃろうか？　多少の怪我というのならば、召喚術でも治せると思うが」

注目していた周囲の客達から、笑いが生まれ始めていた。それは嘲笑とはまた違った雰囲気であり、どこか微笑ましさすら感じられる笑いだった。

そんな中、照れたように笑う所長にミラはそう訊いた。

「おお、召喚術には治療が出来るものもあるのだね。何と万能な術なのだろうか」

驚きの声を上げた所長だったが、それでも流石にこの足は難しいだろうと話す。何でも痛みの原因は、冒険者を引退する原因となった古傷の後遺症だという事だ。

あの時の戦いは実に壮絶だったと、所長は思い出に浸る。

「余程の事がない限りは、ぶり返す事もないはずだったんですけどねぇ」

所長が冒険者時代の武勇伝を話し始めたところで、ユリウスが諫めるようにそう言った。

何でも先日、ファジーダイスの逃走経路を予測していた際の事。怪盗ファジーダイスは登場の際、どこからともなく現れるが、目的の品物を盗んだ後は必ず建物の上を飛び跳ねて逃げるそうだ。ならばこの街では、どのような順路で逃走するだろうか。所長は、そう思い立ったらしい。それが予測出来れば追跡がし易くなり、また逃走先の絞り込みなども出来るかもしれない。

ファジーダイス捕縛に繋がる手が先に打てる。そう確信した所長は、その逃走ルートを予測するため実際に屋根に上ってみたという。そして、予想したルートが使えるのかどうかを、実際に辿ったそうだ。ファジーダイスの如く、屋根から屋根へ飛び移るようにして。

「その結果が、これです……」

ユリウスは、ため息交じりに所長を一瞥する。案の定、屋根の上から転落したという事だ。

とはいえ、この世界の強者というのは身体能力の化け物である。かつて行動を共にしたアーロンなど、十メートルの高さから落ちても着地出来たほどだ。所長の屈強な身体を見れば、生半可な鍛え方ではないとわかる。

落ちたところで、上手く着地は出来なかったのだろうか。ミラがそう訊いたところ、何でも所長は勢いよく民家の壁に激突し、眩暈を起こしていたという事だった。

ただ、その時の怪我自体は居合わせた聖術士のお陰で完治したようである。しかし、無茶が祟ってか古傷の痛みがぶり返し、車椅子生活を余儀なくされているとの事だった。

様々な傷を癒せる聖術ではあるが、万能ではない。後遺症といった症状には無力なのだ。そしてそれは、ミラの持ち札にある回復系でも同じであった。

「ふむ、そういう状態じゃったか。それでは難しいのぅ……」

九賢者という立場にまで上り詰めた実力から、そこらの聖術士より上等な治療手段を持ち合わせてはいるものの、やはり後遺症の類には効果はない。治せても古い傷痕程度のものだ。

たとえ居合わせた聖術士がアルテシアであっても、それは変わらないだろう。

ミラが残念そうに呟くと、それにユリウスが反応した。

「ほら、所長。礼儀だ何だという前に、気遣っての厚意は素直に受けておいた方がいいと思いますよ。

でないと、こうなってしまった場合、相手に余計な迷惑をかけてしまう事になるのですから」

「うっ……」

ミラから出向こうかと言った際に、その気遣いを素直に受けていれば、階段から落ちて足の心配をさせる事もなかった。

結局、余計に気遣わせてしまう結果となる。そんなユリウスの小言に、所長の背はますます丸くなっていく。

「ところで精霊女王と呼ばれている事からして、相当に精霊達と縁がありそうだが、もしや希少な光の精霊の加護なども授かっていたりするのかね？」

まるで何かを誤魔化すかのように、所長は話のすり替えを図った。

後ろで苦笑を浮かべるユリウス。対してミラは、その質問に堂々と胸を反らして答えた。

「うむ、当然じゃ。召喚術士たるもの、主だった加護は全て授かっておるぞ！」

召喚術の特徴からして精霊との接点が多い分、ミラは基本属性全ての加護をコンプリートしていた。

そして極めつけである精霊王の加護ときたものだ。精霊の加護においては、ミラに敵う者などまずいないだろう。

「何ともまた驚いた……流石は精霊女王と呼ばれるだけはある」

ミラが口にした、主だった加護。それは八つの基本属性の事を指す。そして、それら全ての加護を授かるなど並大抵の事ではなかった。それこそ、術士最強と名高い九賢者くらいのもの。それが一般的な常識である。

そのため、期待通りで予想以上の答えに、所長は驚嘆しながらも実に感心した様子だった。

「ところでミラ殿、甘いものはお好きかな？　あちらのパンケーキは絶品なのだよ」

ミラの答えに満足げな笑みを浮かべた所長は、ロビーの端に併設されたレストランを指さしてみせる。

「ふむ、パンケーキか。嫌いではないのぅ！」

好きかどうかと訊かれたら、それはもう大好きであった。ミラが力強く頷き返したところ、「では、このまま立ち話も何であるからな」と、所長は華麗に車輪を操りレストランに向かっていく。

ミラもまた意気揚々と誘いに乗って、所長を追った。

階段から見事に転落してからの一連のやり取り。ミラと所長は気にしていなかったが、結構な注目を集めていた。そのためユリウスは、「お騒がせしました」と一言断りつつ、二人の後に続くのだった。


流石は男爵ホテルというべきか、レストランは他の宿とは比べ物にならないほど豪華な造りとなっていた。というより、些か輝きが強過ぎるようにも感じられる。

そんなレストランに足を一歩踏み入れたところ、ふとした話し声がミラの耳に届く。その内容は半分が所長に対する陰口に近かった。

片や陰で悪事を働いている者達を法の下に晒す正義の義賊、片や悪事を働いている者に力を貸す探偵。所長はどうやら彼ら彼女らに、悪役として認識されているようだ。

しかし所長は、そんな声などどこ吹く風と気にした様子もない。ユリウスもまた聞こえているはずだが、これといった反応はなかった。二人の姿は、実に堂々としたものだ。

そのため、ミラもまた気にする事を止めて店内を見回した。

「これはまた、派手派手じゃのぅ」

言ってみれば、とにかく飾りましたといった光景だ。見た目には贅沢だが、食事処としてはどうなのだろうか。ミラがそう思っていたところで、所長が、これこそ、このホテルらしさなのだと言った。

所長の話によると、この『男爵ホテル』は、一見お高そうに見えるだけであり、決して高級宿ではないそうだ。少しだけ割高な料金で、貴族のような生活に憧れる者達の、ささやかな願いを叶える場所だという。ゆえに飾りつけは、見栄え重視であるらしい。

「ただし、内装は庶民騙しだが味は本物だと約束しよう」

そう断言した所長は、様々な客達の声が響く中、更にレストランの奥に進んでいく。途中、店の者や客の苦笑いする顔が見えた気がしたが、ミラは気付かぬふりをした。

そうこうして到着した席は窓際であり、外には手入れの行き届いた庭が広がっている。

「ブリリアントローズや王杓蘭といった貴族御用達の花はないものの、手間暇をかける事で、それに勝るとも劣らないこの庭が造られている。特別ではないが、特別になれる。この庭は、そんな気にさせてくれる場所だよ」

庭を眺めながら、ふと所長が呟く。どうやらこの席は、所長のお気に入りの場所らしい。何か思い入れでもあるのだろうか。そんな事をミラが感じていたところ、所長が一点を見つめ始める。

その視線を追ってみると、そこには庭の手入れをしている店員の姿があった。庭仕事のためだろうか、腕を捲り(まく)スカートの裾を上げて作業するその様子は、少しばかり露出が増えてセクシーだ。

思わせぶりな事を言っておきながら、何とも庶民的な注目点なのだろうか。ミラは、やれやれと心の中で頭を振りながらも、なるほどこれは特等席だと同意する。

「ミラさん、こちらがメニューです」

明らかに店員を眺めている所長はともかく、一見しただけならミラの姿は花畑を愛でる少女そのものだ。ユリウスはミラの手元にそっとメニューを置くと、次は所長に向かい「奥様に報告しますよ」と一言告げた。

「さて、どのパンケーキにするかな」

所長は、素早くユリウスに差し出されたメニューを受け取って広げる。どうやら余程の奥様なのだろう、所長の顔には明らかな焦りの色が浮かんでいた。だがそれよりも、ミラは所長が既婚者であった事に驚く。

「何じゃ、所長殿は結婚しておったのか？　怪盗を追って、あっちこっちと駆け回っているという事じゃから、未婚じゃとばかり」

ミラがそう素直に思った事を口にしたところ、所長はバツが悪そうな表情で視線を泳がせつつ、「娘も一人」と小さく言った。何でも所長は、怪盗ファジーダイスを捕まえるまでは帰らない、などという誓いを立てて家族の待つ家を飛び出してきたのだそうだ。

「まあ、男には決して引けぬ事もあるからのぅ」

果たして、それが正解かどうかはともかく、ここだけは譲れないという意地が男にはあるものだ。夫として、父として、それはどうかと思うところだが、ミラは所長のその信念に理解を示した。

「おお、女性からの理解を得られたのは初めてだ」

どうやらこれまでの間、この事を知った女性達に色々と言われてきたようだ。所長は驚きながらも、心底嬉しそうな様子だった。

と、そんな会話をしつつもメニューを選んだ三人。注文したのは、それぞれ違うパンケーキだ。

「今日は、ミラさんがいてくれて良かったです。お陰で堂々とパンケーキを頼めましたよ」

ユリウスは冗談半分に、だが半分は心から微笑む。何でも所長は甘いもの好きらしく、時折二人でこうしてスイーツを頼むのだという。

だが冒険者上がりの渋い男と、好青年のユリウスである。やはりこの世界でも、男二人で甘いものというのは抵抗があるようだ。

しかし今回は、男二人でスイーツという存在感を見事に中和出来るミラがいた。本性はどうであれ、外面は正しくスイーツの似合う美少女そのものである。

そして甘いもの好きなミラも、そこは利点だなとつくづく思っていた。かつて現実世界にて、ミラとソロモン、そしてルミナリアの三人でケーキバイキングに行った事があった。しかしそこは、現実では女子学生のカグラがオススメしていた店だ。

圧倒的に女子率の高い店内で、男三人隅の方に固まりケーキを食べていた事は、あまりにも苦い思い出である。

「それならば、また付き合っても良いぞ」

せめてあの時、女子が一人でもいたならば。ユリウスの気持ちがよくわかるミラは、そう何となしに提案した。するとユリウスは是非にと、嬉しそうに答える。

ミラはそんなユリウスの笑顔を見ながら思う。彼が声をかければ、女性の一人や二人簡単に捉(つか)まえられるのではないだろうかと。しかしそれは、彼に軟派な男になれというようなものだ。

イケメンで軟派なタイプといえば、男にとっては仇(かたき)のような存在である。ゆえにミラは、それをそっと心の深くに押し込めた。

〈3〉

「ところで、ファジーダイスについて一番詳しいと聞いたが、幾つか質問しても良いか？」

「ああ、何でも訊いてくれ」

注文のあれこれを機に話は変わり、ミラがいよいよ本来の話題に触れたところ、所長は、さあ来いとばかりに身を乗り出した。

「まず、ファジーダイスの実力についてじゃが、どれほどのものじゃろうか？」

初めにミラが訊いた事は、何よりも一番重要な相手の力量だった。

あれは一昨日の事。とある貴族邸の地下室にて、キャラものタオルの覆面に上半身裸という姿の男に遭遇した。

状況と男の振る舞いからして、きっと彼こそが怪盗ファジーダイスであろうと確信したミラ。

その実力は間違いなく本物であり、相当な手練(てだ)れである事は把握している。ただ、観察出来たのは僅かな時間だ。

対して所長は長い事現場にて、怪盗ファジーダイスと相対している。ならばこそ彼からは、更に深く実力を分析出来る情報を得られるかもしれなかった。

「実力か……。計り知れないとしか言いようがないな」

所長の返事は、はっきりとしなかった。相対した事は、何度もあるらしい。しかし、それでもファジーダイスの実力は、底が知れなかったそうだ。

かつてAランクの冒険者が十数人と集まり包囲したにもかかわらず、怪盗ファジーダイスはこれをあっさりと突破。その際、全員がことごとく眠らされてしまっていたそうだ。

所長は、それ以降も相対するたびに気付けば眠らされていると乾いた笑いを漏らす。どのような対策を用いても、華麗に意識を刈り取られると。

「——そういうわけでね。本当の実力というのが、実はわからないんだよ」

ファジーダイスの強さについては、武器を交えた直接の戦闘は一度もないため計り知れないというのが所長の答えだった。

「なるほどのぅ……」

多くの警備を突破して、何度も盗みを成功させながらも、戦闘らしい戦闘はなし。つまりは、それほどまでにファジーダイスが行使する『眠らせる』という手段は強力という事だ。

ではいったい、どのような手段を用いて眠らせているというのか。

「ところでファジーダイスのクラスなのじゃが、もしや降魔術士ではなかろうか？」

眠らせるといっても、その手段は幾つかある。薬や術や術具といったものだ。

その中からミラは、降魔術を挙げた。あの日、怪盗ファジーダイスと思しき変態覆面ヒーローが行使していたのが降魔術であると見抜いていたからだ。

「おお……何とミラ殿も、その可能性に気付いていたのだね。私も、そのように推察していたのだよ」

嬉しそうに答えた所長は、次の瞬間には「なぜ、そのような考えに至ったかというとだね」と、説明を始めた。

所長は語る。眠らされる前には、毎回決まって白い霧を目にしたと。

その成分を調べれば耐性薬が作れると考え、一度だけわざとその白い霧を大きく吸い込んで眠ったという。

「私は眠りから覚めた協力者と共に、然（しか）るべき医療班に調べてもらったのだ」

しかし、誰の身体からもそれらしい成分は検出出来なかったそうだ。身体に残らない眠りの成分。症状が治まったばかりでありながら、検出出来ないもの。医療班の責任者曰く、そのような成分を持つものは、植物や魔物にすら存在していないという事だ。

つまり、毒や薬の類ではないわけである。

となれば、残るは状態異常誘発系の術による昏睡（こんすい）だと、所長はこれまで以上に力強く口にした。

「この件を調べるために、私は資料を購入したのだ。術士の国と呼ばれ、大陸最大の術研究機関として有名な、かの銀の連塔より発行されたこの本を」

所長はそう言いつつ、脇に下げたカバンから一冊の本を取り出してみせた。それは立派な、というよりは頑丈そうな装丁であり、武器にもなりそうなほどに分厚い本だった。そして見せられた表紙には、『状態異常術式解析決定版』と書かれていた。

「これは実に素晴らしい本だったよ。術士ではない私でも理解出来る説明と解説、そしてそれらを裏付ける実験結果。英知と呼ぶに相応(ふさわ)しい内容だった。三百万リフと高額だったが、その価値は十分にある」

そう断言した所長は、「お陰で、他の本にも興味が湧いてしまってね」と呟いて、もう二冊ほど、銀の連塔発行の本を取り寄せているのだと笑った。当然、そのどちらも百万リフは下らない貴重本だという。

（……何と、本になっておったのか。しかも、三百万リフじゃと……⁉）

ミラは所長が置いた本を見た瞬間に、複雑な表情を浮かべた。

状態異常術式解析。それはかつて、ミラも何度か協力した事のある実験の呼び名であった。

多種多様な術には、麻痺(まひ)や毒、睡眠、混乱などなど、様々な状態異常を誘因させる種類もある。他にも火傷(やけど)や裂傷など、副次効果として発生するものもだ。

更には術式などと題されてはいるが、その範囲は魔物や魔獣、精霊に聖獣、果ては悪魔までもが扱う魔法についても言及しているという欲張りぶりだ。

そして、その実験を何度か手伝った事のあるミラは、少しくらいマージンがもらえないものかと思いを馳(は)せる。

と、当時を思い返すと同時に、ミラはなるほどそういう事かと、ついでに所長の言いたい事を理解した。

「確か、術によって生み出された毒素はマナを変質させたものであり、状態維持の限界時間を超過した瞬間、また生体の外部に出ただけでも、その成分は再びマナに戻る、とかじゃったな」

記憶を探るようにしながら、ミラはそれを口にする。

そう、何度も協力した事があるために、ミラはそこに記載されているであろう事柄をほとんど覚えているのだ。ならば後は、今の話の流れに該当する部分を思い出すだけで良かったわけだ。そうする事で、回りくどい所長の語りを省略出来るわけである。

そんなミラのささやかな意地悪は功を奏し、所長は案の定、出鼻をくじかれたとばかりに、唖然(あぜん)としていた。しかしそれも束の間、次の瞬間には感心したとばかりの表情に変わる。

「正にそれだ。もしやミラ殿も、この本を読んだ事が？」

まるで同好の士を見つけたとばかりに目を輝かせる所長。対してミラは、その期待が重いと感じつつも「一部をちらっとだけじゃがな」と答えた。

一応、嘘(うそ)というわけではないが、読んだ側と制作に携わった側の違いは、こういう場合どうなるのかとミラは苦笑する。

「素晴らしい。ミラ殿が言った通り、術による状態異常は、体内の毒素がマナに戻ると同時に回復する。だからこそ、目覚めた者達をいくら調べても成分を検出出来ず、即座に調べようにも検査機に入れた途端に毒素は消えてしまうわけだ」

所長は改めるようにして、そうまとめた。状況から考えて、眠らされた原因は術以外には考えられないと。そしてミラもまた、それに同意する。

ゲーム時代、ミラは丁度そのあたりの実験にも付き合わされた事があった。

実は一概に状態異常といっても、原因によって経過などに違いが出る。そしてその原因とは、症状を引き起こす成分の生成方法なのだ。

状態異常を与える毒には、大きく分けて二種類ある。生毒と魔毒だ。

生毒とは、体内で成分を作る生物や魔物、または植物などに含まれる毒であり、受けた者の体力や自浄作用の強さによって効果時間が変わる。

そのまま快方に向かう事もあれば、致死へ至る場合もあり、非常に効果の幅が広い事が特徴だ。

治療手段は、専用の解毒薬か治療系の術だが、毒の種類によっては薬以外では回復不可能などという恐ろしいものも存在する。レイズウッド水林に棲(す)む蛇の王が持つ『万死の毒液』などが、その最たる例だろう。

ソウルハウルが集めていた、神命光輝の聖杯を作るための素材の一つでもある。

対して魔毒とは、術や魔法などによって生成された毒の事だ。これには体力や自浄作用の影響を受ける事がないという特徴があった。かといって何にでも通用するかというと、そうでもない。

この場合には抵抗率、つまりは術や魔法に対する耐性が影響してくるのだ。

これが高い場合、体内に侵入した毒素は、あっという間にマナへと戻されてしまう。だが、レジスト率の倍ほどを超える強度で構築された毒素ならば、一瞬で状態異常に陥らせる事が出来る。

とはいえ抵抗率が高いほど回復も早く、術や魔法で生成された毒素は、その全てが聖術などで完治可能だ。

体力派には魔毒による状態異常、魔力派には生毒と使い分ける事が勝利への鍵である。

そして何より、錬金術による毒物生成が最たる生毒である事に対し、魔毒の状態異常においては、降魔術の右に出るものは存在しなかった。


「さて、私があえて眠らされた時の事だ」

事前講義が終わったようで、ようやく話が本題に戻る。所長がファジーダイスのクラスを降魔術士だと見抜いた理由。眠らせる類の術は色々とあるが、その中から、なぜ降魔術であると推測したのかについて、いよいよ所長は口にした。

「治療班に分析してもらった結果、その症状が、何を隠そうストロポトキシンによる快眠状態に酷似していたのだよ！」

ストロポトキシンによる快眠状態。はて、それは何だろうかと、ミラは頭上に疑問符を浮かべた。

時間経過で睡眠毒がマナに戻ったから原因は術によるもの。そして状態異常といえば降魔術こそ最強である。そんな単純な話かと思っていたミラは、何やらわからない方向へ話が進み始めた事に小首を傾(かし)げる。

すると案の定、所長の目がギラリと輝く。

「ストロポトキシンというのはだねーーー」

ミラが危惧していた通りに、所長はそれを語り始めた。なお、助手であるユリウスは既に慣れているのか、しっかりと聞いている風を装いながら、運ばれてきた三人分のパンケーキを受け取った。

「あと、ブレンドティーをホットで三つお願いします」

予定より話が長くなると察したのだろう、ユリウスはそっと追加注文まで済ませ、それぞれの前にパンケーキを置いた。そしてミラに、「聞いても聞いていなくてもあまり関係ありませんので、どうぞ召し上がっていてください」と一言添える。

どうやら所長は語りたがりであり、聞かせたがりではないとの事だ。話半分で聞いていても問題はないという。

「では、先に頂くとしよう」

「どうぞどうぞ」

出来立てパンケーキの甘い香りが鼻腔を擽る。これを我慢するのは拷問のようなものだ。得意げに話を続ける所長にはほんの少し悪いと思いつつも、ミラはパンケーキを頬張った。

すると途端に、とろとろでふわふわな食感が口いっぱいに広がる。ユリウスが言うには、マスカルポーネチーズを生地に練り込む事で、この食感を生み出しているとの事だ。

こうしてミラは、所長の講義をＢＧＭに出来立てのパンケーキを余すところなく堪能したのだった。

なお、話半分に聞いていた所長の話であるが、語りたがりでありながら説明上手なのだろう、意外にも要点だけは把握出来る内容だった。

長々と語っていたが、所長が言うストロポトキシンとは、睡眠毒の成分の名称であったらしい。

ストロポトキシンは即効性の高い睡眠毒であり、主にストロポの花がこれを多く保有している。

と、ここまでならばストロポトキシンは生毒である。しかし生毒として検出が出来ない事から、使われたのは魔毒となったストロポトキシンだ。

これは『状態異常術式解析決定版』によると、霊獣アクタルキアが使うという事だった。決定版というだけあって、ミラがいた時期よりも内容は充実しているようだ。

つまりは同じ成分であっても、生毒と魔毒の両方が存在するものがあるわけだ。

「なるほどのぅ」

一先ず所長の話を聞き終えたミラは、ブレンドティーを口にしてから、ようやくここまで話が進んだかと苦笑した。

この流れから、どのように降魔術がかかわってくるのか。降魔術について詳しく知らない者ならば、謎が深まるばかりであっただろうがミラは違う。

かつては召喚術士の頂点として君臨し、術における最先端の研究機関、銀の連塔の一つを預かる九賢者の一人だったのだ。専門以外についての造詣もまた、そこらの術士とは比べ物にならない。

「確か、《楽園の白霧》、とかいう術じゃったな」

ミラは知っていた。話に出てきたストロポトキシンを主成分とする、アクタルキアの眠りの魔法、《楽園の白霧》が降魔術の一つとして存在している事を。

そう、降魔術というのは人が扱う術以外、魔物や魔獣、霊獣に聖獣といった存在が独自に操る魔法を、術式に変換して会得し行使する術であるのだ。

魔をもって魔を制す。それが降魔術士という存在である。ゆえにファジーダイスが【降魔術・楽園の白霧】を使ったとわかれば、自ずと降魔術士という解に辿り着くわけだ。

「その通り。人が魔毒のストロポトキシンを使うには、降魔術以外にはあり得ないのだよ」

言いたい事を全て言い終える事が出来たからか、ミラの言葉に頷き返しながら、所長は満足そうにパンケーキを食べ始めた。

「ふむ……楽園の白霧まで使えるほどとは、思った以上に厄介そうじゃな」

Aランクの冒険者十人を瞬く間に戦闘不能へと陥れた。それだけでも十分に手練れであるとわかるが、ミラはその程度ならば自分にも苦労せず出来るという自信があった。

けれど問題は、ファジーダイスが使ったとされる《楽園の白霧》の方にある。

「思った以上……か。もしやミラ殿は、ファジーダイスがどれほどの実力を秘めているのか見当がついたのかね？」

毎回眠らされていたのでは、そのあたりも曖昧なのだろう。ミラの呟きを耳にした所長は、そう言って興味を示す。

「うむ、まあ最低でも、といったところじゃがな」

そのように答えたミラは、次はこちらの番だとばかりに微笑み、大いに語った。

ミラは専門ではないものの、この《楽園の白霧》という降魔術の会得方法を知っていた。

降魔術の習得には、様々な条件がある。

魔物や魔獣の体内には、魔法を発生させる際に活性化する器官が存在する。それを入手し、そこに刻まれた術式を移す。これが一つ目の方法だ。

そして二つ目は、聖獣や霊獣が課す試練を乗り越える方法である。試練の条件は多岐にわたり、純粋に武力が必要になる事や、知力のみで解決しなければいけない難題、またはそのどちらも。と、このあたりはピンからキリまであるが、どの試練にも一つだけ共通した条件がある。それは、一人で挑まなければいけない、という部分だ。

人の身で聖獣や霊獣が扱う力を宿すには、相応の覚悟と力が必要となる。そして幾つかの霊獣の試練には、かつて上位のプレイヤーでも手こずるほどの難関がちらほらあった。

その一つが、アクタルキアの試練だ。

霊獣アクタルキア。体長十メートルを超えるそれは、ヘラ鹿に似た姿をしている。身体は黒く、角は純白。見上げるほどの巨体は、霊獣と呼ぶに相応しい神々しさを秘めていた。

優れた知能を持ち、人の言葉を理解して話す事も出来る。その知識は深く、特に薬草については、かつての高名な錬金術師が崇拝していたという逸話があるほどだ。

話が通じ意思疎通が出来る相手ならば、アクタルキアはとても寛容で優しい。しかし敵対する者には一切の容赦がなく、更には好戦的という面も併せ持つ。

そして肝心の戦闘力だが、九賢者であろうと決して油断は出来ないほどだ。Aランク冒険者でも、一人二人ではどうにもならないだろう。十人集めて、どうにか勝負になるといったところだ。

そんな霊獣アクタルキアが降魔術習得に課す試練。それは実に単純明快な、タイマン勝負であった。

つまりファジーダイスは、最低でもアクタルキアと同程度の実力を持っているわけだ。

貴族邸の地下室で見た実力は相当なものであったが、あれでもまだほんの一部に過ぎなかったという事である。


「――という条件からして、ファジーダイスが最低でもどれだけの強さか判断出来るわけじゃよ」

存分に語ったミラは、そう話を締め括り、そっとブレンドティーに口をつけた。

「毎回、随分と余裕のある立ち回りばかりだと思っていたが、そこまで差があったとは……」

怪盗ファジーダイス。相対的に判明したその強さに、流石の所長も驚いた様子で深く考え込む。ファジーダイスは、相手を眠らせるなどという搦め手など使わずとも、十人のAランク冒険者を片付けられるだけの実力者だったと証明されたのだ。

「まともな方法では、もう無理そうか。いや、まったく、手強いものだ」

そんな相手を、どうすれば捕まえられるのか。予想を遥かに超えながら、それでも所長は笑っていた。そこに諦めの色はなく、むしろ今まで以上に楽しげな様子だった。

「何やら口と顔が合っておらぬが、良い作戦でも思いついたのじゃろうか？」

上手くファジーダイスを追い詰める手立てが浮かんだのだろうか。所長の表情からそう考えたミラだったが、その返事はまったくの逆であった。

「何も思いつかないな。むしろお手上げとでもいった心境だよ」

敗北宣言に近い事を口にしながら、所長は残りのパンケーキを平らげていく。

あまりの真実に、自棄（やけ）になったのだろうか。一瞬そのように思い、ふとユリウスに目を向けたところ、彼は小さく微笑んで心配ないと言った。何でも今の所長は、相当に機嫌がいい状態だそうだ。

ユリウス曰く、かつての所長は何でもそつなくこなせる天才冒険者だったらしい。最終的なランクはAの中でも上位であり、任務達成率は九十九パーセント。

それはひとえに、無茶な任務を受けず力量に見合ったもののみを選択していた結果だという。

そう、かつての所長は、慎重と堅実を徹底する冒険しない凄腕冒険者だったというのだ。

とはいえ、それが珍しいかといえばそうでもない。むしろ冒険者は命がけなのだから慎重に慎重を重ねるくらいで丁度良く、ある意味で所長は理想的な冒険者ともいえた。

しかし所長の徹底ぶりは、想像以上のものだった。失敗したところで命にかかわる事でもないような依頼も、失敗の確率が高いと判断したら全て避けていたそうだ。

「こういうのも何じゃが、今の姿からは想像も出来ぬな……」

階段から転げ落ち、取り寄せた本に夢中になり、パンケーキを頬張り、語られる自身の武勇伝に胸を張る今の所長。その姿は、ユリウスから聞いた話とは随分と印象が違うと、ミラは苦笑する。

「私も初めはそう思いました。話に聞いていた印象とは全然違うと」

ユリウスもまた、ミラに同意するよう頷き苦笑してみせた。助手となり様々な仕事を共にするうちにわかってきた、冒険者時代との違い。慎重で堅実という話に聞いていた印象は、一ヶ月ほどで完全消滅したそうだ。

「何でも、冒険者時代の反動だそうでして。今になって冒険したくなった、という事らしいですよ」

ユリウスは少しだけ呆れた表情を浮かべながら、所長にちらりと目をやった。すると所長は「あの頃は若くてね」と呟いて、またここぞとばかりに語り始めた。

冒険者を引退して、幾らか時間がとれるようになった頃の事。ふと気付いたそうだ。後輩達が、冒険者稼業での成功や失敗を話しては笑い合っている事に。

依頼に、それほど笑える要素などあっただろうか。所長は、その時はそう思ったという。

「当時の私にとって、組合の依頼は効率良く稼ぐだけの手段でね。自分で言うのも何だが、私には大体の事を平均以上にこなせる特技があったのだよ。それともう一つ、可能と不可能の線引きもまた得意だった」

受ける依頼や何かに挑む時は、成功が確信出来るものだけ。

それは冒険者稼業に限らず、それまでの生活全てにおける基本だったという。

「だからこそ、私は達成感などという感情とは無縁だった。当時は依頼成功如きで何を喜んでいるのかと、そんな事を思っていたりもしたよ」

苦い思い出と感じているのだろうか、所長は宙を見上げ苦笑する。しかし、そんな表情も束の間、所長はミラに視線を向け直すと、にかりと笑ってみせた。

「そんな空虚な私を目覚めさせてくれたのが、今の妻と娘でね――」

どうやら所長が真に語りたかった事は、この惚気(のろけ)だったようだ。堰(せき)を切ったように妻との出会いから娘の誕生、そして成長などを事細かく語り始めた所長。

その内容によれば、何よりもまったく思い通りにいかなかった子育てこそが、全てのターニングポイントだったようだ。

経験者の話を聞き、養育についての資料を読み、準備万端で臨んだ子育て。しかし娘は思わぬところで泣き出したり、次の行動が読めず目を離せなかったりで、一つも予定通りにいかなかった。

所長はその事について、また経験者に話を訊きに行った。そして言われたらしい。当たり前であると。前に話した事や資料などは、結局参考程度のものであり、予定通りに進む子育てなどあるわけがない、そう説教までされたという。

所長は愕然(がくぜん)としたそうだ。子育てとは、冒険者でいうならば失敗する要素が満載な依頼。所長にとってはこれまで決して手を出さなかった、避けるべきものだったのだ。

だからといって、投げ出すわけにはいかない。所長は失敗を繰り返しながらも、妻と一緒に頑張った。そして初めて娘に大好きと言われた時に、彼は心の底から喜び、達成感という感情を真に理解出来たそうだ。

それから、所長の世界は大きく広がっていく。

「可能と不可能が内在した中から、それ以上に輝くものを見出す。その喜び、そして胸が躍るようなあの瞬間。きっと、あの日見た冒険者達は、これを感じていたのだなと気付いた時だ。一気に視界が晴れてね。年甲斐もなく、また冒険に出たくなってしまったのだよ」

惚気話をそう締め括った所長は、最後に、かといって冒険者に戻るわけにもいかないので探偵業を始めたのだと続け、ニッと子供っぽく笑った。

「人生色々じゃな」

長い話を聞き終えたミラは、ただそう短く答えた後、「楽しそうで何よりじゃ」と小さく微笑んだ。

途中から話半分で聞いていたミラだが、所長が探偵業を始めた経緯あたりは把握出来ていた。誰にだって歴史はある。とはいえ、大切なのは今を楽しめているかどうかだ。

「この喜びを知るために随分と時間が過ぎてしまったが、どれも無駄ではなかったと今ならば思えるよ」

そう口にした所長は、パンケーキなどの甘いものを好きになったのもまた家族の影響だと言い出し、また惚気始めた。

余程、愛しているのだろう、事あるごとに差し込まれる家族の話。こうなるとまた長くなる。と、その時——

「そんな理由ですので、所長の探偵業は半分趣味みたいなものなんですよね」

そうユリウスが、探偵についての話題へと誘導した。

すると所長は惚気話を止めて、「まあ、そうなるか。けれど、いつも本気で挑んでいるよ」と続けた。流石は助手と言うべきか、随分と扱い方を心得ているようだ。

ただ、結局長話になる事は変わらなかった。それでも、ただただ惚気を聞かされ続けるよりは幾らかましであるだろう。

続いて語られたのは、普段の探偵業についてだ。ユリウスが口にした通り、所長は目覚めた冒険心を満足させるために探偵をしており、受ける依頼も相当に幅広いそうだ。

失踪したペット捜しや浮気調査、人捜しなどの基本的なものから、大規模犯罪組織やカルト教団への潜入、そして完全犯罪と思われた事件から身の毛もよだつ猟奇殺人の調査などなど。聞く限りでは相当な活躍をしているようだった。

その中でも特に異質な潜入捜査依頼があったそうだ。その依頼主は、三神国合同で組織された国際捜査局であり、違法薬物取引の元締めを狙っていたという。

なお依頼完遂後、所長は組織にエージェントとして誘われたが、それを断ったそうだ。

「ほぅ……そのような組織もあるのじゃな」

所長がこなしてきた探偵業の濃さも驚きだが、ミラは現状を踏まえた今、話に出てきた捜査局に興味を惹かれていた。

国際捜査局。所長の話によると、現実世界でいうインターポールのような組織だった。そしてそれはゲーム当時にはなかった組織であり、聞く限り二十数年前に設立されたようだった。

その事を知ったミラは、更なる期待を胸にして所長に尋ねた。その組織から怪盗ファジーダイスの逮捕専門に派遣されている捜査官に、警部はいないのかと。

「彼らの狙いは、大規模な犯罪組織だからな。怪盗一人を狙う事もなければ、狙っていると聞いた事もない」

所長の返事は期待に添わぬものであり、ミラは「それもいないのじゃな……」とため息を漏らした。イメージと違う安楽椅子探偵と、夢幻に消えた警部。後は、怪盗が怪盗らしい事を祈るのみである。

ただ、貴族邸の地下で出会った彼と思しき男の姿を思い出したミラは、深いため息を漏らした。

「と、そういった仕事ばかりを受けていた時の事だ」

一段落したと思ったのも束の間、所長はまだまだ話し足りないようで、これからだとばかりに口を開く。

もうこれ以上、所長の武勇伝を聞かされても。ミラがそう思ったところで、所長の目が鋭く光った。

「おっと、ミラ殿は、もうお腹いっぱいかな？　まだ入りそうなら追加で注文しようか」

所長が、そう提案してきたのだ。途端にミラの心が激しく揺さぶられる。ミラの前に置かれた皿は既に空でありながら、腹にはまだまだ十分な空きがあったからだ。

所長がお気に入りだという、この店のパンケーキ。ふわふわとろとろで、この上ない美味しさといっても過言ではないのだが、如何せんミラにとってはボリューム不足だった。小綺麗にまとまった一皿は、特に女性に人気が出るであろうほどにオシャレだが、ミラはそのような事を求めてはいなかった。何よりも美味しさと、腹にがつんとくる満足感こそがミラの理想なのだ。

「そ、そうか？　うむ、ならばそうじゃな、折角じゃからな」

今回のパンケーキならば、その満足感を満たすまでには、あと二皿は必要である。そうミラの腹は訴えていた。ゆえに、所長から差し出されたメニュー表を受け取った。

そうしてパンケーキを追加注文したミラは、見事所長の思い通り、待つ間に話の続きを聞かされる事となる。

その話の内容は、所長の今。怪盗ファジーダイスを追う事になった経緯だった。

所長は語った。これまで以上に声を張って五年前の事を。傭兵達に交じって、ファジーダイスと相対した事を。

怪盗の策略により、昏睡させられる傭兵達と、ただ一人、それを見事に回避した所長とファジーダイスの一騎打ち。

それは力と力、技と技、知恵と知恵が激しくぶつかり合った、壮絶な戦いであったと所長は言う。

しかし残念ながら一歩及ばず、ファジーダイスに敗れてしまった。そこまで話した所長は、ふと力を緩めて、どこか遠くを見つめながら、「私が奴を追うのは、裁くためではない。ただの男としての意地なのだよ」と、しみじみ呟いてみせる。

（先程まで聞いていた話によると、毎回直ぐに眠らされていたという事じゃったが……どこで壮絶な戦いを繰り広げたのじゃろうな）

所長の語りはいったいどこまでが本当で、どこまでが脚色なのか。ミラは盛大に飛び出してきた矛盾点に苦笑を浮かべながら、途中で追加したパンケーキを口に運ぶ。そして細かい事など吹き飛ばすほどの美味しさに笑顔いっぱいになった。

と、ミラがそんな事をしている間に、周囲の反応が大きく変わってきていた。

先程所長が話した内容は、いわば当事者から見た怪盗ファジーダイスの活躍の物語だ。義賊として有名なファジーダイスであるため、やはり民衆の支持は強く、所長の話に出てきた傭兵団や冒険者達、そして所長もまた、この場合は敵役として認識されるものだ。

「すげぇよ所長さん。俺、あんたを応援するよ」

「男だな。ああ、それでこそ男ってもんだ」

「そっか、それでファジーダイス様を……」

はてさて、どうした事だろうか。所長の話を聞いていた何人かが、ファジーダイスの敵方である所長を支持し始めたのである。しかも、その言葉に続くようにして、更に声援が増えていくではないか。

「ありがとう。頑張らせていただくよ」

客達にそう答えた所長は、優雅にブレンドティーを口にすると、愁いを帯びた瞳でどこか遠くを見つめた。内面はどうあれ外見は実に様になる所長は、渋い男の色気をそこに滲ませる。途端に、女性達の黄色い声が聞こえてきた。

何をやっているんだ。ミラはパンケーキを咀嚼しながら、所長にそんな視線を投げかける。すると所長はウインクを一つ返し、「ここのパンケーキは美味しいだろう?」と、とぼけてみせた。その表情に、何かしらの企み事が上手くいったというような色を覗かせて。

一見その場の勢いに思えたが、やはり探偵というだけあって何かしら考えていたようだ。

ミラは幾らかの客達を味方につけた所長からそっと視線を外し、細かい事を考えるのは止めて、残りのパンケーキを平らげる事に集中するのだった。


所長の武勇伝語りが影響してか、静かに話し合える環境ではなくなったレストラン。しかしまだ話すべき事は色々と残っているため、ミラが三つ目のパンケーキを完食したところで、場所を変える事となった。

そうして次に訪れた場所は、同ホテル内にある落ち着いた雰囲気のカフェ。しかもカフェでありながら個室のように仕切られており、目立たず話すにはもってこいの店だ。

「しかしまた、随分と脚色したものじゃな」

ミラは席に着くなり、そう口にしつつユリウスからメニューを受け取る。そして素早く、カフェ一番人気のプリンソフトクリームに目をつけた。

「こういう活動もしておかなければ、敵だらけで動きにくくなってしまうからね」

所長は一切悪びれた様子もなく、肩を竦めてみせる。

気にしていない素振りをしてはいたが、やはり義賊として有名な怪盗ファジーダイスを追うというのは、相当な苦労があるようだ。今回はミラという聞き役がいたため、いつも以上に話題を出し易く、印象操作が楽に出来たと所長は笑う。

「まあ確かに、あれだけのファンがいるわけじゃからのぅ……」

ミラは、この街で見かけたファジーダイスのファンらしき者達の事を思い出し、大いに納得する。

きっと今すぐ襲われないのも、そういった活動によって敵ではなく、ライバルとして認められているからであろうと。

「して、実際のところはどうだったのじゃ？」

メニューの端からちらりと顔を覗かせたミラは、不敵な笑みを浮かべながら所長を見る。脚色により、壮大に飾られたファジーダイスとの初戦。先程語られた大激戦は、どこまでが真実でどこまでが嘘なのか。

それを問われた所長は「勝敗は、そのままだ」と小声で臆面もなく答えた。

なお、一対一で相対するところまでが真実で、壮絶な戦いが丸っと創作であった。

相対した後にファジーダイスの姿が消えたかと思えば急激に眠気に見舞われ、意識が飛んだと気付いた時には治療院のベッドの上だったらしい。

「五秒ほどだったかな。圧倒的だったね。正直、どれだけやっても勝てる気がしないよ」

それはきっと本心なのだろう、所長は諦観めいた声で呟く。しかし不思議とその顔には、うっすらと笑みが浮かんでいた。

「また、言葉と表情が合ってはおらぬな」

ミラがそう指摘すると、所長はますます嬉しそうに言う。怪盗ファジーダイスは、正しく理想の相手であると。

「私が求めていたものは、冒険者時代に一度も経験せず終わった、困難への挑戦だ。けれど今更ながらそれを求めても、この歳となるとね。全盛期だったあの頃と違って、色々と難しくなるものなのだよ」

冒険者時代ならば、屋根から落ちる事もなかった。所長はそう笑い飛ばしながら、少しだけ寂しそうに自身の足に目を落とす。

「さて、注文は決まったかな？」

所長は小さく微笑みながらミラに視線を移すと、ミラが持つメニューの表を見つつ「私は、プリンソフトにしてみよう」と続けた。

「む。かぶってしまったのぅ。わしもそれにしようと思っておったところじゃ」

注文がかぶったところで、別に悪い事ではない。しかしミラには考えがあった。他者が食べているものを見て、あれは美味しそう、あれはそうでもなさそうと、次の注文の参考にするのだ。初めての店ともなれば特に有効な手段だが、同じ注文をしてしまっては使えない。

様子をみるために、変更しようか。そうミラが考えていたところ、その事を察したのか、

「それならば、私はアーモンドソフトにしようか。半分ずつ分ければ、二種類の味を楽しめる。更に我が助手も加えれば、三通りを一度に味わえるな。おお、これはいい考えだ」

と、所長は名案だとばかりに口にした。だがしかし、その案は即座に却下される。

「流石にそれは、気持ち悪いじゃろう」

いくら理想に近い渋さを持つ所長と、実直そうな好青年とはいえ、男とソフトクリームをシェアするなど、ミラにとってはまったく考えられない事であった。そしてユリウスもまた、同じように思っていたようだ。

「ミラさんとならともかく、所長までとは……」

そう口にしたユリウスは、「そこまで大きなものでもありませんし、また別に注文すればいいだけかと」と口にする。

だが、その言葉は所長の耳に届いてはいなかった。なぜならば初めのミラの一言により、「気持ち悪い……」と、完膚なきまでに叩きのめされていたからだ。

（ちょっと言い方が悪かったかのぅ……）

男同士でソフトクリームのシェアなど気持ち悪いだろう。ミラが口にしたのはそういう意味であり、これがソロモンとルミナリア相手ならば、そりゃそうだと笑っていたところだ。

だが、今は状況が違う。中身はどうであれ、誰が何と言おうとも今のミラはとても可愛らしい少女なのだ。そんな少女の口から、気持ち悪いなどと言われれば、大抵のおっさんは深く傷つくというものである。

ゆえに所長は今、余程ショックだったのだろう、愛娘（まなむすめ）に拒絶された父親の如く盛大に項垂（うなだ）れていた。

どうしたものかと、顔を見合わせるミラとユリウス。

「何か、すまんかった」

「いえ、仕方がないかと」

そう簡単に言葉を交わしてから、一先ず注文はプリンソフトクリーム三つに決まったのだった。

ミラとユリウスでどうにかこうにかフォローした事で、しばらくの後に所長は息を吹き返した。

所長の格好良い武勇伝が聞きたいな。概(おおむ)ね、そんな流れにもっていった結果、所長の語りたがり気質がショックを吹き飛ばしたようだ。

「さて、そうした制限の中で、より新しく刺激的な挑戦を探していた時の事だ——」

一転して表情を綻ばせた所長は、そこで遂にファジーダイスと出会う事となる依頼を受けたのだと語った。

成功だけだったかつてより、失敗もある今の方が充実している。そんな中で遭遇した怪盗ファジーダイス。勝利の可能性が微塵(みじん)も見えない大敗。圧倒的にも感じられた力の差。それを大いに味わった所長は、だからこそ口端を吊り上げる。

「それだけの相手と対峙しながらも、まだ私は生きている。このような事、冒険者時代ではあり得なかったはずだ。あれだけの強烈な敗北感は、実に不思議な感覚だったよ」

敗北とは、同時に死を意味する事が多い。戦いの場ならば尚更に。けれど所長は、初戦後に何事もなく目を覚ました。そして、かすり傷一つすらない事に気付いたという。聞けば、一緒に警備していた者達もまた同じだったそうだ。

「あの時は驚いたよ。ファジーダイスは、誰一人傷つける事なく犯行を完了しており、その記録は今でもまだ更新中ときたものだ」

初戦の時、所長と共に傭兵達が眠らされていたように、過去全ての犯行において、警備に当たっている者は、眠らされて無力化されているそうだ。

「怪我人を出さず、しかも狙うのは悪党のみ。それは人気も出るのも当然じゃな」

正に義賊といわんばかりなファジーダイスの徹底した仕事ぶりに舌を巻くミラ。敵であろうと傷つけず、裁くのは法の下。完全にヒーローの所業である。

しかし所長は、そんなヒーローを追う道を選んだ。その理由は、ある意味で理に適ったもの。

「人を傷つけない。これだけ徹底しているとなれば、それこそが怪盗ファジーダイスの流儀なのだろう。だからこそ私は、かの怪盗をとことん追う事にしたのだ」

そう口にした所長は、これまでとは違い狡猾そうな表情を浮かべていた。

そんな所長に、ミラは問う。なぜ、だからこそなのかと。

すると所長は、待ってましたとばかりに答えた。ファジーダイスの流儀がその通りならば、死ぬ事はない。つまり、あれだけの格上を相手にしながら、命の心配をせずに戦える、と。

「ほぼリスクのない状態で、とことん困難に挑める。正に理想の相手だ。いやはや、そういうわけで彼には甘えさせてもらっているよ」

結局はファジーダイスのさじ加減一つであるが、余程かの怪盗を信頼しているのだろう。所長は清々しいほどはっきりとそう言うと、今はファジーダイスをあっと驚かせる事が目標だと続けた。

「何というか、少々歪んでおるのぅ……」

所長がファジーダイスを追う理由。そこに探偵だの怪盗だのという要素はきっかけ以外に皆無であり、それどころか随分な内容だとミラは苦笑する。

「ああ、私もそう思う」

自覚はあるのか頷いた所長だが、次には「そんな自分が、最近好きになってきたよ」と笑った。

ファジーダイスの情報について。そんな話題から始まった所長の物語が丁度一段落したところで、注文していたプリンソフトクリームが運ばれてきた。

「味は、濃厚なプリンそのものじゃな」

口に含んだ途端に広がるカスタードの風味。流石は店一番の人気だと絶賛するミラ。所長とユリウスもまた、これは美味しいとミラの感想に同意した。

こうして一時の、おやつタイムとなる。

(ふーむ、どのように攻略したものか)

プリンソフトクリームを堪能しつつ、考えるミラ。ファジーダイスの実力は、最低でも霊獣アクタルキアと戦い勝利出来てしまえるほど。

しかし、それが上限なのか下限なのかは不明だ。たとえ術士最強の座にある九賢者の一人とはいえ、世界は広い。格上も存在している。三神国の将軍などが、その最たる例だ。

とはいえ流石に、かの将軍クラスの猛者(もさ)がそこらにいては、たまったものではない。しかし九賢者の前後あたりに匹敵するほどの実力となれば、幾らか数は増える。

プレイヤーが建国したアトランティスの『名も無き四十八将軍(ネームレスライン)』やニルヴァーナの『十二使徒』といった、最上位プレイヤー。そして地下闘技場のチャンピオンという経歴を持つキングスブレイド司祭を始めとする存在など。いるところにはいるものだ。

つまるところ、ファジーダイスもまた、この類の一人という場合も十分にあり得た。

（ここは、入念に準備しておいた方が良いかもしれぬな）

ファジーダイスは、ただの怪盗ではない。場合によっては、本気を出す機会もありそうだ。

（しかし……降魔術士で義賊となると……。ふーむ、ヒーローと義賊。あながち遠くもなさそうじゃが……）

相当な実力者であると思われる降魔術士の怪盗ファジーダイス。その活躍は、悪党を懲らしめる義賊であり、民衆から見ればヒーローそのものだ。

それらの事から、ミラはふと、ある人物を思い出していた。

その人物とは他でもない、九賢者の一人、降魔術士『奇縁のラストラーダ』である。

（今のところ、奴の情報が一つもないが……。可能性としては、あり得そうじゃな……）

これまでの冒険で、ラストラーダについての情報は一つとして聞いた覚えがない。何だかんだで癖の強い者達ばかりの九賢者。その中でも特に目立ちそうな者こそ、このラストラーダだ。

九賢者『奇縁のラストラーダ』。彼は自他共に認めるヒーローオタクであり、その行動もまた筋金入りだったと、ミラは思い出すと同時に苦笑する。

中でも特撮ヒーローが好きなラストラーダは、かつて現実世界において、その格好をして深夜の見回りをしていたという過去があった。

本人曰く、正義遂行中との事だが、その姿は紛う事なき不審者のそれであり、案の定通報され連行されたという経歴を持つ。しかも複数回だ。

警察官から、こっぴどく説教されたラストラーダ。しかしそれでも、彼の正義の心は挫けなかった。

彼の正義は、VR世界へと繋がっていく。

インターネット原始時代と呼ばれる二千年代初頭。ミラ達が生まれた時代はその頃より法整備もずっと進み、VR世界はそれなりに平和であった。

しかしいつの時代にも、システムや法の目を掻い潜る悪党が存在するものだ。

彼は、そんな悪と戦った。独自に組んだプログラムによって不正行為を見つけ出し、次々とネット警察に通報していったのである。

好きな事への情熱とは、時にとんでもない結果を生み出すものだ。彼は紆余曲折を経て、ヒーローオタクから国が管理するネットワークセキュリティ部門所属という大躍進を遂げる。ネットワークの世界を守る本物のヒーローとなったのだ。

　こうして重要な役職を得た彼だが、その根幹は変わっていない。彼はいつだって正義の味方だった。アーク・アース　オンラインというゲームの中であっても。

（思い返せば思い返すほど、そうではないかと思えてしまうのぅ）

　あれだけの正義感を持つ彼が、目立たないわけがない。しかし、噂には聞こえてこない。もしかして正義を遂行していないのだろうか。そんな考えが浮かぶものの、それはないとミラは思う。彼の筋金入りの正義は、もはや呼吸と同義なのだから。

　とすれば、既にそれらしい噂が耳に入っていてもおかしくはない。そして、それらしい噂として今一番に挙げられるのが、怪盗ファジーダイスであった。

（悪事の証拠を見つけ出し、法の下に晒す。手口は、一致しておるのじゃがのぅ……）

　考えるほど、ファジーダイスがラストラーダであるように思えてくる。しかしミラがそう確定出来ないのは、彼の事をよく知っているがゆえだった。

（あやつが予告状などというものを出すとは、どうにも思えぬ）

　ミラは、ラストラーダの正義を幾らか把握していた。彼は、何かしらの正義を遂行する時に、決して自らの影を出さないのだ。

　彼は正義の一環として、慈善活動にもよく参加していた。その際、ＳＮＳのような場で『ボランティア活動に行ってきます』だの『してきました』だといった事をわざわざ告げないのである。いつの間にかどこかに参加して、いつの間にか帰ってきているのが彼の日常だ。

ネットワークを独自に守っていた時もそうだった。誰に言う事もなく、ネット警察に通報していた。

(初めに聞いた時は、そこまで正義バカだったのかと驚いたものじゃ)

これらの事をミラが知ったのは、話の流れから仲間内で現実の仕事について話していた時である。それまでラストラーダは、ただの特撮ヒーローオタクという印象だけだった。しかし、ネットワークセキュリティ部門所属というところから、その経緯を遡っていったところで、彼が数々の正義を遂行していた事を知る。

ラストラーダにとって正義遂行とは、報告するような特別な事ではないというわけだ。訊いて確かめない限り、彼は自分の行ってきた正義を話さない。そしてそこには、彼独自の正義理論があった。

彼の考え方は、正義と悪は表裏一体というもの。正義のあるところには悪もある。つまり、正義が執行されている時、悪もまたそこに存在しているというわけだ。

平和に暮らしている者達に、悪の存在を感じさせる必要はない。そのような考えに基づいて、ラストラーダは誰にも言わずに正義を遂行しているのである。

(予告状なぞ、まるきり正反対じゃからな……。やはり別人じゃろうか)

悪がそこにいて、これから正義を遂行する。怪盗ファジーダイスの予告状は、世間で概ねそのような意味に捉えられている。始まりはどうであれ、予告状の意味がこうなった今、それを続ける事はミラの知るラストラーダの正義に反するはずだ。

とするならば、やはりファジーダイスの正体は別の凄腕降魔術士だろうか。

しかし、かの怪盗がもたらした結果を見れば、ラストラーダともとれる。けれど過程を見ると、どうにも違う。

予告状にしても、今ではそれ自体に正義が付随するだけの効力がある。世間の注目を集める事により、群衆が正義の目となるのだ。こうなれば、秘密裏に闇から闇へ、といった手段が使えなくなる。

知ったからには、群衆が納得出来る説明が必要となるからだ。

確実性という面でみるなら、予告状はとても効果的といえるだろう。しかし、ミラは思う。

(あの正義バカが、そこまで考えるじゃろうか……)

世間の注目。それがもたらす効果。そして後々の影響。ミラの知るラストラーダは、そういった細かい事を考えないヒーローバカであった。

そのため考えれば考えるほど、予告状の存在が際立ってくる。そしてもう一つ、証拠と共に持ち出される金品は、正義遂行に必要なのだろうかという疑問もあった。

はて、もしもラストラーダだったとして、どんな理由が。そう悩むミラだったが、そこはやはりいつもの如く、しばらくの後に早々と頭を切り替えた。

(まあ、捕まえてみればはっきりするじゃろう)

本人だろうと、そうでなかろうと、捕まえてマスクを引っぺがせばいいだけの話。ミラは、あれやこれやと面倒に考える事を止めてプリンソフトクリームの最後の一口をじっくりと味わった。

〈5〉

「時に、長い事、怪盗を追っているという話じゃが、他に何か情報はないじゃろうか。隠れ家なり協力者なり、盗んだ金の使い道とかでも良いのじゃが」

二つ目のソフトクリームを注文したところで、ミラは次の質問を投げかけた。

ミラが最終的に求めるものは、九賢者の一人アルテシアがいる可能性のある孤児院の場所だ。それさえわかれば、むしろファジーダイスに協力する事だってあり得た。

隠れ家や協力者、そして金の流れ。もしどれかがわかれば、孤児院への繋がりもまた見えてくるかもしれない。特に金の流れは、最も注目すべき部分だ。

「ふーむ、他の情報か。さて、何がいいだろうか――」

所長は少しだけ考え込んでからミラの問いに快く答えてくれた。

まず、ファジーダイスの隠れ家について、所長は街のどこかにあるようだが、犯行ごとに毎回変わっているため特定出来ないと言った。

長い時間をかけてこつこつ調べた結果、どうやらファジーダイスは宿を拠点として使っているのではないかと、所長は考えているそうだ。

「たまたま、夜更かししていたという少年に聞いたのだよ。窓から宿に入っていく不思議な人影を見たとね――」

少年の証言。根拠はそれだけらしいが、目撃した時間というのがファジーダイスを見失った直後だったという。

なお、この証言を得た後に該当の宿の部屋を調べたものの、それらしい痕跡は見つけられなかったそうだ。けれど、宿の主人から幾らか情報は得られたらしい。当日、部屋に泊まっていたのは、随分と平凡な冒険者の青年であったと。

見た目も口調も何もかも平均的で、とにかく平凡な冒険者としか言い表せない男。それが、ファジーダイスと思しき宿泊客だったそうだ。

「そこまで来ると、いっそ怪しいのぅ」

まるで平凡な冒険者を装ったかのような男の姿。だからこそミラは、その男こそ確かにファジーダイスだったのではないかと考える。

「ああ、私もそう思う」

所長もまた同意見らしい。そこまでの平凡さは、むしろ狙ってやらなければ出来ないのではないかと。

「私の予想では、既にファジーダイスはこの街のどこかの宿に潜伏している。それも、平凡な冒険者としてね」

平凡ゆえに、人の記憶には残りにくい。そして、ファジーダイスのマスクと衣装が特徴的だからこそ、余計に繋がりにくい。犯行は派手だが、ファジーダイスは高い潜伏技術も兼ね備えているようだ。

「どうにかして、見つけ出せれば楽なのじゃがのぅ」

ファジーダイスが予告した犯行日前に、潜伏場所を特定して捕らえてしまう。それが出来れば一番早いだろうと呟いたミラ。しかし、事はそう簡単にもいかない。

「そうなんだがね。冒険者っていうのは街の出入りが激しく、名前もわからない誰かを特定して見つけるのは不可能だったよ」

どうやら所長は、何度かファジーダイスが潜伏しているであろう場所を特定しようとした事があるそうだ。しかし結果は散々であり、特定は不可能だと結論を出したという。

そしてミラの事をじっと見据えた所長は、「ミラ殿くらいに特徴があれば、一日で十分なんだがな」と続けて笑った。

なお、協力者については、一切の影もないそうだ。


「さて、後は、金の使い道だったか」

改めるように、そう口にした所長は、思案げな顔で黙り込んだ。そしてしばらくしてから「これも公式的には、不明という事になる」と、どこか含みをもって答えた。

「何やら気になる言い方じゃな」

公式的には、とはどういう意味か。ミラがそう疑問を呈したところ、所長は、少々複雑な状況なのだと返した。

「噂に聞いたところ、何でも孤児院に寄付しているというではないか。そのあたりは、どうなのじゃろう？」

それは、いつかの鉄道旅行の折に同席した、マジカルナイツという服飾店の広報担当であるテレサという女性から聞いた噂。そして、探している孤児院との繋がりの可能性だ。

これがただの噂であり、そのような事実はないというのなら、ファジーダイスを追う意味もなくなる。だが事実ならば可能性は残る。

拠点や協力者などよりもまず、ミラが今一番はっきりとさせておきたい部分が、この真偽だった。

「ミラ殿も知っていたか。やはり人の口に戸は立てられないものだな」

ミラの言葉に対して、所長はどこか観念したような笑みを浮かべてから肩を竦めてみせた。その反応からして、何かしら把握している事は間違いないようだ。

「わしとしては、噂は真実の方が都合良いのじゃがな」

ミラはソフトクリームを一口頬張ってから、にやりと笑う。すると所長は、「非公式で良ければ、私が調査した結果を話そう」と口にした。

是非ともとミラが答えれば、これまた所長は語りたがりの虫が騒ぎ出して、調査過程も含めて実に詳細に話し始めた。

その噂について調べ、所長はそれが真実であると結論したという。

ポイントは、孤児院の運営形態だ。

まず、この大陸にある孤児院には大きく分けて三種類がある。

一つは、教会が寄付金で運営する、教会付属孤児院。最も多いタイプであるが、寄付金の集まり具合によって、その運営具合には大きな差が出る事もまた多い。そして時折、欲に取りつかれた神職なども出たりする複雑な孤児院だ。

もう一つは、貴族が資本金を投資し運営している、爵式孤児院。貴族が投資する理由は、対外の印象を考えての善良アピールであったり、裏表などない慈善家であったりと様々だ。特徴としては、子供達に職業教育がなされる場合が多く、成長した子供の大半が、貴族の管理する施設に配属されたりする。

そして最後の一つは、個人により運営されている、民間孤児院である。他の二種に比べ数は少なく、更に状態もまた他二つとは大きく違う事が多い。

そういった種類がある中で所長がまず目をつけた孤児院は、ファジーダイスが現れた事のある近辺に存在する孤児院だった。

所長は、冒険者時代に築いた人脈を駆使して、それらの孤児院の寄付金についての帳簿を入手。確認してみたところ、その中には例年よりも五割以上寄付金が増していた孤児院が幾つかあったそうだ。

それらは総じて、小さく貧しい赤字運営の孤児院だったという。

そして、寄付金が納められた日が、どこもファジーダイスの犯行後より一週間以内だとわかった。

「私は、その孤児院全てを直接この目で確かめてきた。そして、詳細な話を聞いた」

その結果、孤児院の周辺、そして内部、更にはそこで暮らす子供と管理人も、何かを隠している様子は一切感じられなかったとの事だ。

「何かと人を見る目には自信があってね。多少の演技ならば見抜ける。だが、子供も含めて、嘘をついているようには見えなかった。もしも演技だったというのなら、全員を集めて劇団でも作っていただろうね」

所長は、そう笑ってから、多額の寄付金は全てが匿名で孤児院に直接届けられていたと続けた。しかも誰にも見つかる事なく、夜のうちにいつの間にか届いていたそうだ。

朝起きたら『子供達へ』と書かれた不審な箱が置いてあったとは、孤児院の管理人の言葉である。

そういった事から、管理人もそれが誰からの寄付か把握しておらず、ファジーダイスの仕業であると公認されてはいないというわけだった。

「状況証拠からしてファジーダイスに間違いない。ただ、そのように教会にいる知り合いに報告はしたが、それが認められる事はなかった。だが私は、そう判断した教会を支持している。その寄付金が盗難されたものだと認定された場合、国によって孤児院から没収となってしまうからね」

確定的な証拠がない。そういった理由で、ファジーダイスかららしき多額の寄付金を黙認しているという教会。

ただ、この状況証拠を握っているのは、知り合いを含めた上層部の一部だけだろうと、所長は言う。

「念のため、ここで話した事は内緒で頼むよ。教会とはいえ、一枚岩ではないんだ」

聖職に就きながらも欲の皮が突っ張った者というのも、いるところにはいるものだ。状況証拠だけとはいえ、この調査結果がそんな者達の耳に入ったらどうなるか。想像に難くないだろう。

「ふむ、心得た。秘密じゃな」

盗んだ金だから云々などという事より、子供達の生活が優先だ。自分は聖人君子などではないから大丈夫だと微笑んだミラは、この話を口外しないと約束した。


と、そのように所長から様々な情報を訊き出していた最中の事。外から、室内にまで聞こえてくるほどの鐘の音が二つ鳴り響いた。

「おお、もうそんな時間だったか」

どうやら時刻を知らせる鐘だったらしく、所長は慌てたように懐から手帳を取り出し、それを確認する。

「わざわざ呼んでおいてすまないが、この後に少々、行かなくてはならないところがあってね。出来るならば、また六時頃に話をしたいと思うのだがどうだろうか？」

何やら大事な用事があるようで、所長は手帳を懐に戻しながら申し訳なさそうに言った。

「うむ、六時じゃな。構わぬぞ。わしもまだまだ、訊きたい事が残っておるからのぅ」

何かと長く話はしたが、ファジーダイスだけでなく、孤児院の事などについても訊きたい事が出てきた。そのためミラは、所長の申し出を快諾した。

話のついでに、夕食をご馳走してくれるという約束も取り付けたミラは、所長達と別れ、大通りをひた歩いていた。昼食時を少し過ぎた時間であり、丁度腹が満足している頃合いだからか、行き交う人々はどこか穏やかな様子である。

そんな大通りを進み続ける事しばらく。ミラは探していた店を発見する。

それはディノワール商会の支店だ。冒険者用品を専門に扱う店であるため、どこの街でも冒険者総合組合近くにあるというのがディノワール商会の良いところであろう。

「さて、幾らになるかのぅ……」

これまで街に着くたび、何だかんだとディノワール商会を覗いては、必要のなさそうなものまで買っていたミラ。だが今回、ミラがここを訪れた理由は、買い物ではない。古代地下都市で大量に入手した魔動石の換金が目的だった。

ミラは大きな期待を胸にして店の扉を抜ける。

ハクストハウゼンもまた歴史は古くかなりの大都市であり、周囲にダンジョンも多い。だからだろうディノワール商会ハクストハウゼン支店は、そこらの大店よりも更に一回り大きかった。すると当然、品揃えもそれに比例し圧倒的であり、「おお、これまた凄いのぅ！」とミラの心は躍り出す。

魔動石の買い取りは、会計とはまた別のカウンターで受け付けているようだ。

その事を事前に調べていたミラは、まずは換金を優先して、新商品が誘うように並ぶ棚の引力にどうにかこうにか抗い、買い取りカウンターを探す。

それは、店内の一角にあった。早速買い取りを頼んだところ、どうやら買い取り待ちが二人ほどいるそうで、ミラは店員から整理券を渡される。

なかなかに繁盛しているようだ。繁盛しているという事はそれだけ商品の回転率が高いという事。ならばきっと、いい値段で売れるだろう。ミラはそう期待に胸を膨らませて微笑む。

そんなミラに、「よろしければ、あちらでお待ちください」と店員が声をかけてきた。

その声に促され示された方を見たところ、カウンター横の少し先に、ちょっとした休憩スペースのような場所があった。しかも椅子とテーブルが並ぶそこには、各種ドリンクが無料で置かれているというではないか。

「では、そうさせてもらおうか」

そこで一休みさせてもらう事にしたミラは、整理券を手に足取り軽く歩いていく。

途中、頭上に看板が吊り下げられていた。『子供用　買い取り待ち休憩所』と書かれた看板が。けれど、既にドリンク選びを始めていたミラがそれに気付く事はなかった。

休憩所には、二人の先客がいた。いかにも術士見習いといった姿の少年と、これまた剣士見習いといった少年だ。知り合い同士か、それともこの場で出会ったばかりかはわからないが、二人は楽しそうに夢と希望に満ちた冒険者の未来の話をしていた。

しかしミラが来た途端、その声がぴたりと止んだ。

少年二人は、黙ったままミラの一挙手一投足を見つめる。一目惚れだった。

(あの少年共が買い取り待ちの二人とやらか)

ミラは、ローズバニラオレをコップに注ぎながら、ちらりとテーブルの方を見やる。

少年二人は、ひそひそと何かを話し合っていた。そしてばれていないとでも思っているのだろうか、ディノワール商会の商品目録を見るフリをしながら、そっとミラに目を向ける。

(ふむ、わしが気になるようじゃな)

可愛い女の子がいると、ついあれこれと誤魔化しながら見てしまうものだ。二人の少年の心境を大いに理解出来るミラは、どこか微笑ましい気持ちを抱きながら、少し離れた椅子に腰かけた。

(今後、わしのこの可愛さが基準にならねば良いのじゃがのぅ)

甘酸っぱい青春時代の一ページ。昔の自分を思い出しながら、ミラは初々しい反応の少年二人を心の中で心配した。

と、そんなミラの耳に、小さくだが少年達の会話が聞こえてくる。あまり明瞭ではなく、ところどころ飛んではいるが、概ねどういった内容について話していたのかはわかった。

その内容とは、可愛いやら好きやらといった初々しい時期を飛び越えて、まさかのミラとの家族計画だった。

稼ぎは幾らという話の他、更には甲斐性だ何だといった事から、生まれた子供への責任と義務、それゆえに子供は何人までという話に及ぶ。そして極めつけは、夜の営み云々ときたものだ。

(この世界の情操教育は、進んでおるのぅ……)

少年らしくない内緒話が交わされていると知り、ミラは絶句する。この世界だからか、それとも親がそういう教育方針だったのか。二人の少年は、見た目と違い随分と大人びているようだ。

どちらが満足させられるか。今度はそんな話を始めた少年達から顔を逸(そ)らしたミラは、手にしたコップに口をつけ、そっと傾ける。

口にした瞬間に、薔薇(ばら)とバニラの香りがふわりと花開くローズバニラオレ。ミラは、その新しい甘さと香りを楽しみながら、遠い目をして苦笑した。


しばらくして買い取り査定の番が来たと、剣士見習いの少年が呼び出された。少年はとてもゆっくりとした動作で立ち上がりながら、見溜めとばかりにミラの事をちらちらと見つめる。けれど二回目の呼び出しが聞こえると、慌てたように買い取りカウンターへ駆けていった。

(これで後、一人待ちじゃな)

思った以上に居心地が良い休憩所。ミラは大いに寛ぎながら、ふとローブ姿の少年に目を向けた。

話し相手がいなくなったからか、少年はどことなく所在なげな様子だ。かといってミラは、話し相手になってやろうとは思わなかった。先程、僅かに聞こえてきた内容の話についていける気がしなかったからだ。

と、そんな時、窺うようにして顔を上げた少年と目が合った。だがそれも、ほんの一瞬。少年は恥ずかしそうに視線を逸らし、中空を幾らか彷徨（さまよ）わせてから再び目録に目を落とした。

話の内容は大人びているが、中身はまだまだピュアな少年であるらしい。

（わし、罪作りな女）

何となくだが何かに安心したミラは、少しだけ威厳のありそうなポーズを決めながら、のんびりと順番を待った。

待ち時間の途中で、一人の少女が休憩所にやってきた。ミラの次の買い取り順番待ちのようだ。

少女は、コップにオレンジジュースを注いでから少々うろうろした後に、ミラの手前あたりの椅子に座る。丈の長い簡素なローブと、腰には初心者用の短杖。見た限りでいえば、彼女も見習い術士のようだ。

少女の歳の頃は十二、三。見た目だけでいえばミラと同じ程度だろうか。少し気弱そうな印象があるその少女は、コップを口にしながら、どこか好奇心を目いっぱいに湛えてミラの事を見ていた。

その視線に気付き、顔を上げるミラ。すると少女は僅かに目を逸らしたものの、再びミラを見つめて意を決したように口を開いた。

「あの……。もしかして、精霊女王さんですか？」

少女は、そっと控え目にそう言った。だが、そんな声とは裏腹に、表情はこれでもかというほどの期待に満ちている。その様子は正に、街でばったり有名人に出会ったというものだった。

（ほぅ……子供にまで知られておるとは、わしも有名になったものじゃな！）

前回の街、グランリングスでは微妙に噂が錯綜しており、精霊女王という名前が一人歩きしていたが、どうやらこの街には子供でも判断出来るほどに伝わっているようだ。

そう感じ取ったミラは、喜びを表に出さないように気持ちを落ち着けつつ、至って冷静に努めた顔で少女に視線を返す。

「うむ、何やら世間ではそう呼ばれておるようじゃな」

あくまでも周りがそう勝手に呼んでいるだけであり、自分はそのような事気にしてはいない、などという態度を装いながら答えるミラ。すると途端に少女は、表情を輝かせた。

「やっぱりそうでしたか！　そうじゃないかなって思ったんです！」

余程嬉しかったのだろうか、これまで控え目だった少女が興奮したように声のトーンを上げた。と同時に遠くから様子を窺っていた少年が、その声に驚き、びくりと肩を震わせる。

ミラが精霊女王だと知った少女は「遇えて感激です」と続けると、そこから一気にミラの隣の椅子にまで距離を詰めてきた。そして少女は、期待に目を爛々と輝かせ、ミラに質問を投げかけた。「セロ様とご一緒に戦ったんですよね!?」と。

少女が言うセロ様とは、つまりエカルラートカリヨンの団長であるセロの事で間違いないだろう。

「うむ、一緒じゃったのぅ」

はて、なぜここでセロの名前が出たのだろう。そんな疑問を抱きながらも、ミラは無垢(むく)な笑顔を見せる少女に快く頷き答えた。そしてミラは思い知る。少女の真の興味が、どこに向いていたのかを。

その後ミラは、少女からセロについてのあれやこれやを訊かれた。好きな食べ物や好きな女性のタイプといった、いわゆる定番のものから、どんな匂いだったか、ミラはどんな敬称で呼ばれていたのかという独特なものまで。それは数十にも及ぶ怒涛(どとう)の質問攻めだった。

そう、少女の目的は有名人である精霊女王のミラ本人ではなく、その繋がりにあったセロの方だったのだ。

その時の様子は正しく夢見る少女そのものだったが、ミラはふと感じ取る。どこか僅かに一途が過ぎたような気配もまた垣間見えると。

そのため、少女が質問の最後に口にした「セロ様とは、どんな関係なのですか？」という問いにミラは「たまたま戦線を共にした、冒険者と冒険者じゃっ」と、震えを隠しながら答えたのだった。

そうこうして、ミラが病み気味な少女に絡まれている時の事。術士見習いの少年も買い取り査定の順番が来たと呼び出されていた。

その際、席を立った少年は、ぐいぐいと少女に迫られているミラの姿に、新たな扉を開きかけたりする。そして、その光景を胸に刻み買い取りカウンターに歩を進めていった。

休憩所には、ミラとセロのファンの少女の他、また新たに数名の子供が来て買い取り待ちをしていた。

新たにやってきた子供達は、一様にミラと少女から随分と距離を置いた場所に座っている。そして、何やらひそひそと話していた。

「あの女の子、新人かな？」「見ない顔だね」「うん、可愛い」「ここは初めてなのかな」「そうみたいだね。可哀想に」

そんな言葉を交わす子供達。彼ら彼女らは知っていた。この買い取り休憩所に現れる、ヤンデレ少女の事を。そして捕まったら最後、その一途過ぎる愛を延々と語られ続ける事を。

しかし誰かが捕まっているのなら、他に害が及ぶ事はない。今ならば冒険者の話をしても、少女がセロの話を引っ提げて交ざり込んでくる事はないのだ。

子供達はミラの犠牲に感謝しながら、大好きな冒険者の話で盛り上がった。

「そうか、凄いのぅ」

(早く……早くわしの番号を呼んでくれ……！)

ミラは整理券を握りしめながらそう願い、当たり障りのない範囲で相槌(あいづち)を打っていた。セロについての質問が終わると、今度はどれだけセロを愛しているのかを少女が語り出したのだ。

その内容はもはや一途を通り過ぎた何かであり、ところどころに妄想まで交じったとんでもないものであった。

（モテる有名人というのは、大変なのじゃな……）

まるで深淵を覗き込んでいるかのような目で、懇々と語る少女。その狂おしいほどの愛は純粋で、また病的だった。

今はまだ、ミラがセロと共闘しただけという理由で少女は語りかけてきているが、もしもセロと食事を共にした事があり、仲良く話した事があり、部屋を訪れた事があると知ったらどうなるか。

決して下手な事は言えない。失言を警戒するミラは多くの言葉を返さず、少女の声にただただ相槌のみで答え続けていた。

と、そんな話が続く中、遂にミラが待ち望んでいた呼び出しの声が響く。買い取り査定の番がやってきたのだ。

「おっと、すまぬな。どうやらわしの番のようじゃ」

待ってましたとばかりに立ち上がったミラは、途中で話を切り上げる正当な理由を盾にして少女の言葉を遮る。

「まだお聞かせしたい事はいっぱいありましたのに、残念です」

ここに来た目的、ここにいる意味は、何といっても魔動石の買い取り査定である。それは何をしても話題を変えなかった少女であろうと、納得させられるだけの理由となった。

「ではな」

そう短く告げたミラは、逃げるように買い取りカウンターへ駆けていった。『行き過ぎた想い、それもまた愛よね』などとのたまうマーテルの声を聞き流しながら。

ミラが脱出したその後の休憩所には、一人の少女と、一ヶ所にまとまった子供達が残されていた。

そこに音はない。

これまで大好きな冒険者の話で盛り上がっていた子供達は、ミラという防壁がいなくなった途端に沈黙した。

このまま続けていた場合、それを耳にした少女がセロという最高の冒険者がいると語り始めてくるのが確実だからだ。

とはいえ、ずっと沈黙を続けるのは難しく、何より子供達がそんな空気に耐えられるはずもなかった。

一人がぽつりと口を開く。とはいえそれは、これまで盛り上がっていた冒険者談義とは違う話。今、巷(ちまた)で噂の怪盗ファジーダイスについてであった。

正義の怪盗ファジーダイスは、どうやら子供達にも大人気のようだ。悪党を成敗するヒーローのように語る少年達と、弱きを救うヒーローのように語る少女達。

若干認識に差はあるが、どちらも今回の活躍を期待しており、先程と同じくらいに盛り上がり始めた。

と、その最中、子供達の背筋が凍りつく。ファジーダイスの話が飛び交う中に、「セロ様は、もっと多くの人を救っているヒーローなのよ」という言葉が交ざり込んだからだ。

子供達は、いつの間にか一団に加わっていた少女の姿に戦慄した。そしてあっという間にファジーダイスの話は正義のセロ様に乗っ取られた。子供達は、少女の整理券番号が早く呼ばれる時を待ちながら、先程のミラのように、ただただ相槌を打つだけの機械となるのだった。

逃げた後の休憩所が、そのような惨事になっているなど知る由もなく、ミラは買い取りカウンターで説明を受けていた。買い取りが初めてだと伝えたところ、受付員が丁寧に教えてくれたのだ。

まず買い取りには、身分を証明出来るものが必要だという。これは冒険者証などでもいいようで、ほとんどの客が冒険者証を提示しているそうだ。

査定自体は、売り手の立ち会いのもと、別室で行うらしい。なお買い取り額は、魔動石の大きさではなく、含まれるマナの量によって決まるようだ。

そうして査定した金額に納得し同意した時、その金額が支払われるのだが、受け取り方が二種類あるという事だった。

一つは、現金での受け渡し。もう一つは、冒険者総合組合の口座だそうだ。ちなみに、ここを利用する子供達は皆、口座振り込みだと受付員は言っていた。

「では、こちらへどうぞ」

説明を聞いた後、ミラは査定が行われる別室、受付の隣にある扉の中に通された。

部屋の中は、簡素な客室といった様子だ。しかし査定などに使うのだろう大きな装置がところどころに置かれており、更には部屋の中央に置かれた椅子には白衣を纏（まと）った少女が座っていた。そのためか、どことなく研究所にも似た雰囲気があった。

「ようこそ。じゃあ早速、そこに魔動石を置いてね」

優しい笑みを浮かべながら、テーブルに置かれたトレーを指し示した少女の背には、薄い蝶のような羽が見えた。どうやら査定員は妖精族のようだ。

（夜にでも、マリアナに連絡してみようかのぅ）

妻の声が聞きたい。どこか単身赴任中の夫にでもなった気分で、そんな事を考えながら、ミラは査定してもらう魔動石を取り出すべくアイテムボックスを開く。

（さて、どれが幾らくらいになるじゃろうか）

アイテムボックスには、古代地下都市で手に入れた魔動石がたんまり入っている。小石程度のものから、拳大もあるものまでより取り見取りだ。当然、サイズが大きいほど内包するマナ量もまた大きく、買い取り価格も高くなる事だろう。

「では、これを頼む」

どれがどの程度の値段になるのか。ミラは数ある魔動石の中から、小中大とそれぞれ一つずつを取り出してトレーに置いた。

「あらー、こんなに大きいのは久しぶりね」

査定員は、どこか嬉しそうな様子で何かの装置にトレーごと置いてスイッチを入れた。その際、興味が赴くまま、その装置はどういったものなのかとミラが訊いたところ、査定員は、魔動石に含まれるマナを量るためのものだと教えてくれた。

静かに響く装置の駆動音は、それからほんの十秒くらい経ったところで止んだ。どうやら査定結果が出たようだ。

「お待たせしました」

査定員はトレーをミラの前に戻すと、そこに置かれた魔動石を一つずつ示しながら、その値段を提示した。

まず、小が千リフ。中が二万リフ。そして大が十万リフ程度という結果となった。

(おお、小さくとも千はいったか。あの頃の倍はするのじゃな。しかし中と大は、小に比べると大きな差はないようじゃのぅ)

魔動石の査定結果とゲーム当時の相場を比較したミラは、計算以下にならなくて済んだ事を喜びながらも、需要の増加で期待していた値上がりもさほどなかった事に少しだけがっかりした。

魔動式という道具の登場によって、魔動石の需要は跳ね上がったと聞いていたミラ。けれども小の魔動石以外は、三十年前とほぼ変わらぬ相場だ。

なぜだろうか。単純に気になったミラは、その事を査定員に尋ねてみた。ただただそのまま、三十年前より需要が増えているはずだが、ほぼ当時と変わらないのは何でだろう、と。

「当時の相場を知っているなんて、物知りなんですね！」

査定員はミラの質問に笑顔を返すと、少しだけ嬉しそうに「これは、私の推測なんですが」と前置きして、得意げに語り始めた。

ディノワール商会が扱う魔動式の道具や、その他様々な術具など、今現在、魔動石を利用するアイテムは三十年前に比べて数え切れないほど増えているのは事実だ。

そのため、需要が増えた魔動石の価格もまた値上がりしそうなものだが、そうならずに安定しているのは、三十年前のある出来事が関係していると査定員は言う。

「私が調べたところによりますと、今と当時では、生産に使われる魔動石の量が全然違いました。消費量が三十年前の半分くらいしかなかったのです！」

どこからともなく資料を持ってきた査定員は、そこに手書きされたグラフを指しながら、どうだと言わんばかりの表情を浮かべていた。

見ると資料には、魔動石の消費量が分類ごとに分けて書かれている。どうやら彼女には研究者の資質もあるようだ。見事なもので、中でも特に武具製作における消費量が急速に減っているのが見て取れた。

査定員は言う。どういうわけかこの三十年前を境に、一流の職人の多くが隠居しているのだと。

「ああ……なるほどのぅ」

三十年前とは、つまりこの世界が現実になった頃であり、多くのプレイヤーがこの世界から消えた時期ともいえる。

ミラは、需要が増えた魔動石の相場が変わらなかった理由の一端を理解した。

プレイヤーの職人達が一斉にいなくなった。中でも特に武具を扱う職人にとって、強力なものを作製する際には、特別な炉やら何やらの利用が欠かせない。そして、それを稼働させるためには、大量の魔動石が必要だった。

ゲーム当時、魔動石はプレイヤー産出量の五割近くが、この生産によって消費されていたほどだ。しかし三十年前にその職人達がいなくなり、需要がなくなった分が、道具や術具の動力として使われているという事である。

そういう事かと納得したミラだったが、査定員の話は、そこで終わらなかった。更にもっと踏み込んだ調査結果を述べ始めたのだ。

魔動石の価格が安定している、もう一つの理由。それは、冒険者総合組合が出来た事だと査定員は語る。

その事により、冒険者を生業とする者が激増し、それに伴い魔動石の総産出量が当時よりも増えているそうだ。

更に近年、隠居していたはずの職人達がちらほらと戻ってきているらしい。けれどそんな上級職人達が使う道具や技術が当時よりもずっと進化しているようで、魔動石の消費量が抑えられていた。

そして何よりここ十年ほど前から、特別な燃料や精霊の力を借りるという方法が職人達の間で流行っているとの事だ。

何でも、これまでの製造法より上質に仕上げられるそうである。非常に難易度の高い方法であり扱えるのは上級職人でも一部だけだが、魔動石を大量に使うのもまたそんな職人ばかりなので、消費が抑えられる結果となるわけだ。

そういった様々な理由から、魔動石の需要と供給は安定していると査定員は締め括った。

「ほほぅ、更に上質なものが……」

査定員の話を聞き終えたミラは、魔動石よりも、その話の中にあった製造法に興味を惹かれていた。

今現在ミラが画策している、最強装備作製計画。その第一歩となる最高品質の素材は、マキナガーディアンから回収出来た。次は職人探しだが、この件についてはソウルハウルより、元プレイヤーの職人が集まる研究所という有力な情報を得ているので問題はない。

それらに加えて、今回の情報だ。かつて伝説級にも匹敵する武具の数々を生み出してきた職人達が、最高品質の素材をその新たな技術を用いて加工したらどうなるのだろうか。

（もしや、神話級がわしの手に……!?）

かつてのミラ――九賢者であろうとも易々とは手に出来なかった神話級。

その性能とは、いかほどのものか。ミラは期待膨らむ未来を思い描きながら、いつか九賢者が揃った時にでも、皆に自慢出来たらいいなと笑うのだった。

〈6〉

査定員が独自に調べたという魔動石の価格変動の歴史を聞き終えた後、ミラは大量に収獲した魔動石の一部を、更に追加で買い取りに出した。

査定は、大きさではなく内包するマナ量で決まるため若干の誤差は出るが、先程査定してもらった結果と、そこまで大きくは変わらない。その事を踏まえて、ミラは中と大の魔動石をざっと三百万リフ分見繕い、買い取ってもらった。

なおミラは、小さな魔動石を手元に残しておく事にした。手持ちの道具にそのまま利用出来たりと、意外にも汎用性が高いからだ。

また買い取りの際、ふと思いついたミラは身分証明としての冒険者証と一緒に優待券も提出してみた。ディノワール商会の商品が二割引きで購入出来るという特典の付いた優待券だが、それが買い取りにも効果はないだろうかと考えたのだ。

すると、これまたありがたい事に、優待券の効果で買い取り額に一割が上乗せされるそうだ。

結果、ミラが手にした金額は、約三百三十万リフにもなった。

これはもう、今後も魔動石の買い取りはディノワール商会で決まりだ。そう、まんまとセドリック・ディノワールの思惑通りな思考に至るミラだった。

三百三十万リフあまり。それは金貨にして六十六枚となるため、ずしりとした重さがあり、なかなかに嵩張るものだ。だがミラはそれだけの大金を、組合振り込みではなく現金で受け取っていた。

「この重さが、何ともたまらぬのぅ」

買い取り用の受付を後にしたミラは、店内に設置された普通の休憩スペースで、金貨が詰まった袋を手にほくそ笑む。金の重みは、何と心地好いものなのかと実感しながら。

じゃらじゃらと金貨と金貨が擦れ合う音を十分に堪能したミラは、さてとアイテムボックスを開いた。

この世界に来たばかりの頃、ミラはソロモンから教えられた事があった。金貨やら銀貨やらのお金は、アイテムではなく金銭に分類されるため、アイテムボックスに入れられないと。

だが後に、それを解決する方法も聞いていた。金貨などは、そのままでは入れられないというだけであり、金貨の入った袋というアイテムであれば、幾らでもアイテムボックスを利用出来るのだと。

重量制限のある操者の腕輪の場合、数千万にもなる大金を常時入れておくのは難しいが、その制限のない元プレイヤーならば貯蓄し放題というわけだ。

ミラは金貨を六枚、三十万リフを別にして、残りは革袋に入れたままアイテムボックスに収納した。

優待券で得した三十万リフ。これを今回の予算として、ミラは意気揚々とディノワール商会の店内に繰り出していく。

ディノワール商会は広く、ミラはあっちへふらふら、こっちへふらふらと、店内中を巡るように見て回った。多様性に富んだ冒険者用品の品揃えはいくら見ても飽きる事なく、ミラの冒険魂を熱くする。用もないのにどこか惹かれるサバイバルセットや、実際には役に立たなそうな探偵の七つ道具のような子供心を擽る何かを、冒険者用品から感じているからだろう。

概ねミラの心境はそのような感じだが、冒険者用品の性能自体は子供騙しなどではなく本物だ。生きるため、冒険のための知識がふんだんに活かされたものばかりである。

だからこそ余計にミラは夢中になって、商品を吟味していく。ミラにとっては召喚術や精霊達の力によって十分に代用出来る機能の商品が多いものの、やはり便利な道具というのは、不思議と惹かれるものだ。

ミラが店内巡りを始めて、一時間ほど経っただろうか。幾つかの商品をカゴに確保したミラは、いよいよ一番楽しみにしていた新商品のコーナーに足を踏み入れた。

流石は冒険者御用達の新商品というべきか、結構な数の冒険者が、そのコーナーには集まっていた。商品を念入りに確認する者や、サンプルを試している者、また店員を質問攻めにしている者など、大盛況な様子だ。

「ほぅ、こっちはセール中か」

ミラは新商品コーナーの直ぐ隣にセールコーナーがあるのを発見した。棚一つを丸ごと使ったコーナーだが、既に棚の半分は空になっている。相当な人気商品のようだ。

そこに置かれていたのは、『魔動式服下用冷却クルクール』という商品だった。セールの文字の下には、これからの季節に大活躍と書かれている。

更にその下には商品説明があった。それによるとこの商品は、服の下に入れておく事で身体を冷ます事が出来るそうだ。服の中に入れられる小型のクーラーとでもいった商品だろうか。

大きさは大体手帳ほどで、表面には『止弱中強』の文字と摘み型のスイッチがあった。実に夏を思い起こさせる作りである。

「これは、素晴らしいのぅ！」

生まれ育った世界にも、これほど小型で便利なものはなかった。

既に八月を間近に控えた季節。屋敷精霊の中は精霊の力によっていつでも快適な温度に保たれているが、外に出ると暑さに襲われ、じわりと汗が噴き出してくる。そんな季節だ。

服を脱ぐにも限界があり、暑さを凌ぐのは、なかなかに難しいところである。それをこれ一つで緩和出来るというのなら、もう買うしかないだろう。

しかしそこで、ミラの目に肝心の値段が入ってきた。セール中でありながらも、その価格は二十万リフもしたのだ。なお、本来の販売価格は三十万リフのようだ。

予定していた予算の三分の二が、この一つで消えてしまう事になる。

「しかし、これは必要じゃろう……！」

少しだけ考えたミラは、すぐさま予算の増額を決定する。幾つか種類があるうち、ローブ用と書かれた方を手に取って即カゴに入れた。

むしろたったの二十万で、外出時の暑さを凌げるのなら安い買い物だろう。そう誰にともなく心の中で言い訳を重ねながら、ミラは今一度、新商品のコーナーに戻る。

ただ新商品とはいえ、流石に入れ替わりはそう多くなく、半数以上は前にも見た事があるものだ。しかし、幾つか覚えのない品も交ざっており、ミラはそれらを一つ一つ吟味していく。

と、そんな中で、特に気になるものを見つけたミラは、早速それを手に取った。

「ほほぅ、これはソロモンが喜びそうじゃのぅ」

見た瞬間にミラはソロモンの事を思い出す。軍事関連が大好きという軍オタな側面を持つソロモンの事をだ。

特に奇抜な形をしたそれが置かれていた棚には、使用に関しての詳しい説明文が書かれていた。確認してみると、やはり見た目通りの性能のようである。

（ふむ、白霧（はくむ）草由来の成分を使用しておるのか）

ミラが手にしたそれは、正しくガスマスクであった。空気を浄化する性質を持つ白霧草。その成分を利用した装置と光源となる術具を埋め込み、空気のない場所や、毒素が漂う場所でも呼吸が出来るという優れものだ。

どちらかといえば、ガスマスクというより酸素マスクといった方がいいだろう。しかし見た目は、病院などでよく見る酸素マスクとはまったく違う。特殊部隊が着けていそうな、軍事用のガスマスクそのものだった。

　そんなガスマスクの正式名称は、『安心呼吸マスク水陸両用タイプ』である。どうやら水中でも使えるらしい。ますます便利そうだ。

「どれどれ……」

　使い勝手はどうだろう。ミラは早速試供品として置かれている安心呼吸マスクを被ってみた。しかし、どうにも試供品用のマスクはサイズが大きいようで、ミラの顔には合わず、呼吸をするたびに隙間から息が漏れ、その都度音が鳴った。

「ほぅ。思ったよりよく見えるのじゃな」

　シュコーシュコーと怪しげな音を立てながら、ミラはゴーグルの部分から見える範囲を確認する。幾らか視界は遮られるものの、性能を考慮すれば十分に及第点だろう。そんな事を独自基準で採点しつつ、ミラは制式採用してもいいのではと考慮する。

　実はかねてより何かとソロモンの軍オタ趣味に付き合わされていたミラは、その中で少しだけ興味を芽生えさせていた。

「うむ、作戦行動に支障はなさそうじゃなっ」

　だからだろうか、特殊部隊さながらのガスマスクを着けたミラは、特殊部隊員にでもなったかのような気分を味わえご満悦であった。

800
9000

ミラが安心呼吸マスクにうつつを抜かしていた時の事。新商品コーナーの近く。可愛らしい魔法少女風の衣装に身を包んだ女の子が、いかついマスクを着けて、近くの棚に張り付きステルス行動をしている姿を数人の客が目撃していた。

彼らは後に、こう語る。あれは少しだけ微笑ましくも、言葉に出来ない奇妙な光景であった、と。

マスクとは不思議なもので、着けていると周りの視線が希薄に感じられる事がある。安心呼吸マスクを堪能したミラは、他の新商品も一つずつ確認していった。

商品のバリエーションや確かな性能に一つ一つ感心すると共に試したりもしながら、歩を進めていく。

途中、料理のレシピ集がコーナーに並んでいるのを見て、ミラは疑問符を浮かべた。なぜ冒険者用品の新商品コーナーに料理のレシピ集があるのかと。

だがそれは、その直ぐ上に置かれていた新商品を見て判明する。

そこにあったのは、『魔動式冷凍保存袋』なる代物だった。これまで販売していた魔動式冷蔵保存袋の発展型のようだ。食材などを冷凍した状態で運べるようになるため、これの登場により旅先での料理の幅が随分と広がったという。

よく見れば料理のレシピ集には主に、冷凍出来る食材とその下処理、そしてそれらを使った料理が掲載されていた。だからこそ、レシピ集がここに置かれていたというわけだ。

「ふむ……」

ミラが持つアイテムボックスは操者の腕輪と違い、中に入れたものを入れた時の状態のまま保っておける。そのため、わざわざ保存のために冷凍する必要はないので、この保存袋を買う理由はなさそうだ。しかしレシピ集に目を通したミラは、「これは買いじゃな」と呟きながら保存袋とレシピ集をカゴに入れた。

ミラは初め、食材を冷凍保存するための『魔動式冷凍保存袋』だと思っていた。けれど、これが秘めた性能はそれだけではなかったのだ。

レシピ集には、保存袋をも利用したレシピが載っていたのである。

それは、冷凍すると美味しさが増す食材から始まり、シャーベットやアイスクリームの作り方といったものまで網羅していた。

旅の途中、草原の只中（ただなか）で星空を見上げながら口にする手作りアイスクリームは、どれだけ美味しいだろうか。そんなロマンのある状況を思い浮かべたミラは、それ用の食材を買い足しておこうと決めた。

次にミラが興味を惹かれた新商品は、『同化している魔動式迷彩マント』なる商品だった。一見すると地味な灰色のマントだが、魔動式という名が示す通り、スイッチ一つでその柄ががらりと変わるという仕様である。

その迷彩パターンは幾つもあり、草原に森、荒野に砂地、水辺に海原まで、数多く用意されているようだ。

正面からではなく、遠距離からの攻撃、または聖術士などのサポートを得意とする冒険者に人気らしい。更には、狩りで生計を立てるハンターにも売れているそうだ。

続いてミラが目を留めた品は、『魔動式暗闇解消暗視ゴーグル』だった。説明書きによるとその名の通り、暗闇の中でもはっきりと見える逸品だという事だ。しかも先程の『安心呼吸マスク水陸両用タイプ』の上からでも装着出来る設計らしい。

光源を必要としないため、真っ暗な夜でも気付かれず狩りが出来る。また見張りの時も、光の届かない遠くまで見通せる優れものだ。

(ファンタジーの暗視ゴーグルは、どこまで見えるのじゃろうな)

そう気になったところで、一つの扉がミラの目に入った。どうやらこの『暗闇解消暗視ゴーグル』は、新商品の中でも特に一押しなのだろう、その効果の程を確かめるための暗室が隣に用意されているようだ。

(しかしまた、これの開発に元プレイヤーがかかわっているのは間違いないじゃろうな。デザインから何から、ザ・暗視ゴーグルと言わんばかりじゃ)

もしやソロモンと同類か。そんな事を想像しながら、ミラはお試し用のゴーグルを手に取った。

ガスマスクに迷彩、そして暗視ゴーグルと軍事寄りな品々が並んだ事で、ミラの脳裏には、ますますソロモンに関係した色々が浮かび上がっていた。こういったものを一式借りて、サバイバルゲームに参加した事もあったな、と。

ＶＲでサバイバルゲームをして遊ぶ場合と実際に身体を動かす場合とでは、やはり違うもので、ミラはあの時の疲労感は何とも心地好かったなと思い出す。

「ふむ……折角じゃ」

試供品の迷彩マントを羽織ったミラは、更に安心呼吸マスクを被り、その上に暗闇解消暗視ゴーグルを装着するという完全武装で暗室に入っていった。

余程ゴーグルの性能に自信があるのか、暗室の中はこれでもかというくらいに真っ暗だった。暗闇の中でしばらく待機して目を慣らしても、僅かな輪郭すら映らないほどだ。

まずミラは、暗闇の中を手探りで歩いてみた。そしてわかったのは、暗室の中は細い通路になっているという事だった。

（ふむ……これは、通路になっているのじゃろうか）

夜の闇よりもなお深い、暗室の暗闇。裸眼ではどうにもならない事を実感した後、ミラはいよいよ暗視ゴーグルのスイッチを入れた。

「おお！」

瞬間、ミラは驚きの声を上げる。これまで一寸先も見えなかった前方が、ありありとその目に映ったからだ。

暗視ゴーグルらしい緑がかった視界には、どのように通路が延びているのかが鮮明に映った。流石はディノワール商会、その性能は確かである。

そうしてはっきりと見えるようになった事もあり、ミラは暗室の中がどうなっていたのかも知る事が出来た。

複雑に入り組んだ通路と無数の障害物、そして少し進めば小さな部屋まであるではないか。

「これはまた、燃えてくるのぅ」

暗闇の中に広がるその空間は、まるでサバイバルゲームの室内フィールドのようであった。

ますます当時を思い出し、より興が乗ってきたミラ。傍の壁を背に張り付くと、その手に読んで字の如くな空気銃を握り、通路の角からちょこんと顔を覗かせる。気分は完全に作戦行動中の特殊部隊のそれであった。

「クリア。ターゲットはいない」

いもしない部隊員と連携しつつ、ミラは暗室を慎重に進んでいく。複雑な通路を進み、小部屋をクリアリングし、そして背の低い障害物の傍では床に伏せ、匍匐前進を開始する。

ずりずりと進んでいくミラ。その気分は正に、夜襲を仕掛ける特殊部隊である。

と、そんな調子で通路を行き角を曲がった時の事だ。直後にその更に先の角から、一人の男が顔を覗かせた。

通路の長さは、ほんの五メートルほどだが、視界が床に近いミラは、僅かに顔だけを覗かせた男に気付いていない様子だ。

特殊部隊員として作戦行動中のミラ。そんなミラの姿を目にした男は、その顔にありありと恐怖を浮かべて停止した。

彼は、ミラより先に暗室でゴーグルの性能を試していた。そして、その性能の素晴らしさを実感していたところだった。

暗視ゴーグルがなければ真っ暗な部屋の中。そのような環境下で、ずりずりと何かを引きずるような音がしたと思ったら、迷彩のマントを纏い、ガスマスクの上に暗視ゴーグルを着けた何者かが、よりにもよって地を這い現れた。流石の男でも、これに恐怖を感じるなというのは無理だろう。

一瞬硬直した男は、気付かれないように足音を殺し、そっとその場から大急ぎで逃げ出した。

ミラはといえば、そんな男には気付く事もなく作戦行動を続け、存分に浸ってから暗室を後にするのだった。


それは、ミラが暗室で特殊部隊ごっこに興じていた時の事。ディノワール商会の扉を勢いよく開き、一人の男が慌てた様子で飛び込んできた。

「これはフリオさん。いかがなさいました？」

丁度出かける途中だったのだろう、入口近くにいた店員が男に声をかける。すると男は店員に駆け寄って、開口一番にこう言った。「こちらの店に精霊女王が来ていると聞いたのですが」と。

その男の名はフリオ。現在、子供のみならず大人達にまで大人気のカードゲーム『レジェンドオブアステリア』の発売元である『グリモワールカンパニー』の営業担当であった。

フリオの仕事は数あれど、その中でも特に重要な役目がある。それは、カードの絵柄となる人物との交渉だ。

今後のバリエーションの他、何より憧れの存在を手に出来るという興奮をカードゲーマー達に提供するために欠かせない仕事。

新星のように現れる逸材、また名を馳せる冒険者などと交渉を行いカード化の了承を得る事こそが、フリオが請け負う中で最も重要な仕事だった。

「精霊女王ですか？　実はグラマラス美女ではなくちんまり美少女だった、とか言われている？」

悪意はないのだろうが、少しだけ残念そうな声で店員は答える。どうやら彼は巨乳派のようだ。

「ええそうです、その精霊女王です！　こちらの買い取り受付に来られたと聞いたので、飛んできたのですが。今どちらにいらっしゃるかわかりますか!?」

言葉通り、フリオは大急ぎで駆けてきたのだろう、流れる汗も意に介さず店員に迫る。

ここに精霊女王がいるという事を知った彼の情報源。それは、ミラが休憩所で出会ったセロ好きの少女だった。精霊女王からセロの話を沢山聞いたと少女が仲間に語っていたところを、フリオが丁度耳にしたのだ。

「うーん、すみません。私は先程まで書類整理で裏にいまして。今の店内の客層は把握していないもので」

店員は手にした書類を抱え直しながら、「噂通りなら、結構分かり易いはずですけど——」と呟きつつ、店内を見回した。

「そうなんですよね。長い銀髪に碧眼、魔法少女風の衣装を着こなす美少女、と。特徴で随分と絞れるはずですが」

フリオもまた、そう答えながら店内を一望する。

二人は店の入口付近にいるため、店内の様子がよく見えた。入って直ぐに全体を見渡せる絶妙なレイアウトであり、多くの利用客達の姿もまた、その場から見て取れる。

フリオと店員は、そこにいる客達の姿を一通り確認していく。

利用客はほとんどが冒険者であり、いかにもな軽鎧やローブ姿の客が半数以上を占めていた。残りは日常使いが出来る商品を買いに来た市民と、今流行りの魔法少女風衣装を纏った女性達だ。

流行っているという事もあって、魔法少女風衣装で捜しても、結構な人数が店内には存在した。

だがそこは、この仕事の長いフリオである。該当する衣装の客達を素早く見定め、精霊女王として知る特徴が当てはまるかどうかを判断する。

銀髪の女性、しかしとても胸が大きいので違う。銀髪だが長さが肩までしかないので違う。ちんまりしているが妖精族であるため違う。長い銀髪だが……女装なので違う。

「見当たりませんね」

「そのようですね」

一通り見た限り、入口から見える範囲に該当の人物はいないと二人は判断する。

「買い取りに来ていたというのなら、一先ずそちらで聞いてみてはどうでしょう？」

店員は少し考えてから、そのように提案する。まずは原点から辿ってみてはどうかと。

「なるほど確かに。そうします！」

もしかしたら買い取りを受け付けた者が、何か知っているかもしれない。また、その近くにいた者が、精霊女王がどこへ向かったか見ていたかもしれない。そう思い至ったフリオは、店員に礼を告げると、早速とばかりに買い取りカウンターに向けて駆け出した。

その途中。フリオは新商品が並ぶコーナーに目を向けた。

（今回、精霊女王との交渉が上手くいけば、ボーナスが。そしたら絶対にクルクールを買う！）

フリオは額から流れる汗を拭いつつ、新商品の棚に熱い眼差(まなざ)しを向ける。営業職であるフリオは、外を歩き回る事が非常に多い。ゆえに夏は、ダントツで辛い季節なのだ。

しかし『魔動式服下用冷却クルクール』を手に入れれば、そんな辛さとはおさらば出来る。一月ほど前にクルクールを試させてもらった事のあるフリオは、それ以来ずっと購入の機会を窺っていた。

しかしその価格は特価の今でも二十万リフ。一般職には、なかなか手が出しにくい価格である。

ディノワール商会が扱う品々は、ずば抜けた利便性を持つ。だがそれらは全て、命を対価にして数百万数千万と稼ぐ冒険者達向けに開発された道具である。そのため一般には、高級雑貨といった扱いになっているのだ。

特に主婦達の間では、ディノワール商会製の調理器具を幾つ持っているかがステータスとされていたりする。

「こういう時のために、貯金しておけば良かった……」

そう呟き誘惑を振り切るように一歩を踏み出したフリオは、その直後、実に不可解な人物を目にして、ビクリと立ち止まった。

新商品コーナーの傍。隣接する位置にある部屋。その奥側にある扉から、迷彩マントで身を包み、顔にはガスマスクと暗視ゴーグルを着けた何者かが、ゆらりと出てきたからだ。

その姿は異様の一言に尽きた。表情も視線もわからず、全身を覆ったマントは体形から何からを全て隠している。だがフリオは、僅かにだけ見えた頭に注目した。

「銀髪……」

扉から出てきたその人物は、両手を不自然な形で構えたまま壁に張り付き、出てきた扉の中を覗き込むという謎の行動を繰り返す。更には、突入とばかりに再び部屋の中に飛び込んではまた飛び出してくるなど、不審な行動を続けていた。

「あれは流石に、ないか」

見た限り、噂との共通点は銀髪というだけ。魔法少女風の服なのかもわからず顔も見えないため、現状では性別すら判断出来ない。だが何より、あんなに怪しい人物と間違えたら、本物の精霊女王に怒られそうだ。

かつて人違いで交渉に大きな支障を出してしまったという営業仲間。彼の事を思い出したフリオは、慎重に考えた末にそう結論した。まずは、買い取りカウンターで、精霊女王の詳しい特徴を訊いてからだ。

(ここで最優先対象の許可を得られれば、かなりのボーナスが貰(もら)えるはずだ!)

現実的な目的を胸に抱きながら、精霊女王がこの街にやってきた事を感謝しつつ、フリオは歩き出すのだった。

〈7〉

「これは実に便利じゃな」

暗室を後にしたミラは、そのまま周囲を見回しながら呟く。

暗い場所でもはっきりと見えるようになる暗視ゴーグルは通常、明るい場所に出ると視界が真っ白になってしまうものだ。しかし、ディノワール商会製の暗視ゴーグルは、そうならない。基本的には手動だが、明るい場所に出た瞬間には、暗視のスイッチが切れるようになっているからだ。

暗室に出たり入ったりを繰り返して、その見事な切り替わりぶりを試した後、ようやく満足したミラは新商品コーナーに戻り完全武装を解除する。

そしてお試し用のゴーグルとマスク、マントを元の場所に戻してから、販売用をそれぞれ一つずつカゴに放り込む。なお、どれもSサイズだ。

暗視ゴーグルは五十万、ガスマスクと迷彩マントは三十万で、計百十万リフ。更に冷凍保存袋やら何やらを合わせて、合計百三十万リフほどの商品を購入したミラ。当然、優待券を提示する事を忘れずに、その二割引きだ。

「ついつい買い過ぎてしもうたな！」

ディノワール商会を出たミラは残金を確認しながら、そう笑い飛ばした。予算は三十万と決めてはいたが、結果百万もオーバーしている。けれどミラに後悔はなく、むしろ良い物が手に入ったとほくほく顔だ。

思った以上の散財。しかしそれを気にしていないのは、ミラの脳裏に一つの考えが浮かんでいるからだ。お金が足りなくなったなら、また魔動石を売ればいいじゃない、と。

古代地下都市で潤沢に稼いだ魔動石は、まだまだ十分過ぎるほどに残っている。換金していないだけであり、今の相場に換算しても数千万はゆうに超えるほどの量だ。

だからだろう、ミラの財布の紐はゆるゆるであった。

そんなミラが次に立ち寄ったのは、琥珀専門店だ。しかしそこで扱っているのは、装飾品の琥珀ではない。術具やエンチャントのために調整された、冒険者向けの琥珀だ。

（ふむ……。やはり前より値上がりしとるな……）

精錬装備制作に向けて、虹珠琥珀が今、どれほどの相場なのかを確認するためにやってきたミラ。一通り見て回った結果、かつてより五割ほど相場が高くなっているようだとわかる。

（しかし、上級の強化を施すとしては、まだ手頃な方じゃろうか……）

現在、ミラが考える最強装備への道のり。それは、己の技術を存分に駆使したものであった。

虹珠琥珀は、フィジカル面での能力付与と相性が良い。つまり、魔力特化なミラの弱点を補い、仙術の効果も上げる事が出来るわけだ。

最終的には、これらの効果を精錬技術で数多く抽出し一つに束ねて、マキナガーディアンの素材で作った装備品に注ぐわけだ。

きっと、とんでもないブースト装備が完成する事だろう。

（なかなか、良いものが揃っておるではないか）

完成するその日を思い浮かべながら、ミラは琥珀製品を吟味するのだった。


ディノワール商会に続き、琥珀専門店でも一時間ほどを過ごしたミラ。現在の時刻は午後四時の少し前だ。

（はて、何じゃろうな。何やら慌ただしい気がするのじゃが……）

さて、次はどこを見てみようか。そう思い歩き出したところで、ミラはそれに気付く。

沢山の商店が並ぶ大通りはハクストハウゼンの主要路の一つであり、多くの人が行き交っている。もとより賑わいのある場所なのだが、それ以上に、どうにもまた違った様子であった。

はて、何が違うのだろう。違和感の正体を探るべく、ミラは周囲に気を配る。するとそこで、ある声がミラの耳に届いた。

「どうだ、見つかったか？」「いや、こっちにはいなかった」「そうか。どこに行ったんだ」

それは、何かを捜しているような声だった。

その声はどこから聞こえてきたのか。周囲に目を向けたミラは、そこで周辺を探りながら駆け巡る者達の姿を目にする。

　その身なりからして、どうやらその者達は冒険者のようだ。それに気付いたミラは、更に周りの様子を窺う。するとようやく、その違和感の正体がわかった。

　一見すると、平和そうな大通り。どこかのんびりしながらも活気のある場所だが、見るとそこに交じる冒険者達が一様に気を張って何かを探っていたのだ。鋭く周囲に視線を走らせ、時に人々の間を駆け抜けていく。また視線を上に向けると、屋根の上にも身軽そうな者達の姿を確認出来た。

　どうやら、相当に多くの冒険者が、何かしらを捜して町中を駆け巡っているようだ。

（これは……）

　ミラは今のハクストハウゼンの状況、そして冒険者の様子から予想する。もしかしたら、怪盗ファジーダイスに動きがあったのではないかと。

　しかしながら、予告状で指定された日時は、明日の夜だ。姿を現すにはまだ早い。けれどそこらの冒険者達は、何かしら確信をもって何かを捜しているように見えた。

　怪盗は、わざわざ予告状を送り、これまで律儀にそれを守ってきた。ゆえに、予告日前に盗みを行うなど考えられない。

　だがミラは、そこで気付く。思えば予告日とは、あくまでも決行日だ。つまり、下見や準備などは、その前に行っていてもおかしくはないと。

　もしや、何か工作をしているファジーダイスを見つけたのではないだろうか。そうあれこれ考えたミラだったが、曖昧な情報だけで予想するより訊いてみた方が早いと察した。

「のぅ、ちと訊いても良いじゃろうか？」

隣の建物の屋根の上。ミラはそこまで《空闊歩》でひらりと上り、そこで周囲を眺望していた男に問いかけた。

「ん、別に構わないが……って、貴女は今朝の！」

振り向いた男は、ミラの姿を確認するなり、驚いたように声を上げた。

「む……今朝じゃと？　という事は……あの時集まっていた者達の一人じゃな」

今朝と、冒険者。この二つが共通する事といえば、朝起きた時に屋敷精霊が包囲されていた件のみだ。どうやら彼は、その時そこにいたらしい。

「ええ、そうですそうです。あの時は召喚術の可能性に驚かされました。そしてその後に貴女が、あの精霊女王さんだったと聞いて更に驚きましたよ。いやぁ、また会えて光栄です」

有名人に会えたとばかりに喜びながら、男はさりげなく手を差し出す。

「なに、わしはしがない冒険者の一人に過ぎぬよ」

ミラは謙虚な言葉を口にしつつも、満更ではなさそうに手を握り返して、にまにまと頬を緩める。

「それで、訊きたい事とは何でしょう。わかる範囲なら何でもお答えしますよ！」

男は改まるようにしてそう言いながらも、先程までと同じように、周囲に目を凝らす事を忘れてはいないようだ。随分と器用な事である。

「おお、そうか。ありがたい。では、訊くが――」

ミラはそう前置きしてから気になっていた事を問うた。何やら冒険者達が揃いも揃って何かを捜しているようだが、いったい何があったのか、と。

「ああ、それはですね――」

男は答えた。多くの冒険者達が街中を走り回っている理由、そして、その原因もまた一緒に。

男が言うには、今慌ただしそうにしている冒険者は全て、水の精霊を捜している最中だという事だった。

はて、水の精霊を。ミラが首を傾げたところ、男は更に続ける。それは全て、精霊女王が今朝に行った召喚術の宣伝活動に端を発すると。

何でも召喚術の有用性、そして何より精霊召喚の恩恵を知った女性冒険者達は、いつになく沸き立ち、行動を開始したそうだ。

数少ない召喚術士の確保。また、精霊と契約するための準備。精霊結晶の買い漁りや、精霊が住む地点までの日程決めと大騒ぎだったらしい。

また当然というべきか、彼女達の最優先は精霊女王が実演してみせた事もあって、水の精霊との召喚契約だった。

と、そうした中、とんでもない情報が飛び込んできたと男は語る。

「実は何と、水の精霊がこの街に来たそうなんです。しかも声をかけた者の話によると、召喚契約を結ぶために来たという事でした」

時折だが、精霊が人里にふらりとやってくる事もある。その理由は様々だが、精霊は人類の良き隣人であるため嫌な顔をする者はなく、ただただ好きなようにさせて、普通に接するというのが日常であったりした。

だが、今この時のハクストハウゼンでは、精霊を見る冒険者達の目が大きく違っていた。水の精霊ならばなおの事、召喚契約を求める声で大騒ぎとなったわけだ。

結果、水の精霊は驚いてしまったようで、どこかに消えたという事だ。

「なるほど……のぅ」

男の話を聞き終えたミラは、どうにか引きつった頬を誤魔化し、そう返した。

召喚契約を結ぶために来たという水の精霊。これまででも、時折街中でふらっと精霊の姿を目にした事はあった。初めに聞いた時は、そんないつもの事だろうと他人事だったミラ。しかし次の瞬間に悟ったのだ。その水の精霊は、もしやアンルティーネの事ではないのかと。召喚契約を結ぶために来たというのが、その可能性をより高めている。

ようやく目を覚まし、ミラに会うため街中を歩いていたところで、ちょうどミラの布教を聞いて盛り上がっていた冒険者に見つかった。十分にあり得る顛末だ。

「ところで精霊女王さん。一つお伺いしたい事がありまして……かの精霊王と繋がりを持つそうですが、その関係とかで近くにいる精霊を感知するとか、同じ精霊同士という事で、ウンディーネさんが近くの水の精霊を感知出来たりとか、そういう感じの事が可能だったりしませんかね？」

男は腰を低く、お伺いを立てるようにしながらも、ここからが本番だとばかりにそう口にした。

これだけの冒険者達が索敵技術を全開にして捜しているにもかかわらず、なかなか見つける事の出来ない水の精霊。精霊が本気で隠れた時の見つけにくさを痛感した男は、ここに来て可能性を見出したのだ。精霊関係においては、誰よりも精通していそうな精霊女王という可能性を。

そして、その勘は正しかった。

（むぅ……なかなかに鋭いのぅ）

事実、ミラは精霊王の加護を利用する事で、周囲の精霊を感知する術を身につけていた。また男の言う通り、ウンディーネに頼めば他の精霊の気配を探る事も十分に出来る。

しかしながら、ミラには答え辛い問題だった。

冒険者達が捜している精霊は、偶然ここにい合わせた水の精霊という線もある。だが、今のところは近くにいないようで、精霊王の加護による感知に水の精霊の反応はないが、やはりそれはアンルティーネである可能性が一番高い。

精霊ネットワークに入るため、わざわざここまで急いでやってきたアンルティーネを、他の召喚術士と引き合わせるというのは相当に酷(ひど)い仕打ちであろう。

かといって、出来ないとも言いにくい。精霊王の加護にそのような力はないと答えるのは、簡単だ。今はミラしか授かっていないため、ミラが無理だと言えば無理で通るのだ。

しかし男は、同時にウンディーネが感知出来たりしないかとも言っていた。この事に関しては、召喚術士でなくとも、精霊に訊けば出来るかどうかなど直ぐにわかる問題だ。

つまり、ここで出来ないと答えても、後々にそれが嘘だと判明してしまうわけだ。そうなってしまったら、嘘をついたとして精霊女王のミラの名に傷がつくというもの。折角、召喚術の布教に使える名声を得られたのだ。それに泥を塗る事は、また召喚術士界にとっても不名誉となる事だろう。

かといって、正直に答えるのも抵抗があった。

その水の精霊はアンルティーネという者で、自分と契約するために、はるばる遠くからやってきた。だから諦めてくれ。

そう伝えれば、きっと冒険者達は諦めてはくれるだろう。しかし、である。

(自分で蒔いた種とはいえ、ここまでになるとはのぅ……)

ミラは、ちらりと街に目を向けた。そして、鬼気迫る形相で水の精霊を捜す女性冒険者達の姿を見て震える。

通常、同じ属性の精霊とは重複して契約は出来ない。しかし今のミラは、そのあたりを精霊王の力でねじ曲げられる。

それを正直に伝え、二重の契約を結んだとしたら、彼女達はどう思うだろうか。

二人の水の精霊と契約出来るなんて、流石は精霊女王だ、と驚き敬意を抱いてくれる可能性は確かにある。

だがミラは、血眼で走り回る女性冒険者を見て確信する。その可能性は、極めて低いであろうと。きっと、独り占めするなんて酷い。ずるい。夢を見させておいて、それはあんまりだ。などという声が上がると予想出来る。言ってみれば、既に美人の妻がいるイケメンが、可愛い愛人を持つ事まで許された、そんな状況だ。

間違いなく、恨まれる。そう直感したミラは、全力で保身を考えた。

嘘はつけない。ただし本当の事も言えない。ならばどう答えるべきか。男の問いから数秒の後、ミラは遂に口を開いた。

「うむ。確かに、感知する事は可能じゃ」

肯定。ここで嘘をついても、後々にそれがばれる危険性が極めて高い。となれば、この段階では真実を述べる以外に選択肢はなかった。勝負は、この次だ。

「おお、流石です！　それでは是非、この街に隠れている水の精霊の居場所を探ってはいただけないでしょうか？　当然報酬はお支払いしますので！」

期待した通りの返事に、男は喜びを露わにした。ただ、その心情の裏には仲間の女性冒険者への畏怖が秘められており、懇願するその姿は極めて必死だった。

しかしながら、それは叶えられぬ願いである。

「いや、それは出来ぬ」

そっと目を伏せて、静かに断言したミラ。すると男は、「そんな……なぜですか⁉」と食い下がる。

「これは、召喚術士のためじゃ――」

出来る限り低い声で答えたミラは、さも、それこそが真実だとばかりな口調で言葉を続けた。

ミラは言う。今自分が水の精霊の場所を教える事は簡単だが、それでは縁が出来ず、大切な絆を結ぶ事は難しくなると。

「そんな……。それは、どういう意味でしょうか」

精霊女王に見つけてもらえば簡単だ。そう、楽をしようとした気持ちがあったからだろう、男は実に重々しいミラの言葉に思わず息を呑んだ。

「出会いもまた、絆という事じゃよ。苦労して見つけ出し、出会ってこそ、そこには喜びが生まれるものじゃ。そしてそれが、いずれ両者を結びつける強い絆へと昇華する。しかし、わしが教えてしまっては、その絆にわしという存在が挟まってしまうのじゃ。それでは、真の絆とは言えぬ」

そこまで語ったミラは最後に「これは、わしの持論じゃがな」と付け加え、話を締め括った。

「……なるほど。そういう意味が」

男はミラの言葉から何かを感じ取ったようだ。思案げな表情で呟くと、自分が浅はかでしたと頭を下げる。

「なに、近道をする事が全て悪いわけではない。仲間のためなのじゃろう。それは正しくもある。しかし、今回はそれよりずっと意義のある方法があったというだけの事じゃ」

そう答えたミラは、そのままぴょんと屋根から飛び降りた。そして「これは、わしとお主の縁じゃ」と言って、アイテムボックスから取り出した精霊結晶を男に向けて放り投げた。

「何と、これは……！　ありがとうございます！」

高額であると同時に流通量も少ない精霊結晶。それは今回のミラの宣伝活動を発端にして、一気に街の市場から消えていた。更に今後、きっと値上がりしていくと予想される代物だ。

男が所属するグループは、それを入手する事が叶わなかった。更に値上がりを考えると、当分の間、縁はないだろう。

だがそれが今、出会いの結果からもたらされた。

男は、手を振り去っていくミラの背に感謝を込めて一礼すると、精霊結晶を手に仲間がいる場所へ向けて駆け出していった。

〈8〉

（何とか、上手くいったようじゃな……）

思えば、随分と強引過ぎる説明だったと苦笑するミラ。召喚術士として絆は大切で、また、今までそうしてきたという言葉も嘘ではない。

しかしながら、誰かに引き合わされたからといって、それで強い絆が結べなくなるかといえば、そうでもない。運命的な恋愛ではなく、用意されたお見合い結婚でも、十分に幸せな家庭は築けるというものだ。

その部分をミラは、強引に勢いだけで乗り切った。そして最後に縁という理由を使い、精霊結晶をプレゼントするという形で、水の精霊を捜す目的を薄め、深く考える事がないように誤魔化したわけだ。

（さて、どこに隠れておるのやら……）

難局を乗り切ったミラは、確認も兼ねて一先ず男爵ホテルまで戻ってきた。そしてワゴンの中を見る。そこには護衛役の灰騎士だけが残っており、アンルティーネの姿はなくなっていた。

そして灰騎士には、アンルティーネを守るようにと命じておいたはずだが、行動を起こした形跡はなかった。どうにも命令系統の調整が上手くいっていなかったようだ。

また炬燵の上の書置きが、灰騎士の陰になるところに落ちていた。何かの拍子に落ちてしまい、アンルティーネが気付けなかったのだと思われる。

と、そういった状況からして、やはり冒険者が捜している水の精霊は、アンルティーネとみて間違いなかった。

じっとしていてくれれば良かったものを。そう思ったミラであったが、思えばアンルティーネを放置したまま観光を楽しんでいたのは自分だったと反省する。

(書置きは、手に握らせておくべきじゃったな)

そんな事を考えつつ、ミラはウンディーネを召喚した。そしてアンルティーネがいる方角を訊くと、ウンディーネは、そっとその方角を指し示して答える。

どの方向にいるかがわかれば、後は簡単だ。精霊王の加護による感知範囲は、まだそこまで広くない。だがそこへ向かいつつ探っていれば、そのうち範囲内に入ってくるというものである。

ミラはウンディーネに礼を言って送還すると、早速とばかりにその方角へ向けて駆け出していった。


その後ミラは、無事にアンルティーネと合流し、召喚契約を結ぶ事が出来た。

その際にアンルティーネは、冒険者達から身を隠すために地下水路にいた。話によると、下水道とは違う謎の水路がこの街の地下に広がっていたのだそうだ。

しかも街の外を流れる川にまで繋がっているそうで、アンルティーネは冒険者に見つからぬよう、そのまま水路を辿って帰っていった。

そうこうして所長と約束していた時間。一緒に夕食もという事で所長達と合流したミラは、この街で有名だというレストランに来ていた。

「先程は急にすまなかったね。どうしても外せない用事だったのだよ。それはもう、とても大切な、ね」

初めにそんな謝罪を口にした所長だったが、どうにもその視線で訴えかけてきていた。是非とも、どのような用事だったのか訊いてくれと。

「さて、ミラさん。他に何か知りたい事とかありますか」

これでもかと主張する所長を、そっと押し退けたユリウスは、そう促すようにミラに目を向ける。そして、これは無視しても構いません、とばかりに目で語っていた。

「うむ。では一つ。実は以前にのぅ、グリムダート北東の森深くにあるという名もない村に、戦災孤児を集めた孤児院があるという噂を小耳に挟んだのじゃが、所長殿が調べ回ったという中に、該当する場所はなかったじゃろうか」

所長よりもユリウスの意思を尊重したミラは、早速昼の続きとなる質問を口にした。

何といっても一番の目的は、ファジーダイスを捕まえるのではなく、アルテシアを見つける事。ファジーダイスの正体がラストラーダであるという疑惑も浮かんだが、探している孤児院の場所がわかれば、もはやファジーダイス云々は関係ないのだ。

所長は多くの孤児院を見てきたという。ならばその時に、所長はアルテシアに会っているかもしれない。たとえ会っていなくとも、何だかんだで凄腕っぽい探偵の所長なら、知っている事があるかもしれない。

そう所長に期待の目を向けるミラ。対して所長は、少し残念そうにしながらも、直ぐに考え込み始めた。しかし十数秒の後、「戦災孤児を……ふむ、そのような孤児院には見覚えがないな」と答えた。

どうやら所長が調査した中に、該当する場所はなかったようだ。

「むぅ、そうか。結局噂は噂だったという事じゃろうか……」

グリムダート北東の森。その深くに幾つかの集落があるらしい事はわかった。しかし、肝心の孤児院がなければ意味はない。今回は空振りだろうかと気落ちするミラ。だが、そんなミラに所長は優しく声をかける。「いや、そうとも限らないな」と。

「私が調べた孤児院は、全て公式に登録されているものだけだ。その噂の孤児院が、登録の申請を出さずに運営していた場合、そこは未調査となる。無いと断定するのは早いだろう」

「ほぅ……！」

所長のその言葉に、ミラは希望を取り戻す。

所長が言うに、もとより孤児院の登録申請云々というのは、必須ではないそうだ。ただ申請し受理されていれば、いざという時、子供達の医療費が無料になるという。そのため大半の孤児院は、登録されているとの事だ。

「これを申請せずに運営されている孤児院というのも確かにある。そしてこれら未登録の孤児院というのは……ろくでもないところが多い」

登録の利点は、この一つだけであるため、いざという時に対応出来る者が近くにいるのならば、登録の手続きを省く事もあるらしい。だが、そのような人材を恒久的に確保する事は容易ではない。小さな村だというのなら尚更に。

子供のためを考えるならば登録が当たり前。登録に手間がかかるという点はあるものの、孤児院にとって一つも損はない。

そんな登録をあえてしない理由。所長は過去に、その例を幾つか見た事があるそうだ。

「あれはまだ、私が冒険者だった頃だ――」

所長は眉間にしわを寄せて、またも語り始めた。それは所長の過去、冒険者時代の武勇伝だったが、その内容は自慢ではなく戒めのようでもあった。

曰く、未登録の孤児院は、非合法な人身売買の温床となっていたそうだ。

これを見たのをきっかけに、所長は幾つかの人身売買組織を潰したという。

「無茶な事はせず情報収集に徹し、残りは全て法の力頼りだったが、それでも多少の冒険はあったように思える。そして、そう思えばあの頃に培ったノウハウが、今一番の糧になっている気がするな」

そう話を締め括った所長は、どこか思い出に浸るように宙を見つめながら、「やはり、冒険こそ成長の鍵なのだろうか」とそっと呟いた。

「見事なものじゃな。その頃から探偵の才能はあったようじゃのぅ」

「もしかしたら、こちらが天職だったのかもしれない」

ミラがおだてると、所長は冗談交じりに答えながらも、実に良い笑みを浮かべる。生活のための冒険者と、趣味で始めた探偵業。実入りは雲泥の差であるものの、所長にとっては後者の方が大事なようで、満更でもない様子だ。

「何にしても酷い話じゃな」

未登録の場合、表向きは孤児院だが裏では人身売買に利用されていたりする。その歴史は今、かつての所長の活躍により、孤児院運営者に広がっているそうだ。

つまり未登録の孤児院は、犯罪にかかわっていると怪しまれるぞ、という意味である。怪しまれたくなければ、登録した方が良い。そういった風潮が出来上がっているらしい。

そして、その結果、そういった後ろめたい未登録の孤児院が減少したと、ユリウスが補足する。後々にも影響を残す所長の仕事。正にお手柄といえるだろう。

「しかしまた、あれじゃな。証拠を集めて何たらというやり口は、話に聞いた怪盗のやり口に似ておるのぅ」

探偵の如く法的に効果のある証拠を集め、告発した所長。対してファジーダイスのやり口は、法的に効果のある証拠を盗み出し、公の下に晒すというもの。

形は違えど、その結果は同じ。どちらの場合も、悪人は法によって厳重に裁かれている。

「確かにそうだ。とはいえ、ああいった組織を個人でどうこうするには限界がある。それをどうにかしようとするなら、国や教会といった、より大きな力に頼るのが正解といえるだろう」

これまでにファジーダイスが暴いてきた悪事は、その全てに大きな組織が絡んでいた。

これを相手取るのは、たとえAランク冒険者の揃ったギルドでも難しいと所長は言う。

こういった裏の組織は横の繋がりが広く、非合法な事を平然とやってくるため、いつかどこかで足を掬（すく）われてしまうのだと。

「大事なものを守るためには、時に信念を曲げる必要がある。そして私は、そんな彼らを立派だと思っているよ」

何かを思い出したのだろうか、所長はふとそんな事を口にしながら目を伏せた。

表立って悪に立ち向かう。正しくヒーローの姿といえるだろう。しかし、目立てば目立つほどつけ入られる隙もまた生まれる。正義のヒーローの情報が出回れば特にだ。

果たして、家族や親族を犠牲にしてまで正義を貫けるヒーローはいるのだろうか。所長の言葉は、つまりそういう意味である。

「正義を貫くのも大変なのじゃな」

「まあ、こんなに厄介なのは人を相手にした場合だけだと思うがね」

皮肉めいた口調で答えた所長は、ポテトサラダを一気に頬張る。そして口周りを汚したまま、改めてファジーダイスは良い敵役だと目を細めた。

「ちと、トイレに行ってくる」

所長の奢りという事もありマーブルオレを飲み過ぎたためか、ふと催してきたミラは、そう言って席を立ちトイレに向かう。

と、その途中で、ちらりと隣の個室席が目に入った。

(何とまぁ、夕食時だというのにスイーツ三昧とは……。ふむ……ありじゃな)

垣間見えた人物は、これといった特徴のない男であり、美味しそうにクリームブリュレを食べていた。しかも、その隣には完食済みの皿が三枚置かれている。そのどれにもクリームらしきものが残っている事から、ミラはその男が所長にも匹敵するほどの甘党なのではと睨む。

夕食は所長持ちという事で、デザートは何にしようかなどと考えながら、ミラはトイレの戸を開き中に入る。

と、その後ろ姿を特徴のない男がそっと見つめていた。

(ふむ……。しかしまぁ、人身売買の温床か)

ミラは用を足しながら、所長の話を思い返す。

陰に徹したまま正義を遂行したという所長。その功績によって、未登録の孤児院は激減したという。

だがそれでもまだ、登録しない孤児院は存在するようだ。

たとえば、容易ではないが治療のあれこれを自前で用意出来る孤児院である。

ミラは考える。グリムダート北東に広がる森深くに村があり、そこに孤児院があった場合。そしてその創設者がミラの予想通りだとしたら、未登録も十分にあり得るだろうと。

ミラが予想する人物。それは、九賢者の一人、聖術士である『相克のアルテシア』だ。

聖術とは、治療や回復、補助といった効果に特化した術種であり、その頂点がいるともなれば、それはもう孤児院の登録など不要である。登録したところで、怪我においては、アルテシアのそれを超えられる者などいないだろう。また、聖術の効果が及ばぬ病気などについても、高い調薬技術を持つ彼女ならば、どうとでもないはずだ。

そして当然、人身売買なども完全に無縁である。子煩悩なアルテシアが、それを許すはずもなく、もしも近くにそのような場所があったなら、その逆鱗（げきりん）に触れて物理的に壊滅する事となるだろうからだ。

ゆえにアルテシアならば、登録せずとも問題はない。とはいえ孤児院を取り巻く状況からして、登録しておいた方が面倒もなさそうだ。

けれどそうしていないのは、なぜか。

その理由までは思いつかないミラは、何かしらのわけでもあるのだろうと結論する。

（これは、本当にもしかするかもしれぬのぅ）

ともあれ状況からして、噂で聞いた孤児院にアルテシアがいる可能性は十分にあると言える。

しかし、その村について知り得たのは、噂のみ。

存在する事すら曖昧な村。しかもあると思しき場所は、非常に広大な森の奥だ。

たとえ空からだとしても、闇雲に探して見つけられる可能性は低いと思われる。

ゆえに、ここまで来たら、まずファジーダイスに訊いてみる方が早いというものだ。直接探すのは、最後の手段である。

まだ所長から得られる情報はあるだろうか。ミラは意気込みながら立ち上がりパンツを上げると、意気揚々に席へ戻った。


「ミラ殿は、その森深くにあるという未登録の孤児院を見つけるため、ファジーダイスを捕まえようとしているわけだね」

ミラがトイレから戻った矢先、突如ずばりと所長が目的を言い当ててきた。ミラの言動からして、所長にとっては容易(たやす)い推理だったという事だ。

「うむ、その通りじゃ」

素直に頷き答えたミラ。すると所長は正解したのが嬉しいようで、「やはりそうか」と笑みを浮かべた。

「これまで調べた結果から、ファジーダイスが孤児院に寄付をしているのは確かだ。更に被害額と寄付金を計算したところ、幾つか合わない部分もあった。自分の懐に入れているというのならそれまでだが、全てを寄付しているとした場合、それが未登録の孤児院に流れていると考えてもおかしくはないな。そして、かの怪盗ならば、未登録の孤児院を知っている可能性は高い。となれば、その中にミラ殿が探している孤児院もありそうなものだ」

そう一通りを口にした所長は、徹底した義賊ぶりから考えて、ファジーダイスはほぼ間違いなく未登録の孤児院と繋がりがあるだろうと続けた。

「ふむ。所長殿がそう言うならば、間違いないように思えてくるのぅ」

きっとファジーダイスについて一番詳しいであろう所長が認めた可能性。これまでは、どことなく思い付きでファジーダイスを狙っていたが、やはり他者からの同意を得られるというのは心強いものだ。ミラは、より目標に近づいた事を実感する。

（しかしまあ、人気も出るはずじゃのぅ）

所長が、徹底した義賊ぶりと称賛する怪盗ファジーダイス。ミラもまた、これまでに聞いた話と出会った時の事を思い返して、そう感じていた。かの怪盗は、私利私欲で動いているわけではなさそうだと。

聞けば聞くほど正義のヒーローに思えてくる怪盗ファジーダイスの印象。状況が違っていたなら、きっと自分も応援していたであろうとミラは思う。そして、だからこそ戦災孤児を集めた孤児院などというものが存在した場合、きっと関係しているだろうと信じられた。

ファジーダイスに会えば、何かがわかる。ミラがそう確信していた時の事。ふと所長が口にした次の言葉にミラは動揺した。

「つまりミラ殿は、その孤児院の場所さえわかれば、ファジーダイスを捕まえる理由はないというわけか」

探偵らしく鋭い視線でミラを射抜く所長。ミラはその視線に、若干の後ろめたさを感じる。

それもそのはず、これまでファジーダイスを捕まえるためという同一の目的で、色々と貴重な話を聞いてきた。しかも、所長の奢りで複数の店で食べ放題という状況である。

しかしそんな中、条件によってはファジーダイスを捕まえないという手のひら返しときたものだ。更にはそれを相手に言い当てられたときては、決まりが悪い。

「色々と話を聞いておいて何じゃが、そういう事になるかのぅ」

瞬間押し黙るも、ミラははっきりと答えた。

ファジーダイスを捕まえるというのは、目的の場所を知るための手段の一つであったと。

すると所長は、その鋭い表情から一転、頬を緩めた。

「いや、それについては全然構わない。私が好きで話しただけだからね」

どうやら所長は、一切気にしてはいないようだ。しかも続けて、「もしも私がミラ殿の立場だったとしたら、情報を与える代わりに見逃せと提案された時、きっとそれを承諾した事だろう」などと擁護するような言葉まで口にした。

「ふむ、そうか。所長殿がそう言うのなら、良いのじゃが」

「ああ、そうだ。気にしないでくれ。それと何より、こうして男二人では頼みにくいものを存分に楽しめた事が、私としては喜ばしい限りでね。ミラ殿には感謝しているよ」

所長がそう言ったところで、丁度やってきた店員がチョコレートパフェをミラの前に置いた。

どうやらミラがトイレに行っている時に注文していたようだ。

そして、店員が去った後、ユリウスがパフェをそっと所長の前に置き直す。

「ずっと気になっていてね」

所長は、芸術作品のようなパフェにスプーンを差し込み、それを口に運ぶと、実に幸せそうな笑みを浮かべた。

そして、「探偵業は、硬派な印象の方が受けが良いのだよ」や「好感度と探偵業は、意外と結びつきにくいんだ」というような言葉をところどころで挟む。

最後に「ほんと、感謝しているよ」と心の底からといった様子で口にした所長は、パフェを片手にとても良い笑顔を見せた。

場合によっては怪盗を捕まえないという選択肢もあり得る。それについては、さほど問題になる事はなく、話は予告日当日の作戦についてへと移行する。

「まあ今回、捕まえる捕まえないは別として、予定していた策に一度だけ付き合ってもらえはしないだろうか」

チョコレートパフェを完食した後に、所長はむしろこれが本題だとばかりに目を輝かせる。

そしてこれまで多くの話を聞き、ご馳走になり、若干の後ろめたさも加わった事で、それを断れる空気は皆無になっていた。

「そうじゃな。協力するとしよう」

ミラはクレームブリュレを完食したその口で合意した。

すると、所長は「ありがとう！」と嬉しそうに笑みを浮かべ、「では、早速行こうか」と車椅子を回す。作戦を行う現地を確認しながら説明した方がわかり易いという事らしい。

「ふむ、わかった」

頷き答えたミラは、先にずんずんと進んでいく所長を追う。その後ろ、少し遅れて立ち上がったユリウスは、パフェの空き容器とスプーンを、ミラが座っていた前にそっと移動させる。

そして、所長が食べたという証拠隠滅を終えてから、誰に気付かれる事もなく支払いをする所長に無言で合流した。

レストランを出たミラ達は、街の北東部の中央を斜めに貫く大通りを進んでいた。

この辺りは富裕層の居住区画のようで、見渡す限りに屋敷が並んでいる。所長に案内された場所は、その中の一つ、とある大きな白い屋敷だった。

屋敷の前には格子状の門。その両端には門番が立っていたが、所長が近づくと、それを妨げるように寄ってくる。そして門番は「こんな時間に、何しに来た」と冷たく言い放った。

「ただの見学だ。気にしないでくれ」

どこか威圧するかのような門番の態度。対して所長は、やれやれといった様子で小さく肩を竦めてみせる。

「さて、ここが、今回ファジーダイスに予告状を突き付けられた被害者兼、被告のドーレス商会長のお屋敷だ」

かの怪盗ファジーダイスに狙われた者は、これまで全て例外なく、裏で悪事を働いていた悪人だった。ゆえに被告であると、所長が口端を吊り上げる。すると途端に門番が所長にギロリと視線を向けた。

「おっと、被告と言うには、まだ早かったか。まあ、時間の問題だが」

所長はどこ吹く風といった表情で、一切悪びれる事なく門番を睨み返す。すると門番もまた「早く失せろ、無能な探偵に用はない」と切って捨てる。

唐突に広がった両者の険悪な空気に、ミラはどうした事かとユリウスに答えを求めた。

激しく睨み合う所長と門番。その最中、ユリウスが簡潔に説明してくれた。

その話によると、どうやらミラが来るよりも前に、このドーレス商会と所長の間でひと悶着あったらしい。

そして詳細は省かれたが、ドーレス商会長と所長は絶望的にそりが合わないようで、結果的に、近づくだけで追い返されるようになったという事だった。

「それで門番と口喧嘩とは、何というか、のぅ……」

「所長の悪い癖でして、申し訳ございません」

これもまた無難に過ごしていた冒険者時代の反動か、所長には子供っぽい悪癖があるようだ。

所長と門番が言い合う中、ミラは終わるのを待ちながら、ドーレス商会について聞いた事柄を思い返す。

噂によればドーレス商会は、かのキメラクローゼンとの繋がりが疑われているらしい。更にソロモンから聞いた限りでは、それ以外にも様々な罪状が存在するという事だ。国王産の情報ともなれば、ドーレス商会は限りなく黒に近い。

しかし、それを示す証拠が一切見つかっていないため、今は誰も手が出せないという状態だそうだ。

だが今回、世に出る事なく完全に秘匿された証拠を、ファジーダイスが暴き出すだろう。

その活躍は、正に正義のヒーローそのものだ。

そんな正義のヒーローであるファジーダイスが狙う標的、そして主戦場となるだろう屋敷はどのような場所なのだろうか。

と、そう気になったところで所長と門番の口喧嘩にも決着がついた。

「全戦全敗の探偵に頼る事などありはしない。一勝でもしてから出直すんだな」

「ぐぅっ」

どうやら口喧嘩は、門番の勝利で終わったようだ。ユリウス曰く、所長は直ぐに口喧嘩を始めるが、あまり強くはないという事だった。

「ほら、帰った帰った」

しっしと追い払うように手を振る門番。余程悔しいのか、所長はぐぬぬと眉間にしわを寄せながら、むすりと顔をしかめる。だがもう、争う事は出来ない。敗者は去るのみだ。所長はユリウスの手によって車椅子ごとそっぽに向けられた。

「一先ず、ここを離れようか」

しょぼくれた所長の声。それと共に動き出す車椅子。と、その前にミラは、気になった屋敷を見ておこうと門の向こう側へ改めて目を向けた。

格子状の門の向こう側。ファジーダイスから予告状が届いた影響か、屋敷の敷地内には警備の者が目に見えて多かった。

「ほぅ、流石じゃな。幾人かは相当な精霊武具で武装しておるではないか。しかも、あの精霊武具は全てが陰ときた」

流石は、キメラクローゼンとの繋がりが噂されるだけはある。明らかに強力な精霊武具を身に着けた警備兵がいたため、思わずといった様子でミラは呟いた。

すると、所長が機敏に反応する。

「おお、見ただけでそのような事もわかるのか？　ふむ、あの中に精霊武具が……」

移動を止め、門番の脇に見える門の向こうを窺うように目を細める所長。とはいえその目に映るのは、ただ武装した者達だけであり、それが精霊武具か否かまでは判断がつかないようだった。

「わしほどの術士になれば造作もない事じゃ」

研鑽（けんさん）を積んだ術士は、精霊だけでなく精霊力を視認出来るようになる。そのため、精霊武具に宿った力を判別する事もまた、ミラにとっては言葉通り特別でも何でもないのだ。

「流石は精霊女王と呼ばれる術士だけはあるな」

ミラを見つめ感心したとばかりに頷いた所長は、続けて門番に顔を向け、にやりと笑う。

「なるほどなるほど、あの警備の中に陰の精霊武具を持つ者がいるのか。そういえば聞いた事があるな。キメラクローゼンが流した精霊武具は、全てが陰だったと！」

所長は、これでもかというくらいに、わざとらしく声量を上げる。忌むべきキメラクローゼン製のものと思しき精霊武具を警備の者が使っている。これは果たして偶然か。そう糾弾するかのような視線で、所長は門番を見据える。

対して門番は渋い表情を浮かべながらも、偶然集まる事もある、証拠にはならないとでもいったように所長の視線を受け流した。

「ところで、具体的にあの中の誰が陰の精霊武具を使っているのかね？」

まだまだここからだと、所長は門の奥を示しつつミラに問う。

「陰の精霊武具持ちはじゃな――」

ミラは、簡単に特徴を挙げながら、該当する人物を指し示していった。するとその都度に所長の笑みは深くなり、口元が勝ち誇るかのように吊り上がっていく。

「なるほど、なるほど。実に見事な共通点があるではないか」

何かを確信したとばかりに不敵な笑みを浮かべた所長は、仏頂面の門番を一瞥して、「次の目的地に行くとしよう」とユリウスに合図した。

ユリウスは、小さく頷いて車椅子を押し、その場を離れていく。

どうやらそれは、門番を黙らせるだけの効果があったようだ。ミラは、反論出来ず苛立(いらだ)たしげな門番をちらりと横目にしながら、所長達を追ってその場を離れた。

ドーレス商会長の屋敷が遠くに見える場所まで来たところで、一行は立ち止まり向かい合う。

「流石はファジーダイスだ。ドーレス商会もまた、噂通りに真っ黒だったらしいな」

所長は僅かに見える門を見つめながら、満足げに呟く。どうやら、ミラが挙げた人物達に、何かしらの共通点があったようだ。そしてそれが門番を黙らせ、所長を調子づかせる要素でもあった。

その共通点とは何なのか。ミラが問うと、所長は上機嫌に説明してくれた。

現在、ドーレス商会長の屋敷には、私兵の他に傭兵もいる。そして陰の精霊武具で武装している者は、その全てが私兵だったそうだ。

陰の精霊武具は、ほぼ間違いなくキメラクローゼン製である。それを私兵の数だけ揃えられるとしたら、それこそキメラクローゼンとの繋がりがなければ難しいというものだ。

だが、それでもキメラクローゼンとの繋がりを完全に示す揺るぎない証明とはなり得ないと所長が言う。

取り寄せた精霊武具を扱っていた商人が、たまたまキメラクローゼンと繋がりのある者だった。などという馬鹿げた言い逃れが出来る余地が多少なりとも残っているからだと。

法による裁き、中でも越境法制官などが振るうそれは、三神国が主体となる教会の威光そのものであるため、そこらの王族ですら震え上がるものだ。

しかしそういった法の力というのは非常に強力であるがゆえ、それを有効にするためには確たる証拠が絶対条件であった。

余地が残っているうちは、限りなく疑わしいだけでは、大きな力を動かせないのだ。

「疑いが晴れるわけではない。しかし必要な証拠は隠蔽され、断罪もまた下せない。金と権力は敵に回したくないものだね」

ファジーダイスを追う中で見てきた状況は、こういったものばかりだったと所長は溜め息交じりに呟く。そして、だからこそファジーダイスはヒーローとして語られていると苦笑した。

金と権力。一般にとって、これほどわかり易い悪人像はないだろうと。


「ところで、中に入れてもらえない様子じゃったが、作戦とやらはどうするのじゃろう？」

ミラはドーレス商会長の屋敷を遠く見据え、所長に問う。門番の態度は、初めから明らかに敵意を抱いたものだった。立場的に見て、ファジーダイスを捕まえるという目的から、そりが合わなくとも最低限の協力関係にはなりそうなものだ。

しかし、実際に目にしたのは、言葉通りの門前払い。ファジーダイスを捕まえるための作戦に協力してほしいと所長は言っていたが、肝心の現場に入れなければどうしようもないのではないか。そう考えたミラ。

しかし、それはまったくの杞憂だった。

「ああ、そこは問題ない。今のはただ、開始地点を確認しただけだ。私の最近の作戦は、ファジーダイスが仕事をこなした後からが本番でね」

つまりは、ドーレス商会が証拠を全て盗み出され、裁かれる運命が決まってから、所長の作戦が始まるという事だった。

その作戦は、怪盗から標的を守るものではなく、ただただファジーダイスとの対決のみを想定したもののようだ。

わざわざ、あのような悪党のために動く気は毛頭ない。むしろ、その点はファジーダイスを応援している。そのように言葉を続けた所長は、唐突にミラへと振り返り、挑戦的な目を向けた。

「さて、ミラ殿。証拠を盗み出したファジーダイスは、次にどこへ向かうかわかるかな？」

どうやら、それがわかっているからこその作戦のようだ。更に所長はヒントとして、それは過去全ての犯行においても共通していると付け足した。

「どこへとな？　ふーむ、つまりは盗み出した証拠をどうするか、とでもいったところじゃろうか」

所長の挑戦を真っ向から受けて立ったミラは、これまでの情報を総動員して答えを考える。

（確か証拠を法の下に晒す、とかじゃったな。多くの民衆の目に触れさせる事で、国などの大きな組織が動かざるを得ない状況を作り出す、と）

「大きな広場じゃろうか」

多くの者達が目にするであろう場所といえば、人通りの多い大通りが交わる広場。単純にそう考えての返答だった。

「なるほど、なるほど。答えはそれでいいかい？」

所長は窺うような目でミラを見る。同時にミラは、その目から、勝ち誇ったような所長の意思を感じ取った。というより、所長はポーカーフェイスというのが得意ではないようだ。その表情はあからさまであり、ミラでも十分に読み取れた。

「いや、まだじゃ！」

所長の態度から不正解だと悟ったミラは、解答を取り下げ、今一度考え直す。そして、正解を求めて深く情報を精査する。

ミラは、これまでにないほどに頭を使っていた。しかし正解だろうと不正解だろうと、何があるわけでもない。若干、時間の無駄にすら思える行為だ。けれど男の意地を発揮して、挑戦に立ち向かっていった。

(広場ではないとなれば……)

深く考え込むミラ。そして思い返す。広場に証拠を晒したとして、どれだけの目に留まるだろうかと。

ファジーダイスのやり口は、裏で繋がりのある者達が巻き込まれる事を避けるほど、完全に世論を傾ける方法だ。街の市民達に悪事の証拠を広めた場合、それは裏に潜む大きな闇を突破出来る力になるだろうか。

そこまで考えたところで、ミラの思考はそれは難しいと結論する。一つの国の一つの街で騒ぎになったところで、たかが知れていると。

と、そうした最中、ミラはふと思い出す。これまでの話の中に答えがあったと。

「越境法制官……教会じゃな！」

むしろ、これまでの流れから、なぜ直ぐにわからなかったのか。そんな事を反省しながらも、ミラは閃いたとばかりに表情を輝かせる。その瞬間、所長が若干悔しそうに眉をひそめた。

ミラはそれを見逃さず、「答えはそれでいいかね？」ともう一度問う所長に、「良い！」と力強く返した。

「……正解だ」

三神教会。大陸全土に存在する教会は情報網も広く、民衆による多大な支持の力を得ている。更に越境法制官という強力な法の力も備えた存在だ。教会に悪事を知られたが最後、大陸中に悪名が轟く事になるのである。

「怪盗ファジーダイスは証拠を盗み出した後、屋根伝いに教会へ向かう。これは、今までの犯行全てに共通する点だ」

そう語りつつ、所長はユリウスに合図を送る。すると車椅子は、街の中心へ向けて進み始めた。次の現場である教会に向かうようだ。

途中、所長は軒を連ねる家々の屋根を指し示しながら、ファジーダイスが通るであろうルートの予想を口にする。

あの屋根からあの屋根へ。最短のルートを高さや幅を意にも介さず、滑るかのように渡っていくらしい。

そうしてルートを確認しながら進む事、十数分。ミラ達は街の中心地に到着した。

大通りが交差する十字路。最も賑やかな街の中心地だけあって、そこには、いかにも上等だといわんばかりな建造物が集まっていた。

ホテルにレストラン、武具や術具、その他色々と、どこもかしこも大店だと直ぐにわかるほどの店構えだ。

「かの怪盗は、いつも盗み出した証拠を教会でばら蒔く。そのためか犯行は決まって、教会で三ヶ月に一度行われる節気典礼の日だ」

教会は、そんな中心街の一角に存在しており、その風格はこれだけの店がひしめき合う中にあっても頭一つ抜けたものだった。

ハクストハウゼン大聖堂。グリムダートでも有数の教会である。

「典礼が執り行われるのが、明日の夜。その日は聖堂内だけでなく、この辺り一帯が人で溢れ返る。そして、典礼は大司教が直々に取り仕切る事になるだろう。となれば、ここで暴かれた証拠は民衆の声と共に、教会上層へと確実に伝わるわけだ」

これまでの犯行の結末として、そのどれもが相当な炎上具合だったと所長は笑う。

証拠の内容は、教会から教会へと伝わる。

結果、ファジーダイスに悪事を暴かれた者は、一切の助力を期待出来ない状態にまで追い詰められ、遂には抵抗する事なく連行されていくそうだ。

「まあ、自業自得じゃな」

これまで法を逃れ、甘い汁を吸っていたのだ。当然の報いといえる。ミラは神の威光を体現したかのような大聖堂を見上げながら、そう辛辣に呟いた。

「対して、民衆は拍手喝采だ。正義によって悪が滅ぶ。それが目の前で行われるのだからね」

民衆にとって教会とは、正義の象徴ともいえる存在だ。それが悪を誅（ちゅう）する様は、信じる者にとって気持ちの良いものだろう。

ゆえに、その助力となったファジーダイスもまた支持されるのである。

しかし、人気の理由はそれだけではない。何より怪盗の犯行、つまり盗むという悪行によって、信仰の中心である教会が動くという組み合わせが、より関心を集めているのだ。

神の名のもとに断罪の刃を振り下ろす法の守護者、越境法制官。その力を遺憾なく発揮させるために証拠を暴き出す怪盗ファジーダイス。ヒーローとダークヒーロー。この相反する協力関係が、ファジーダイスをより義賊として脚色しているのだと所長は語る。

「悪人にしてみれば、恐ろしい組み合わせというわけじゃな」

法の力を振るうために必要な証拠を、侵入して盗み出す。教会側の理念からして絶対に不可能であるそれを、教会とは何のかかわりもないファジーダイスが代行する。

そして証拠の提出は全て怪盗が勝手にやった事であり、それでいて内容は教会が無視出来るようなものではなく、法は執行される。

「教会側からすれば、盗みを働くファジーダイスもまた法を犯す罪人となるが、全くといっていいほど捕まえる気がないときたものだ」

所長の話によると、実は越境法制官の中に、ファジーダイス対策担当官などという者がいるらしい。大陸を股にかけて盗みを働く大怪盗。法を司る教会としては、放っておく事は出来ない存在だ。しかし、盗みの内容は全てが教会側に都合の良いものばかり。そのため対策担当とは、名目上だけであるという。

「おお、丁度見えるな。当日の打ち合わせ中といったところか」

説明していたところで、所長が教会の一点に目を向けた。それに合わせて視線を動かしたところ、教会脇に設営された台の上に、揃いの衣装を纏った五人の姿があった。

法衣と呼ぶには幾分軽装で、黒地に白と赤という色合いのローブ。それが、ファジーダイス対策担当官の目印らしい。

なお、その五人は予告状の届いた街の教会にはいつもやってくるらしく、所長もまた知り合いだという事だった。

「彼らは今、どうやって怪盗を捕まえるかではなく、どうやって自然に証拠を受け取り、ドーレス商会に乗り込むかって事を話し合っているのだよ」

法という力を持たないファジーダイス。法という力はあるが、それを振るう条件を満たせない教会。

この両者が互いを利用する事で、今は数多くの悪党達が裁きを受けている。

そのため、ファジーダイス対策担当官としての仕事は、盗みを働く怪盗を捕まえるという最低限のアピールであり、残りは越境法制官として悪党を逮捕する事だそうだ。

「もっとお堅いものじゃと思っておったが、教会とは意外と柔軟なのじゃな」

神の定めた法こそが絶対であり、どのような理由であろうと、これを破る事は許されない。ミラは、そのような印象を教会に抱いていたが、実際に目にした実情は思いのほか絶対ではない様子だ。

そしてそれは、こういった世界ならではの理由があるためだった。

「どちらかといえば、神の方が柔軟なのかもしれないな。時折、三神の巫女(みこ)がお告げを授かるという話だ。そしてその内容が、法にとらわれ過ぎずにというものばかりらしい」

「何とまた……流石じゃのぅ」

神からのお告げを授かる。言葉にすると、これほど胡散臭(うさんくさ)いものはない。しかし、魔法があり天使に悪魔や精霊、その他色々と存在するこのファンタジーな世界においては、神もまた実在してもおかしくはない。

そしてそれの証拠とでもいうべきか、ミラは神が降臨するための器なるものがある事を、始祖精霊マーテルより聞いている。更には、神に並ぶとさえ言われる精霊王と気さくに会話出来る仲である。

『神とは、結構干渉してきたりするのじゃな？』

ふとミラが、その精霊王に声をかけたところ、当然のように答えが返ってくる。

『過干渉にならぬよう決め事はあるそうだがな。教義で苦悩する信徒に、時折神託を授ける事はあると言っていた。そのまま放っておくと、教義を曲解して暴走する者が出るからだと』

流石は、ファンタジー。信仰対象が口を出してくるなんて事が、実際に教会ではちょくちょくあるらしい。そして、だからこそ随一ともいえる信仰を集めているのだろう。

『なるほどのぅ。それだけ身近に感じられるのなら心強いじゃろうな』

偶像ではなく実像。やはり、ファンタジーの宗教は一味違う。

そう改めてミラが感心していたところ、久々の出番だからか、精霊王は訊いてもいない三神について話し始めた。それは三神それぞれの性格や、プライベートに近い事までに及ぶ。

様々な知識をミラに話す事が最近の楽しみだという精霊王。そんな精霊王の声は少し弾んでおり、ミラは話を聞きながら、そういえばここにもまた語りたがりが在籍していたなと心の中で苦笑した。

『で、今あの者達は、月からのんびりとこの世界を見守っているというわけだ』

神といっても人に似たところが多いのだな。そうミラが感じ始めたところで、とんでもない情報がぽろりと精霊王からもたらされた。何と、この世界において最大の信仰を集める三神は、月にいるというのだ。

『シン様。それ、ミラさんに言ってしまっても良かったのかしら？』

精霊王の言葉の後、即座に響いたマーテルの声は少々呆れた様子であった。直後、何かを思い出したのか、『……あ』という精霊王の声が続く。どうやら、しでかしたようだ。

『ミラ殿、今のは最大級の世界機密で頼む……』

『……うむ、心得た』

空に浮かぶ月。実在する三神は実際にそこにいるという世界の秘密。また、とんでもない事実を知ったものだと驚くも、それ以上に精霊王のうっかりに苦笑するミラだった。

〈10〉

「して、ここが所長殿の作戦遂行現場となるのじゃな？」

今やるべき事は、怪盗ファジーダイス対策についてだ。精霊王から聞いた世界の秘密は一先ず置いておき、ミラは現在に意識を戻した。

そして教会関連での武勇伝を語っていた所長の言葉に割り込み、そう確認する。

屋根伝いのルートは、予測は出来ても確定は出来ない。しかし、ゴールである教会ならば、確実に待ち構える事が可能だろう。

この教会に張り込んで、のこのこと現れた怪盗ファジーダイスを捕まえる。

ミラは、所長の作戦がそのようなものだろうと考えていた。

しかし、所長の次の言葉で再びはてと首を傾げる事となる。

「いや、ここもまた通り道の一つ。決行場所は、次の目標地点だ」

そう口にすると、所長は再び挑戦的な視線をミラに投げかけた。

「こともう一つ、効果的に証拠をばら蒔ける場所がある。さて、それはどこだと思うかね？」

「ほぅ……そう来たか」

売られた挑戦は何とやらとでもいった様子で、第二問目を受けて立ったミラ。

そして今一度考える。民衆の関心を集め、証拠を効果的に扱える場所。大陸全土にある教会に並ぶというそれは、いったいどこの事なのかと。

その場所は、金や地位といった力に屈せず、民衆の傍に存在するもの。そのような場所が存在するのだろうか。しばし考え込んだところで、ミラの脳裏にその答えが鮮明に浮かんだ。

「冒険者総合組合じゃな！」

挑戦的な表情の所長に対し、ミラはどうだと言わんばかりに返した。

「……正解だ」

少しだけ不満そうな所長の様子に、ミラはしてやったりと笑みを浮かべる。

冒険者総合組合。ミラにとっても馴染(なじ)みのあるそれは、独自の組織体系を有し、国といった枠組みの外にある。それでいて、教会と同じく大陸全土に分布しており、その活動内容から、民衆とのかかわりも深い。考えれば考えるほどにうってつけといえる組織だろう。

更に冒険者の活躍というのは、民衆の娯楽代わりとして話題に上り易く、組合で広がった話というのは大勢が知る事となる場合が多い。

何より冒険者総合組合は、国に代わり盗賊などの犯罪者を取り締まる任務も斡旋(あっせん)していたりする。ここに悪事を示す証拠が提示されたとしたら、それはもう武闘派の冒険者が、こぞって動く事になるわけだ。

ファジーダイスの犯行が完遂された時、大陸最高峰の法と武が標的を追い詰める形となる。これに抗える者など、ほぼいないだろう。

「ファジーダイスは、大司教がいる大聖堂で証拠を開示してから、あの辺りの屋根を伝って、向こう側の組合へと抜けるはずだ」

勝敗など気にしないとばかりにミラの視線を受け流した所長は、向かいの屋根を指さしてみせる。それと同時に、再び所長の車椅子が進み始めた。

所長が言う屋根から屋根は、大通りを挟んだ向こう側であり、幅にして二十メートルはあった。話によると怪盗ファジーダイスは、それを悠然と飛び越えてしまうらしい。

（まあ、わしにも出来るがのぅ！）

仙術技能の《空闊歩》を使えば容易い。ミラは、連なる建造物を見上げながら対抗心を覗かせつつ、所長の後を追っていった。

冒険者総合組合は大聖堂からそれほど離れておらず、十字路を構成する大通りを北に進む途中に建っていた。通りを挟んで向かい合うように存在するそこは、西側が術士組合、東側が戦士組合のようだ。

「して、この場合はどちらじゃろう？」

人通りを避けるようにして端に寄ったところで、ミラは振り返りそう訊いた。

戦士組合か術士組合か。ファジーダイスはどちらに姿を現すのだろう。その問いに所長は、いつも術士組合の方だと答えた。証拠として盗み出した品の中には、時に封印、または盗難対策の術式が仕込まれているものがあるそうだ。ゆえにファジーダイスはそれらを全て、対処がし易い術士組合に置いていくらしい。しかも律儀にカウンターの上に、そっとである。

「そして組合が急いで術式の解除を試みている最中に、ひっそりと姿を消しているというのが、いつもの終わり方だ」

所長は、ここで一つの予想を口にする。自身の姿を誤魔化す事が出来る術を、このタイミングで行使しているのではないかと。

「しかもその際に、証拠に施された術式を幾つか不安定にさせてから置いていくので質が悪い。数々の証拠に施された術式の解除を余儀なくされるため、職員達は大わらわだ」

だが、それこそがファジーダイスの狙いでもあると所長は言う。大急ぎで術式の解除が行われるため、組合近辺は術式解除に伴うマナで溢れるそうだ。

「知人の術士から聞いた事だが、術によってはそのような状況下において、『マナ感知』などといった知覚にもかからないものがあるらしい。更に残滓もまた溢れるマナに飲み込まれ、直ぐに判別出来なくなるそうだ。ド派手な怪盗の姿から降魔術で特徴のない男の姿に変えたなら、これを見抜ける者はいないだろう」

組合内が騒がしくなる中、術で姿を変えてそっとそこらの冒険者に交ざり、堂々と帰っていく。所長はこれまでの状況から、ファジーダイスが忽然と姿を消す理由を、そう推理したらしい。

「なるほどのぅ」

ミラは、所長の推理に確かな真実味があると感じた。

事実、自身の姿を誤魔化せる術というのが降魔術にはあるからだ。そして、その効果がどれほどのものなのかもまた、ミラはよく知っていた。

【降魔術・妖異：幻身】

それは、見た目だけを一時的に変えるという、単純明快な術だ。

しかし、その効き目はというと、そう単純ではない。この術による効果は、誤魔化す相手と術者の魔力差によって決まるのだ。

つまり、格上には誤魔化せず同等でも半々程度。確実に姿を誤魔化すならば、格下相手のみでなければならないという、使いどころが限られる術である。だがそれゆえに、効果は抜群だ。

（ふむ。推理通りだとしたら、やはりとんでもない強者という事じゃな）

多くの冒険者達が集う冒険者総合組合。中には、相当な手練れがいる事もあっただろう。しかし、それでも見抜かれていないとなれば、怪盗ファジーダイスの実力は、それ以上。相当なものだ。

とするなら、《幻身》を使われた時点で普通の冒険者達では特定する事が不可能であったといえる。

ミラは《幻身》に惑わされない自信があるものの絶対ではない。何よりも、その場にいる全員に《幻身》を掛けてしまうなどというやり方もあるのだ。

全員に術反応があったら、違和感に気付けたところで特定は困難となる。

では、どうすればいいだろうか。あまり回らない頭をフル回転させたミラは、一つの策を思い付く。

「ならば、紛れ込めないようにしてしまう事は出来ぬのか？」

犯行時刻には組合内を全員立ち入り禁止にするなどすれば、術を使って姿を変えようが意味はない。それこそ、飛んで火にいる何とやらだ。

そうミラが考えを口にしたところ、所長は小さく首を横に振ってから、「それは一度、試してみた事があるのだよ」と苦笑した。

何でも、前に事情を説明して組合の協力を取り付けた事があったそうだ。そして犯行日、立ち入り禁止になった組合内には術式解除要員と所長だけを残して、ファジーダイスが来るのを待ち構えていたという。

「まったく、完全に裏目に出たよ。証拠品はカウンターに置かれず、窓から飛び込んできたのだからね」

結果、この時はファジーダイスの姿すら確認する事も叶わず逃げられたそうだ。

決して誰かを傷つけたりせず、犯行をやり遂げる。そんな確固たるルールを課している様子から、怪盗的な流儀があるのだろうと考えていた所長。証拠品の扱いもまた、これまでの状況から、そうした流儀に則（のっと）ったものだと予想していたが、どうやら違ったらしい。

「相対する者であろうと、決して傷つけない。怪盗ファジーダイスが守るルールは、これと予告状だけのようだ」

律儀に手法に固執する事なく、状況によって臨機応変に対応する。それが幾つかの策を実行してわかった、ファジーダイスの手法だそうだ。

まず、屋根の上を伝って教会と組合を回るというものも、屋根にしこたまトラップを仕掛けておいたところ、普通に大通りから逃げられたという。

教会で捕獲の結界を用意し待ち構えていた時は、有効範囲に入る前で、そこに集まっていたファンに証拠品を預けていってしまったらしい。

つまり、証拠品を届ける手段に制限はないわけである。こういった事から、教会と組合には必ず来るとわかっていながら何も出来なかったようだ。

「しかし、今回の作戦は違う。いつも通りの犯行に寄り添うような新しい作戦だ。前々より準備をしていたそれが、ようやく整ったのだよ！」

嬉々(きき)とした表情でそう語った所長だったが次の瞬間、がくりと落ち込む。その矢先で足を怪我してしまったのだと。

「今回は諦めようかと思っていたが、ミラ殿に会えて希望が湧いてきた」

そう言いながら顔を上げた所長は、車椅子の脇に備え付けられたカバンから、どこかごてごてとした銃のようなものを取り出した。

所長が手にするそれは、機械的な細長い箱にグリップとトリガーをつけたような形をしていた。一見すると銃に似ているが、それにしては不格好であり、そもそも銃口がそこにはない。

では何か。考えてみたところで、わかりはしない。だが、こういったものは大体が新しい術具であろう。

「ほぅ……。見た事のない代物じゃのぅ。それは何じゃろう、術具か何かか？」

これまでの街巡りやら何やらで、そう学習していたミラは、素直に見たまま思った事を口にした。

「その通り。しかもこれは型落ちだが、警邏(けいら)機構で扱われている正規品でね。犯人追跡用の特別な術具なのだよ」

所長は、刑事に憧れる少年の如く表情を輝かせ、術具を構えてみせた。黙っていればハードボイルドな容姿であるためか、その構えた姿は実に様になっている。

「ほほぅ、警邏機構の正規品とは。そのようなものもあったのじゃな」

警邏機構。ミラはその言葉に覚えがあった。それはいつぞや、ソロモンと談笑していた時の事だ。

アルカイト王国に限らず、今現在、プレイヤーが興した国には、いわゆる警察と同じ役割を果たす警邏騎士が存在している。

所属は警邏局となり、戦争時に活躍する軍隊とはまた違った業務内容で、基本的には警察のそれと同じ業種だ。警邏騎士は犯罪者の取り締まりや迷子の捜索など、日々街の治安や住民の笑顔を守っている。

警邏機構とは、そんな各国の警邏局をまとめ、監視し、技術を提供する組織の事だ。なお、プレイヤーが興した国を中心にという点からわかる通り、これもまた日之本(ひのもと)委員会の管轄である。

警邏機構は、防犯という点、そして犯罪者とはいえ人を相手にするという部分から、主に非殺傷武器や、今回所長が入手したような術具の開発に力を入れているという話だ。

「これを手に入れるのには相当に苦労したがね。人脈というのは、どこでどう繋がるのかわからないものだ」

型落ちとはいえ、日之本委員会所縁（ゆかり）の正規品が市場に出回る事など滅多にない。それを入手する難度は高く、そのあたりから見ても所長の人脈は相当なものだと窺えた。

「ただ、問題が一つあってね。実はこの術具、光の精霊の加護を授かっている者でなければ、上手く機能しない代物なのだよ」

そうため息交じりに口にした所長は、手にした術具の仕様を簡潔に説明した。

まず初めに、光の精霊の加護を授かっている者でなければ機能しない事。補足としては、警邏機構の術具には、こういった制限の付いたものが多いそうだ。

光の精霊、風の精霊、水の精霊。主にこの三精霊は、温和で優しい性格の者が多く、加護を授かれる者もまた、相応の感性を持ち合わせている者がほとんどだ。

ゆえに、悪事に利用されないための処置として、このような制限がかけられていると所長は言う。

「便利だからこそ、悪用されてしまう事も考慮して設計する。実に見事な心意気だ」

手にした術具を見つめ、感服したとばかりに頷く所長。だが、その分使える者が少なくなり、いざという時の瞬発力に欠けると、欠点も続けて口にした。

精霊の加護は、おいそれと手軽に授かれるようなものではなく、どれだけ善良な者であろうと、精霊との出会いと相応の能力が必要となる。そのため警邏騎士の中でも、これらの制限付き術具を扱える加護持ちは、随分と優遇されているという事だ。

「一応私も、光と風の加護持ちでね。冒険者引退後、警邏局の役職に誘われたのだが、探偵がやりたくて断ったのだよ」

少々自慢げな様子の所長。対してミラは、「ほう、そうじゃったのか」と簡単に返した。すると所長は、そんなミラの反応に少し落ち込んだ。

ミラは、さほど興味がないため詳しく知らなかったが、警邏局の役職に勧誘されるというのは、エリート中のエリートといっても過言ではない待遇なのだ。いわば所長にとって、それは凄いと称賛される鉄板ネタだった。それが特に響きもない反応となれば、がっかりするのも仕方がない。

「さて、こいつの使い方だが――」

こほんと改めて、所長は仕様の続きを話し始める。

何でもこの術具の基礎は、探索の無形術を応用したものであるという。主にこのタイプの術具は、魔力追跡式と生命力追跡式とがあり、状況によって使い分けるようだ。

今回は降魔術士であろうファジーダイスが相手のため、魔力追跡式を使う。術士ならば魔力も高く、それだけ検知し易いという事だ。

肝心の術具の使い方は至って簡単、術具の先端を対象に向けてトリガーを引くだけ。その際に注意するべき点は、対象の近くに大きな魔力を持つ者、またはマナを発する者がいないかどうかである。

「だが問題は、対象との距離が三百メートル以上離れると、追跡が出来なくなるという点だ」

折角術具でファジーダイスを捉えたはいいが、今の足では直ぐに範囲外に逃げられてしまう。助手であるユリウスに至っては、光の精霊の加護を授かっていないため術具の起動が出来ず、たとえ所長がファジーダイスを登録したとしても、それを預かり追跡するという事は不可能だそうだ。

「使役系の術士というのは、使役するものによって大きく機動力を上げられるそうだね。ミラ殿ならば、このような条件でも、ファジーダイスを追跡出来るのではないか？」

召喚術士は非常に数が少ないため、強さの程度の基準というものが実に曖昧な存在となっていた。そこに燦然と現れたのが、精霊女王などという二つ名を持つ凄腕の召喚術士ミラだ。

果たして召喚術士とは、どれほどのものなのだろうか。所長の目は、そんな期待に満ちたものであった。

「ふむ、機動力に追跡、のぅ……」

何やら考え込んだミラは、「それならば、このままでも問題はなさそうじゃな」と答え、次の瞬間に《空闊歩》で宙を駆け上がり、ひらりと術士組合の建物の屋根に飛び乗ってみせた。

「これはまた、驚いた……」

召喚術を期待していたところで、意表を突いた仙術士の技能だ。所長が呆気にとられるのも無理はない。

「ええ、驚きました……」

対してユリウスは、同時に困惑もしていた。所長と同じくミラの行動は予想外だったのだろう、思わず動きを目で追い過ぎて、ミラのパンツを思い切り直視してしまったからだ。驚きと、罪悪感。複雑な心境のようである。

同時に、周辺からちらほらと声が上がっていた。人通りが多い場所なため、やはりミラの行動は少しばかり注目を集めたらしい。そんな視線がミラに集中する中、心配するユリウスの悪い予感は的中した。

「どうじゃ。追跡するというのなら、こちらの方が良いじゃろう。わしの召喚術は強者揃いで、何かと目立つからのぅ！」

そう自信満々に口にしながら、ミラは《空闊歩》で宙を駆け回ってから、ひらりと地上に舞い降りたのである。その際、スカートは盛大にめくれ上がり、もはや、チラでは済まない状態だった。

「いやはや素晴らしい。仙術技能か。内在センスまで会得しているとは、驚きが尽きないな」

「そうじゃろう、そうじゃろう！」

所長は期待以上だと更にご機嫌で、当の本人もまたユリウスの心配事などまったく意に介した様子はなく、パンツ見物人の喝采を背に受けながら駆け戻ってきた。

所長が言うように、宙を駆けるミラの姿は確かに見事なまでの機動力であった。きっとファジーダイスを存分に追跡出来るであろうと思えるほどに。だからこそ、一番に注意するべきはずの所長がそ

れを忘れ、怪盗に一泡吹かせられそうだと息巻いている。

「今の機動力ならば、付かず離れずで怪盗を追う事が可能そうだ。となれば、いよいよ奴の拠点を特定出来るかもしれない。これは運が回ってきたか」

勝機が見えてきたと喜ぶ所長は、早速とばかりに追跡用の術具『ロックオンM弐型』の使い方をミラに教え始めた。

盛り上がるミラと所長。しかしユリウスは、その前に一つ大切な事があると伝えるため、「一つだけよろしいでしょうか？」と、二人の間に割って入った。

仙術士の機動力は、術士の中でも随一だ。本職でなくとも、ミラが披露した動きだけで、十分に追跡は可能であるとわかる。そして何よりミラの言葉通り、召喚術を使うよりも、小柄なミラが宙を駆け抜けた方が遥かに気付かれにくいだろう。

しかし、だからこそ注意しなければならない。

「先程の動きは、かの怪盗に勝るとも劣らない見事なものでした。けれどミラさん、今のはいけません。何かを穿くべきです」

真っ直ぐと真剣そのものなユリウスの視線。それはミラに鋭く突き刺さった。同時にようやくその時の状態を思い出したのか、所長が「おお！」と声を上げる。

「そうだったな。そういえば、そうだった。ミラ殿、今回に限らず先程のように跳ぶ時には、注意した方がいい。その領域は非常に尊いものだと、かつて知人が語っていた。だからこそ、女性は特に見えないように取り計らっているとね」

ミラの事を思ってか、真面目な様子の所長とユリウス。ミラはといえば、はて何の事だと首を傾げる。だがしばらくして、何かを穿くべきだという言葉から、その真意に辿り着いた。

「……おお、そうか！　確かにこれでは丸見えじゃったな」

ミラは自分の下半身に目を向けると、丈の短いスカートを掴み、ひらひらとなびかせた。そして《空闊歩》の動きに対して、これではパンツを守り切れないだろうと納得する。

（ふむ……わしはどうでも良いが、倫理的にはアウトじゃな）

ここにきてミラはようやく、これまで自分がどれだけパンツを無防備に晒していたかに気付いた。その要因が、男二人からの忠告というのが何とも不思議なところだが、ミラは忠告通り、どうするべきかと考える。

パンツを見られる事など微塵も気にならないという性質のミラだが、かといって無闇に晒すつもりはなく、またそのようなサービスをしてやる必要もないと思い至る。

「ふむ。後で対処するとしよう」

一つ方法を思い付いたミラは、そっと微笑んで「忠告、感謝する」とユリウスに礼を述べた。ユリウスはといえば、「いえ、ご理解いただけて良かったです」と笑みを返す。

だがそれは完璧な笑みではなかった。

ミラの可愛らしい表情と、脳裏に焼き付いた扇情的なパンツが重なり、何とも言えぬ感覚に苛(さいな)まれていたからだ。

またミラが原因で、新たな扉を開きかけた者が出てしまったようであった。


ミラのパンツ丸見えの件については一旦収まり、また話はファジーダイス対策に戻る。

その過程で、ミラは一通り術具の使い方を教わった。

「ふむ、なるほどのぅ。これでバッチリじゃな」

試しとしてユリウスを登録したミラは、術具を活用して見事路地裏に隠れていたユリウスを見つけ出す事に成功する。その正確さからして、警邏機構の正規品というのは伊達ではないようだ。

「では、ミラ殿に頼みたい事なのだが――」

術具の信頼性を確かめる実践を終えたところで、所長は、その術具を使った作戦について語った。

ファジーダイスが最終的に訪れるであろう術士組合には、冒険者達が出入りする表の入口と、職員用の裏口、そして二階のベランダの扉と、計三つの侵入ルートがある。

そのどこかに張り込み、のこのことやってきたファジーダイスを術具にこっそり登録してしまおうというのが、作戦の第一段階だ。

問題は、それを気付かれずに完了しなくてはならないという点である。

まず、追跡用の術具に登録したとばれた時点で、この作戦は、ほぼ失敗となる。追跡されているとわかっていて、拠点に戻る者などいないだろうからだ。

「とりあえず、職員用の裏口は気にする必要はない。そこには職員だけが持つ専用の鍵が掛かっているからね。たとえファジーダイスとて、これを開錠するのは難しいだろう。だからこそ、そこに手を出す事はないはずだ。よってミラ殿には、向かい側の店から、ベランダの入口を狙ってもらいたい」

　前方に見える術士組合。その二階にあるベランダは大通りから少しずれたところにある。そのため向かい合う戦士組合からは微妙に狙い辛い。だが、その隣の店舗の三階にあるベランダからは一直線だ。確かにそこからならば、完璧に照準出来そうであった。

「なるほどのぅ。十分に狙えそうじゃな。しかし、ベランダの入口だけで良いのか？　そこからならば、正面の入口も狙えそうじゃが」

　三つある侵入口のうちの二つが、大通り側にある。ミラが口にした通り、そこからならば射角も問題なくとれる位置だ。

　しかし所長は、それは気にしなくても大丈夫だと答えた。何でも、このような場合、ほぼ間違いなくファジーダイスはベランダから侵入するからであると。

「これまでの犯行において、ファジーダイスが正面の入口から侵入した事は二回だけでね。そしてその理由はどちらも、私が他の入口を全て封鎖したからだった。だからこそ何もしなかった場合、彼は必ず上階にある入口を利用するだろう」

　その場の状況によって臨機応変に対応するファジーダイス。しかし、こちらからイレギュラーを起こさなければ、かの怪盗は、いつも通りの行動をとるという。

そのため今回は組合自体に仕掛けはせず、いつも通り上の階にある入口、ベランダの扉を利用してもらおうという作戦だそうだ。

「ただ、登録するための時間を稼ぐための仕込みは少しだけさせてもらうがね」

ミラが狙い易くするために、所長は、それとわからない程度の何かをベランダに仕掛けておくと不敵に笑う。

なお術具の性質上、対象以外が近くにいた場合、マナの測定が上手くいかず正確に登録出来なくなるので注意との事だ。

「ちなみに、その点を改善したのが新型らしい。この新型が手に入っていれば、もう少し作戦に幅を持たせられたのだがね。流石にそれは無理無謀だと断られたよ」

型落ち品が市場に流れる事はあるが、新型が流れる事はない。あったとしてもそれは違法取引によるものであり、手を出せば間違いなく面倒な事になると、所長は少しだけ冗談めかして笑った。

そして笑いながら、新型の性能を羨ましげに語る。

射程が型落ち品の三倍。追跡可能距離が、まさかの五キロメートルまで拡大。感知部の精度が上昇し、人ごみの中でも正確に登録出来る。そして、登録情報を共有可能な子機が付属。と、一世代だけで随分な進化具合であったりした。

「あの誘いを受けて少しでも警邏局に勤務し、貢献していたなら、一度の貸し出しくらいは許してもらえたかもしれないいな」

大枚をはたいて入手した型落ち品と新型の差がこれほどとなると、やはり心境は複雑なのだろう。かつて警邏局の役職にと勧誘されていた所長。その役職を経て探偵となっていたとしたら、どのような人脈が築けていただろうか。

そんな事を思い返しているのか、所長は夢物語のように、もしもを呟き遠い目をして空を仰いだ。

所長が現実に復帰してから、簡単に配置や作戦の内容を確認した。

まずミラは、ファジーダイスの犯行時間より前に術具を携えベランダに潜伏。所長は術士組合の中で待機し、様子を見守る。

そしてユリウスはといえば、ファジーダイスの犯行、及びその動きを見張る役だ。かの怪盗が予定外の動きをした場合、即時連絡する手筈（てはず）である。

また、その連絡手段はミラにも見覚えのある箱であった。

先日までミラが攻略していた古代地下都市。その最中に出会った、ある冒険者グループの集まり。大人数での攻略のため、相互の連絡手段としてグループごとに配られていた箱。

しかし、一つだけ違うところがあった。当時ミラが見せてもらったそれは、赤、青、黄色の点が浮かび合図を送るという単純な術具だったが、今回使うものは、何と文字を送る事が出来る上位版だったのだ。

送れる文字は五十字までであり、文字入力用のパネルがあるため少々大きくなってはいるが、やはり言葉で伝えられるというのは便利である。

なお、こちらの方がすこぶる便利であるにもかかわらず、なぜ古代地下都市の時、彼らは点滅するだけの箱を使っていたのかと疑問に感じたミラは、それとなく所長に上位版のお値段を訊いてみた。

多少高くても、やはり文字で連絡出来た方が、対応の幅は広がるものだ。そう単純に考えていたミラ。しかし、所長の答えは実に納得出来てしまうものだった。

古代地下都市で使っていた箱は、一つ五万リフほどで買えるらしい。そこそこの値段だが、あの辺りにいた冒険者達にとってはそこまで高額ではないだろう。

しかし、所長が持っていた箱は、値段の桁が違っていた。しかも、三つもである。

相場で三千万リフ。文字を送る事が出来るこの術具は最新式であり、その利便性から上級冒険者達の間で大人気。結果流通量やら何やらで、簡単に手に入るものではないという事だった。

ちなみに所長はこれも、昔のコネを利用して購入したそうだ。

(術具一つとっても、随分と広がったものじゃな)

術具と一括りにしても、そこには様々な種類と大きな差があった。それは点を送るか文字を送るかの違いで、値段の桁が三つも変わるほどの差だ。

そして何より、その広がり方はゲーム時代を遥かに凌いでいた。それはミラが今、楽しみにしている要素の一つでもある。

三千万リフなどという高価な術具。そして、その規模の金が当たり前のように飛び交っているのが、冒険者の世界。何と夢のある世界だろうか。

ミラは、今の任務が完了した暁には、少しだけ自由気ままに冒険してみようかなどと考え、儚(はかな)い未来に思いを馳せるのだった。

〈11〉

「――とまあ、概ねはそういった手筈でどうだろうか」

怪盗ファジーダイスの動向については、ユリウスが現場から直接報告する。ミラと所長は、その報告に合わせて行動する。

そして所長は、術具によるマーキングまで完了したら、後はミラの裁量に任せると言った。

「ふむ……。本当に、わしの好きにしてしまっても良いのか？」

ここまで周到に用意しながら、本当にそれでいいのだろうかと、ミラは問う。

始めから終わりまでの作戦がピタリと嵌(はま)れば、それは所長のお手柄だ。しかし、ミラが自身の策で怪盗ファジーダイスを捕まえるなり、そのアジトを見つけるなりした場合、その手柄の大部分はミラに渡る事となる。

「ああ、構わない。この状態だ。もとより今回は、何も出来ないはずだったからね」

所長はそう口にしながら、自分の足に視線を落とす。そして、怪我をした足では、あの怪盗を追う事すら叶わないと笑う。

と、そこまで真剣な面持ちで語っていた所長は、次の瞬間少しだけ肩を竦めてみせる。そして、本当は今回のために練った作戦を無駄にしたくなかった事と、どれだけ通用するのかを早く知りたかっただけだと笑い飛ばした。

「それと……正直なところ、実は追跡してから先は、何も考えてはいなくてね」

何でも所長は、その追跡するところから先を考えている際に足を怪我したそうだ。そして、今回の対決は無理だろうと思い、追跡後については白紙のまま。しかしながら、気付かれないように術具への登録が可能かどうかが、とにかくどうしても気になったという。

せめて、それだけでも確認したいと、協力してもらえそうな術士を探していたところ、まさかの精霊女王を捕まえる事が出来たと所長は笑う。

「なるほどのぅ。まあ、わからなくもないが」

所長の気持ちが少しだけ理解出来たミラは、苦笑しながら答える。新しい戦略や術による連携を思い付いた際は、いても立ってもいられなかったものだと。そして、よく夜中にもかかわらずログインして寝不足に陥っていた。また、仲間すらも上手く言いくるめて実験台にしたものだ。

「しかも、流石は二つ名持ちだ。かの怪盗に、負けず劣らずな機動力まである。ミラ殿が来ると知っていれば、初めから追跡についても詳細に策を練ったのだがね」

流石に予想外過ぎる協力者だったと口にした所長は、今日いっぱいでミラに合った作戦を立てるのは難しいと言う。そして、ならば全て任せてしまえばいいと思ったのだと続けた。

「まあ、やれるだけやってみるとしようかのぅ」

そう返したミラは、術士組合のベランダを見据えながら、それもまた楽しそうだと笑った。

当日決行する作戦の確認が済んだところで、ミラ達は術士組合の向かい側に位置する店を訪れていた。目的は、その建物の三階にあるベランダを使わせてもらうためだ。

術士組合までの見通しが良く、遮蔽物のない角度をとれる場所。怪盗ファジーダイスを待ち構え、術具で狙うために一番適したベランダが、ここなのだ。

「――というわけでね。ベランダを使わせてもらえないだろうか」

所長は、作戦について包み隠さず説明し、店主に許可を求めた。対して店主は、「貸してやりたいのはやまやまだけどねぇ」と、渋い顔で答える。

やはり、義賊のファジーダイスは正義というイメージがある。

それと敵対する関係にある所長に手を貸す事に、引っかかるところもあるのだろう。それも仕方のない事だ。客商売には、イメージというのも大事なのだから。

「いいじゃんいいじゃん。別に目立った事するわけじゃないんだしさ」

「そうそう、誰も気付かないって」

「ただ、特等席で怪盗の登場を待つ、ファン達。皆、そう見るだけだよ」

渋る店主にすり寄るようにして説得する、三人の女性。美しく魅力的な彼女達は、先程この店の前で合流した、今作戦に協力する冒険者だった。一度ミラと別れた際に、声をかけておいたそうだ。

所長が言うには、より成功率を高めるためらしい。ミラが少女である事を有効に活用する方法。

ベランダにミラだけを待機させるのではなく、ファジーダイスを待つファン達を装う女性達に紛れ込ませる。

毎回、術士組合前はファン達でごった返すため、ミラならば確実に溶け込めるだろうと、所長は断言した。

なお、ファン達に紛れちゃおう作戦は、過去に一度だけ実行した事があったそうだが、その際は所長とユリウスが女装する、とんでもない手段だったという。

結果は、言わずもがな。所長が即座にばれて騒ぎになり、大失敗。ただ、ユリウスは意外にもばれる事なく、無事に退散出来たそうだ。

「わかった。好きに使ってくれ」

と、何やかんやで説得した甲斐もあって、無事店主からベランダの使用許可が下りた。

途中ミラは、ワーズランベールで光学迷彩なりを使えば十分だろうなどと思ったが、それを口にはしなかった。きっと、これもまた何かの試しなのだろうと察したからだ。

次に似たような作戦があったとしたら、きっと今度はユリウスが。そんな予感からミラはそっとユリウスを見つめ、心の中で合掌した。

作戦決行の場所の確保を無事に終えたところで、決戦に向けて必要な話し合いは一通り完了した。後は当日を待つばかり。怪盗ファジーダイスが予告した日は明日。その夜八時に決戦は始まる。

怪盗ファジーダイスはドーレス商会長の屋敷で証拠を盗み出し、それを大聖堂と術士組合に提出すれば勝利だ。

と、そこでミラは、ふと思った。

「ところで一つ気になったのじゃが、怪盗の仕事は、教会やら組合やらに証拠を預けて終いなのじゃろう？　もしもそこに、標的と繋がりのある不届き者が紛れていた場合、折角の証拠を処分されてしまうのではなかろうか？」

神を崇める教会や、人々のために奮闘している組合とて、人が集まる以上、不正をしでかす者がいないとは言い切れない。もしも、ファジーダイスの標的と裏で繋がっていた場合、その者が盗み出された証拠を隠蔽してしまうのではないだろうか。ミラは、そこが気になったのだ。

すると所長は、新しい燃料を得たとばかりに笑みを浮かべた。

「私もまた、前に同じ事を考えたのだがね――」

その言葉と共に、また所長の推理語りが始まった。

なかなか話が終わらない。そんな事を思いつつも、やはり気になるミラは、所長の説明に耳を傾ける。

すると何とも、ミラの疑問はとんでもない現実に行き着いた。

何でも所長が詳しく調べたところ、ファジーダイスが犯行に及んだ全ての街では、予告状が届く少し前から、不正に手を染めていたその街の組合員や教会の者が、次々と検挙されるという騒ぎが起きるそうなのだ。

しかもその者達が疑われ、そして検挙に至った要因というのが、共通して匿名による密告と証拠の提出だという事だった。

「いやはや、本当に偶然というのはあるのかね。実はこの街でも二週間ほど前に、そこの術士組合から三人、大聖堂から二人の不届き者が検挙されていったばかりなのだよ」

小さく肩を竦めてみせた所長は、「そんな都合の良い密告者が、どこから湧いてきたのだろうね」と続けて、わざとらしく笑った。

「何ともまた、そこまで暗躍しておったとはのぅ……」

あくまでも、匿名による密告者。だが所長が言いたい事実は、考えなくともわかる事であり、ミラもまた半ば呆れたように笑う。

ファジーダイスが狙う者は決まって大物ばかりだ。人脈も多く、そして深く、一筋縄ではいかない相手である。しかし、そんな大物がファジーダイスによる一夜の犯行により、ことごとく制裁されている。

その大きな理由の一部が、これなのだと所長は語った。

一見、派手で目立つファジーダイスの大立ち回り。しかしそれは最後の仕上げであり、予告状というわかり易い始まり以前から、かの怪盗の仕事は進行していたというわけだ。

「いったい、どこからどこまでが奴の仕業かは絞り切れないが、ファジーダイスが現れた街では、その後、犯罪件数が激減しているという数字も出ている。いやまったく、不思議な事が続くものだ」

そうとぼけたように口にした所長。どうやら、その点についてはもう調べる事を止めたそうだ。暗躍している時より、堂々と姿を見せて華麗に舞っている時こそが、所長にとっても本番らしい。

「まあ、街が平和になるのなら、ありがたい話じゃな」

舞台の上で正々堂々。何となくその気持ちはわかると、ミラもまたそれ以上深く訊く事はなく、ただただ平和は良い事だとだけ同意した。

匿名による密告と証拠の提出により、大聖堂と組合に潜んでいた不正者は裁かれていた。そんな理由から今はどちらもクリーンな場となっており、ファジーダイスが盗み出した証拠が隠蔽されるような心配はない。安心して犯行後を狙えるというものだ。

「ではまた、明日の夜七時に組合前で」

「うむ、わかった」

ミラと所長が、そう言葉を交わした後、ユリウスは小さくお辞儀をしてから所長の車椅子を押していった。

「……しかしまあ、策なしじゃったとはのぅ」

追跡用の術具『ロックオンM弐型』でファジーダイスをマーキングした時点で、所長の立てた作戦は完了。今回は、新たに入手した術具の使い勝手を試す事こそが最大の目的であり、そこからどう追跡するかについては、完全にその場の勢いでと所長は考えていたらしい。

初めて使うものであるため、その実際の使い勝手を見てみなければ作戦は立て辛いそうだ。ゆえに、使用後には感想を聞かせてほしいという事でもあった。

とはいえ、それもまた、ある意味で気楽である。必要なのは使い勝手のデータであり、追跡結果についてで所長は何も言っていない。失敗にするにせよ、成功するにせよ、ミラが気負う必要はないのだ。もしかしたら、所長は余計な責任をミラに感じさせないようにと気遣ったのだろうか。ふと、そんな事を思ったミラだったが、あの時の表情は、塔の研究者のそれに似ていたなと思い出す。

はて、所長の真意はどちらなのかと考え始めたのも束の間。まあ、どちらでもいいかという結論に辿り着いたミラは、今夜にでも自分流の追跡作戦を練ろうと考えるのだった。

所長達と別れたミラは、二人に指摘された事を受けて、とある店を探していた。そんな時の事である。

何やらファジーダイスファンが一ヶ所に集まっているではないか。どうやら彼女達は、場所取りやら何やらで話し合っているようだ。教会や術士組合に現れるファジーダイスを一目見ようと狙っているのだろう、より良い位置を確保するために必死な様子だった。

（熱狂的じゃが、そこそこマナーは良いのじゃな……）

漏れ聞こえてくる声によると、どうやら彼女達が争う場所は、通行人の邪魔にならない大通りの隅に限定されているようだった。そして取り合う場所もまた、思った以上に控えめである。

途中、戦士組合のベランダが使えたら、礼拝堂に入れたら、などという言葉も飛び出していたが、流石にそんな理由で許可は出ないだろう。そんな事を思いながら、ミラはそっと彼女達の傍を通り過ぎていった。

「おお、ここが良さそうじゃな」

とある店を探して大通りを進んでいたところ、い並ぶ店舗の中に丁度良さそうな店を見つけた。大型の建物であり、かなり目立つその店は、服飾関係の総合店のようだ。表から見ただけでも、下着から普段着、更には祭事用の礼服や冒険者向けの鎧下(よろいした)まで幅広く揃っているのがわかる。

所長とユリウスにされた忠告。それは、今のスカートのままでは、激しい動きをした際にパンツが丸見えになってしまうというものだ。

「一先ず、見てみるとするかのぅ」

パンツを見られたところで何とも感じないミラだったが、それはそれ。周りにも配慮するのが紳士というものだとして服飾店の扉を開いた。

ミラが訪れた服飾店『マール&シュトレリッツ』は、街の中心から離れているものの、かなりの大型店であった。それでいて非常に品数が豊富で数多くの棚が並んでいるため、随分と詰まったようにも見える。けれど、その圧倒的な物量は宝探しにも似た楽しさを思い起こさせた。

また分類はしっかりとされているので、どこか騒がしい印象ながら確かな秩序が保たれている。

「今まで見てきた中で、一番の品揃えじゃな」

ミラは客で賑わう店内を見回しながら、感心したように呟いた。とはいえ服飾店を訪れる事がこれまで少なかったため、本当に一番だったかどうかは怪しいところだ。けれど、そう思えるほどに、『マール&シュトレリッツ』という店は広く商品で溢れていた。

「思えば着た切り雀じゃったからな、ここで何着か用立てるのもありじゃろう!」

どうやら店内は、一階と二階で男物と女物に分けられているようだ。ミラがいる一階の入口近くには、店のオススメなのだろうスタイリッシュでクールな男物の服が揃えられていた。

ミラは早速、パンツ丸見えをどうするかという目的を忘れ誘われるように男物の格好良いローブを見て回り始めた。

「おお、これは良いのぅ。この赤いラインが抜群じゃな」

服について、どちらかといえばデザインを重視する傾向があるミラは、豊富に揃えられているローブの中から、特に秀でていると判断した三着を手に姿見の前に立っていた。

そして身体に合わせては、その中二センスがちらりと覗くデザインを気に入り、同時に嘆いた。その理由は単純だ。男物のローブであるため、Sサイズであろうと小柄な少女であるミラにとっては、まだまだ大きかったからである。

「むぅ……。しかしこれは……」

しかも、今の可愛らしい見た目では、ミラの感性に合う格好良いが、微妙に合わなくなっていた。

ミラは、ダンブルフ時代の威厳のある格好良さを思い出しながら、気に入ったローブを元の場所に返していく。その背中に哀愁を漂わせながら。

「どこかに化粧箱はないものかのぅ……」

そうぽつり呟いたミラは、試しとばかりに精霊王に訊いてみた。

容姿を変える事が出来る術でも魔法でもアイテムでもないだろうかと。

しかし精霊王から返ってきた言葉は、聞いた事がないという無情なもの。流石の精霊王でも、そこまでの奇跡は把握していないようだった。

「このまま、可愛いを極めるしかないのじゃろうか」

もはやダンブルフには戻れそうにない。現実を思い知らされたミラは、後ろ向きなのか前向きなのか分かり辛い言葉を呟きつつ、溜め息交じりに大通りへ出る。と同時に、はてと首を傾げて振り返り服飾店を見上げた。

「違うじゃろう！」

男物のローブを見ただけで満足してしまっていたミラは、ここでようやく本来の目的を思い出した。格好良いローブを探しに来たのではなく、ミニスカートの下に穿くパンツ隠しを探しに来たのだと。

スタイリッシュなローブではなく、パンツ隠し。まるで正反対だ。そんな事を思いながら、ミラは再び服飾店に足を踏み入れる。そして今度は脇目を振らず、真っ直ぐ二階の女物フロアに上がっていった。

「何というべきじゃろうか……雰囲気がまるで違うのぅ」

気分の問題だろうか、それとも確かな原因があるのか、二階の女物フロアはどこか華やかな気配が漂っていた。見回す限り、ほぼ女性の姿しか見えないというのもあるだろう。しかしミラは気付く。その最たる要因に。

二階フロアの四分の一。丁度四等分したうちの一つに当たるその一角は、宝探しの楽しい店内とは大きく違い、ゆとりをもって広々と衣装が置かれているではないか。

「流行りとは恐ろしいのぅ……」

ミラはその無駄に華やかな一角を見つめ苦笑する。そう、その場所は魔法少女風の衣装専用のコーナーとなっていたのだ。しかも大きく『マジカルナイツ専売店』と看板が立てかけられている。

魔法少女風衣装専門業者の『マジカルナイツ』。

ミラは聞き覚えのあるその名を思い返しながら、不思議と誘われるようにしてその一角に足を踏み入れた。

随分と繁盛しているようで、マジカルナイツのコーナーには多くの女性の姿があった。そしてその全員がいかにもな服に身を包んでいる。

どこかコスプレにも見えるが、ファンタジーの世界だからだろうか、とても様になっている女性客達。ミラは彼女達を鑑賞しながら奥に進み、そこに並ぶ『初代』と書かれた棚を見上げた。

隣にある説明書きによると、それは『マジカルナイツ』創業のきっかけとなった新機軸のローブであり、今の流行を生み出した伝説だそうだ。

「やはり、そうじゃったか」

ガラス張りで頑丈そうな棚に飾られた服は全て、見覚えがある、というよりはよく見ていた魔法少女アニメの衣装と瓜二つなデザインであった。なお、ここに展示されているのはレプリカであるようだが、プレミアが付いているようで、とんでもない価格になっている。

魔法少女風衣装の先駆け。元祖とされるマジカルナイツ。その創業者は予想通りと言うべきか、元プレイヤーのようだ。

そして同時にミラは思う。創業者とは、ソロモンも含めて美味しい酒が酌み交わせそうだと。

(特に、数あるシリーズの中でも第二期をチョイスするとは、実にわかっておるな)

主役となる三人の魔法少女。アニメではその成長も描かれており、ミラとしてはその二期目の衣装こそがベストであった。

そういえばソロモン達と劇場版を観に行ったなと、ミラはしばしの間、当時の思い出に浸るのだった。

(最終決戦モードもあったりするのじゃろうか)

ここには置いてないが、きっと創業者の感性ならば作っていてもおかしくはない。

そんな事を考えながら、ミラは今度こそ本来の目的を忘れる事なく、パンツが丸見えにならないための何かを探し始めた。

店内は広く、マジカルナイツ以外の場所は、これでもかというくらいに衣類品が置かれている。どこまで商品を入れられるのかという限界に挑戦でもしているのだろうかというほどで、通路もさほど広くはなく、場所によっては二人がすれ違うだけの幅すらなかった。

そのため商品確認で立ち止まっている客がいた場合、通過する際は互いに身を寄せ合うのだが、当然と言うべきか身体が触れ合うものだ。

つまり、通るだけで女性達と触れ合える夢の抜け道とでもいった状態だった。

「すまぬな、通るぞ」

「あ、ごめんねー」

棚の商品を乱さないためには、密着するようにすれ違うのが、この店の暗黙のルールである。しばらく店内を観察してそれを知ったミラは、そのルールを順守して、グラマラスな女性とすれ違う。そしてその柔らかさを全身の神経で感じ、にまにまとした笑みを浮かべた。

そうこうしてミラが辿り着いたのは、女性用のボトムスが揃えられた一角だ。

「ふーむ。どうしたものか」

スカートの下に穿くものを選ぶ。そんな初めてに直面したミラは、棚を見回しながら悩む。そして思う。今の姿になってから今まで、本格的に自分用の衣服を探す事はなかったと。しかも女物である。

ミラにとっては未知の状況だった。

「これかのぅ……。こういうのが簡単そうじゃ」

悩んだ末にミラが手に取ったのは、何て事のない紺色のズボン。スカートの下にこれを穿いてしまえば、見える見えないなど、もはや憂う必要もない。たとえスカートが千切れてしまっても、決してパンツが見える事はない鉄壁ぶりだ。

これはいける。そう確信したミラは早速ズボンに足を通し、どんなものかと近くの姿見の前に立った。

「これは……！　なるほどのぅ、そうか。そういう事じゃったか」

可愛らしい今の衣装。特にその魅力を際立たせているといっても過言ではないミニスカートと、そこから伸びる両の脚。ミラは、今の自身の姿を目の当たりにして、とある友人の言葉を思い出す。

彼はＶＲ全盛期だった時代において、現実の学校への進学を選んだ奇特な人物であった。そして彼は季節が冬になった頃、涙ながらに語った。スカートの下にジャージを穿く女子達の何と罪深い事かと。そして真剣に、ならば黒タイツにしろとも力説していた。

当時は何を下らない事を言っているのかと、そう思っていたミラ。だが今この時この瞬間、自身の姿を目の当たりにして、ようやくその罪に気付く。

「うむ、これはあり得ぬな」

ミニスカートの裾から直(じか)に覗く太ももが、どれだけ素晴らしいものだったのか。そして尊いものだったのか。理想の自分の姿を前にしたミラは、ズボンが、ミニスカートの下にそれを穿くという事が、どれだけ著しく魅力を削ぐ行為だったのかを理解した。

ミラは急いでズボンを脱いだ。そして今一度、姿見に視線を向けて、ミニスカートから覗く太ももを確認する。

(やはり、この可愛さを損なうような真似は出来ぬ)

何だかんだ言っても理想として創り上げた自分の姿に愛着があるのだろう、絶対の方針を固めたミラは、どれが最も魅力的に映えるかを考え、パンツ隠しの吟味を始めた。

ただ一つ他と違ったのは、その選び方だ。生脚が見えてこそのミニスカートだろう。そんな明らかな男目線を基準としたミラは、ズボンを棚に戻してから、自身に似合いそうなパンツ隠しを探して店内を奔走した。

〈12〉

少女となった今の身体は本意ではない。しかしながら、現状を受け入れたミラに妥協はなかった。存分に理想を追求する構えだ。

「パンツ隠しと一言で言うても、色々とあるのじゃな……」

流石は品揃えが豊富な店だろうか、ミラが求めるようなものも数多くの種類が用意されていた。そんな数ある中から、ミラは自身の魅惑的な脚のシルエットを邪魔するものを除外して吟味する。

ミニスカートの魅力を損なわないまま、パンツを隠せるもの。ショートパンツにレギンス、スコート、タイツなどなど。一通り確認しただけでも多くの種類があり、ミラはどれがいいのかと悩む。

「まあ、ものは試しじゃな」

頭で考えるよりも、実際に穿いて確かめた方が早そうだ。

そう直感したミラは、手近なものから試してみようと姿見の前に向かった。フィッティングルームには気付かずに。

初めにショートパンツを試す。スカートの裾からは見えず、今まで通りの可愛さだ。

続いてミラはスカートの裾に手をかけて捲（めく）り上げてみる。するとやはり、そのままで外出も出来るショートパンツだけあって、下着のパンツは完全に隠れていた。ショートパンツはズボンに続き、スカートがなくなろうが問題ないほど、パンツを気にせず動き回れそうだ。

「鉄壁と言うても過言ではないのぅ」

ミラはその場で足踏みをしたり飛び跳ねたりしながら、スカートの捲れ具合とショートパンツの隠蔽具合を確認した。そしてパンツを隠すという目的を達成し、動き易さを邪魔しないという利点がある事に納得する。

「これは第一候補で良さそうじゃな」

ミニスカートの中にショートパンツ。もしもそんな組み合わせをしている女性がいたら、本来のミラならば憤慨していた事だろう。

どこかで偶然見えてしまうという可能性の芽をことごとく刈り取ってしまうからだ。

けれど今回は自分自身の事であり、しかも目的がその芽を刈り取るというものである。

ミニスカート姿という可愛らしさを保ったまま、パンツを気にする事なく動ける。なるほどこれは実に効果的な組み合わせだと、女心を理解した気になったミラ。だがやはり、がっかり感は否めないとスカートを捲りながら思う。

次にミラが試したのは、レギンスだ。スカートの下に穿いてから、先程と同じようにして姿見の前で確認する。

今回ミラが手にしたのは、数あるレギンスの中でも特に短いタイプ。丁度ミニスカートの丈と同じ程度のものとなる、俗にいうスパッツだった。

「ふむ、これもなかなか悪くはないのぅ」

ほど好い密着具合と軽快な穿き心地。そしてショートパンツと変わらない動き易さに、これも候補に入れて良さそうだと判定する。

姿見の前で自身のスカートを捲り上げるミラ。

その結果、黒のスパッツはミラのパンツを見事に隠していた。

しかも、ショートパンツの時に生じた僅かな隙間すら、そのぴっちりとした密着加減で完全に消し去っているではないか。

パンツを見せないようにするという効果は、ショートパンツよりも上である。

しかし代わりに一つだけ浮かぶ問題もあった。

「確か、あやつも一喜一憂しておったのぅ……」

かの奇特な友人が語っていた事があった。スパッツがどれだけ良いものかを。尻と脚のシルエットを邪魔する事なく、むしろより際立たせ、何よりもうっすらと浮かぶパンツラインが至高である、と。

「なるほど、確かに……」

かの友人の言葉を思い出しながら自身のスパッツ姿を確認したミラは、一理あると納得する。一見、色気が何もないように見えるが、これには極めて繊細なエロスが潜んでいると。

ミニスカートの下のパンツを隠すだけとはいえ、こうまで奥深いものだとは。

そしてパンツを隠すという目的を達成すると共に新たな属性へと派生するそのポテンシャル。改めてそれを実感したミラは、より真剣味を増して選別に挑んだ。

続いてミラが手に取ったものは、定番中の定番、アンダースコートであった。生パンツを隠すための見せパンとして名高いアンダースコート。

パンチラを防ぐため、スカートが捲れてもいいように穿く場合がほとんどなそれは、キングオブパンツ隠しと言っても過言ではないだろう。

「オシャレなオムツみたいな感じじゃのぅ……」

そう見た目のままを感想として呟きながら、ミラは姿見の前でアンダースコートを穿いてみた。

「ふむ。バッチリじゃな」

少し大きなパンツとでもいった形状のため、スカートの裾から見える事もなく、脚の動きにも影響はないようだ。ミラは適当に足踏みしたり、飛び跳ねたりしながら、穿き心地を確かめる。

そうして一通りの機能性を確認したミラは、ここからが本番だとばかりにスカートの裾を摘み、おもむろに持ち上げた。

「なるほどのぅ……。あやつの言った通りかもしれぬ」

スカートの下には黒のアンダースコート。姿見に映ったその姿は、一つの芸術にも近い魅力が詰まっていた。

今ミラが穿いているものは、レースでオシャレに飾られている。むしろ見せるためのもの、見える事で一層その魅力を際立たせるものへと進化しているのである。

見せパンとはよく言ったものだ。ミラはそう感心しながら、再びかの友人の言葉を思い出す。

生のパンツを隠すためのアンダースコートだが、それでもパンツの形をしているから十分に興奮出来る。という言葉を。

「どう違うのじゃろうな……」

姿見をまじまじと見つめながら、ミラは考え込む。そこに映る自身の姿、スカートの下に見えるのはパンツそのもの。けれど、これは見られても大丈夫な見せパンだという。

生のパンツを見せないようにするための存在であったアンダースコート。だが、それは一見すると勝負パンツと見紛うほどの出来栄えな逸品だ。しかしパンツではなく、生のパンツを隠すためのものだという。

ちらりと見えた際の光景に違いはあるのだろうか。肌に直か、そうでないかで心持ちが変わるのだろうか。

姿見を見つめるミラは、不思議なものだと首を傾げながらも、これはこれでより自分の可愛さが際立つなと確信していた。

ミラの模索はまだまだ続き、今度は黒のタイツを手に取った。

伸縮性の高い素材で作られたそれは、爪先から腰までを丸々と覆ってしまう事が出来る。中でも特に厚手タイプのものは、パンチラどころか生脚すら許さぬ鉄壁のガード力を誇るレジェンドオブパンツ隠しといえるだろう。

「ふむ……これは……！　そうか、うむうむ」

早速黒タイツを穿いてみたミラは、姿見に映る自分の姿をじっと眺める。その表情は実に真面目であり、その目は一切の妥協も認めぬという気迫が篭(こも)っていた。

ミラは、自身の全身をくまなく確認する。頭から顔、首、胸、腰、そして腹部より下がっていき両脚へ。

何度も何度も繰り返したミラは、「何でも似合ってしまうのぅ」と自画自賛する。

ミニスカートから魅惑の生脚という利点はなくなったものの、代わりに脚のシルエットがより際立っており、また別のエロスがそこには生まれていた。

そして何よりミラ自身が、その際立ったシルエットに負けぬほどの魅力を持つため、その相乗効果は計り知れない高みまで突き抜けているではないか。

「やっぱり、わし、かわいい」

流石は理想を顕現した姿だと改めて自身の可愛さを認識したミラは、次に黒タイツを穿いたまま動き回ってみた。

「うむ、支障なしじゃな」

伸縮性のバツグンな生地であるため、激しい動きでも十分に耐えてくれそうだ。

と、そこまでの確認を終えたミラは、スカートの裾を手に、いよいよ最後のチェックに入る。

「……スパッツに似ておるが、違う」

ぺろんと捲り上げたスカートの下は、どこまでも黒だった。スパッツとタイツ。どこか似ているその二種類は、途中で生脚が見えるか見えないかの違いだけ。一目見てそう感じたミラだったが、うっすら浮かぶパンツラインを見ながら深く考え込む。脳裏を過(よぎ)った違いとは何なのだろうかと。

そうして思考をフル回転させる事しばらく、ミラは悠久の時を漂う友人の言葉を思い出した。

『スパッツってさ、元気なイメージがあるよな。で、黒タイツってどこか知的な感じだろ？　これ、入れ替えたら入れ替えたでまた堪(たま)らないと思うんだよなぁ』という、とても希望溢れる言葉を。

「そうか……。これに眼鏡でもかければ、クールビューティになりそうじゃな」

スパッツ娘は元気で、黒タイツ娘は物静か。いったいどこで培われた知識、印象なのだろうか不明だが、ミラは先程のスパッツ姿と今を比べ、そういう事かと得心した。

「しかし、今回は見送りじゃな」

スパッツと黒タイツの違いを男目線から解き明かしたミラは、どちらも好みだと思いつつも、今回の購入リストから黒タイツを除外する。その理由はとても簡単で、非常に重要な事だった。

「今の季節には合いそうにないからのぅ……」

季節は夏。先程、多少動いたからか僅かに熱を持った身体。そして今、ミラが穿いている黒タイツは、生地が厚いタイプだ。そのため保温性バツグンであり、それが季節と合わさって中が結構蒸れていたのだ。

薄手のタイプもあるのだが、それでは些か透け感があるため、パンツ隠しという点において条件を満たせなくなってしまう。

服の中は、ディノワール商会で購入したクルクールで快適に出来るが、タイツの中にまでは及ばない。夏の間、下半身が蒸れっぱなしなど、不快極まりないだろう。

現状からそう判断したミラは、黒タイツと一緒に勢いあまってパンツまで下ろしてしまったりしながら、ふと友人の言葉を思い出す。

『蒸れたスパッツとタイツって――』

思わず浮かんできた度を過ぎた変態の言葉を振り払いパンツを穿き直したミラは、脱いだ黒タイツをそっと元の場所に戻すのだった。

(今気付いたが、冬物も幾らか置いてあるのじゃな)

ふと店内を見回してみたところ、うず高く積まれた棚やショーケースには季節を問わずあらゆるタイプの衣服が置かれていた。全体の割合的には夏物が多いものの、冬物も幾らか残っており、幾つかの棚にまとめられている。そしてミラが黒タイツを調達した棚は、見事に冬物が集まった棚であった。

それは蒸れるはずだ。そう納得しながら夏物の棚を改めて確認したところ、そこには黒のパンティストッキングが置かれていた。

「ふーむ……。これは試すまでもないじゃろう」

薄手のパンティストッキングは向こう側が透けている。これではパンツを隠す事など出来るはずもない。そう即座に判断したミラは、『パ・ン・ス・トは――』と思わず浮かんできた友人の言葉に蓋をして、その場を立ち去った。


一通り試し、他にもパンツ隠しの候補はないかと探し回っていたミラは、丁度店内を時計回りに一周したところで再びマジカルナイツの領域に足を踏み入れていた。

同じ場所にありながら、がらりと雰囲気が変わるマジカルナイツの売り場。魔法少女は既に十分過ぎるほど間に合っている。そう王城の侍女達を思い出しつつ、ミラはその場を通り過ぎていく。と、その時である。マジカルナイツに隣接するようにして、インナーパンツ売り場が壁際にどんと置かれているのが目に入ったのだ。

更にマジカルナイツ側の棚にも、魔法少女用インナーパンツなるものが負けじと並んでいるではないか。

「何と、専用のコーナーがあったとは……」

魔法少女風衣装にはデザイン上、際どい丈のミニスカートが多い。パンチラしない不思議な魔法など存在しないこの世界では、やはりインナーパンツといった存在が必要不可欠のようだ。

悩める全ての愛用者達に、また安心して着てくださいとでもいうほど沢山の種類のインナーパンツがそこには揃えられていた。

そのコーナーにはショートパンツからストッキングまで、ミラが先程試していたものの他にもペチコートパンツやら何やらといった様々な種類が置いてあった。

遠目に見た限りでも、フリル付き、レース付き、キュロット風、キュート系やセクシー系など、幅広い商品がその一帯に揃っているのがわかる。

(しかしまた、これまで以上に女子力の高そうなコーナーじゃな……)

初めからここを見つけていれば。ミラはそう思いながらも直ぐに駆け寄る事なく、ちらりとそのコーナーの前で戯れる三人の少女を見やった。

まるで女性用下着売り場にも似た雰囲気を漂わせるインナーパンツ売り場。

そこには年の頃は十四から十七ほどであろうか、魔法少女風衣装をばっちりと着こなした三人の少女がおり、あれやこれやとインナーパンツを手にとっては真剣に意見を交わしていた。

やはり、スカート丈が短くなる傾向のある魔法少女風衣装。その愛用者である正真正銘の女性達は、ミラとは違い、しっかりとそのあたりにも気を遣っている様子だ。

「こっちの方が可愛いよー。ほらほら、こうして見えちゃった時も、この色の方がいいしさー」

「そうかなー？　私はこっちがいいと思ったんだけど。だめー？」

「だめじゃないけど、ここにギャップがあると、凄く可愛い」

そんな会話をしながら、少女達はインナーパンツをその場で試着していた。そして互いにインナーパンツの仕事ぶりを見せ合っては、あれやこれやと議論を交わす。

その際、場所が場所だけに周囲には女性しかいないからか、少女達のスカートは実に無防備な状態であった。というより、姿見の前に立っていたミラと同じように自らスカートを捲ってみたり、なびかせるようにひらひらさせたりしているのだ。

（わしはまだまだ未熟じゃからな。女の先輩として参考になるかもしれぬ。うむ、ここは一つ参考にさせてもらうとしよう。そうあくまで参考にさせてもらうだけじゃ。参考じゃ）

ひらひらとなびくスカートは、まるでマタドールのマントのようだ。黄色い声に誘われ……否、女子の感性とはどういうものかを知るために、ミラはやましい気持ちなどは一つもないと心の中で誰かに言い訳しながら、その一団に歩み寄っていった。

インナーパンツコーナーの端っこ。そこに、自分はただの客ですよとばかりに張り付いたミラは、適当に選ぶ仕草をしつつ、そっと少女達を窺い、声に耳を傾ける。

少女同士という事もありミラの存在を一切怪しむ素振りもなく、少女達はインナーパンツ選びを継続していた。ミラが近くにいようとも、無防備にスカートの中を晒し合う事を止めなかったのだ。

あれやこれやと夢中な様子で、色々な種類を試着している三人。その若くて瑞々（みずみず）しい会話を傍で聞くミラ。一応は彼女達がどのようにインナーパンツを選んでいるのかを参考にするつもりはあった。何もかもを言い訳にしているわけではないのだ。

確認のため、無防備にスカートを捲り上げる少女達。それを目の端で捉えながら、さも勉強しているだけですとばかりに「なるほどなるほど」とミラは呟く。

そうしているうちに、女性目線によるインナーパンツ選びのコツの他、少女達の事についても色々とわかってきた。

少女達の会話には時折、魔物やダンジョン、そして組合といった言葉が出てきていた。どうやら彼女達は、冒険者グループの仲間同士であるようだ。

（しかしまた何とも……）

遠くからと近くでは、こうも見え方が違うのか。より鋭さを増したミラの目は、その光景を鮮明に目撃していた。

冒険者というのは過酷な職業である。時として男女の違いなどが意味をなさなくなるほど。ゆえに、その世界で生きる少女達は、若干羞恥心というのがずれてしまうのだろう。そしてそれは見たところ、同性同士においては特に働かなくなるようにも思えた。

片隅にフィッティングルームがありながらも、その場で試して見せ合うなどという事をしている少女達。きっとそこには、男が来る事のない場所であると共に、インナーパンツだからこそという前提もあったのだろう。だからこそ今の無防備な光景が広がっているわけだ。

（これほどとはのぅ……！）

結局のところインナーパンツとは見られてもいいパンツであり、男が真に求める下着のパンツとは根本が違う。見えたからとてぬか喜びとなる、言ってみればパンツ詐欺にも等しい存在だ。

ゆえにミラは、少女達のインナーパンツ装着済みの下半身をいくら見たところで、真の喜びを得てはいなかった。

ただ、太ももは素晴らしいとは感じていたりもしたが、そもそもミラは、そこに広がっていた黄色い空間に身を置き、その雰囲気を楽しみたかっただけである。女の子達が楽しそうにしている空間というのは、どこかで憧れてしまうものなのだ。

しかし今、ミラはその光景を前に確かな興奮を覚えていた。その理由は、インナーパンツや下着といったものではなく、また太ももでもない。何より、少女達の行動にあったのだ。

スカートを自らたくし上げる少女の姿。それがミラの感性に直撃していたのである。

（なるほど、なるほど。参考になるのぅ）

本来は望めぬ領域であり、またその主によって固く閉ざされた聖域が、あろう事かその主自らの手によって開放されている。その御姿の何と尊い事か。

あくまでも女の子の先輩として、拝見させていただく。そのような言い訳を思い浮かべながら、ミラは少女達の動向を眺める事に注力した。そこに僅かでも恥じらうような表情が加われば無敵だなと妄想しながら。

と、その時である。流石に長時間その場で見つめ続けていたからか、とうとう少女の一人と目が合ってしまったのだ。こっそり覗いていたミラの存在が、彼女達に気付かれたわけである。

（しくった！）

これは、まずい。だがここで急ぎ視線を逸らせば、余計に怪しまれてしまいそうだ。そう一瞬で判断したミラは、どうするべきか、どう言い訳するべきかを全力で考える。

下心満載だったミラは反射的にそのような思考に至り、頭を空回りさせて無難な方便を探す。

しかしだ。今の美少女そのものな容姿というのは、ミラが思っていた以上に都合よく働くものである。

「あ、ごめんなさい。もしかして邪魔だった？」

初めにミラの事に気付いた少女、一番年長そうな青い髪の彼女が、申し訳なさそうにそう言ったのだ。どうやら彼女は、自分達が邪魔になりミラが棚に近づけなかったと考えたようだ。

これだけの状況においても、ミラが下心満載で見つめていたなどとは露ほども思っていなかったという事だ。

（この状況で、そうなるのか……！）

瞬間、ミラは自身の性能を改めて認識する。女性としての魅力に加え、未熟さも兼ね備えた少女の容姿。初見で、その中身がエロオヤジなどと見抜ける者など、きっといないだろうと言えるほど完成されていたのだと。

ゆえに、かのフリッカほど直接的に表現しなければ、そう易々と心の内はばれないと思われた。

「いや、邪魔ではない。ただのぅ……知り合いからパンツの上に何か穿いた方が良いと言われたのじゃが、どうにも初めての事でわからなくてのぅ。詳しそうなお嬢さん方を参考にさせてもらおうかと思っておったのじゃよ」

ミラは心の中でほくそ笑みながら首を横に振ってみせると、そう思い付いた言い訳を真実として口にした。ここで逃げようとすれば、むしろ怪しまれそうだという懸念が僅かにあったからでもある。まだ気付かれてはいないようだが、今のミラは精霊女王などと呼ばれる有名人だ。

もしも、精霊女王がいやらしい目つきで少女三人を見つめていた、などという噂が立ってしまったとしたら、ミラにとっては死活問題である。

何よりも、それがマリアナの耳に入ったら。そう思ったミラは、勘違いした三人の言葉にとことん乗ってしまおうと決意したのだ。

「今まで穿かずにいたって事⁉」

「本当ですか⁉」

「もしかして、見られるのが好き、だったり？」

するとどうだろう、堂々と答えたのが功を奏したのか、少女達はミラの言葉を素直に受け取ったではないか。けれど、だからこそ三人の反応は余計に激しいものとなった。痴女扱いにまで及んでいるほどに。

どうやら魔法少女風衣装着用時には、インナーパンツを穿くのが愛用者の間では当たり前のようだ。ほとんどのスカートが短いのだから、当然といえば当然かもしれない。今までのミラが特殊だっただけといえよう。

ただ三人の驚きは相当なものであり、ミラを見る目には好奇と若干の憐憫(れんびん)が浮かんでいた。

「うーん……もしかして魔法少女歴が短かったりするのかな？」

深く考え込んだ末、年長の少女が探るように問うた。

魔法少女風衣装を愛用する者にとってみれば、インナーパンツ選びもまたその延長線にある一つだった。

だがミラがその域にまで達していないとするなら、すなわち初心者以外には考えられない。少女はそう考えたのだ。

「そうじゃのぅ……二、三ヶ月ほどじゃろうか」

正確には、インナーパンツなど一切気にしていなかっただけであるが、それはそれだ。ミラは初めての日を苦笑気味に思い出しつつ答えた。

思えばリリィ達に専用衣装を着せられた日から、気付けばそれだけの月日が経っていた。短いようで長いような、そして気付けばもうこの衣装を着るのが当たり前のようになっている事をふと振り返り、ミラは心の中で笑った。随分と染められていたのだな、と。

「なるほど、ならやっぱり新人さんだね！　それなら仕方がない、かな？　折角だから教えてあげるよ」

少女達曰く、魔法少女風衣装は相当に奥が深いようだ。三年経った自分達でも、まだまだだから、一緒に勉強していこうと三人は笑った。

「あーっと、よろしく頼む……」

嘘から出た実というべきか、何を穿けばいいのかわからないというのは事実である。今後の勉強についてまではわからないが、一先ず今は、少女達の厚意に甘える事にしようとミラは決断した。

「でも、それだけ見事に着こなしているのに新人だなんて……全然わからなかったよ。将来は、きっと私達を代表するようなモデルさんになっちゃっているかもね」

ミラの容姿を引き立て、更にミラに引き立てられるようにとデザインされた侍女達謹製の衣装は、愛好家達の目にも完璧に映ったようだ。ミラがベテランの魔法少女風衣装愛用者だと思わせてしまうくらいに。

「あ、あー、それは……無理じゃろう。わし以上などそこらにごろごろいるはずじゃ」

魔法少女風衣装愛好家の代表。それだけは勘弁してほしいと、ミラは心の底から他の愛好家達を応援する。

「可能性は十分あると思うんだけどなぁ」

そんな事を話しながら、ミラは少女達に案内されるままマジカルナイツの奥へと入っていくのだった。

〈13〉

簡単に自己紹介を済ませたミラ達は、フィッティングルームにまでやってきた。インナーパンツ選びに必要なのは、今の衣装との相性を確認する事。そう言って三人の少女は自然な流れでここにミラを連れ込んだのだ。

なおその部屋は、服飾店などによくある個人用の小さなものとは違い、広めの更衣室といった様子だった。

「にしても初めて見た時から気になってたけど、このデザイン、見覚えがないんだよね」

「製作者のロゴが見当たらないけど、これはどこの製品なんでしょう？」

「凄くしっかりした作りしてる」

三人の魔法少女風衣装好きは相当なもので、その熱意は凄まじかった。そのためミラは更衣室に到着するなり、襟を捲られスカートを捲られと、好き放題にされている真っ最中だ。

ミラの服をじっくりと観察する三人。一番のお姉さんであり、軍服風の衣装に身を包んだ少女がミレイ。好奇心が強そうで、動物をイメージした衣装の少女がマリエッタ。そして一見大人しそうだが大胆にミラのスカートを捲っている和風な衣装の少女がネーネである。

「あーっと、これはわしの知り合いが作ってくれたものなのじゃよ」

姦しいながらも可愛らしい少女三人に群がられる。状態はどうあれ悪い気はしなかったミラは、されるがまま彼女達の声に答えた。

「凄い、手作りなんだ！」

「気合入っていますね！」

「いいなぁ」

流石は王城勤めの侍女達作というべきか。既製品に負けないどころか上回っているのではというほどに、ミラの衣装の完成度は高い。それを一目見て気付いた三人は、尚更興奮した様子でミラの全身（衣装）を詳細に調べていく。

そして途中、羽織っていたコートも完全に脱がされてワンピースだけの姿にされたミラは、更にそれすらも脱がされそうな勢いで三人から好きなようにされた。

きっと一般的な女性ならば「ちょっと待って、それ以上は」とストップをかけた事だろう。しかしミラは不動であった。決して動じず、そして逆らう事もせずに、ただただ為すがまま全てを受け入れていた。

今のミラの状況は、傍から見ても相当なものだ。服を調べるだけでそこまで引っくり返されるのはと、誰でも思うはず。そこまでするなら全部脱ぐから、脱いだ方を調べてくれと、そう言うはずだ。けれどミラは文句一つ口にせず、少女達に全てをさらけ出していた。

（何をどう確認しておるのかは知らぬが、女のファッションとは面倒なものなのじゃな）

襟やスカートやらと徹底的に見られながら、何でもないとばかりに佇むミラは、そんな少々的外れな感想を抱いていた。

女性が服の相性や組み合わせを確認するためには、着たままでこうするのが普通なのだろう。そうミラは、これまでの経験から学んでいたのだ。

衣装関係でかかわった侍女達もまた今の三人と同じように——いや、それ以上、もはや貪るかのようにサイズやら何やらと細部までこうして確認していた。

むしろ、あの侍女達のぎらついた目に比べれば、ひたすら衣装の方に注目する少女達の方が数倍も穏やかですらある。

結果、不本意ながら侍女達の所業に慣れてしまっていたミラは、今の状況においても温かく、寛容な心で好きなだけ見るが良いと悟りの境地に至っていたのだ。

「あ、これってもしかして、コンバットコットン？　しかもかなり上等なものよね。凄いわ！　それにこれは細工術式。こんなに綺麗なものは初めて見たわ」

実はミラの衣装には、専門的に見ても色々な要素が織り込まれていた。

まず、軍事用に開発され、後に冒険者達にも広まったコンバットコットン。

それは特別な加工が施された木綿であり、靭性が高く、衝撃吸収と通気性に優れた素材だ。

術士用のローブや戦士用の鎧下などで重宝され、コンバットコットンを使用した防具というのは、一人前の冒険者になった証ともされる人気の素材だった。

中でも軍の高官用に使われる上等なコンバットコットンは、桁が一つ上がるほどの高級素材である。そしてミラが羽織っていたコートには、裏地としてこのコンバットコットンがふんだんに使われていた。

「これだけのものとなると、防具としても一級品ね。ミラちゃんのためにこれを作ったっていう人達の愛を感じるわ！」

着る者を守るための工夫が施されたミラの衣装。

ミレイは、その工夫を一目見て、侍女達が込めた愛をそこから感じたようだ。

けれど、その愛がどれほど狂おしいものかまでは読み取れない様子である。

とはいえ物は確かだ。戦いに携わる者の目に、ミラのコートは実に頼もしい防具と映る事だろう。しかも魔法少女風コートであるため、魔法少女風衣装愛好家にとっては、特に惹かれる逸品であり、実際ミレイの顔には、ありありとした羨望が浮かんでいた。

(相当に金がかかっているとは聞いておったが、それほどのものじゃったのか)

ミラの衣装制作は侍女達だが、その制作費は主にソロモンとルミナリアが出している。聞いた話によると結構な金額だという事だったが、こういった部分に使われていたのかと、ミラは感心した。

そこから更に、ミレイは他にも専門用語的な言葉を口にしながら勢いを増していった。どうやら彼女が言うに、ミラの衣装には魔法少女風衣装愛好家達の理想がふんだんに盛り込まれているらしい。

魔導工学を利用した仕掛けやらコンバットコットンの裏地、そして着用者を術的に保護する細工術式の他、ミラも聞いた事のない様々な要素が羅列されていった。

(何と、そこまでの代物じゃったとはのぅ……)

侍女達の熱量が非常に高かった事は把握していた。けれど、あくまでも趣味の範囲だろうとミラは思っていた。

大人が大人げなく本気を出した趣味の延長線上。

それに面白おかしく二人の出資者が乗っかっただけのもの。素晴らしい出来栄えだが、趣味の範疇だという認識だった。

しかし、どうにも興奮したミレイの言う限り、ミラの服の完成度は圧倒的で、戦闘用に調整されたマジカルナイツの最高級品にも匹敵する性能を秘めているという。

どうやら市場価格にして、一千万リフは下らないそうだ。ミレイはうっとりとした眼差しでミラの衣装に触れる。

マリエッタとネーネもまた、憧れを湛えた顔で拝み始めた。いつか、これだけの衣装に巡り合えますように、と。

高じた趣味とは時として、本職にすら届く事があるようだ。

ミラは、自分の衣装にどれほどの性能があるのかを理解すると同時に、そのとてつもない価値もまた知った。そして、友人二人と侍女達の熱意に呆れ返る。

なお、当然というべきかミラは、ミレイ達から制作者について怒涛の質問を受けた。これだけのものを作り出せる知り合いとは、いったいどれだけ凄い職人なのかと。

その質問に対してミラは、ただ衣装作りが趣味で、とても頭数の多い集団であるとだけ答え、それ以上は秘密だと告げた。

詮索は良くない。少女達もそのあたりは弁えているようで、とても知りたそうな様子ではあったが呑み込んで、それ以上に訊いてくる事はなかった。


ミラの衣装の性能云々についてのあれこれが収まると、事は初めの衣装デザインとインナーパンツの相性診断に戻る。そしてその最中、ミレイがふとミラの左腕に気付いた。

「あ、操者の腕輪！　とするとやっぱりミラちゃんは上級冒険者だったんだ？」

「わわ、凄い凄い！」

「かっこいい」

コートを脱がされた時点で、それは丸見えだったはずだが余程衣装ばかりに注目していたのだろう、三人は驚くと同時に、興奮したように声を上げる。その腕にあった腕輪を見て、ようやくミラが上級冒険者だと気付いたようだ。

するとどうした事か、少女達は憧れと尊敬の籠った目をして、ミラを見つめ始めたではないか。

その矢面に立ち、喜ばない男などいるだろうか。ミラもまた類に漏れずふんぞり返り「何、たかだがAランク程度じゃよ」と、得意げに笑ってみせる。そしてさりげなくない仕草で、冒険者証をちらりとさせた。

「ほんとだ、Ａランクだ！」

「初めて会えちゃいました」

「しかも召喚術士……」

Ａランクといえば、上級の中でも上級である。ミラのわざとらしさは気にもせず、冒険者証をしかと確認したミレイ達は凄い凄いと大はしゃぎだ。となればミラもまた、ますます調子に乗っていき、これからは召喚術士の時代が来ると大いにアピールする。

と、そんな時だ。

「思ったんだけど上級冒険者の、しかもＡランクにもなると、やっぱり戦いも激しいだろうからインナーパンツは必須のはずだよね？　ミラさんは今までどうしてたの？」

原点回帰とでもいうべきか、マリエッタがふと思った事を口にした。きっと多くの激戦を繰り広げているのだろうＡランク冒険者が、なぜ今更になってインナーパンツ探しをしているのかと。

どうやらミレイとネーネもまた気になったようで一転沈黙し、ミラの答えに集中する。

少なくともただファッションとして楽しむだけならば、絶対にインナーパンツが必要とは限らない。まだ無くても彼女達にしてみれば理解出来る範囲だった。

しかし上級冒険者ともなれば、魔物との激戦は必至。特に今のミラが穿いているスカート丈からして、下着が見えてしまう事は必然。つまり、インナーパンツを穿いて当然の状況なのだ。

しかし、今まで穿いていなかったとミラは言う。彼女達にとって、それは女性として理解出来ない点だった。

「いや、何というべきじゃろうか……。今まで気にした事がなくてのぅ……」

下手な答え方をすると、痴女扱いされるかもしれない。そんな不安が一瞬過ったが、ミラはやはりここもまた素直に事実を答えた。これまでも、そしてきっとこれからも、下着を見られる程度は些事であると思えたからだ。

「……なるほどねぇ。たまーにそういう人いるよね」

「ミラさんは、そのタイプでしたかー」

「男前」

窺うような表情から一転、三人娘はどこか呆れたように、だが笑いながらそう言った。何でも冒険者の中には、そういった事を完全に割り切ってしまっている女性が幾らかいるそうだ。

たとえば着替えのために仲間達から離れて魔物に襲われたら元も子もないと。ただ、彼女達はまだ全然割り切れない組だという事だ。

「とはいえ、ミラちゃんみたいに女の子女の子な格好をしたそのタイプの人とは出会った事なかったけどねぇ」

ミレイ達の経験、そして出会いによれば、そういったタイプの女性冒険者は、ほとんどが実用性重視の服装だったという。特にミラのようにしっかりと可愛らしく着飾った女の子には例外なく、割り切れている者はいなかったとミレイは続けた。

「Aランクの人って何かしら特徴あるって聞きましたが、本当なんですねー」

「うん、何だか特別」

ミラの事を見つめながら、しみじみとした表情で呟くマリエッタと、尊敬の眼差しを向けてくるネーネ。どうやら彼女達の知るAランクには、何かと癖が強い者が多いらしい。

「そう、なのか、もしれぬのぅ……」

少しだけ思案したミラは、言われてみれば確かにと、かつて出会ったAランク冒険者を振り返りながら苦笑する。

まず初めに、元プレイヤーであるセロ。

天上廃都への道中で出会った侍のハインリヒ。

五十鈴（いすず）連盟本拠地で出会った戦士のアーロン。

そしてキメラクローゼンとの決着がついた際、飛空船で同乗したジャックグレイブとエレオノーラ。

最近では、古代地下都市で出会ったトライド。

はて、トライドはそこまで特徴が……などと、どこか失礼な事を思いながらも、確かに個性的な比率は高いかもしれないとミラは思った。

そして自分もその中に加えられた事に複雑な心境になる。

とはいえ、返ってきた三人の反応が思ったよりも肯定的なものであったため、ミラは安堵もしていた。女としてあり得ない、というような事を言われるかもしれないと構えていたからだ。

ミラはここにきて再び、冒険者の道を行く女性達の逞しさ、そして寛容さを実感した。

しかしそれも束の間、次の瞬間に三人娘の目の色が変わった。

「世にも珍しい、男前な魔法少女風のAランク冒険者様のインナーパンツ選び、か。私達の責任は重大だね。そういう事なら、しっかり選ばないと！」

「そう！　これは、緊急任務レベルですよ！」

「絶対死守」

彼女達にとってミラという存在が、魔法少女初心者から、憧れのAランク冒険者へと昇華した。

しかもその憧れの存在は、心から愛する魔法少女風衣装を見事に着こなしているではないか。その共通点が、ミレイ達の羨望を更に増幅する。

そして極めつけは、そんな憧れの存在のインナーパンツコーディネイトを任された事だった。

今この時、ミレイ達のヤル気はかつてないほど燃え上がっていた。

ふとした事でちらりと見えてしまっても、パンツじゃないから恥ずかしくないもん。インナーパンツを穿くというのは、一般的にはそういった意味の対応策だろう。しかし、上級冒険者であるミラの場合は、その前提が大きく変わってくる。

上級、しかもAランクともなれば術士とて相当に動けるのは当たり前であり、その激しさもまたランク相応だ。ゆえにAランクの世界では、スカートなどあってないようなものである。

だからこそ、ちらり程度ではなく、完全に見えてしまう事を前提にして選ばなければいけない。ミレイはそう力説した。

どのような状況、そして状態にも対応出来て、尚且つ今の衣装の魅力を損なわず、更にはプラス出来るようなインナーパンツが必要だ。当の本人であるミラが意見を言う隙もなく進行した三人娘の作戦会議では、そのように可決された。

結果ミラは、完璧を実現しようと突き進むミレイ達の手で、更に全身を内部に至るまで精査される事となるのだった。

「これとか可愛いよね」

「色合い的には、こっちも捨てがたいですよ」

「ランジェリータイプ、どう？」

様々な種類や色のインナーパンツを更衣室のテーブルに並べて、あれやこれやと意見を交わす三人娘。そして、これだという一枚を手に取ると、ミラに穿かせて多角からその姿を確かめる。

ローアングルからの守り、更には激しい運動で露わになった場合を考慮してのスカート捲りからの見栄えなどなど。

ミレイ達の仕事には一切の妥協がなかった。

女性冒険者とはこういうものなのか、それとも魔法少女風衣装フリークという共通点が彼女達との絆を構築しているのか、ミラはこの数十分の間で下着姿を見せ合うほどに三人娘とフレンドリーになっていた。

若い娘達と仲良くなれて、ご機嫌だったミラ。

しかしそれも束の間、その延長線にあった今の状況を嘆き、ただただそっと天を仰ぐ。

(……なぜ、こうなったのじゃろう……)

初挑戦となるインナーパンツについて、ミラは女としての先輩となる三人の少女に教えを乞うた。

その結果、あれよあれよと仲良くなり、色々と試しているうちに、気付けばミラはインナーパンツ専用の着せ替え人形にされていたのだ。

「次はあえて、大人コーデを試してみるのはどうかな」

「いいですね。確か先月の新作に、幾つかありました。取ってきますね」

「私達には似合わなかった。けど、ミラさんなら」

初めの勢いが衰える事なく、更に加熱していく三人娘のインナーパンツコーディネート。

若干暴走気味な感は否めないが、彼女達の表情は真剣そのものであった。

だからこそミラは何も言えないでいた。そこまでしなくても、もっと簡単に、へんてこでなければそれで良い、と。

しかし、もうその言葉を告げる時機は逸していた。

なぜならミラ用のインナーパンツ選びから始まった着せ替えは、いつの間にかファッションショーに似た状況にまで発展していたからだ。

気付けば店員の他、別の客まで見学とばかりに更衣室に顔を覗かせていく。

全てのきっかけは、様子を見に来た店員の「まあ、ステキ！」という一言だった。

どこかお世辞染みた調子ではなく、心の底から出たとばかりなその声が、何だ何だと周囲の客を呼び寄せたのだ。

そして声の原因となった人物を見てみれば、中身はどうであれ見た目は絶世の美少女である。

流石というべきか、その見栄えはやはり注目を集め易く、またモデルとしても適していたわけだ。

ミラが穿いてみせたインナーパンツは、いつもよりステキに輝く。

気付けばミラに試着してもらい、それを参考に商品を選ぶという流れまで出来上がっていた。

それは、どういった心理だったのだろうか。憧れのあの人と同じものがいい、とでもいった心境であろうか。ミラは今、ここに集まった魔法少女風衣装愛好家達の代表モデルとなっていた。

（いつまで続くのじゃろうか……）

脱いでは穿いて、脱がされては穿かされてを繰り返すミラは、何がどうしてこうなったと困惑しながらも、このまま大人しくされっぱなしというわけではなかった。

「偵察工作罠（わな）の解除と、にゃんでも出来ますにゃ。かゆいところに手が届く。小生達ケット・シーは、そんなパートナーににゃれると自負しておりますにゃー」

ミラは傍らに団員一号を召喚して、召喚術の利便性をここぞとばかりに語らせていたのだ。

その内容は召喚術の、というよりケット・シーのではあったが、評判はすこぶる上々だった。

何でもマジカルナイツのカタログや発表会といった場には、ケット・シーのようなマスコットキャラがいつも登場しているらしい。

魔法少女といえば、小動物的なマスコットキャラ。さもそれが完璧な形であるとばかりに広告されているわけだ。

印象操作とでもいうべきか、だからこそ、ここマジカルナイツ店内において、マスコットキャラ足り得る団員一号は今のミラに並ぶほどに注目の的だった。

言ってみれば、ミラの負担の半分を引き付けて、尚且つ限定的ではあるが召喚術の素晴らしさをアピール出来ているというわけだ。

マスコット効果もあり、召喚術士へのイメージは大分向上した。

特に若者達へアピール出来たのは良かったと手応えを感じながら、ミラは差し出されたインナーパンツに笑顔で足を通すのだった。


結果としてミラは、二時間ほどモデルをしていた。しかもインナーパンツから始まったそれは、気付くとマジカルナイツの様々な衣装にまで広がり、いつの間にやら店に置いてある数々の衣装を試着させられるにまで至る。

また、美少女がマジカルナイツでゲリラファッションショーをしているという噂が瞬く間に広がって、かなりの人数が店に押し寄せる事態となった。

とはいえ意外にも、集まってきた者達の中に男の姿は少なく、女性の方が多かった。どうやらこの世界において魔法少女風衣装は、コスプレではなくファッションとしての確かな地位を築いているようだ。

「何やら、大きく予定から外れた気がするのじゃが……」

ただのインナーパンツ選びが、とんだ大事にまで発展してしまった。

あれやこれやで怒涛のように時間が過ぎていった。

特別に従業員の休憩室で休ませてもらっていたミラは、そう呟きながら爛々と目を輝かせ笑みを浮かべる三人娘を睨む。

「まあ、ほら、終わり良ければ全て良しって、ね？」

ミレイはそう言って視線を逸らせた。

「ミラさんが魅力的過ぎたから仕方がありません、よ？」

マリエッタはそう言って視線を逸らせた。

「二時間で二十万リフ分。時給十万はお得」

ネーネはミラの隣に置かれた大きな紙袋を見つめながら、真剣な眼差しでそう口にした。そして、凄く綺麗だった、色々な着こなしを見られて参考になったと続け、心底嬉しそうな笑みを浮かべる。

「まったく……。それならば頑張った甲斐もあったというものじゃな」

ミラは屈託のないネーネの笑顔に完敗し表情を和らげると、いざ紙袋を手に取った。

その紙袋の中には、レギンスやスコート、タイツなど、スカート下用の様々な衣服が詰められていた。

しかもその全てが、三人娘と店員が厳選した品であり、今回のゲリラファッションショーの報酬として、店側からミラに贈られたものだったりする。

なおネーネの言葉通り、袋の中の総額は約二十万リフ分だ。

どうやら今回のミラの宣伝効果により、マジカルナイツ系列店において、歴史を塗り替える売り上げを叩き出したという事だ。

その記念と、また今後ともよろしくという意味も込めての報酬である。

(まあ、良しとするか)

何はともあれ、目的の品がタダで手に入った。しかも幾つもの着せ替えを経て厳選された、専門家達推薦の品ばかりである。きっとどれも、今の自分に似合う事だろう。そう前向きに考えながら、ミラは細かい事を気にしないようにするのだった。


随分と大事になったが、目的を達成したミラは、三人娘と別れ大通りを突き進む。その際、ミラが歩くと同時に揺れるスカートの裾から、ちらちらと僅かに黒のレースが覗く。それは、報酬としてもらったうちの一着。見事なレースが栄えるスパッツの裾だ。

パンツを隠すためのインナー。ミラにとって初めてとなる記念の一着目は、このスパッツタイプとなった。

外見は変わらず、それでいてパンツ隠しの性能は抜群で動きに支障もなく、スカートの裾から見えた時の印象も実にオシャレ。

だが何よりも、三人娘の初めてもまたスパッツタイプだったそうで、初めてをお揃いにと押し切られた結果だ。

短い時間であったが、随分と好かれたものだ。ミラは、そんな事を思いながら、一枚のチラシに視線を落とす。

それは、いつかまたどこかでと再会を願うミレイ達から渡されたものであり、そこには『マジカルナイツ主催　衣装大展覧会開催決定』と書かれていた。どうやら、魔法少女風衣装を愛する者達の祭りが行われるようだ。

あの三人娘は確実に行くつもりなのだろう。そして再会を願いながら、このチラシを渡してきたという事は、つまりそれを期待してである。

(わしは、愛好家ではないのじゃがのぅ……)

行く予定などさらさらないが、三人娘の期待を裏切るのは少々心苦しい。ミラはそんな感情を抱きながら、ふと思う。

(短い時間じゃったが、存外わしもあの娘どもを気に入っていたのじゃな)

人との出会い、人との繋がり、人への好意というのは時として時間に比例しないようだ。

もしもこの展覧会で再会したら、彼女達はどんな顔をするだろうか。しなかったらどんな顔をするだろうか。ミラはチラシを大切にしまい込むと、心なしか足取り軽くスカートを揺らしながら歩いていくのだった。


なお余談ではあるが、インナーパンツについては、侍女一同もその制作に動いていたりする。しかしまだミラのもとにそれは渡っていない。原因は、先程ミラが悩んでいた事と同じ。

そう、種類であった。そして衣装作りは一致団結していた侍女達だが、このインナーパンツ制作については意見が割れていたのだ。しかも下着すら廃して、代わりにワンピースタイプの水着にしてしまおうなどという新勢力まで登場する始末だ。

抗争は継続中。ゆえに侍女製のミラ用インナーパンツが出来上がるのは、まだまだ先になりそうだ。

〈14〉

服飾店を後にした頃には、既に夜の九時を過ぎていた。商店街も徐々に明かりが消え始めていく時間だ。

「ふむ。明日の本番に向けて、今日は戻るとしようか」

明日は、怪盗ファジーダイスが予告した日だ。しっかりと休んでおこうと考えたミラは、男爵ホテルへと向かうことにする。

と、その途中であった。夜の闇に紛れて若干見え辛いものの、ミラは視線の先にある屋根の上に、人が立っている事に気付いた。

何とも怪しいシルエットだが、ミラは、その要因について思い出した。

(あー……まだ捜しておるのじゃな)

屋根の上を渡る複数の冒険者。また、大通りに視線を移せば、そこにはやはり捜索活動に勤しむ者達の姿もあった。

そう、かの者達は、まだ水の精霊を捜しているのだ。

(ふーむ……これは、アレじゃな……)

一切関係のない事だったなら、ご苦労様程度にしか思わなかったであろう。しかし、この件についてはそうもいかない。

冒険者達が捜している水の精霊は、先程ミラが契約を交わしたアンルティーネであり、そのアンルティーネは既に、こっそりと地下水路を通って街を出てしまっている。

この事実を把握しているのは、この街でミラだけだ。水の精霊を心の底から求める冒険者達は見ての通り、それを知らぬまま捜索に精を出していた。

既にいないため、いくら捜しても見つかるはずはない。完全な徒労である。

この状況に関与しているミラは、流石にそのまま放っておく事も出来ず、屋根に上り周囲を見回す。そして、ちょうど良いところに見覚えのある冒険者の姿を見つけた。

「まだ捜しておるようじゃな」

ミラは屋根伝いに駆け寄ると、そう声をかける。

「おお！　精霊女王さんじゃありませんか！　先程はありがとうございました。リナが……うちの召喚術士が凄く喜んでおりましたよ！」

男は振り返るなり、輝くような笑顔でそう礼を言った。

対してミラは、「そうか、それは良かった」と、後ろめたさを隠しながら答える。

彼らが捜すアンルティーネは、自分と契約するために来ていた。ゆえに彼らの努力は一切が無駄であると知りながら、その時は保身のためにその事実を告げられず誤魔化したからだ。

「ところで、いかがなさいましたか？　俺にわかる事なら何なりと仰ってください」

またもわざわざ屋根の上にいる自分に声をかけてきたという事から、何か質問でもあるのだろうかと男は考えたようだ。しかしながら、今回は違う件である。

「それなのじゃがな――」

ミラは、男に状況を告げた。少し前に感知してみたところ、皆が捜している水の精霊は既に街にはいないとわかった事。ゆえに、それを知らずに捜している者達を放ってはおけず声をかけたと。

「何と……もういなくなっていましたか。初遭遇時に驚かせてしまったという話でしたが、やはりそれが原因だったのですかねぇ……」

真実は、目的であったミラとの契約を済ませたため、元気よく帰っていったというものだ。

しかし、その事には一切触れなかったため、男はミラがこの件に深くかかわっているとは思わず、そう判断したようだ。最初に水の精霊と出会った者が、ガツガツと契約を願ったせいであると。

「まあ、理由まではわからぬが、そういう事じゃ。出来ればお主から他の皆にも伝えておいてはくれぬか？」

特に、鬼気迫る様子の女性達にはあまり近づきたくない。そんな心の内を隠しながら、ミラがそう頼んだところ「わかりました！　精霊女王さんのお言葉として伝えさせてもらいます！」と、男は快諾してくれた。

「では、よろしく頼む」

最後にそう告げて屋根から飛び降りたミラは、「ありがとうございましたー！」という男の声を背に受けて、そそくさとその場から退散した。

そうして男爵ホテルに戻ったのは、夜の十時を過ぎたところだった。

「とりあえず、二泊で頼む」

ミラは男爵ホテルの受付にそう告げる。

現状、男爵ホテルには、ユリウスの名刺を利用してワゴンを置いてあるだけで、宿泊するかどうかについては別だった。

だが改めて中を眺めてみると、これまた楽しそうな宿だとわかる。とことん貴族のような体験が出来る事を売りにしているのだ。

結果ミラは、そのままここに宿泊を決め、チェックインを済ませた。

それから執事風の衣装を着た従業員に案内されて、部屋に通される。

その部屋は流石貴族風というだけあり、調度品から小物に至るまで素晴らしい見栄えであった。

ただし、あくまでも貴族風であり、貴金属類は全てがイミテーションだ。

しかしながら室内を一通り確認してみたところ、ソファーやベッドといったものはなかなかに上質なものを置いているようだ。

「さて。まずは、ひとっぷろじゃな」

テーブルの上にあった、男爵ホテルの利用説明書。落ち着いたところで、それに目を通したミラは、部屋を出るとそのまま大浴場に向かった。

何でも、貴族のようなひと時が体験出来るというコンセプトの『男爵ホテル』では、有料でメイドや執事に一日中世話をしてもらえるというサービスがあるそうだ。

専属のメイドに付きっきりでお世話される。男ならば誰もが夢見る待遇だろう。

けれどもミラは、そのサービスを利用しなかった。

そういった類は、アルカイト城の侍女達で間に合っているからだ。

ただ、有料メイドや執事はホテルの案内役という側面も持つため、自由気ままに男爵ホテルの廊下を進んでいたミラは、現在多少の迷子となっていた。

ホテル内は雰囲気を重視した造りのため、案内板といったものがないからだ。

そのためミラは大浴場を探して、ホテル内をうろつく事になる。

その途中、何度か他の宿泊客とすれ違った事で、かなりの人数がメイド執事サービスを利用している事を把握した。

なお、大体の男性客はメイドで、女性客は執事だ。

と、そうして彷徨っていたところでミラは知り合いを見つける。

そう、同じくここに宿泊している所長だ。

そして、所長の座る車椅子を押すのはユリウスではなくメイドだった。どうやら彼も、大いにサービスを利用しているようだ。

湯上がりなのだろうか、バスローブ姿の妻子持ちな所長は、とても楽しそうな顔でメイドと会話をしていた。

(随分と満喫しておるようじゃな……)

はてさて、お風呂でのサービスというのもあるのだろうか。

そんな野暮な事を考えながら所長を遠くから見送ったミラは、そのまま彼が来た方へ向かって歩き出す。風呂上がりだとしたら、きっとその方向に大浴場がある。そう信じて。


予想は当たり、ミラは大浴場に辿り着けた。堂々と女性用の入口を抜けると、そこはシャンデリアが輝く更衣室だ。

(やはり執事は、いなさそうじゃな)

あらゆるお世話をする有料サービスとはいっても、流石に風呂までは付いてこないようだ。

更衣室を見回して、女性客が全て一人でいる事を確認したミラは、まあそんなものだろうと服を脱ぎ始める。

ただ、その途中でふと思う。一人だとしたら、所長は風呂に入るのも苦労するのではないだろうかと。

(……いや、まだユリウスが風呂に入っているのかもしれぬしな)

所長の入浴を手伝った後はメイドに任せ、ユリウスはゆっくりと風呂を満喫しているのだろう。ミラはそう信じて浴場の扉を開いた。

「思った以上にゴージャスじゃのぅ……」

浴室は、金銀きらめく全面大理石造りになっていた。床や壁、浴槽は全て大理石で、蛇口やシャワー、そしてシャンデリアも金色銀色に輝いている。

また、魅惑の女体もそこここに見受けられた。何て贅沢な光景だろうか。

ミラは感心しながらも、本当の貴族にこのような浴場を持つ者など果たしているのだろうかと笑う。

なお、あくまでも男爵ホテルのコンセプトは、一般向けの貴族風である。つまり本物の貴族ではなく、本物の貴族を知らない一般の者が思い描く貴族像を形にしたのが、ここというわけだ。

やり過ぎくらいが丁度いいと、ミラはその贅沢な空間を存分に満喫する事にした。


風呂から上がったミラは、簡素なワンピースを身に纏う。マリアナがカバンに用意してくれていた湯上がり用のワンピースだ。

それから多少迷いつつも自室に戻ると、ベルを鳴らして呼んだ従業員にスイーツを注文した。

遅い時間ながらも、何と男爵ホテルは二十四時間対応だ。

そうして貴族風のスイーツタイムを楽しんだミラは、残りの時間をゆったりと過ごす。

技能大全や研究書に目を通したり、団員一号で《意識同調》の練習をしたり、灰騎士のグレードアップについて考察したりと、大いに好きな事に取り組んだ。

そして午前零時過ぎ。いよいよ眠気に逆らえなくなった頃、ミラはもぞりとベッドに潜り込み、たちまち寝息を立て始めるのだった。

男爵ホテルで迎えた朝は、実に快適なものだった。

朝の七時を少し過ぎた頃に目を覚ましてベッドからずるりと抜け出したミラは、眠気覚まし代わりのコーヒー牛乳を一本空けてから、朝の支度を済ませた。

いよいよ今日は、怪盗ファジーダイスが予告した当日だ。所長と約束した時間は、午後七時。まだ、十時間以上先である。

本番前に、やっておきたい事がある。ミラは寝る前に考えていた策を準備するために、早速街へと繰り出していった。

「これは、何とも……」

街に出たミラは、その光景を前にして、驚いたように声を上げる。

昨日までのハクストハウゼンの街は、多くの店舗で記念セールをしていたり、ファン達が闊歩していたりと、ファジーダイス効果で大いに盛り上がっていた。それはもう、お祭りのようにである。

それが今日になり、更にとんでもない賑わいに発展していたのだ。

そう、ミラが見て回っていた状況は、いわばリハーサルのようなものに過ぎなかったのである。

大通りに出たミラは、昨日からの変わりように唖然としながら進んでいく。

見れば、そこにある全ての店がファジーダイスを歓迎するようにセールを行っているではないか。また屋台などを店頭に置いているところも多く見て取れた。

そして何より、ファンの人数だ。どこを見ても必ず目に入るほど、その密度が増えていた。

どこもかしこも、怪盗を歓迎するムードが漂っている。

「しかしまた、とんでもない影響力じゃのぅ」

ミラはそんな光景を眺めながら、ふと思った。少し、盛り上がり方が過剰ではないかと。

今回、怪盗のターゲットにされたのは、この街の有力な商会だ。となれば、何かと繋がりのある店もあるだろう。そことの取引が駄目になる事で、損害の出る店もあるはずだ。

しかし見た限りでは、どの店も歓迎ムード一色である。はて、今回ターゲットにされたドーレス商会の影響力は、さほどでもなかったのだろうか。

そんな疑問を感じていたところで、ミラは大通りを行き交う人々の中に見知った顔を見つけた。

「見回りご苦労じゃな」

ミラが駆け寄って声をかけたのは、ハクストハウゼンの門の前で話した兵士長と、その部下達だった。

人が集まり、大いに賑わう場所では、当然ながら問題の発生率も高くなるのが常である。兵士長達は、それらを見張るために巡回しているようだ。

「おお、精霊女王さん。調子のほどはいかがですか」

振り返った兵士長はミラの姿を認めるなり、キリッとした表情を崩し、朗らかに微笑んだ。また、続く兵達もミラという存在に癒しを得たのか、一様に笑みを浮かべていた。

「なかなかに好調じゃよ」

そう返したミラは、「ところでじゃな」と続けて、先程感じた疑問について兵士長に訊いてみた。

すると兵士長は、「ああ、それは――」と少しだけ苦笑しながらも、答えてくれた。最近に見る、怪盗ファジーダイスの影響力の事を。

何でも、これだけ大規模なお祭り状態になったのは、ここ数年の出来事らしい。その前までは、幾らかのファン達が集まる程度であり、今のように街全体で、などという事もなかったそうだ。

それがなぜ、今こうなっているのか。それは、かつての出来事に原因があると兵士長は言う。

とある街にて、怪盗の標的となった有力な商会。

すると標的とライバル関係にあった商会が、囃し立てるように怪盗を歓迎する大セールを行った。

当然、標的とされた商会は黙っていない。傘下も引き連れて、抗議だなんだと対抗措置をとったのだが、ファジーダイスの仕事は完璧だ。

標的の商会は没落。加えて協力していたとあって、傘下にまで飛び火。厳密な調査が入り、多くの不正が発覚して、諸共に街から消えていった。

結果として、大セールを行っていた商会の一人勝ちだ。

そういった過去もあって、自然と多くの店舗がセールを始めるようになり、今のお祭りのような騒ぎに至るそうだ。

「――と、そういう事でして。まあ、単純に歓迎しているところもまた多いですけどね。見ての通り人が集まりますので、店としてはセールスチャンスですから」

そこまで話してくれた兵士長は、最後に「ただ、今ではセールをしていないと関係を疑われてしまう、なんて事にもなっていまして」と困ったように付け加えて説明を締め括った。

「なるほどのぅ……。なかなか厄介な問題じゃな」

ミラは、目の前に広がるお祭りムードには、そんな秘密があったのかと驚き、また怪盗ファジーダイスの影響力に苦笑する。

色々と教えてくれた兵士長に労い(ねぎら)の言葉をかけてから別れたミラは、今夜の決戦に備えてファジーダイスの逃走経路となりそうな場所を、より詳細に調べるべく通りを進んでいた。

(さて、まずはどこから見ていこうかのぅ)

ミラには、一つ不安があった。あの日あの時目にした限り、ファジーダイスの底が見えなかった事だ。

Aランク冒険者すら手玉に取るというファジーダイスが本気で逃走した場合、その機動力は、どれほどのものなのか。そこが、ふと浮かんだ不安だ。

ゆえにミラは、保険を用意する事にした。

（確か、この先が組合じゃったな）

朝の活気に溢れる大通り。ミラは、その通りを遠く眺めながら、ハクストハウゼンの地図を思い浮かべた。

どのようにすれば、怪盗ファジーダイスを見失わずに追跡出来るか。

対ファジーダイスの保険準備を進めるミラは、術士組合を中心にしてハクストハウゼンの街を巡っていく。


「逃走経路としては、この辺りも該当しそうじゃな」

路地裏や住宅地、小さな商店街と見回ってきたミラは、貴族などの富裕層が住まう区画にまで来ていた。周りにはいかにもといった屋敷ばかりが立ち並び、歩いているのはどことなく気品を漂わせる人ばかりだ。

そして精霊女王の名は、そんな者達にも伝わっているようだ。なかなかの注目具合である。

けれどもミラは、そんな視線を気にする事なく目的を進めていった。

そうこうして簡単に富裕層の区画の確認を終えたミラは今、同じ区画にあったドーレス商会長の屋敷前に立っていた。遠目から少しだけ開いている門より中を覗いてみると、武装した何人もの警備兵が見える。

また、その中に交ざって、随分と大きな剣を担いでいる者の姿もあった。大型の魔物すら一太刀で真っ二つに出来そうな剣だ。

揃いの武具を身に着けた警備員とは違うため、今回のために雇われた冒険者か傭兵あたりだろうとミラは予想する。ただ、その姿は屋敷の警備というよりは、何か大物でも狩りに行くようにも見えた。

「む……思えばこの辺りは、もしや……」

屋敷の門番と目が合った事で、そっと視線を逸らせたミラは、ふと周りを見回して、ある事を思い出した。そして手にしていた地図を広げて現在地に指を置くと、そのまま思い出したもう一ヶ所を確認する。

「やはり、そうか。ちょうどこの辺りの下になるのじゃな」

今いる場所。それは、昨日アンルティーネと契約した広場から見て、北東の方向にあった。

契約を交わした、あの時。アンルティーネは、苔塗(こけまみ)れだった水路の中で、一部だけ不思議と苔が生えていない場所があると言っていた。

その方角と一致したわけだ。

どこもかしこも苔塗れだった水路の中で、唯一生えていない場所。それは人の手によるものなのか、その近くに隠し通路でもあるのではないかとアンルティーネは言っていた。

もしかしたら、この地区のどこかに。富裕層ばかりが集うからこそ、余計に怪しい。

地下水路で悪巧みでもしているのではないかと勘ぐるミラは、特に怪しいドーレス商会長の屋敷を睨む。すると門番もまた、ミラの事を見つめ返してきた。

というよりは、先程からずっと注目されているようだ。

それは警戒してか、はたまた好意か。ただ一つ言える事は、所長と一緒にいるところを見ていたであろうが、さほど敵対的ではないという点だ。どうやら所長のみに厳しいらしい。

いったい、どれだけ喧嘩したのだろうか。

〈15〉

決戦の準備をしつつ街を巡り始めて数時間。途中で腹を空かせたミラは、セール中のレストランに立ち寄って、特別ランチセットを注文する。大きくて上質な肉をメインに、ふわふわのデニッシュとポタージュ、具沢山のサラダ、そしてデザートにこれまた煌びやかなケーキが付いてくるランチセットだ。

「ファジーダイス様様じゃな！」

高級レストランでなければお目にかかれないようなメニュー内容。味も抜群でありながら、たったの千リフというセール価格。これもまた、ファジーダイス効果である。

確実に赤字だろうと察しつつも、ミラはケーキをお代わりして大満足に昼食を終えた。

腹も膨れたところで準備を再開したミラは、その後順調に仕込みを済ませていき、午後四時には予定を全て完了させた。

予告の時間まで、あと四時間。所長との約束まで、あと三時間だ。

「どれ……ちと、試してみるか」

果たして、思い付きで組み上げた作戦は、上手くいくだろうか。念のためにミラは、それを試してみる事にした。

ミラが仕込みを済ませたその作戦とは、街の至る所に観測者を配置するというもの。そしてその観測者とは、ヴァルキリー姉妹とコロポックル姉妹、団員一号とワントソにワーズランベール、そしてウンディーネ、ノーミードとシルフィードだ。

なお、言葉で情報を伝えられない三精霊は、精霊王の通訳を介して報告する事になっていた。『今夜は見逃せない』とは、精霊王とマーテルの言葉だ。

ちなみに、ここにサラマンダーがいない理由は、その見た目である。サラマンダーは、ちょっとしたドラゴンに見間違えそうな姿をしているため今回の作戦での投入は見送られた。

またアンルティーネを加えなかったのは、誰か……水に飢えた女性冒険者に見つかっては面倒だからだ。

「ふむ……思った以上に有効かもしれぬな」

ファジーダイスの代わりに、ポポットワイズに街を飛んでもらったところ、その成果はなかなかのものであった。

ポポットワイズは、低空を隠れるようにして飛んだ。音もなく、そして目立たずに飛ぶ事が出来るポポットワイズだが、観測者達は見事にその姿を捉えた。

そして各所からの報告によって、ポポットワイズの現在地が判明するという流れだ。

つまり、ファジーダイスの機動力がミラより高く、術具の追跡を振り切られたとしても、この目視による観測を行う事で正確な位置を把握出来るというわけだ。

中でも特に索敵が得意な団員一号と、弓の名手であるヴァルキリー姉妹の次女エレツィナの観察眼は圧倒的であった。途中から、「ポポット、負けない」と、逃走役のポポットワイズが意地になり出したくらいだ。

幻影魔法までをも駆使するポポットワイズと、目を凝らす団員一号、そしてエレツィナの観測対決。それはもう、幻影魔法によって随分と下の方が騒がしくなったほど熾烈を極めた対決だった。

ただ、ミラはこれについては知らぬ存ぜぬといった態度を貫き通した。そして大騒ぎになる前に、ポポットワイズを撤収させて何食わぬ顔で作戦の予行演習を終えた。

なお、ミラは途中で、もしかしたら団員一号とエレツィナだけで十分だったのではないだろうか、などと考えたが、それは気にしない事にしたようだ。


そうこうして観測者の配置と、その効果の確認を終えたところで、時刻は七時の少し前。もう少しで所長との約束の時間である。

実験の結果、街のほぼ全域を観測範囲に出来た事がわかった。

しかしながら、街の外に逃げられた場合は難しい。

周辺は平地の草原であり、尾行しようにも直ぐに気付かれてしまう恐れが強いからだ。

『いざという時は、お主達が頼りじゃ』

ミラは、それらを考慮して、ポポットワイズと団員一号をチームとした。

動物型の両者なら、それと気付かれにくいと考えたのである。

特に団員一号は、闇に紛れる事が得意であり、またポポットワイズも幻影魔法と、その静かな翼によって夜空に溶け込める。自然のフィールドにおいて、最適な追跡者といえるだろう。

『お任せくださいですにゃ！』

『ポポット、がんばるー』

そんな頼もしくも愛らしい声が返ってくると、ミラは今一度改めて、『では皆、よろしく頼むぞ』と全員に伝える。直後アルフィナが答えると、他の者達からも気合の入った返事が続く。

頼もしい仲間達の声だ。ミラはそれに微笑みながら、所長との合流地点に向かった。


「では一先ず、作戦のおさらいだ」

合流してから術士組合の会議室に場所を移すと、所長はそう言ってテーブルにハクストハウゼンの街の地図を広げた。そして、今夜の作戦概要についての再確認を行う。

ハクストハウゼンの街の全域は、約三キロメートル四方。術士組合から標的のドーレス商会長の屋敷までは一キロメートルと少し。

そしてドーレス商会長の屋敷から大聖堂までは三百メートルほどであり、その大聖堂は屋敷と術士組合の間にある。

ユリウスは屋敷前に待機して、ファジーダイスの動向を確認。ファジーダイスが屋敷での犯行を終え大聖堂に向かったところで連絡を入れて、術士組合にまで急ぎ戻るという流れだ。

ミラは連絡を受け取ってからファジーダイスファンを装う女性冒険者達に紛れ、向かいの建物で待機。

ファジーダイスが術士組合のベランダに現れたら、『ロックオンM弐型』を使い、マーキングする。

これが、今回の作戦の要だ。

所長は術士組合内で待機。そして怪盗が組合内に侵入すると同時に合図を出して、組合を封鎖するという役割となる。

しかし、これはいわばパフォーマンスに過ぎない。

ファジーダイスは、この封鎖を難なく掻い潜り脱出するであろうと所長は言う。

そこで、再びミラの出番だ。マーキングした『ロックオンM弐型』を利用して、ファジーダイスを追跡するのである。

これが所長の立てた作戦概要だ。

「よし、動作に問題はなさそうだな」

作戦の再確認を済ませたら、今回使用する術具の確認も行った。その結果は良好。連絡用の術具は問題なく相互に文字のやり取りが出来て、またミラが使う『ロックオンM弐型』も万全な状態だ。

「では、行ってまいりますね」

一通りの準備を終えたところで、ユリウスは早速持ち場に就くべく、ドーレス商会長の屋敷に向かっていった。

ミラと所長はといえば、持ち込んだケーキをゆっくり味わってから会議室を出る。そして廊下を進む途中の事だ。

「おお、そうだ。忘れないうちにこれを渡しておこう」

所長はそう言って、怪しげなデザインの仮面をミラに差し出した。

何でもファジーダイスファンは、皆これを着けて本番で盛り上がるのだそうだ。

今回は、そんなファン達の中に紛れ込む作戦であるため、これを着けていた方がより上手くいくだろうとの事だ。

「ふむ、わかった」

目元の辺りを覆う作りの仮面。水の都のカーニバルで使われていそうなデザインのそれを受け取ったミラは、早速とばかりに被ってみる。

「どうじゃろう、ファジーダイスファンに見えるかのぅ?」

ミラがそう言うと、所長は少しだけミラを見つめてから、「どちらかというと、女王感が強くなったな」と笑った。

「それは、どこの女王じゃ……」

仮面を着けた女王。きっとそれは、頭に『夜の』が付くのではないだろうか。ミラはそう呆れながらも、ふと隅に置かれた鏡で今の自分を確認してみる。

「わし、小悪魔風」

鏡に映った自分の怪しげな可愛らしさに、思わずにやりと笑みを浮かべるミラだった。

「更に増えておるのぅ」

術士組合から出たミラは、その正面の大通りを見回して思わずといった様子で呟いた。

「ああ、いつもの事だ。まだまだ増えるぞ」

所長もまた、その光景を眺めつつ、そう答えた。

怪盗ファジーダイスが現れる事が確定している場所。それは、予告状の届いたドーレス商会長の屋敷と大聖堂、そして術士組合だ。これらはファンの間では常識であり、それら三ヶ所には特に多くのファンが集まる事になる。

また加えて、彼女達にはライバル役である所長――は、ほどほどにしても、ユリウスの方は大人気であった。

「捕まっておるのぅ……」

「あれも、いつもの事だ……」

見ると、先に出ていったはずのユリウスがファン達に囲まれているではないか。

そして何やら応援されていた。

困難に挑み続ける探偵助手の美青年というのは、ライバルとして、また男としても魅力的に映るようだ。

なお、やがて所長も見つかると、彼にもファジーダイスファン達が幾らか集まってきた。

彼女達は、渋い大人の男に惹かれるタイプのようだ。

その結果、ミラは完全に蚊帳の外となっていた。

（昔のわしなら……昔のわしならきっと……）

渋さと威厳、そして強さを兼ね備えたダンブルフ時代。ミラは、いないものとして外へ外へと追いやられながら、かつての時代に想いを馳せた。


ユリウスと所長がファジーダイスのファンにチヤホヤされる中、放置されたミラは、先に組合の向かい側に建つ店の前にまでやってきていた。

ファジーダイスを狙うために、ベランダを貸してもらう事になっている店だ。

「あ、来た来た」

そこには既に、今作戦に協力してくれる三人の女性冒険者が揃っていた。

また、彼女達とは昨日面通しをした際、自己紹介済みだ。剣士であり、鎧姿に剣を帯びているのが、ニナ。ローブを着ている一人は、魔術士のミナ、もう一人は死霊術士のナナだ。

「あれ？　所長さんは？」

ミラが合流するなり、ニナがそう口にする。

「あそこじゃよ」

ミラはその質問に答えながら、視線で場所を指し示してみせた。大通りの中ほどにある、人だかりを。

「あらー、そっかー。所長さんも人気だからねぇ」

どうやらファジーダイスファンには、所長達も人気だという事は周知の事実らしい。納得したように言ったニナは、しばらく待つしかないと笑った。

「ところで、昨日会った時に聞きそびれちゃったんだけど……ですけど、君……えっと、貴女……貴女様？　って、精霊女王さん、ですよね？」

ふと、何やら他の二人にせっつかれるようにして、ローブ姿のミナがそう訊いてきた。しかしその態度は、どこか探るようでいて距離感を掴めないといった様子だ。

とはいえ、それも仕方がないのかもしれない。ミラの見た目からして明らかに年下だが、噂に高い精霊女王本人ならば、そのランクはA。対して彼女達は全員がCだ。冒険者の彼女からしてみれば、精霊女王は格上の存在になる。掴み辛いのも無理はないだろう。

「あー、うむ。そうじゃな。何やら、そう呼ばれておるのぅ」

そう確認されるのはもう慣れたものだといった様子で、ミラはちょっと得意げに肯定した。すると、途端に三人の表情が明るくなった。

「やっぱりそうだったん、ですね！　うちのグループのザックがお世話になりまして。しかも、あんな貴重なものまで頂いて。ありがとうございました」

ニナが、突如そんな事を言って頭を下げた。すると、それに続くようにして他の二人も、感謝の言葉を続ける。

はて、何の事だろうか。僅かに首を傾げたミラだったが、少し考えたところで何となく心当たりに行き着いた。誰かに何かをあげたといえば、昨日精霊結晶をあげた男くらいだと。

「ああー、もしやお主達は、あの屋根の上にいた男の仲間じゃったか？」

ミラが心当たりを口にしたところ、どうやらそれで正解だったようだ。

彼女達は、「そいつです」と頷いて再び感謝の言葉と共に、それがどれだけ嬉しかったかを話し始めた。

何でも彼女達は四姉妹であり、ここにいる三人の他にもう一人、年の離れた妹がいるそうだ。十歳になったその妹は、術士の才能があるという事で、半年前に適正検査を受けた。

妹は前々から言っていたという。聖術士になって、立派な冒険者である姉達の役に立ちたいのだと。

しかし検査によって判明したのは、適正が召喚術士のみであるという事実。

召喚術士といえば、とば口に立つ事すら難しく、才能が召喚術士のみとなった者は、そのほとんどが冒険者になる事を諦めるとされる最難関の術種。それが世間一般の認識だった。

妹も例に漏れず、その結果に絶望し、ふさぎ込んでしまったという。

そんな時に颯爽と現れたのが精霊女王なのだとニナは興奮気味に語った。召喚術士でありながらAランクで、遠い地の噂が届いてくるほどに活躍した冒険者。それは妹にとって、正に希望であったようだ。

召喚術士でも、有名になるほどの活躍が出来る。きっと、姉達の役に立つ事だって出来る。そう彼女達の妹は奮起したそうだ。

「それから身体を鍛えたり、召喚術の勉強を始めたりしたんですけど……。勉強をすればするほど、その難しさと教材の少なさがわかり、また落ち込んでしまいまして」

そう口にして苦笑してみせたニナだったが、そこで表情を輝かせ「そんな時に、本物がやってきたんですよ」と続け、ミラを真っ直ぐと見つめた。

希望が見えたと思ったら、それは手が届かないほどの高みにあった。そうして落ち込んでいたところに、一度は奮起させる要因となった張本人が街に来たという噂が流れてきた。

そして、かの精霊女王が水の精霊の有用性を大いに語り、また契約までの道筋を詳細に教えてくれたというではないか。

ニナ達は妹のため、急いでその要となる精霊結晶の確保に動いたそうだ。しかし時既に遅く、もとより数の少なかったそれは、あっという間に市場から姿を消していたとの事だった。

そんなこんなで落ち込んでいたところ、今度は水の精霊が街にやってきているという噂が流れてきた。

妹のためにニナ達は街を捜し回る。と、そんな中でグループの仲間であるザックが、精霊女王本人と遭遇。しかも、その本人から精霊結晶を譲ってもらったという事で、妹が今まで見た事がないほど喜んだそうだ。

しかも、それだけでは終わらない。探偵の所長から受けた緊急の依頼に来てみると、何と話に聞いていた精霊女王がいるではないか。

「何だかもう、これはきっと何かが後押ししてくれているのかなって、思いまして……」

色々と語ったニナは、ふとそんな言葉を口にしてから、ミナとナナに目配せをする。そして、姿勢を正してミラに向かい合う。

「あの、こんなところでこんな事をお願いするのも何ですが……少しだけでもいいんです。妹に召喚術を教えて頂けないでしょうか？」

ニナがそう言うと、三人は揃って頭を下げた。ニナ達は昨日の夜に、こうすると決めていたようだ。何よりも妹のために。

通り名持ちのAランク冒険者というのは、低ランクの同業者達にとって、それこそ雲上人にも匹敵する存在だ。そんな相手に家庭教師のような事を頼むなど、きっと他の冒険者達がこの場にいたら、何を馬鹿な事をと笑ったかもしれない。場合によっては、Aランクの冒険者様を困らせるなと怒られたかもしれない。

それほどまでに、ニナ達の言葉は場違いであった。しかしニナ達も、それはわかっていた。だがそれでも妹のため、願わずにはいられなかったのだ。

「うむ、構わぬぞ」

考えて考えて、悩んで悩んで、頼んでみようと決めたニナ達の言葉に、ミラは即答した。妹を想う姉達の気持ちが強く伝わってきたという事もあるが、何よりも召喚術の事となればミラは即決だ。召喚術で躓（つまず）いてしまっている妹に、召喚術のイロハを教える。ミラにとってみれば、むしろ教えさせろといった状況である。

また今は、もう一つの想いもあった。それは、ブルースの存在だ。

ミラ以外にも召喚術の普及のために尽力しているブルース。まだ見知らぬ誰かだが、心強い同志の存在を得てミラのやる気はいつも以上に高まっていた。

「あ……ありがとうございます！」

あまりにも早いミラの返事に、ニナ達は一瞬だけ呆然としたが、すぐさま畏（かしこ）まり口々に礼を述べた。対してミラは、良い良いとばかりに頷き返す。

(少しずつじゃが、召喚術の波が来始めているとみても良さそうじゃな！)

一度は召喚術士としての未来に絶望していた少女が、精霊女王の活躍、そして布教活動によって再びその道を歩み始めた。

存在が誰かの希望になる。そして希望を与えられる。これまでしてきた事が確かな実を結んだ。

それを実感したミラは、特に今回の手応えを噛みしめながら、ご機嫌に笑うのだった。

〈16〉

「いやはや、すまない。捕まってしまったよ」

ニナ達と約束を交わし、その予定について話し合っていたところで、ようやくファジーダイスファン達から解放された所長が合流した。随分な遅れようであり謝罪を口にする所長だが、その表情は実に輝いている。若い女性達にチヤホヤされて、ご満悦といった様子だ。

「しかしまた、敵役でありながら随分な人気じゃのぅ」

世間一般に見る所長のイメージは、正義のヒーローである義賊ファジーダイスを捕まえようとする悪役だ。しかしファジーダイスを応援するファン達にはユリウス共々、所長もまた人気者らしい。

何とも不思議な関係に思えるが、所長は何となくその理由を察しているようだ。

「どうにも私は、怪盗の引き立て役という認識らしくてね」

人気は人気でも、自分は完全に脇役であると所長は笑った。

これまでに多くの名だたる冒険者がファジーダイスに挑み破れていった。そしてファン達は、そんなファジーダイスの実力と華麗な振る舞い、揺るがぬ正義に惚れて増えていく。

つまりファジーダイスのファンの多くは、ファジーダイスが悪党を懲らしめるだけでなく、強敵と戦い、それを打ち破るという展開も望んでいるというわけだ。

しかし現在、ファジーダイスがあまりにも強過ぎるという事と、世間一般の評価も相まって、名だたる冒険者がファジーダイスの前に現れなくなってしまった。すると当然、ファン達が望む強敵との戦いもまたお預けとなる。

けれど、そんな状況の中、果敢に挑み続ける男がいる。それが、探偵ウォルフ所長だった。

現在連敗中とはいえ、所長はかつてAランクの冒険者であり、その実力は折り紙付き。

様々な知略を巡らせる所長の策を、見事に破るファジーダイスという構図が、どうにもファン達に受けているようだ。

更には、ユリウスという女性受けの良い好青年な助手がいるという点も理由の一つである。ただ、印象としては道化に近い。

また、所長もそうした理由である事を察しながらも気にした様子はなく、「私よりもユリウスの方が人気だがね」などと冗談めかしてみせた。

そして一言、「最後に勝ちさえすれば、それでいい」と不敵に微笑んだ。

なお、所長同様ファン達に捕まっていたユリウスだが、見ると丁度解放されたところだった。そしてユリウスは、ファジーダイスファンの女性達に笑顔を残して去っていく。

そんなユリウスの背に向けて「頑張ってねー」という女性達の声が響いた。その声は、どことなく所長に対するものとは違い、本当に健闘を祈るような色合いが含まれているように感じられた。

瞬間、ミラは顔をしかめる。そして笑顔だった所長の目からも、心なしか光が消える。二人の心はスイーツ好き以上に、かつてないほどシンクロしたようだ。

そうこうしてミラと所長、ニナ達が揃ったところで簡単な打ち合わせが行われた。

ベランダを貸してもらう事になっている店の中、その一角にあるテーブルを囲み、作戦の最終確認だ。

ただ作戦とはいえ、ここでやるべき事は、そう複雑なものではない。ミラとニナ達はファジーダイスファンに扮してベランダに並び、怪盗が来たら『ロックオンM弐型』で狙い撃ち登録するだけだ。

必要な事は、術具で狙っているという事を悟らせないようにするため、どれだけファジーダイスファンに紛れられるかである。

そこで重要になるのが、ファンとしての立ち振る舞いだった。

本物のファン達はファジーダイスが登場した時に、とんでもない盛り上がりを見せると所長は言う。

そんな中、姿格好を真似ただけの状態で、静かに虎視眈々と術具で狙っていては、非常に浮き立ってしまうわけだ。しかも所長が算出したという真っ直ぐ狙えるベストな場所が、ファンの集まる大通りよりも視点の高いベランダからという事もあり、待機する四人は特に目立つ事になる。

つまり、ファンと同じくらいに盛り上がってみせなければ、ファジーダイスに怪しまれる事間違いなしというのが所長の考えだった。

「……自信はないのぅ」

術具で狙って撃つだけだと思っていたら、まさかの無茶ぶりである。好きでもなく、しかも男に向けて黄色い声援を送る演技など出来るはずもない。そうミラは苦笑した。

するとそこでニナが表情をキラリと輝かせる。

「私達に任せて！」

そう言って、実に頼もしい笑顔を見せるニナ。更には、ミナとナナも問題はないと続けた。

何でも彼女達の親は、大きな舞台を取り仕切る演技のプロであり、その娘である彼女達もまた、今は女優の道から逸れたものの、まだ演技には自信があるとの事だった。

白いマントを取り出したニナ達は、盛り上がりながらミラをマントで隠すので、そこから狙えば問題ないと豪語する。

「ふむ、素晴らしい。それでいこうか」

何と心強い言葉だ。しかし果たして通用するのだろうか。ミラがそんな事を考えているうちに、所長が即座にその案を採用した。彼女達がそう言うのを予想していたとばかりに。

どうやら演技に自信のあるニナ達が、この作戦に組み込まれた事は偶然ではなかったらしい。所長の様子からして、彼女達の親や、その事情についても把握している節があった。わかり辛いが、何だかんだいっても所長はやはり凄腕のようだ。

作戦の流れも一通りまとまった。そして開始までの間、本番前の腹ごなしをしようという所長の言葉によって、五人は今、この店自慢のババロアを堪能しているところだ。しかも当然のように所長の奢りである。

「聞いていた通り、これは絶品だ」

前からこの店のババロアを狙っていたのだろう、所長はとても満足そうだった。ニナ達も甘いものは好きなようで笑みがこぼれている。

「これならば、幾らでも食べられそうじゃな！」

ミラもまたご機嫌だ。一つ目をぺろりと平らげると、そんな言葉を口にして、ちらりと所長に視線を送る。すると所長はそれを受けて、ミラやニナ達を見ながら言う。「まだ、予定まで時間もあるようだ。もう一つくらい、いってみようか」と。

そのセリフは、是非もう一つ食べようという意味合いが込められているものだった。女性四人を差し置いて、自分だけがババロアをお代わりするというのは、なかなか抵抗があるようだ。しかし、四人のお代わりに便乗するという形なら、堂々ともう一つ食べられるというものである。

しかしながらニナ達は、顔にもっと食べたいという色を浮かべながらも「大丈夫です。ありがとうございます」と、遠慮する。所長の奢りであるゆえか、これ以上は悪いと感じたのだろう。

その慎ましさは美徳であるが、今回に限り、その答えは所長の望みの対極にあった。と、そこで助け船を出す者が一人。

「ふむ、そうじゃな！　それでは次は、チョコババロアにするとしよう！」

そう、ミラである。ミラは所長の意を汲んで、また自分の食欲に対して素直にそう答えたのだ。そして、このミラの発言がニナ達の心に波紋を広げていく事となり、その表情の変化を所長は見逃さなかった。

「三人は、いいのかね？　遠慮する必要などないのだよ。私はこれでも、元Aランクだったのだからね」

そう先輩風を吹かせながら、所長はニナ達に揺さぶりをかける。

すると少ししてから、「えっと、イチゴババロアを」「私は、チョコで」「カスタードをお願いします」と、三人は陥落したのだった。

「ところで、ふと思ったのじゃが。ここや大聖堂にいるよりも、予告現場にいた方が良いのではないじゃろうか？　向こうが主戦場となるのじゃろう？　登場から犯行までを見学出来た方がと、わしは思うのじゃがのぅ」

大聖堂と術士組合前でファジーダイスがやる事といえば、証拠品を置いて立ち去るだけ。これまで話に聞いた限りでは滞在時間も少なそうであり、やる事も地味だ。

対して現場の方、今回はドーレス商会長の屋敷だが、そこで行われるファジーダイスの仕事は盛沢山だ。

まず、予告状の時間に登場する。被害者側が用意した戦力を、華麗に切り抜ける。それから見事に証拠と財を盗み出し、颯爽と去っていく。それらの犯行を、約十分ほどで行うという事だ。

どう見ても、そちらの方が見応えがあるだろうとミラは考える。

「ああ、私も最初はミラ殿と同じ事を思ったよ」

所長は、そんなミラの発言を受けて笑ってみせると、その疑問を解消するために集めたという情報を得意げに語った。

怪盗ファジーダイスのファン達から聞き込んだ結果、予告現場と教会、そして術士組合は目的によって違いがあるそうだ。

予告現場は、ファジーダイスの根本的な魅力を存分に堪能出来る初心者向けの見学スポットらしい。

盛大な登場から始まり、警備員をスマートに昏倒させていく事から、ファジーダイスの確かな実力が堪能出来る。最後に隠された証拠やら、しこたま貯めた真っ黒な財などを見つけ出して、華麗に盗み去っていくのが見どころだという事だ。

大聖堂は、中級者向けだそうだ。

予告現場では、ファジーダイスを遠くからしか眺める事が出来ない。けれど大聖堂では違う。場所が場所だけにファジーダイスは、屋根伝いではなく地面に下りてから堂々と正面の扉より入っていくそうだ。

「とはいえ、地面に下りるようになったのは、かの怪盗が世に現れて三回目からなのだがね。いったい、どこでどういった心境の変化があったのか」

もしかしたら、誰かに叱られたのかもしれないな、などと冗談めかして笑う所長は、だとしたら少しだけ親近感が持てそうだと呟いた。どうやら所長も過去に大聖堂で何かやらかした事があるようだ。

そんな大聖堂にファンが集まる理由。それは地面に下りるからこそ、より近くでファジーダイスの姿を拝めるからというものだった。

そして最後にファン達が辿り着くのは、術士組合だ。

ここには主に、予告現場と教会を経た上級者が集まっているという。

その目的は、画竜点睛(がりょうてんせい)。つまり、華麗に消え去る、その見事過ぎな終幕を見届ける事だった。

術士組合前に集まったファン達は、毎回趣向を凝らした作戦を実行する自分の策を、ファジーダイスがどのように攻略するのかを楽しみにしているのだと語る所長。

来るとわかって準備したにもかかわらず、ファジーダイスの対応力がその上をいき、ファン達が沸く。所長は敵ながら見事だと苦笑しつつも「とはいえ、今回は入念に準備したのでね。そう簡単にはいかないはずだ」と、実にギラギラとした挑戦的な光をその目に宿して不敵に微笑んだ。

〈17〉

「十、九、八、七――！」

それは、所長の話が終わって直ぐの時だった。ふと大通りの方から、そんな声が響いてきたのだ。

「ぬ？……ああ、もうこんな時間じゃったか」

まるで年末のカウントダウンのような声に何事かと反応したミラだったが、即座にその意味を察して現在時刻を確認した。

今は、午後八時の数秒前。そう、大通りから響いてきたそれは、怪盗ファジーダイスの予告時間までを数える声だったのだ。

よって「ゼロー！」という言葉と共に、大通りはこれまで以上のお祭り騒ぎとなる。

「何だか凄い盛り上がりようね」

店内にいながらも、大通りからはファジーダイスファンの熱気が、これでもかと伝わってくる。ニナは立ち上がると窓から少しだけ顔を覗かせて、その様子を確認し、途端に苦笑いを浮かべた。

所長の話からして、そこに集まっているファンは皆が上級者。だからだろうか、その盛り上がり方には、どこか一貫性があった。羽目を外しているように見えて、それは何かの約束事のように連携のとれた声援が繰り返し響く。

「これは、かなり気合を入れないとだね」

「ここまで弾けるのかぁ。予想以上だなぁ」

ニナ達の仕事は、ファジーダイスに熱狂するファンを装う事だ。

更にいうならば、その道にどっぷり浸かっている上級者の真似をする事である。

ニナに続き外を見たミナとナナは、話に聞いていた以上の盛り上がり方を前にして、これを真似するのかと顔を引きつらせた。

と、ニナ達がそう言いながらも、ファジーダイスファン達の挙動の観察を始めたところで、何やら鈴のような音が鳴り出した。それは所長が持つ通信用の術具から発せられた音だった。


ところ変わって、ドーレス商会長の屋敷前。中央に背の高い石像が立つ大きな庭では今、時間通りに現れたファジーダイスと、傭兵達の激しい戦いが繰り広げられていた。

「これはこれは、見事な伏兵ですね。驚きましたよ」

奇抜なデザインのマスクを着けた男、怪盗ファジーダイスは、陰から忍び寄ってきた男の一撃をひらりと躱し、うっすらと笑う。

「背中に何個目玉が付いていりゃ、今のを見切れるんだよ……」

対して『レラファントム』のリーダーは、表情を歪めてファジーダイスを睨む。確実に捉えたはずが、掠りもしなかったからだ。

スカウトクラスを中心に編成された『レラファントム』。このグループの戦い方は、そのクラスの特性を最も活かしたステルス戦だった。

彼らは様々な罠の他、実に多種多様な毒物に精通している。そしてそれらの知識と技術を大いに活用し、時間をかけて確実に魔獣を弱らせて討ち取るという戦法を使うのだ。

「貴方もなかなかですよ。この中で意識を保てているのですから」

そっと両手を広げながら、ファジーダイスはふわりと傍の石像の上に立つ。

この中、つまり屋敷の庭は、既にファジーダイスがまき散らした睡眠毒で満たされていた。しかし、そんな場所にあり、不意打ちまで決行したリーダーは、その毒に抗えているという事だ。

「よく言うぜ……。わざと俺だけ、遅効系の毒にしたんだろうがよ」

彼ら『レラファントム』は、毒物の扱いに長けているという特徴があった。メンバーは全員がポイズンマスターであり、だからこそ解毒という面においても、彼らに隙はない。症状一つで、その種類と生毒か魔毒かを見極め、即座に解毒出来る判断力があるからだ。

毒について知り尽くしているからこそ対処が出来る。それが今回、彼らがここに呼ばれた理由の一つだ。ただ難点があるとしたら、全員まとめて一瞬で眠らされたら、どうにもならないという事だ。

「さて、何の事でしょう」

あからさまな声色で、そう答えたファジーダイス。

『レラファントム』の者達は既に眠らされ、そこらに転がっていた。

唯一立っているリーダーは、睡眠毒の効果が出るまでに時間がかかったからこそ、自分で解毒する事が出来たのだ。

ただ、それは明らかに、ファジーダイスが毒を調整したからだとわかる状況でもあった。

「何のつもりだ……」

仲間を解毒したくとも、ファジーダイスが睨む中、それが出来るはずもない。リーダーはその目に警戒を浮かべながら問う。わざわざ、自分だけを残した理由は何かと。

「いえ、ただ後ほど足元の掃除を手伝ってほしいと、そう伝えたかっただけです」

ファジーダイスは優しげな声色で、そう答えた。そこに悪意のようなものはなく、ただただ手伝ってほしいという感情だけが声に浮かぶ。

「どういう意味だ」

「それはきっと、目覚めた後にわかるはずです」

どうにも要領を得ない言葉にリーダーが訊き返すも、ファジーダイスはそう短く答え右手をゆっくりと広げる。すると途端にリーダーは膝をつき、そのまま地に伏せ、寝息を立て始めた。

それはあまりにも、鮮やかな勝利であった。

「そんなバカな……。もう彼らが敗れたというのか」

外の異変に気付いたのだろう、屋敷内を警備していた傭兵『蛇杯騎士隊(だはい)』が庭に飛び出してきた。

そして、そこに広がる惨状を前に驚愕する。

ほとんどが騎士と剣士で構成されたグループである彼らもまた、そこらの魔獣退治屋とは違った特徴を備えていた。

彼ら『蛇杯騎士隊』は、『レラファントム』の真逆に位置する存在であり、また、だからこそ『レラファントム』の実力を認めていた。

それが予告時間になって一分ほどで全滅だ。騎士隊の全員に緊張が走る。

「この中でも動けるとは、流石蛇杯の方々ですね」

ファジーダイスは、石像の上からそう声をかけた。庭は今でもまだ、睡眠毒が漂っている状態だ。けれど騎士隊の者達は、その中にありながら眠る事もなく、警戒をファジーダイスに向けている。

毒を得意とする『レラファントム』と正反対の関係にある彼らは、全員が薬学のスペシャリストであった。

「お前の使う睡眠毒については、だいたい察しがついているからな。あらかじめ、準備させてもらったさ」

毒に対し、あらかじめ準備する事が出来る。それが『蛇杯騎士隊』の大きな特徴だった。

彼らもまた、症状から使われた毒の種類を判断する事が可能だが、かの隊が特別に調合した薬には、一時的にだが免疫を大幅に強化する効果が含まれていた。よってその薬を用いて睡眠毒を治療した場合、二十四時間は同じ毒が効かなくなるわけだ。

あらかじめファジーダイスが使ってきそうな睡眠毒を服毒する。それが、騎士隊の作戦だった。

昼頃にでも服毒した後に治療しておけば今日一日は、同種の降魔術の毒を無効化出来る。となれば後は、ファジーダイスがどれだけの術を習得しているかがカギだ。

ただ、服毒しておくという対処法は一見すると万能そうだが、その分制約も多い。無効化するための毒を用意するというのも、なかなかに難しいものだからだ。

今回は彼らにとって、ファジーダイスに全員が眠らされるのが先か、全ての術を無効に出来るようになるのが先かの勝負となるわけだ。

「では、これなら、どうですか」

ファジーダイスが、左手をひらめかせた。すると途端に、庭にいた騎士隊全員の身体がぐらりと傾き、そのまま地に伏せてしまった。

そう、ファジーダイスは騎士隊が予防出来ていなかった睡眠毒を、改めて散布したのだ。

しかし次の瞬間である。複数の球体が、突如として屋敷の方から飛来してきた。

素早く飛び退くファジーダイス。しかしそれは彼を狙ったものではなかった。地面に落ちると砕け散り、緑の煙が広がっていく。

すると少ししたところで、その煙の中から騎士達が次々と起き上がった。

どうやら今のもまた、騎士隊特製の解毒薬だったらしい。屋敷の中に解毒担当が潜んでいるようだ。

「さあ、仕切り直しだ」

立ち上がるや否や、隊長は退役するほどの歳でありながらも一気に距離を詰めて、剣を奔らせる。

そこらの冒険者では目で追う事すらも出来ないほどの鋭く速い一撃だ。けれどファジーダイスを前に、それはピタリと止まってしまう。

「くっ……これは……!?」

見ると隊長の剣は、無数に束ねられた蜘蛛糸に絡まってしまっていた。そして、押すも引くも出来ない状態となる。

けれど、経験の為せる業か。隊長はすかさず《闘術》を繰り出し、蜘蛛糸を振り払うと、次々に折り重なってくる糸をものともせず、斬り捨てていく。

「おっと、やはり強い」

時に足に絡めて動きを止め、また足場にするなどと蜘蛛糸を巧みに操り、隊長の猛攻を躱すファジーダイス。

そして、その間にも隊員達が、その包囲を完成させていく。

「さあ、もう後がないぞ」

途中、幾度か眠らされながらも、その都度解毒し復活した隊長は、油断なく構えながら、じりじりと距離を詰めていく。

ファジーダイスはといえば、またも石像の上に立ち、周囲を囲む騎士達を見回していた。

「そうですね。完璧な状態です」

にやりと微笑んだファジーダイスは、その手を頭上に掲げた。思わせぶりな言葉と行動に、警戒しその手を睨む騎士達。すると、その瞬間に閃光が奔った。

それは、ファジーダイスの手から放たれ一瞬のうちに消える。

ただ、その効果は絶大であった。周囲を取り囲んでいた騎士達が、一斉に眠ってしまっていたのだ。

直後、またも解毒薬が飛んでくる。しかし、今度は誰も起き上がる事はなかった。

そう、それは睡眠毒ではなく、光を介した催眠であったからだ。必要なのは解毒薬ではなく気付け薬だった。


「あと数人と、一グループか」

ぽつり呟いたファジーダイスは、そのまま屋敷の中に突入していく。そして入口の近くで小さな悲鳴が二つ響いたが、それは直ぐに収まった。


「外が静かになったな。これは、どっちの静けさだ？」

「彼らが勝っていたのなら歓声を上げているでしょうから、負けた方でしょうね」

ドーレス商会の屋敷内にて陣を構える者達。彼らもまた魔獣退治屋であった。

その名は『悪食旅団』。魔獣の中でも特に厄介な不死系統を専門に狩るプロフェッショナルだ。

不死系統の魔獣は、呪いや霊障に加え様々な状態異常を引き起こす力を持つものばかりだった。

対して『悪食旅団』は、特別な修行を積む事で、呪いや霊障を祓（はら）う聖気を身にまとい、精神汚染に対抗するべく心を鍛えた。

更には少量を服毒し続ける事で身体を慣らし、遂には多少の毒をものともしない身体を手に入れるまでに至る。

つまりは、人の可能性を追い求めた者達だ。

それに加えて、補助系の術と装備、徹底された連係による戦術により仕事を完遂する。

そんな彼らこそが最後の砦（とりで）であるのだ。

「来たな……」

ドーレス商会長が篭る部屋の前。彼らが待ち構える広間に、どこからともなく白い霧が流れ入り充満していく。

話に聞いた眠りの霧だ。そう判断した彼らは、それでいて動じる事なく、どこからでもかかってこいとばかりに構える。

白い霧が広間を満たし、『悪食旅団』の面々が次々と床に伏せていく。

けれども彼らは、誰一人として眠ってはいなかった。それは作戦だった。何と全員が、その睡眠毒を無効化していたのだ。

ただ霧であるためか、瞬く間に視界が霞（かす）み、僅かなシルエットでしか仲間も確認出来ない状態だ。

『作戦・四だ。気をつけろ』

リーダーは声に出さず、術具を使ってそのように指示を出した。

悪い視界の中にあっても同士討ちを防ぐ手段を事前に準備していた彼らは、仲間内にしかわからないそれを目印にして、周囲に注意を配る。

その時、一人がその影を見つけた。

「発見、東の二！　マーカー……命中しました！」

白く染まる視界の中に浮かぶ黒い影。それは、『悪食旅団』である目印を付けてはいなかった。そして代わりに、メンバーが放った目印が付いた。

「油断したな、ファジーダイス！　俺達は誰一人として眠ってなどいないぞ！」

勢いよく起き上がり、その影に斬りかかるリーダー。

けれども流石はファジーダイスか。まるで飛ぶかのように、それを躱して白い霧の奥へと隠れてしまった。

「いい反応だ。けれどどうする」

影が消えていった方へと、じりじり距離を詰めていくリーダー。

その直後、不意に風が吹いたかと思えば、次は黒い霧が暴風となって渦を巻き彼らを襲ったのだ。

「扱う睡眠毒は一種類ではないというのは本当だったようだな」

僅かに感じる匂いから成分を把握したリーダーは、余裕の表情を浮かべる。どのような睡眠毒を使ったところで効果はないと確信しているからだ。

それほどまでに『悪食旅団』の状態異常対策は万全であった。

「さあ、次は何だ。全て耐えきってやるぜ」

白い霧と黒い霧。どちらも混ざったからか、周囲は灰色に覆われている。それでいてリーダーは、黒い影の場所を見逃してはいなかった。

リーダーが近づくと、距離を置くようにして壁から壁へ飛び移っていく黒い影。

それを、どこへ逃げようが無駄だと追い詰めていき、ここだとばかりに術を放つ『悪食旅団』。

壁や天井へと飛び移りギリギリのところで躱す黒い影だが、徐々に包囲は詰められていき、いよいよ広間の隅にまで追い詰められていた。

「さあ、これで終わりだ！」

「俺達の勝ちだ！」

数多くの攻撃術が黒い影に殺到し、強烈な衝撃と破壊音をまき散らした。

相手は、かのファジーダイスである。ゆえに手加減なしの攻撃だった。

「これは……⁉」

成果を確かめるために標的を確認したリーダーは、それを目の当たりにして声を震わせる。

何事かと殺到したメンバーが目にしたもの。

それは、蜘蛛糸で編まれた人形の姿であった。

そう、彼らがファジーダイスだと思い追いかけていたのは、この人形だったのだ。

ならば本物は。急ぎ、奥の部屋に続く扉へと走ったリーダーは、その状況を見て天を仰ぐ。

「やられた……完敗だ」

奥の扉を守っていたメンバーは、裸にされた上、蜘蛛糸に巻かれた状態で眠らされていたではないか。

そして扉の向こうには、これもまた簀(す)巻(ま)きにされ眠らされているドーレス商会長の姿があった。

そう、彼らが黒い影を追いかけているうちに、ファジーダイスは全ての仕事を終えてしまっていたわけだ。

「まったく、いつの間に」

呟くリーダーは、それでいて隙が出来てしまったタイミングに気付いた。

黒い霧が暴風となって渦巻いたあの時、あの瞬間の僅かな混乱に乗じて、扉を守っていたメンバーを攻略し、その先に抜けていったのだと。

そして扉を開けた時の僅かな空気の流れも、あの暴風の中では気付けるはずもない。

更に灰色の霧が晴れていくと共に、部屋全体が蜘蛛の糸で覆われている事もわかった。

それらには、彼らの攻撃した痕がところどころに残っている。

これもまた、下手な攻撃で壁に穴が開き、そこから霧が漏れ出さないようにとファジーダイスが施したのだろう。

「こんな負け方もあるんだな」

リーダーは、そう言って笑うのだった。

〈18〉


ユリウスより最初の報告が来てから二十分が経過した時、遂に二報目が届いた。

「予定通りファジーダイスが仕事を終わらせたようだが、彼らは相当に善戦したようだね。驚きの新記録だ」

今までは、遅くとも十五分で現場での仕事を終わらせていたファジーダイスだったが、今回は五分も遅かった。とはいえ、上級の退治屋を相手にして二十分で怪盗の仕事を終わらせるという事が、そもそも尋常ではないのだが、もはやそのあたりの感覚は霞んでしまっているようだ。

「流石のファジーダイスでも、やはり戦いにくい相手だったのじゃろうな」

これまで直接的な攻撃はせず、戦った相手に傷を負わせる事なく、全てを無力化していたファジーダイス。今回もこれを守っていたとなると、魔獣退治屋達は、相当に厄介であっただろう。そう考えたミラが、ぽつりとそれを口にしたところ、もう一度ユリウスからの報告が入った。

「やはり今回も、負傷者はいないようだ。そして……ふむ……これは……」

所長が確認していると、その間にも報告が入り、それが何度か続いた。その全てに目を通した所長は、どうにも今回はいつもと違うようだと眉根を寄せる。

何でもユリウスの報告によると、ドーレス商会長の屋敷の地下。ファジーダイスが破ったと思われる扉の奥で、身元不明の子供が複数人見つかったという事だ。

「子供、じゃと？　身元不明というと、その屋敷の子ではないわけじゃな」

ミラがそう口にすると、所長は「そういう事になる」と答え顔をしかめる。

そして「やはり、これが狙いなのか……？」と小さく呟いた。

「狙い？　所長殿は、何か心当たりでもあるのじゃろうか？」

屋敷の地下にいた、身元不明の子供達。それと何かの事件を結び付けたような所長の言葉に興味を持ったミラは、そう問いかけた。

すると所長は、「おや、気になってしまったかな？」と、語りたがりの極みともいえるほどの笑みを浮かべ、それを口にした。

曰く、ファジーダイスが現れる場所には、いつも子供の人身売買を行う闇の組織の気配がすると。

「まあ、私の気のせいかもしれないけれどね」

最後にそう付け加えた所長は、そこで懐中時計を確認して「おっと、まずは急いで配置に就こうか」と続けた。

所長が車椅子を見事に操り術士組合へと走っていくと共に、ミラ達もまた店主に声をかけてから店の三階に上がる。

そこでファジーダイスファンの証ともいえるマスクを着けると、ベランダに出て辺りの様子を窺った。

「しかしまた、とんでもない賑わいようじゃな」

下方に見える大通りは多くのファンで埋め尽くされており、その様子は正にカーニバルとでもいった様相を呈していた。

「話には聞いていたけど、ここまでとは驚きました。上手く溶け込めるでしょうか」

ニナもまた、大いに盛り上がるファン達を眺めつつ、どこか心配そうに笑う。彼女達の役割はファンに扮して、ベランダからファジーダイスを狙うミラを目立たなくする事だ。

しかしながら、そのファン達のはしゃぎぶりといったら相当なものである。しかも、まだファジーダイスが遠くにいるにもかかわらずだ。いざ、本人が現れた時に、いったい彼女達の感情は、どれほど爆発するだろうか。

ニナは、演技でそれについていけるか不安になってきたようだ。ミナとナナもまた同じような事を思っているのだろう、じっくりとファン達を観察していた。

（おっと。もう一つの保険もかけておくとしようか）

所長の話を聞いていた際、ある保険を思い付いていたミラは、少し後ろに引っ込むとアイテムボックスを開いた。

『確か……これで良かったじゃろうか？』

ミラが遠く離れた相手にそう訊くと、その相手から答えが返ってくる。『ええ、それでばっちりよ』

と。

それはマーテルの声だ。ミラがアイテムボックスから取り出したものは、以前マーテルから貰った沢山の果実のうちの、特別に作られた実の一つだった。

淡く透き通るような紫色の実は、そこらの食べ物とは違い、非常に優れた食事効果を得られる究極の強化アイテムである。

怪盗ファジーダイスとやり合う事になる場合を想定して、ミラはその実を食べた。マーテル特製の果実は、腹がババロアで随分といっぱいになっていながらも負担を感じないほど、すんなりと食べられてしまう美味しさであった。

(やはり格別じゃのぅ！)

今回ミラが食べた果実は、マーテル曰く、能力値の他、魔法類に対するレジスト率を飛躍的に高めるという効果があるとの事だ。

状態異常をばら蒔くファジーダイス相手には、かなり相性の良い効能であるといえるだろう。ただその分、能力値の上昇量は他の果実に比べ控え目だ。

なお、マーテル特製の強化果実は、複数食べると腹を下すという欠点があるため注意が必要らしい。

諸々の準備を完了したミラは、『ロックオンM弐型』を手にしたまま、ニナ達の隣で待機していた。

そしてニナ達はといえば随分と慣れてきた、というより気分が乗ってきたようだ。そこらのファンと遜色ない様子で盛り上がっていた。

（これで演技というのじゃから、演者というのは凄いのぅ）

ミラは三人の様子を眺めながら、その見事ななりきりぶりに心底感心した。

ただそれと同時に、目立たぬように隠れているとはいえ、まったく盛り上がっていない自分が、相当に目立っているような感覚に陥る。

しかしながら演技の心得などないミラは、中途半端に真似したところで、余計に悪目立ちしてしまいそうだと考えた。

その結果、ミラは予定通りに出来るだけ目立たぬようにするため、ニナとミナの隙間に姿勢を低くして、そっと潜り込んだ。

その様子はまるで、祭り時を狙う痴漢といった様相だったが、今の少女という容姿のお陰で、一見した限りでは引っ込み思案な女の子程度で済んでいる。

（ああ、何じゃろう。良い匂いがするのぅ）

だが、中身の方はといえば、もうどうしようもなかった。

ミラが二人の隙間に入り込んだところで、ニナが白いマントを広げてミラの身体を覆う。それにより、小さなミラの身体はすっぽりと隠れ、随分と目立たなくなった。

「ふむ、よく見えるよく見える」

年頃の女性二人に挟まれて、しかも密着して上機嫌なミラだが、ここにいる役割も忘れてはいない。

ターゲットが現れ、侵入を図ると予想される術士組合のベランダ。そこにしっかりと狙いをつけて、その時が来るのを冷静に待つ。その姿たるや、まるでスナイパーの如くだ。

と、そうして準備が整った直後の事。これまでも賑やかだった大通りから、今日一番の歓声が上がる。そう、遂に怪盗ファジーダイスがやってきたのだ。

その盛り上がりようは尋常ではなく、歓声と悲鳴が入り交じって夜空に響き渡り、もはや大声合戦とでもいった状態だった。

「あ、来た来た！　ファジーダイス様ー！」

「私も盗んでー！」

「ファジー○×△◇○△△×□ー！」

瞬間、ミラの直ぐ傍からも、そんな声援が上がった。ニナ達だ。

一気に爆発したファン達を素早く確認して、即座にその様子を真似たようである。

歓声の中に最も多い言葉、ところどころで上がっている熱っぽい声、そして何を叫んでいるのか聞き取れない声。彼女達の叫びは見事にそれらと調和して、どこからどう見ても、そこらへんのファン達と同じに見えた。

大通りの向こう側から、まるで波のように迫ってくる歓声。

怪盗ファジーダイスは、そんな歓声の波に乗るかのように屋根の上を疾走してくる。

その姿を目にして、最高潮に盛り上がるファジーダイスファン。一見すると目立つ位置にいるミラ達だが、ファン達を模倣するニナ達によって、それらの一部に溶け込む事が出来ていた。

「カードの絵柄のまんまじゃな」

ニナのマントの隙間から顔を覗かせたミラは、ファジーダイスの姿を確認して、そう呟く。

レジェンドオブアステリアというカードゲームの絵柄になっていた怪盗ファジーダイス。

その絵柄と実物は、完全にそのままの姿であったため、万が一にも人違いという事はなさそうだ。

ファン達の歓声に迎えられるようにして、術士組合の屋根に降り立つファジーダイス。

ミラは素早く『ロックオンM弐型』のスコープを覗き込み、その姿を捉えた。

(やはり、顔を窺うチャンスはなさそうじゃのぅ)

顔が見えたなら調べる事が可能だ。名前さえわかれば、このまま逃したとしてもどうにかなる。

また、元プレイヤーだとしたら、むしろ同郷という事で話し合いに応じてくれるかもしれない。

万が一、ラストラーダであったとしたら、それこそ話は簡単だ。

だが、きっちりと嵌められた仮面に隙はなく、ちょっとやそっとでは落ちそうになかった。

ファジーダイスは周囲を警戒しつつ、組合内に侵入するべく動く。ミラは息を潜めながら、その動きが止まるのを待った。

この術具は、連射する事が出来ない。一度使うと、十秒のチャージが必要となるのだ。ゆえに、一発で決める必要がある。

最大の好機は、所長との話し合いによって決まっている。

それは、ファジーダイスがベランダの扉を開ける直前。所長が言うには、時間を稼ぐために何かを仕掛けておいたそうだ。

何でも、それを前にしたファジーダイスは、必ず屈むという。

(そろそろじゃな……)

屋根からベランダに下りたファジーダイスは、ファン達の声援に応えるようにして手を振りながら、いよいよその扉の前に立った。

ここまで来たら、後は扉を開けて組合の中に入るだけだ。

さて、どうなるのか。照準を定めたままミラが見守っていると、所長の予言通りにファジーダイスが扉の前で屈み込んだではないか。

(今じゃ!)

何を仕掛けたのかはわからないが、今の好機を逃してはいけない。

ミラは、ここぞとばかりにトリガーを引いた。

音もなく光もなく、静かに『ロックオンM弐型』が起動する。そして見事、照準に捉えたファジーダイスのマナを記録する事に成功した。

「よし、ばっちりじゃ」

表示を見ると、追跡用のカーソルが確かにファジーダイスを指し示している。見事に作戦成功であった。

何だかんだで緊張していたミラは一安心しながら、ニナ達に上手くいった事を伝える。

するとニナ達も久しぶりの演技という事で緊張していたらしく、「ああ、良かったー……」と安堵のため息を漏らした。

そうしてミラ達の作戦が静かに完了した後、立ち上がったファジーダイスの手には、猫が抱かれていた。どうやら所長が仕掛けたというのは、あの猫のようだ。

術士組合のベランダにある扉は外開き。つまり、扉の前に猫がいては開けられない、という罠である。

猫が途中で動いてしまったら、どうするつもりだったのだろうか。

内容を知った今、どことなく不安要素のある所長の策に苦笑しながらも、結果上手くいったのだから、まあいいかと笑って、ミラは組合の中に入っていくファジーダイスを見送った。

〈19〉

受け持った仕事が終わったからか、ニナ達は気の抜けた様子でベランダの隅に座る。

ミラもまた次の動きがあるまではやる事もないため、『ロックオンM弐型』の表示に注意しながら、その場にどかりと腰を下ろしニナ達と雑談をしていた。

ファジーダイスを『ロックオンM弐型』に登録する事までが、所長の作戦だ。そして、ここから先の追跡はミラの好きなように、という事になっている。

登録相手を示す印は、術士組合を指したまま。これが動き始めたとしたら、それはすなわちファジーダイスが術士組合での用事を終えて脱出した時。

これまでは、言ってしまうなら準備の段階。ミラにとっては、ここからが本番。ターゲットを追って捕まえて、話を訊くまでがミラの目的であり、孤児院を見つける事こそが最終目標だ。

「――え!? あれを足で追うんですか!?」

屋根の上を疾走するファジーダイスの俊敏さは、人間離れしていた。そしてそれをミラが、『ロックオンM弐型』に登録した印を頼りに追う予定である。しかも尾行がばれないよう、ペガサスなどには乗らずにだ。

そんな話の流れを経てニナが驚きの声を上げると、ミナとナナもまた、それは難しいのではと口にしてミラの脚に目を向けた。細くて柔らかそうな、実に女の子らしい脚である。

いくら精霊女王などと呼ばれるAクラス冒険者であろうとも、得意の召喚術を使わずに、あのファジーダイスを尾行するなんて出来ないだろう。きっとニナ達でなくとも、そう思ったはずだ。

しかしながら、ミラには召喚術以外にも、これまで培ってきた仙術の技がある。

「まだ、言っておらんかったな。何を隠そう、わしは仙術もまたそれなりに使えるのじゃよ」

得意げに答えたミラは、これみよがしに、《真眼》を開いてみせる。すると途端にミラの気配がより深く透き通り、その両目の色も変化した。

「それって、確か仙術の奥義の一つ……」

「先生の御友人と同じ眼(め)……」

「やっぱり、二つ名持ちって特別なんですねぇ」

ニナ達は息を呑むと共に、その目に憧れに似た色を宿しつつ、それならファジーダイスを尾行出来るかもしれないと納得する。

「でも、そうすると……結構飛んだり跳ねたりしますよね。えっと、それは大丈夫なんですか？」

ニナはそう口にしつつ視線をミラの下半身、スカートの部分に向けた。きっと先日の所長達のように、パンツが見えてしまう事を心配しているのだろう。

「うむ、そこは対処済みじゃ。しっかりとパンツ隠しを買っておいたからのぅ」

その心配は無用である。この日のためにインナーパンツを買ったのだから、と自信満々なミラ。しかしながら、どういうわけかニナ達はミラのドヤ顔とスカートを交互に見やると、困惑気味に顔を見合わせた。

「どう思う？」

「えっと、違うんじゃないかな？」

「私も、違うと……」

何やらミラを余所にして、こそこそと内緒話を始めた三人。どことなく言い辛そうな、困ったような顔で、ちらりと窺うようにミラへと視線を向ける。

そんな三人の様子を前にして、ミラは、はてと首を傾げた。今の話の流れに、彼女達が困るような要素はあっただろうかと。

そうしてミラが疑問符を浮かべていたところ、いよいよ何か意を決したとばかりにニナ達がミラに向き直った。そして再び、ミラの顔とスカート部分を一瞥してから、ニナが代表して口を開く。

「えっと……私達には、ミラさんのそれが本パンツにしか見えないんですけど……。そういうインナーもあるんですかね？」

真剣に困惑した表情を浮かべながら、そう指摘したニナ。ミナとナナもまた、その目で、そう見えると訴えている。

スカートの状態など気にせず、その場にあぐらをかいて座ったミラ。そんなミラと対面する位置にいるニナ達からは、丁度隙間になったところから、ミラのパンツが見えていたようだ。

同性同士になると、そのあたりのガードが緩くなる者もいる。当然ニナ達も女同士という事もあり、これといって気にしてはいなかった。

しかし、そんな最中にミラが言う。スカートの中が見えてもいいように対策済みである、という意味合いの言葉を。

その瞬間、ニナ達は驚愕した。彼女達の目には、ちらりと覗くそれがインナーパンツの類ではなく直パンツにしか見えなかったからだ。

そして、そんな彼女達の目は正しかった。

「何を言うておる。ほれ、この通り穿いて……――!?」

この日のために、しっかりと買ってきた。そう答えようとして、自身のスカートを捲ってみたミラは、そこに見慣れたいつものパンツがあって、その動きを止める。そして思考する。はて、どうなっているのだろうかと。

それから少しして思い至る。インナーパンツを色々と手に入れたものの、今朝着替えた際に、それを穿き忘れていたのだと。

「ああー……うっかりしておった……」

こういう新しいものは慣れないうちだと、ついつい忘れてしまいがちだ。そんな言い訳を思い浮かべながら、ミラはいそいそとスパッツを取り出して足を通した。

しっかりとスカートの下にスパッツを穿いて、いつでも飛び出せる状態が整ったミラ。まだかまだかと『ロックオンM弐型』の表示を確認しながらも、先程までの流れから始まったニナ達の下着談義に交ざり、にやにやとした笑みを浮かべていた。

会話の内容は、冒険者的視点からの下着の扱いについてだ。ダンジョンに持ち込む枚数に交換頻度、そして何よりも洗濯についてと悩みは尽きないようだ。

対してミラは、その点についての悩みなどなかった。召喚術を活用すれば、幾らでも洗濯出来て取り換え放題であるからだ。ミラがその事を大いに語ると、ニナ達はますますその目を輝かせる。そして、妹に召喚術を教えるという約束を何卒よろしくお願いしますと、ひれ伏した。

「えっとこれは……どのような状況でしょうか？」

その時に丁度三階のベランダにやってきたユリウスは、ミラにひれ伏すニナ達の図を目撃して硬直する。

「なに、気にするでない。ちょいと今度、妹さんに召喚術の手解きをすると約束しただけじゃよ」

ありのままを簡潔に説明したミラ。しかしながらこの場面は、その説明だけで把握出来るようなものではなく、ユリウスは「はあ……」と曖昧な言葉を返す事しか出来なかった。

「さて、それよりも何か用事があってきたのじゃろう。どうしたのじゃ？　この後の予定は尾行だけじゃが」

なぜ、わざわざミラ達がいる場所にユリウスがやってきたのか。ミラは、登録したファジーダイスに動きがない事を確認しながら問う。

所長の作戦では、ここから先についての案はなく、ミラの裁量に任せるという事だった。それともここにきて何か作戦を思いついたのだろうか。そうミラが考えていたところでユリウスが告げる。

「それなんですが、所長に突然、ミラさんを呼んできてくれと言われまして。詳しい事までは私もわからないのですよ」

その言葉は本当のようで、そう説明するユリウスもまた困惑したような表情を浮かべていた。

何でも現場から急いで組合に戻ってきた直後に、ミラを呼んできてほしいと頼まれたそうだ。

そのため、現在の術士組合がどのような状況なのかもまったく確認していないという。

「ふむ……理由はわからぬが、そう言うのならば行くしかないのぅ」

予定では登録を終えた時点で任務完了であるが、何よりもあの所長の事だ。きっと何か意味があるのだろう。そう考えたミラは、すぐさま立ち上がりベランダからひらりと飛び降りた。

そして《空闊歩》で宙を走り、するりと術士組合の出入口に降り立つ。

それからミラは振り返り、先程までいたベランダに向けて手を振ってから術士組合に入っていった。


「あんな軽やかに……」

「やっぱり凄いね」

「ミラさんが先生になれば、きっとあの子も」

さも当然のように飛び降りて、まるで息をするかの如く宙を駆けたミラの姿。

仙術すらも高いレベルで使いこなすのならば、本命の召喚術となればどれほどのものになるのか。

三人の目には、その希望がありありと映ったようだ。憧れと尊敬、そこに若干の崇敬が篭った眼差しで両手を組むニナ達。

対して、その場にい合わせたユリウスは、そんな彼女達の様子に加え、先程のひれ伏していた状況を思い出し少しだけ距離をとった。


術士組合内部。そこには活性化した証拠品と思しきものの対処をする職員と、三十数人ほどの冒険者、そしてど真ん中にどんと構える所長の姿があった。

特に証拠品に仕掛けられた術の解除は相当に難解なようで、職員達は全員がそちらに注力している様子だ。

「して、わしを呼んだ理由は何じゃろうか?」

一方、慌ただしい職員とは反対に、所長と、そこにい合わせた冒険者達は落ち着いており、その目はゆっくりとミラに向けられる。

「おお、来てもらってすまない。ここから先はミラ殿に任せるつもりだったが、何というか、少々探偵の血が騒いでしまってね」

車椅子ごと振り返った所長はそう答えると、やはりファジーダイスを前にしていても立ってもいられなくなってしまったのだと苦笑する。

「いつものように武力でどうこうする事は無理としても、せめて知略だけでも試してみたくてね。予定と違いすまないが」

ファジーダイスのマナを『ロックオンM弐型』に登録したところで、所長の作戦は終了。つまり、この先はミラの作戦、ミラの予定となっていた。それをこうして乱した事に対して謝罪を口にする所長。しかしミラは、そんな所長にまったく気にしていないと答える。

「もとより、所長殿が立てた作戦じゃからのぅ。最後まで好きにすると良い」

所長の我が儘を責めずに快諾したミラは、むしろここから所長がどのように探偵の仕事をするのかと楽しみにすら思う。

「ありがとう、ミラ殿」

朗らかに笑った所長は、直後にその目をきらりと輝かせて目線をミラの手元に移し「ところで、首尾の方はどうだったかね？」と続けた。

「うむ。ばっちり狙い通りじゃよ」

ミラは『ロックオンM弐型』の表示を今一度確認して答える。そこには、しっかりと登録対象の反応を示す印が浮かんでいた。

「流石はミラ殿だ。任せて正解だったよ」

満足げに頷いた所長は、これまでの経緯と現状について簡単に説明してくれた。

ミラ達と別れた後、所長は術士組合でファジーダイスが来るのを待ち構えていた。

それからしばらくして、外が一際騒がしくなったところでファジーダイスが組合内に堂々と出現。

そしてこれまで通り、防犯用の術式を活性化させた証拠品を置く。と同時に所長が合図を出し、正面以外の出入口を全て封鎖。

しかも秘密裏に用意しておいた術具で結界を周囲に張り巡らせたので、ここから出る者がいたら、音で直ぐにわかるようになっているとの事だ。

なお、その結界は一度、ユリウスがミラを呼ぶために出た時にしっかりと反応していたので、その効果は確かであるという。

「この場合、ユリウス君が出るタイミングに合わせて一緒に出ていくというパターンが定番だが、その点も抜かりはない」

ミラが指摘するより先に、所長はそのあたりについても触れる。この結界は人数分反応する仕様であり、まだカウントは一人だけだそうだ。

見れば所長の車椅子脇に見慣れぬ箱が置いてあり、そこには数字の一が表示されていた。どうやらその箱こそが、結界を生み出している術具のようだ。

また所長が説明している間に、ユリウスも帰ってきた。この事から、ユリウスに変装してミラを呼びに行き、そのまま逃げた、という事もなさそうだ。

「さて、そういうわけでね。ここにいる誰かがファジーダイスの変装という事になる」

所長は、鋭い輝きをその目に宿し、そこにいる冒険者達を一瞥した。

男性と女性。そして戦士クラスと術士クラス。場所的に術士の方が多いが、それらは全て関係ない。

ファジーダイスは、何にでも変装出来てしまうからだ。

そして変装するならば、出入りが多く見覚えのない者がいてもあまり不思議ではない冒険者が最適であると所長は語った。

「俺達じゃなくて、あっちはどうなんだ？」

所長の言葉に対して、冒険者の一人が、そう術士組合の職員達を指し示した。ここにいる者に変装するのなら、職員も入っているのではないかと。

「いい質問だ。しかし彼らに変装するのは、難しいだろう」

容疑者達との問答もまた、探偵の役割の一つ。ミラは、その様子を楽しみながら所長の答えに耳を傾ける。

職員に化けるのは難しい。そう口にした所長は、続けてその理由についても語った。

誰でもない職員に変装した場合、職員同士は毎日のように顔を合わせている事から、そこに見覚えのない者がいたら直ぐにばれるだろう。そして現状、そのような様子はない。

次にファジーダイスが職員の誰かに成り代わっているという場合もあるが、これはあり得ないと所長は断言した。

これまでの事例からみて、ファジーダイスの変装は、『誰かに』ではなく『誰でもない誰かに』扮するものばかり。

流石のファジーダイスも、特定の誰かに化ける事は出来ないのか、それともあえてやらないのか、のどちらかであろう。

そこまで話した所長は最後に、成り代わった結果、その者が謂れのない罪を負うかもしれず、だからこそあの怪盗は、誰でもない誰かにしか変装しないのではないかと続け、締め括った。

「なるほどな。だからこそ俺達の中の誰かってわけか」

所長の説明に納得したのか、男はそう言いながら、そこにいる冒険者達を見回した。

そして、確かにこの中の半分ほどは、この街では見慣れない顔だと付け足す。

どうやらこの男は、この街を拠点に活動する冒険者のようだ。更に男は、そこにいる中から六人ほどの冒険者を指し示す。そしてその者達とは、もう何年もここで顔を合わせていると教えてくれた。

互いに見知った顔ならば、ファジーダイスの変装である可能性は低い。そう理解した冒険者達は、各々で知った者同士確認し始め、それを所長に報告してからその場より端に移動していった。

冒険者達によって自主的に行われた確認作業の結果、誰の顔見知りでもない冒険者が十数人ほど残った。つまり所長の推理が確かならば、この中の誰かがファジーダイスの変装というわけだ。

「わざわざ、すまないね」

相互確認してくれた冒険者達に礼を言ってから、所長は残った冒険者に目を向け、その者達の顔をじっくりと見回した。

「で、次はどうするんだ？」

所長が、どのようにしてファジーダイスの変装を見破るのか。それが楽しみになってきたようで、先程の男は手伝える事があるなら言ってくれとばかりに名乗りを上げる。

「それでは、次にミラ殿が指し示す者を調べてもらっても良いかな」

所長がそう答えたところ、男は「ああ、わかった」と頷き、誰を調べればいいのだとミラに顔を向けた。

「そうじゃのぅ。調べる相手は……」

対して突然話を振られたミラであったが、そこに動揺はなかった。どのようにしてファジーダイスの変装を見破るのか。その手段は何よりも今、ミラの手の中にあるからだ。

ミラは話の途中からここに呼ばれた理由を理解した。だからこそ所長の言葉を受けると同時に、『ロックオンM弐型』を確認する。

予定では、追跡するための登録だった。しかしその特性上、不特定多数の中から一人を見つけ出すという使い方もまた当然出来るわけだ。

この『ロックオンM弐型』が、これまでの不可能を可能にする。全戦全勝のファジーダイスの変装を見破り黒星を付ける。ミラが誰かを指し示すその瞬間は、これまでのファジーダイスの歴史に、大きく刻まれる事であろう。

先程ベランダにて見事にファジーダイスを狙い登録に成功したミラは、その表示が示す先をびしりと指さして、ここぞとばかりにその言葉を口にした。

「犯人は、お前じゃー！」

その声、その姿、その勢いは、まるで物語の中に登場する名探偵の如くであった。推理で犯人を追い詰め、逃れられない真実を突き付け、その罪を白日の下に晒す決めゼリフ。

機会があれば言ってみたいセリフの上位に位置するであろうそれを存分に言えて満足顔のミラ。しかし、そんなミラに男が告げる。

「いや……えっと、誰もいないんだが」

「……へ？」

瞬間、間の抜けた声を漏らしたミラは、慌てて自分が指し示した先に目を向ける。そこは、半数の冒険者が移動した事で生じた、空きスペースであった。

そう、気ばかり先走っていたミラは、初めに確認していなかったのだ。『ロックオンM弐型』が、どこを指し示していたのかを。確認せずにポーズを優先したため、そこには誰もいないという事に気付いていなかったのである。

しかしそれも仕方がない。ばっちりとファジーダイスを登録し、その前にはユリウスを実験台にその正確さを実証していたのだ。そんな優秀な『ロックオンM弐型』が、ここにきて見当外れな結果を出すなど、そう予想出来るものではないだろう。

「これは……どうなのじゃろう」

ここにきて故障したのだろうか。そう思ったミラは、移動しながら表示を確認してみた。けれど登録対象は、どれだけ移動しても常に同じ場所を指し示し続ける。まるで、登録した相手が確かにそこにいると主張するように。

「きっと何かあるのだろう。その場所を調べてみてくれ」

戸惑うミラとは違い、冷静にその場を見据えていた所長は協力者の男にそう頼んだ。

男は、ミラと同様に疑問を抱きながらも「わかった」と答え、『ロックオンM弐型』が指し示す方へと進んでいく。

その術具でわかるのは方向だけであるため、男はミラの「そのまま真っ直ぐじゃ」という言葉に従い前進する。そして組合の中ほどを過ぎて、いよいよ依頼表が並ぶ壁際の前にまで来た時だ。

「ん？　何でこんなもんが落ちているんだ」

ふと足を止めた男は、そう呟きながら何かを拾い上げた。それから「なあ、誰か落とした奴いるか？」と振り向き、手にしたものを掲げてみせる。

男が拾ったもの。それは革のマントだった。しかし、ただのマントではなさそうだ。

「俺じゃねぇけど、俺だな」

「いえ、きっとあれは私のね」

「名前が書いていなければ、多分僕のでしょう」

冗談半分といった様子だが、冒険者達が所有権を主張するような言葉を次々に言い始めた。一見すると何の変哲もない革のマントだが、どうやら結構な代物のようだ。

「はて、あれは普通のマントとは違ったりするのじゃろうか？」

冒険者の皆は知っているようだが、どうにも見覚えのないミラは、答えを求めて所長に問うた。

「おや、知らないのかね？」

所長は少々驚いたような表情を浮かべたが、少しして、「いや、ミラ殿ほどの実力になると必要はないのかな」と、一人得心してから、それがどういったものなのかを教えてくれた。

所長の説明によると、そのマントは『対魔獣用潜伏マント』というものらしい。

魔物が出現する場所というのは、その土地のマナの濃さや諸々の要素から、だいたいの種類や強さといったものが決まっている。そして魔獣が出現する場合は、全てがその近辺の魔物より格上である事も決まっていた。

しかも、これといった出現条件というのはまだ判明していないため、魔物狩りの途中で、突如格上の魔獣と出くわしてしまう冒険者もいるわけだ。

魔獣というのは、特に生物が持つマナを過敏に捉える事が出来る。そのため逃げるとなったら、その視界から逃れるだけでなく、マナの感知範囲外に出るしかない。

だが急に遭遇した場合は、たいていが格上であり、その難度は非常に高い。そこで活躍するのが、この『対魔獣用潜伏マント』である。

「このマントには、二つの術式が縫い込まれていてね。一つは、ただただ周囲のマナを循環させるもの。そしてもう一つは、着用者が持つマナを内側に留めるというものなのだよ」

つまりこのマントは、カモフラージュによって風景に溶け込むが如く、周囲のマナを身に纏い、魔獣のマナ感知から逃れる事が出来るという便利な術具であるわけだ。

「なるほどのぅ……。そのようなものがあるのじゃな」

魔獣がマナに反応するというのは、ミラも知っていた。ゲーム時代には、勝ちようのない魔獣と遭遇してしまった場合、マナを秘めた手持ちのアイテムなどを、そこらにばら蒔きながら逃げるという対処法があった。

そんな時代から時は進み、今ではその感知を欺けるほどのアイテムが存在している。ミラは人々の知恵の賜物(たまもの)であるマントを見つめ、大いに感心した。

〈20〉


「ちなみにだが、買うとしたら三百万リフはする代物だ」

対魔獣用潜伏マントとは何かという説明を終えた所長は、最後にそう付け足した。一見すると地味だが、相当に高価な代物だったようだ。

「何と！　それで、あの状況というわけじゃな……」

そっと隅の方に目を向けたミラ。その視線の先では冗談が冗談を呼んだ末、いつの間にか冒険者達がマントの持ち主決めじゃんけんを始めていた。誰の落とし物かをじゃんけんで決めるという、実に不思議な状況だ。

落とし物だとしたら、一先ず組合に預けておくべきではないだろうか。そんな事を思いながら、ミラは気を取り直して『ロックオンM弐型』の表示を再確認する。

「む……これは」

じゃんけんの勝者がマントを掲げる中、ミラは登録対象を示す印の方に目を向けた。するとどうした事か、先程まで依頼の掲示板あたりを指していた印が、別のところに向いているではないか。

そしてその印は、何を隠そう、じゃんけん勝者を示していた。

「ほぅほぅ……なるほどのぅ……やはり……」

ミラは『ロックオンM弐型』を手に、じゃんけん勝者の周りをぐるぐると回る。するとやはり、表示は常に勝者を捉えるように向けられていた。

「えっと……何かな？」

ミラの不可解な行動に不安を感じたのだろう。勝者は、恐る恐るといった様子で問いかける。それに対しミラは、少しにやりと笑みを浮かべて答えた。

「どうにも、ファジーダイスを登録したこの術具が、お主を指し示しておるのじゃよ」

その言葉を聞いて、マントを拾った男が「どれどれ」とミラの手元にある『ロックオンM弐型』の表示を覗き込んだ。

「確かに。これでもかってくらいに指しているな」

男もそう証言した事で、そこにいる全員の目が勝者に向けられた。

その瞬間、マント獲得の喜びから一転して、勝者はびくりと震える。

そして「待って待って。僕じゃないですよ!?」と、必死に主張し始めた。

違うと言えば、余計に怪しく見えてくる。徐々に鋭くなる視線。しかし、それは次の時には、笑いに変わった。

「まあ、あれじゃな。状況から考えて、問題はそのマントの方じゃろう」

初めに『ロックオンM弐型』が示した方向を探したらマントがあり、次に確認したらマントを手にする勝者を指し示していた。それはつまり、マントに反応しているのだと、少し考えれば予想は付くものである。

じゃんけんに負けた腹いせか、冒険者達は、そう誰もがわかっていながら勝者を睨んでいたわけだ。

当然、その可能性に気付いていたミラは、茫然(ぼうぜん)とする勝者の手から、するりとマントを掠め取る。

そして、それを適当なテーブルの上に置いて、今一度『ロックオンM弐型』を確認してみた。

するとどうだろう。案の定、その表示はひたすらに、そのマントを指し示し続けているではないか。

ファジーダイスは、マントにも化けられるのだろうか。そんな想像が頭を過ったが、流石にそれはないだろうとミラは所長に振り向いた。この状況を、どのように推理するのかと。

また、他の冒険者達もそう考えたようで、自然と所長に視線が集まっていった。

「これはどうやら、私の作戦が読まれていたようだね」

所長はテーブルに置かれたマントを見つめながら、そう淡々と口にした。その口振りは、ファジーダイスならばこそ、このくらいの対策はしてくるだろうと予測していたかのようである。

そしていつものように、所長が事の顛末を語り始める。

ファジーダイスのマナを記録し、追跡するための術具『ロックオンM弐型』。型落ち品であり使用条件の他、色々と制約のある術具だが、その性能は確かだ。現役で使用されていた頃も一度記録してしまえば、その犯人を逃す事はなかったほどに。

ただ、一つだけ欠点というものが存在した。それは、何のマナを記録したかが判別出来ない事だ。

マナを持つものは、何も生物だけではない。自然界の様々なものにマナは宿っている。そして、付与効果を持つ装備品というのは、強力であればあるほどマナも強く、時に『ロックオンM弐型』が間違って記録してしまう場合があるそうだ。

つまり状況によっては、身に着けている装備品を捨てる事で、『ロックオンM弐型』の追跡から完全に逃れる事が可能であるというわけだ。

とはいえ、それは容易な手段ではない。基本的には、装備品が秘めたマナは表に出辛く、人が自然と纏っているマナの方が優先されるからだ。これを逆転させるには、相当に強力な装備が必要となり、それだけの代物を捨てるなどそう出来るものではないだろう。

「そこで、そのマントの出番だ」

所長は一呼吸置いてから、『対魔獣用潜伏マント』の効果を再確認するように話し、そして結論を口にした。着用者のマナを隠し、ありきたりなマナを纏うそのマントこそ、『ロックオンM弐型』にとって最大の天敵であるのだと。

しかも数千万から億を超える強力な装備品に比べると、マントならば三百万程度で済む。ゆえに、『ロックオンM弐型』から逃れる囮(おとり)として使うにはもってこいというわけだ。

「ふむ……。つまりファジーダイスは、あの時既にこれを身に纏っておったというわけか」

いつの間にかどこかで、『ロックオンM弐型』を使うという所長の作戦がばれていた。だからこそ、ファジーダイスはこれだけ完璧な手段を用意出来たのだろう。

いったい、どこで情報が漏れたのだろうか。ミラは、それらのやり取りをしていた時を思い返し……そこでふとした違和感を覚えた。

思えば、初めてこれらの話をした場所は、大通りの片隅であったと。そのような場所で話す作戦に、機密性など存在するだろうか。

その事にミラが気付いた時、所長がきらりと笑みを浮かべた。

マントを手にした所長は、ゆっくりと車椅子を進ませて、ある一人の冒険者の前で止まる。そして、その冒険者を見据え問いかける。

「ところで、そこの君に訊きたいのだが、これは……君のものではないのかね？」

言葉と共に、マントをそっと差し出した所長。するとどうだろう、言葉をかけられた冒険者の顔に、まざまざと焦りの色が浮かんできたではないか。しかし冒険者は答えない。

そこへ更に所長が続けた。そのマントを扱っている店全てで事前に聞き込みを行い、ここ数日、正確には今回の作戦を確かに口にしてから今日までの間に、『対魔獣用潜伏マント』を販売した店を見つけていたと。

「この正面の大通りをしばらく西に進んで、角に喫茶店のある横道に入った先。スカウトクラスに人気のある『サバイバー術具店』で、このマントを購入した客の話を聞いたのだが、どうにもその特徴が君と瓜二つなのだよ」

そう所長が指摘したところ、どうやらそれは真実だったようだ。

男の様子は、誰の目にも所長の言葉で追い詰められた状態にあるのだとわかるほどだった。

「まさか、お前が……!?」

組合を封鎖した事と結界の効果によって、まだファジーダイスがこの中に潜んでいる事は確かなはずである。

皆もそう思ったのだろう、次々とその男に疑いの視線が集まっていた。

（ふむ……やはり怪しい反応はなしじゃな）

ミラは念のために、《生体感知》によって組合内を調べた。もしかしたら、誰かに変装したと見せかけて、どこかに潜んでいるのではと考えたからだ。しかし、その様子はない。となればやはり、目の前の冒険者達の誰かがファジーダイスである可能性が高い。

そして今、最も怪しいのは、所長が指摘した男であろう。『対魔獣用潜伏マント』自体は人気商品であるため、それなりの値段ながら、そこそこの売り上げがあるそうだ。

しかし、所長の調べによると、ここ二日で買われたのは一枚だけだという。

大勢の冒険者が行き交う組合だからといって、問題の一枚を買った者が、今このタイミングでここにいるというのは、なかなかの確率なのではないだろうか。

「ま、待ってくれ！　俺じゃない！　俺は……俺はただ……！」

所長が疑う理由には、確かな説得力があった。ゆえに冒険者達の視線は、より強く男に向けられていく。すると追い詰められた男は、まるで追いやられるかのように、一歩二歩と後ずさり、いよいよ壁を背にしたところで、「聞いてくれ！」と叫ぶ。

男は「俺は……ただ頼まれただけなんだ！」と続け、必死に弁明を口にし始めた。

彼は言う。昨日の夜に見知らぬ男から声をかけられて、『対魔獣用潜伏マント』の調達を至急に頼まれたのだと。しかもその報酬は高額であり、マントを購入するための代金も先払いだったため、二つ返事で引き受けたそうだ。

更に、報酬の半分は前払い。マントを夜のうちに所定の場所へ届けた後、残り半分を今日のこの場所このくらいの時間に支払うという約束だったため、ここで待っていた。

と、男が口にした言い訳は、そのような内容だった。

「頼まれた、ねぇ……」

冒険者の一人が、疑いの眼差しそのままに呟く。また、他の者達もほとんどが似たような反応であり、苦し紛れの出まかせを話したとしか思っていない様子だ。

実際、ミラもまた、随分と浅はかな言い訳だという印象を抱いた。頼まれて、など容疑をかけられた者の常套句である。

しかしだ。本当にこの男がファジーダイスだったとしたら、このような言い訳をするだろうか。

どうやら所長もミラと同じような違和感を覚えたようで、男の弁明を聞いてから、ずっと難しそうに眉間にしわを寄せていた。

ミラは思う。所長から聞いたファジーダイスの印象は、もっと大胆不敵であったと。もしも見破られたとしたら、むしろよくぞ見破ったとばかりに正体を現す。それが、ミラが抱くファジーダイスの人物像だ。

そう感じたミラは、男をじっと見つめてみた。そして気付く。

(む……これは)

ミラは、そのまま他の冒険者達も見回し、そして確信を得たとばかりに、にやりと微笑んだ。

しかし、それを明かすのは早いとして沈黙を保つ。

今は、探偵と怪盗が勝負している場面であるからだ。男と男の戦いに横から口を出すなど、野暮というものである。

「こ、これが証拠だ！」

疑いの視線の中、疑惑の男は一枚の紙片を荷物入れから取り出してみせると、それを所長に突き付けた。

それはどうやら、割符のようだった。残り半分の報酬を受け取るために必要だと言われ、渡されたのだそうだ。

「ふーむ、これはトランプのジョーカーか……？」

半分に破られたジョーカーの片方。それを所長がまじまじと見つめていたところで、ふと冒険者達の中から、一つの声が上がった。

「あ、あのぅ、もしかして貴方がそうだったのですか？」

そんな言葉に振り向くと、そこにはいかにも新米冒険者といった姿の男がいた。その男は集まる視線にびくりと肩を震わせながら、おっかなびっくりといった様子でやってきて、小さなポーチから紙片を取り出してみせる。

するとその時。彼のポーチから、ひらりひらりと一枚の紙が舞い落ちて、所長の車椅子脇にするりと滑り込んでいった。

「あっと、すみません！」

男は慌てた様子で駆け寄り、その紙を拾い上げた。そして改めるようにして、初めに取り出した紙片を、所長の持つ破れたジョーカーに合わせる。

「ぴったりじゃな」

割符代わりのトランプが、ぴたりと合わさった。つまりは、報酬についての云々に嘘はなかったという事だ。

その証拠に新米冒険者は、この場所のこのくらいの時間に割符の片割れを持つ男がいるので、その者に渡してほしいと頼まれ、小さな小袋を預かっていたと証言した。しかも、彼もまた、その役割と共に高額な報酬を受け取ったと言い、金貨の入った袋を証拠として提示したではないか。

なお、先程落とした紙が、その詳細な指示書だったという。見せてもらったところ、確かに報酬のやり取りについて書かれていた。

「達成出来て、ほっとしました」

新米の男が、そう胸を撫(な)で下ろすと、疑惑をかけられた男もまた「君が出てきてくれて助かったよ」と安堵の表情を浮かべる。そして二人は、互いに一仕事やり遂げられて良かったとばかりに笑った。

と、そこでふと、一人の冒険者が疑問を口にする。

「けどよ。マントをわざわざ用意していたって事はよ。もしかしたら、こうなる事も予想出来ていたんじゃねぇのか？」

男が放った言葉の意味。それは、疑惑をかけられた後に、あらかじめ用意しておいた報酬の渡し役を登場させる事で、『頼まれて買った』という理由を確かなものとする作戦だったのではないかというものだ。

「うむ、その通りだ。奴の事だからね。その線は十分にあり得る」

男の言葉に所長もまた同意する。事実、先程の報酬のやり取りによって、疑惑の男にかけられていた嫌疑は、その瞬間、見事に晴れていた。しかもそれは、この中にファジーダイスがいるという、誰もが等しく疑いの残る中での状態だ。

そんな状態を、ファジーダイスが一人の人物を登場させる事で生み出したかもしれない。しかも、その登場人物に依頼主の事を訊いてみたところ、特にこれといった特徴のない男であったという。

特徴のない男。それは、ファジーダイスが変装する定番の姿だ。

所長は言う。かけられた疑いを完全に晴らせた場合、もう一度疑われるなんて事は滅多にない。また、疑ってしまったという後ろめたさもあり、誰もが自然と、彼の事を選択肢から外すようになる可能性が高まると。

「ファジーダイスは、それを狙ったとも考えられる」

所長は今一度、観察するような眼差しで疑惑の男を見据えた。それから少しして、所長は何かに気付いたかのような表情を浮かべ、疑惑の男に一つの質問を投げかける。「ところで、君のクラスを訊いてもいいかな？」と。

「見ての通り、剣士ですけど」

疑惑の男は僅かに首を傾げながらも、そう答えた。言葉通り、疑惑の男は軽装ながら長剣を帯びており、いかにも剣士ですといった典型的な格好をしていた。ゆえに所長の質問に疑問を抱いたようだが、次に所長が口にした言葉によって納得する。

所長は語った。これまでの経験からして、ファジーダイスは降魔術士であるはずだと。

「それなら、こいつで俺の疑惑を晴らせますかね」

ファジーダイスが降魔術士ならば、術士でないという証を示す事が出来ればいい。そう解釈した男は、組合内の空いたスペースに移動する。そして剣を抜き放つと、一つの《闘術》を繰り出してみせた。高めた闘気を駆使して放つその技は、戦士系のクラスでなければ使えないものだ。

「どうでしょう。俺の疑いは晴れましたか？」

どこか自慢げに振り向いた疑惑の男は、所長に言いながらも、ちらりとミラの様子を窺っていた。何げなく見せたようだったが、実は自信のある技だったらしい。

「疑いようのないほど、実に見事な技だった」

男の技は確かなものであった。

剣を扱える術士だったなら、幾らでもいるだろう。しかし、《闘術》を使える術士というのは存在しない。つまり、彼は申告通りに剣士であり、ファジーダイスではないと証明されたわけだ。

所長は、そんな疑惑を晴らした男に真っ直ぐ向き直り、疑ってすまなかったと謝罪した。

そんな所長に男は、全然気にしていないと答える。

そして、あの状況なら自分も同じように誰かを疑っていたはずだと苦笑しつつ、疑われる役回りになった分、高額の報酬が手に入ったから良しと笑った。


そうこうして、一人の疑惑が晴れた。となれば、残る冒険者達の中に、まだファジーダイスが紛れているという事になる。推理は振り出しに戻ったわけだ。

しかしながら先程のやり取りによって、一つの解決策もまた浮かんでいた。

「出来れば、こういう虱潰（しらみつぶ）しな方法ではなく、ズバリと当てたかったのだがね……」

若干、不満そうな所長ではあったが、それはそれである。疑いの残る冒険者達は、率先して証明を始めた。

方法は簡単だ。疑惑を晴らした男のように、自身のクラスを証明するだけでいい。つまりは、それぞれ《闘術》を披露するわけだ。

この時、ミラは少しだけワクワクしていた。術士であり、銀の連塔の賢者だったがゆえに、術については詳しい。だが《闘術》については、まだまだであるのだ。

そのためミラは、現在の冒険者達が使う技というのに興味があった。しかしながら、今回はミラの欲望が叶う事はなさそうだ。

十数人いた冒険者のうちの半分は先程と同じようにして、《闘術》を披露した。ただゲーム時代には、人の数だけあると言われていた《闘術》だが、長年をかけて研鑽と効率化が進んだようで、似たような技が多く見られた。

(ふむ……。まあ、室内じゃからな。そう大きな技も使えぬか)

違う得物を使いながらも似たり寄ったりな技ばかりだったため、これはどうかと考えたミラ。しかし場所が場所であり、状況は《闘術》が使える事を証明すればいいだけだ。

昨今の《闘術》事情に触れる機会が、あっさりと終わっていく事を残念がるミラ。だが、最後に披露した冒険者の《闘術》によって、少しだけ気持ちが盛り返す事となる。

「私のは、皆さんのようにわかり易い感じじゃないんですが――」

そう初めに前置きした女性剣士は、ミラに協力を求めてきた。何でも、リンゴを一つ放ってほしいとの事だ。

「うむ、投げれば良いのじゃな」

「はい、思い切りお願いします」

頷き答えた女性剣士は、そのまま目を閉じた。すると次の瞬間、ミラはふと、彼女が何かをした事に気付く。それは目に見えず、感じもせず、先程までとの違いは一切なかった。しかし、直感が働く。傍に近づいては駄目だと。

また、この場にいた冒険者達も、それを感じたようで、ざわりとした空気が辺り一帯に漂い出した。

その時、女性剣士が「投げる方向とタイミングは全て任せます」と口にする。

（おお、これは何やら凄そうじゃな……！）

何か期待出来る。そう思ったミラは言われた通り、タイミングを計り、更には死角になる方向から、受け取ったリンゴを全力で投げつけた。

次の瞬間、女性剣士は身を翻し、見事リンゴの直撃を回避する。しかも、その直後に剣を抜き、飛び去っていくリンゴを後ろから斬りつけ両断してみせたではないか。

真っ二つに割れたリンゴを、丁度良くその向こうにいた男が受け止める。そしてまじまじとリンゴを見つめてから、これは凄いなと声を上げた。

「何か……どちらかといえば達人って感じだったな」

見事なものだと盛り上がる冒険者達。その中で一人が、そんな感想を述べた。つまり、闘気を使った《闘術》ではなく、剣を究めた者の感性的なそれのようであったと。

ミラもまた、何か研ぎ澄まされた感覚による達人技みたいだと感じていた。そして所長も、純粋な剣客の技にしか見えなかったと言った。

しかし女性剣士は、それらの賛辞を全て否定して、今のは確かに《闘術》であるのだと話す。

「私達の村では、これらをまとめて《天勁》と呼んでいました。そして《天勁》は、術士の才を持たぬ者だけが習得出来る力だと――」

どうやら女性剣士の話によると、彼女の村では闘気の扱いが独自に進化していたようだ。その効果は、《内練》方面に突出しているという事である。そして先程、彼女が見せたものは、自身を中心とした一定の範囲に入った全てを知覚する、というものらしい。

（なるほどのぅ。確かに《闘術》のようじゃが、それでもやはり達人技といっても過言ではなさそうじゃな）

術士がマナによって攻撃や回復、補助といった様々な術を扱うように、戦士もまた闘気を使い、攻撃以外も行う。とはいえ術のように万能ではなく、能力強化が主だ。

一時的な筋力強化、敏捷性強化、耐久力強化といった身体的な能力の向上が出来る《闘術》。それが《内練》だ。

女性剣士の話からして、《内練》系の《闘術》は、他にも色々とありそうだ。

（今回の相手は術士のようじゃが、いつどこで戦士とやり合う事になるかわからぬからな）

これは良い情報を得る事が出来た。ミラは、そう女性剣士に感謝するのだった。

〈21〉

戦士クラスの者達の証明は完了した。残るは、術士クラスの者達だけだ。

「借りてきました。使い方も教えてもらいましたよ」

術士組合の奥から戻ってきたユリウスは、何やら実験機材のようなものを抱えていた。それは術士適性を調べるためのものであり、これを使って残りが何術士かを証明しようというわけだ。

「では、早速始めるとしようか」

そう所長が言うと、早く容疑を晴らしてくれとばかりに残りの術士達が並ぶ。

適性検査の方法は簡単であり、一人二人と完了し、無罪を証明していった。

そして、ここまでの間に降魔術の適性を持っていた者はおらず、また召喚術士もいなかったためミラのテンションは下がり気味だ。

「おや、魔術の他、陰陽術の適性もありますね」

魔術士だと申告していた男を検査した結果を、ユリウスが告げた。すると男は、「へぇ、そうだったんだ」と驚いたように呟く。どうやら彼は、これまで適性検査を受けた事がなく、魔術以外にも適性があった事を初めて知った様子だった。

適性検査を受けてから術士になった、というわけではないようだ。

ならば、どうして魔術の適性があるとわかり、その道に進んだのだろうか。そんな疑問を少しミラが口にしたところ早速解説が入った。

何でも術の才能というのは親から遺伝する事が多いため、適性を受けずともわかる場合があるそうだ。そして家庭の教育方針によっては、そのまま引き継いだ適性を伸ばすので、他の術士の可能性がある事を知らずにいる者もそこそこいる、とは語りたがりな所長の言葉である。

事実、彼の親は、相当に優秀な魔術士であるそうだ。

続いて、聖術士と申告した次の者もまた複数の適性持ちであった。しかもその中には、降魔術が存在しているではないか。となれば《内在センス》を会得する事で、降魔術の行使も可能である。

しかしながら《内在センス》を得るという事は、魔力のリソースを分割する事でもある。

その者は、見事な聖術を披露してみせた。となれば、《内在センス》として降魔術を習得したところで限界は早い。そのような状態で、ファジーダイスほどの降魔術が使えるはずもない。

ファジーダイスの力は、降魔術一本に絞っても到達出来るかどうかの領域だ。そう所長は自信をもって述べる。そして何よりも直に対峙し、この身で味わったからこそわかるのだと、どこか得意げだった。

「貴女は、退魔術と召喚術の適性ありですね」

更に次の一人の検査結果が出た。それは、退魔術士であると申告していた女性だ。

「あら、私にもあったのね」

そう呟いて、朗らかに微笑む女性。複数の適性持ちは希少だという話だが、その三人が持つ雰囲気から、何となく三人とも相当な出自のように窺えた。

しかしながらミラが関心を向けるのは、召喚術適性のみだ。

「召喚術士ねぇ。あの時、適性検査を受けて、そちらを選んでいたら、今のこの大波に乗れていたりしたのかしら」

女性術士は、ふとそんな言葉を口にした。昨日ミラが宣伝した事で、ハクストハウゼンの街では、召喚術士の注目度が跳ね上がっている。それを意識した発言だ。

すると当然、火付け役のミラが激しく反応する。

「今からでも遅くはない。ここでわかったのも何かの縁じゃ。《内在センス》として、召喚術を習得してみるのはどうじゃろう？　わしも助力するぞ！」

ここぞとばかりに召喚術の良さを説くミラ。《内在センス》では召喚陣の都合上、下級召喚までが限界だろう。だが、それでも十分に活躍出来る者が沢山いる。特に武具精霊は、その汎用性も高く、鍛えれば十分に盾や囮、護衛役をこなせるようになるとミラは力説した。

「えーっと、うん。考えておくわね」

熱心なミラの半面、冗談半分であった女性術士はそうやんわりと答える。そしてミラの、同志を見つけたとばかりに輝く笑顔に耐えかねて、そそくさとその場を離れていった。

（思えば、そうじゃな……。人によっては召喚術の才がありながら、それを選ばなかった者もいる。

となれば、《内在センス》として今一度開花させれば、もっと召喚術にも……）

変装したファジーダイスを暴くという作戦中ながら、ミラの頭の中では、次に仕掛けられそうな召喚術再興への布石が、ぐるぐると巡っていた。

ミラは思う。これまでは、召喚術士をメインとしてだけでしか考えていなかったが、《内在センス》の選択肢としての召喚術も今後はありなのではないかと。

今は既に、別の術士として活躍している中に、召喚術の才能を眠らせたままの者がいるかもしれない。そんな者達に、召喚術が有用である事を知らしめる事が出来たなら、サポート用に習得してくれる者も、きっと出てくるだろう。

そして、そんな者達が更に活躍すれば、メインとしての召喚術にも魅力を感じてくれる者が出てくるはずだ。

（これは、今後の研究対象に加えるべきじゃな！）

かつてルミナリアと雑談していた際に、この《内在センス》について言及した事があった。

その時の話によると、元プレイヤー術士というのは基本的には特化型であるため、《内在センス》を習得は出来ないのだそうだ。

けれど召喚術と仙術といったように、似たような事が出来ているミラ。

これについてルミナリアが憶測を話していた。もしかすると、それは技能ではなく無形秘術の類ではないかと。

会得条件が極めて複雑であり、再現性が極端に乏しい無形秘術。

ゆえに術士として確立している元プレイヤーを召喚術の道に引き込む事は出来ない。だが《内在センス》という可能性を持つ、この世界の住人は別だ。

素晴らしい未来が見えてきたぞと、ミラは心の中で《内在センス》での召喚術運用について今後考察していこうと決めるのだった。


「さて、これはどうした事か」

ミラが召喚術の未来について、あれこれ考えているうちにも術士達の適性検査は進んでいた。そして今、最後の一人が終了した。するとその結果を前にして所長やユリウスだけでなく、そこにいる冒険者達もまた、はてと疑問を浮かべる。

ファジーダイスは、冒険者の中に紛れているはずだった。それを割り出すための《闘術》披露であり、術士適性検査である。

しかし、それら全てを終えた今、該当者は一人も無しという結果だけが残ったのだ。

「なあ、所長さん。これは……どういう事になるんだ？」

「やっぱり降魔術士じゃなかった、とかかな？」

ここにいる術士の中に降魔術の適性を持ち、尚且つそれをメインとして扱っている者はいなかった。

もしや、そもそも降魔術士であるという前提が違っていたのではないか。そんな声が冒険者達の中から上がり始める。

「いや、私の推理では、間違いなく降魔術士のはずだ」

ファジーダイスが降魔術士というのは、あくまでも所長が推理しただけに過ぎない。

しかもそれは、幾度となく対峙した所長だけの経験による状況証拠のみで構築されており、確証はないのだ。

けれど所長は、それが真実であるとばかりに断言し、この結果には必ずトリックが存在していると続けた。

「うーん、ウォルフさんがそこまで言うのなら、そうなのかねぇ」

きっと本来ならば、ここまで振り回されて結果も出なかったとしたら、冒険者達は幾らかの不満を口にしていた事だろう。しかし彼らは、そのような素振りを見せる様子はなかった。

どうやら、元凄腕の冒険者であった所長の名が現役冒険者達に効いているようだ。

「職員の方に訊いてみましたが、適性検査の結果を誤魔化す事は不可能だそうです」

適性検査についての詳細を訊いてきたようで、ユリウスは戻ってくるなり、そう告げた。

一番考えられる方法は、そもそもの結果を書き換える、または偽装する事だ。しかしながら正常に検査が行われたのなら、その結果が間違う事はないという。

検査は皆の視線が集まる中で一人ずつ行われた。つまり何か不審な行動をとれば、直ぐにわかる状況だ。となれば検査装置に細工をしたり、何かを偽装したりという事は出来なかったと思われた。

「さて、次の手はどうしたものか」

容疑のかかった冒険者は、十七名。しかし、その誰もが無実を証明済みだ。もしかすると、もう既にここにはいないのではないかとすら思える状況。だが所長には一切そのような考えはないようで、い並ぶ冒険者達をじっと見据え熟考する。

と、そんな所長に釣られるようにして、冒険者達も互いに顔を合わせた時だった。

「あれ……どこ行ったんだ？」

マント購入を代行した男が、ふとそんな事を口にしたのだ。

誰からともなく、どうしたのかと問うたところ、男は答えた。割符の片方を持っていた、あの新米冒険者っぽい彼が、なぜか見当たらないと。

「何だって!?」

冒険者の誰かがそう叫んだ。そして、ざわめきの中確認したところ、男の言う通りの状況である事が判明する。

何と報酬を渡すように頼まれた、などと言っていた男の姿が忽然と消えていたのだ。

「っていうと、もしかして……あれがファジーダイスだった、とか？」

冒険者の誰かが、そんな事を口にした。そして所長が、その言葉を肯定する。そういう事だったのだろうと。

疑惑の男を無罪だと証明した新米冒険者。あのタイミングで出てきた事に加え、容疑が晴れて良かったなどと疑惑の男と喜び合っていた事で、皆が自然と二人を一組として認識させられてしまったわけだ。

これは気付かなかった。わざわざあのタイミングで出てくるなんて大胆な。だからこそ疑惑が薄れた。と、冒険者達はそのような言葉を交わし、最後にはファジーダイスって凄いなという結論に辿り着く。

最後は、いつの間にか消えているというファジーダイスの手口。その見事さを近くで目撃したから か、先程までの疑心暗鬼といった様子とは打って変わり、冒険者達は騒ぎ出す。

ただ、そこで冒険者の一人が、「一つ気付いたんだが――」と口したところで再び沈黙が訪れた。

彼が気付いた事。それは結界についてだ。誰かが範囲から出ると、それを知らせるように設定された結界。しかし、それの知らせはなかった。とするなら、つまりファジーダイスは、また別人に化けて、この中の誰かに紛れ込んでいるのではないか。

そのように冒険者が語ったところ、再び疑心暗鬼が始まった。

すると、そんな時だ。何げなく所長の傍ら、車椅子の脇に置かれた結界の術具に目をやったミラは、疑問の声を上げる。「その結界、消えておらぬか？」と。

瞬間、そこにいた全員の視線が結界を管理する所長に向けられた。

「そんなはずは」

指摘された所長は、身体を傾けて術具を確認する。そして少しだけ硬直して、「何という事だ……」

と呟いた。

ミラの指摘通り、結界の術具が停止していたのだ。いったいいつの間に。冒険者達がざわめく中、所長は瞬時にそのタイミングを察したようだ。

「あの時か」

そう呟いた所長は、してやられたと笑った。

結界の術具が停止したタイミング。それは、ファジーダイスの変装だったと思われるあの男が、一枚の紙を落とした時だ。報酬のやり取りについて書かれた指示書だと言っていた紙。きっとあれは、この術具を停止させるためにわざと落としたのだろうと所長は言う。

「って事は、もう」

冒険者の一人が、それを察した。《闘術》披露やら適性検査をしていたごたごたの中、ファジーダイスは既にここから脱出していたのだと。

「すげぇな」

誰かがぽつりと呟く。するとそれは徐々に伝播していき、再び冒険者達は盛り上がり始めた。

そこへ更に、組合の職員達が合流する。どうやら証拠品に仕掛けられた術式の解除が全て完了したようだ。

「どうなりましたか?」と、興味深げに訊いてくる職員に、冒険者達が今起きた事を説明し始めた。

ウォルフ所長の作戦は見事だったが、天下のファジーダイスは更にその上をいった。実に見応えのある決戦だったと。

「やられましたね。所長」

状況から今回の敗北を受け入れたのか、ユリウスは残念そうに俯く。すると、所長の健闘虚しく今日もまた逃げられてしまったという空気が、辺り一帯に漂い始めた。

しかし、所長の目は鋭いままであり、そこにはまだ闘志が宿っていた。

「いや。まだ、そうとも限らないよ」

所長は冒険者達を見据えたまま、そう答える。するとその言葉は、目の当たりにしたファジーダイスの妙技について騒ぐ彼らにも、不思議とよく響いたようだ。冒険者達と組合員の顔が一斉に所長へ向けられた。

「何だい所長さん。もしかして、まだ手立てはあるのかい？」

「流石に、この状況からファジーダイスを追いかけるってのは、無茶な気もするが」

所長に期待する言葉と、ファジーダイスの見事さを称賛する言葉が交じり合う。そんな中、所長は思わせぶりに語り出した。

「奴は、気付かぬうちに結界を解いてみせた。となれば、毎回誰にも気付かれる事なく、姿を消す奴の事だ。いつでも、この場から逃げ出せただろう」

まるで答え合わせでもするかのように言葉を紡ぎながら、所長はおもむろに結界の術具を再起動する。そして、なおも冒険者達を見つめながら、ぽつり「最近、ようやく気付いた事なのだがね」と言葉にして、しばしの間を置いた。

「何だ……気付いた事って？」

冒険者の誰かが、所長の望む言葉を口にする。それを耳にした所長は、待ってましたとばかりに口を開く。

「それは、思った以上に、彼が律儀であるという事だよ」

そう言い放った所長は、いよいよとばかりに最後の推理を披露した。

所長は言う。これまでファジーダイスは、いつの間にか現場から消えていたとばかり思っていた。だがそれは、いつでも逃げられるような状況が整った事で、そう思い込まされていただけだったのだと。

ファジーダイスはその場に紛れ込み続けたまま、誰もが逃げられたと判断し自然と解散になったところで、皆と組合を出ていく。所長は、そんな推理をしてみせた。

するとやはり、誰ともなく疑問の声が上がる。なぜ、そう思ったのかと。

「簡単な事だ。誰一人として犠牲者を出さないためにも、かの怪盗は万が一に備え、術式の解除が無事に終わるまで見守る必要があったのだよ」

所長は不敵な笑みを浮かべると、組合のカウンターに目を向ける。

そこでは術式解除が完了した証拠品の整理が始まっていた。

後は、それらの証拠を大聖堂のものと合わせて確かな法的機関に提出すれば、ドーレス商会は終焉を迎える。

そんな未来が確定した事を確認した所長は、初めに一つの策を仕掛けていたのだと口にした。

それは、あえて人数を明確にしなかった事だ。顔見知り達と、この場に残った冒険者と、戦士と術士に分けた後の人数。それらをあえて明確にはせず、それでいて要所要所でカウントしていたと所長は明かした。

「人数のカウント……？　それがいったいどう関係するんだ？」

思わせぶりなその言葉に見事釣られるようにして、冒険者の誰かが、またも所長が求めるセリフを口にする。

「まず初めに分割した時、ファジーダイスは確かに顔見知りでない者達の中にいた――」

それを受けた所長は、いつにも増して得意顔で、すらすらと推理を続けていった。

人数を確認するタイミング。それは、四回あったという。

一度目は、知り合いとそうでない者で分かれた時。二度目は、《闘術》の披露が始まった時。三度目は、術士の適性検査が始まった時。四度目は、結界が解除されているとわかった後だった。

「一度目のカウントでは、顔見知り二十と残りが十七。二度目は戦士が八と術士が九。三度目は戦士が九と術士が八。そして四度目は……」

所長はここぞとばかりに言葉を止める。それから正面でもどかしそうにする冒険者達を見回して、いよいよ続きを声にした。

「二十一と十六。そう、ファジーダイスは結界が停止していると騒いでいたあのタイミングに、顔見知り達で集まった場所へ紛れ込んだのだよ」

所長は、ここが決めどころだとばかりに言うと、素早く車椅子を回す。

「ジョーカーのカードの半分を持って出てきて、容疑が晴れたと喜んでいた時、君の疑惑を追及する事も出来た。だがその時は、まだ決め手となる証拠が揃っていなくてね。けれど、今は違う」

そのようにゆっくりと語る所長は外野側となっていた冒険者達を正面に捉え、「そうだろう？　怪盗ファジーダイス」と、力強く、しかし静かに告げてみせた。

所長の言葉と共に、音が止んだ。そして誰もが、所長の視線の先に目を向ける。

「お、俺じゃねぇぞ!?」

「私でもないわ！」

知り合い同士で集まった冒険者達は、所長の視線から逃れるようにして、その場から離れる。

一人、二人、三人と散っていきながらも、彼ら彼女らは小さな集まりを作っていく。知り合いグループが最小単位ごとに分かれたのだ。

と、そうして少々慌ただしい移動が起きた末に、組合内が静かに戦慄した。

集まっていた冒険者が方々に散った結果、そこにはたった一人だけが残っていたからだ。

その男は、これといった特徴のない姿をしていた。どこにでもいそうな中級冒険者とでもいった容姿だ。

一人だけそこに残された彼は、その状況に慌てず、言い訳するでもなく、ただじっと所長を見ていた。

あの男を知っている者は、いないのか。そんな声が上がったものの、それに答える者は誰もいない。

「おい……もしかしてあれが……」

「本当に、見抜いちゃった……？」

所長の推理によって、あぶり出された一人の男。ファジーダイスと思しきそんな彼の一挙手一投足を皆が固唾(かたず)を呑んで見守る。

（……ふむ。間違いなく、あやつがファジーダイスじゃろうな）

ミラは、その男こそがファジーダイスだと直感した。それというのも簡単な事で、調べてみれば大よその見当がつくからだ。

降魔術士であるというファジーダイスが使う幻影の術は相当なものであり、ミラですら正体を見抜く事は出来ないほどだった。

かといって、ミラの能力は伊達ではない。ミラを欺きたいのなら、九賢者の一人ラストラーダをも遥かに超える降魔術が必要となるだろう。

なお、完全にこの幻影が決まると、調べた際に読み取れるのは、改ざんされたプロフィールとなる。

しかしミラの目は完全には誤魔化されず、ただ『正体不明』となっていたのである。

この場合は、むしろ降魔術の腕前の高さが仇となった形だ。

ミラが見抜ける程度だったならば、他と同じようにプロフィールを見られるだけで済んでいた。

また、単純に調べられなかった場合は、元プレイヤーである事がわかるだけだ。

どこの誰がファジーダイスかわからない状況で、それらを見抜いたとしても、ファジーダイスと確定する情報にはならないわけだ。

しかし現状において『正体不明』となるのならば、それはファジーダイスの術による影響でほぼ間違いないと言い切れた。

ただし、だからといって幻影を纏っている者がそうであるとも限らないと、ミラは知っている。関係のない人物に幻影を被せる、などという使い方も出来るからだ。

（とはいえ現状において不審な人物は、あの男しかおらぬからのぅ）

見た限り、組合内にいる他の者達に正体不明はおらず、《生体感知》によって隠れている者もいない。だからこそ所長が見事に暴いたその男こそが、ファジーダイスであると判断出来た。

出来たが、ミラは状況を見守る構えだ。

今回のような戦いにおいて、元プレイヤー達が持つこの眼は、やはり反則級の代物といえるであろう。ゆえにミラは余計な口出しをしなかった。

今はまだ、探偵と怪盗の戦いの時である。男と男の戦いに横槍を入れるのは野暮というもの。男ならば、どうしてこの勝負に介入出来ようかとミラは決着するまでは動かないつもりだった。

静かに、全員の目が一人の男に注がれる。その男の見た目に特徴はなく、その表情にも特徴はない。どこにでもいそうな男だ。そんな男は、焦りや戸惑う素振りを見せず、周囲を一瞥して、再び所長を真っ直ぐ見やった。

その直後である。

「お見事です。ウォルフ所長」

言葉と共に一陣の風が吹き抜けると、そこにいた男の姿が掻き消える。そして代わりに怪しいマスクで顔を隠してマントを翻す、大胆不敵な怪盗の姿がそこに現れた。

瞬間、組合内がどよめく。今までの犯行全てにおいて、このようにファジーダイスが姿を見せた事はなかった。だからこそだろうか、暴いた次はどうするのかと、冒険者達に戸惑いが広がる。

すると自然に、冒険者達の視線は所長に向けられた。

とうとう、推理によって怪盗ファジーダイスの変装を暴く事が出来た。それはやはり、所長にとって大きな達成だったのだろう。

「ようやく、尻尾を掴んだぞ。怪盗ファジーダ――」

「――きゃー！　ファジーダイス様ー！」「ステキー！」「こっち向いてー！」

万感の思いを込めて、所長がその決めゼリフを口にしようとした時だ。突如として、ファン達の黄色い声が外から大音量で響いてきたのである。

ふと見ると、組合の窓にはファン達がべったりと張り付いていた。

どうやら覗いていた一部のファンが、内部の様子を伝えていたようだ。

そしてファジーダイスが正体を現すという前代未聞の状況に、これまで以上のお祭り騒ぎとなったわけである。

「何というか……すまない」

ライバルだからこそ、心情も理解出来るのだろう。最高の決めどころを潰されて停止する所長に謝罪するファジーダイス。

「いや、構わない……構わないさ」

誰がどう見ても落ち込んだ様子だが、所長は強がりそう答えるとコホンと一つ咳払い(せきばらい)をして、「さて、ようやく追い詰めたぞ、怪盗ファジーダイス！」と仕切り直した。

すると、その瞬間にユリウスが動いた。

どうやら事前に打ち合わせをしていたようで、あっという間に数人の屈強な男と共にファジーダイスを取り囲んだ。

しかもユリウス達はその手に術具を構えており、囲むと同時にそれを発動する。

「おっと、これはなかなか」

瞬く間にファジーダイスを取り囲んだ光の壁。怪盗は、それを感心したように見回した。

まるで光の檻(おり)に捕らわれたような状態だ。その絶体絶命に見える様子に、外からファン達の悲鳴と声援が響いてくる。

「どうだね？　手に入れるのに苦労した代物でね」

挑戦的な笑みを浮かべた所長は、こんな時でもいつものように饒舌に語った。

この術具は捕獲用であり、警邏機構でも採用されている高性能なものであると。しかも重ねれば重ねるほど強度を増す仕様だそうだ。

そんな光の檻を破るには、ユリウス達が持つ術具を停止させるか、力ずくで破るしか手はない。

と、そこまで説明した所長は車椅子の車輪を動かして、ファジーダイスの真正面に陣取った。すると、それを合図にユリウスと屈強な男達もまた、光の檻の目と鼻の先にまで接近する。

「すまないが、君の矜持を利用させてもらうよ」

怪盗を見据えて、所長はにやりと笑みを浮かべた。ファジーダイスの矜持とは、決して他人を傷つけないというものだ。

まず、ユリウス達が術具を停止させる事はあり得ない。となれば、ファジーダイスが実行可能な方法は光の檻の破壊だけだろう。

そしてこれまでの情報からして、ファジーダイスの実力ならば、それも可能なはずだ。

ただ、この術具は警邏機構で正式採用されているだけあって、耐久力は相当なものとなっている。

ゆえに、破壊するならば相当な火力を出さなければいけないわけだ。

強度の高いものを砕いた場合、その余波もまた大きいように、光の檻を破壊出来るだけの術を使えば、それは傍にまで寄った所長達を傷つける事になる。

つまり所長は自らを人質として、ファジーダイスの手段を封じたというわけだ。

「なるほど……。これは厄介だ」

光の檻をじっくりと見回したファジーダイスは、所長を見据えて、そう口にした。

脱出を優先するならば、自ら傷つきに来ている者など自業自得と無視して、光の檻を破壊してしまえばいい。けれど、ファジーダイスにその気は一切ないらしい。

たとえ不利になろうとも、自身に課した制約を順守する。

敵であろうと傷つけない。

そんなファジーダイスの信念に、窓から覗いていたファン達がメロメロになって卒倒していく。どうにも今回の一件で、更にファン達の愛が深まったようだ。

(まさか、このような策を隠しておったとはのぅ)

術具に登録した後の事は考えていない。そう言っていた所長だが、どうやらそうではなかったようだ。むしろ現状こそが、所長が仕掛けた真の作戦であったのだろう。

術具の『ロックオンM弐型』の作戦が筒抜けだった事からして、きっとファジーダイスはミラと所長の作戦会議を、どこかで聞いていたと思われる。

そして所長は、それをも想定していた。だからこそ、登録後は任せるなどと言っていたわけだ。秘密裏に、この作戦を仕掛けるために。

（しかし、わしの出番も近そうじゃな）

これまでミラは、スイーツと語る事が好きで、ちょっととぼけた探偵というような印象を所長に抱いていた。ただ、見事にここまで追い詰めた所長の手腕に改めて感心し、次はどうするのかと動向を見守った。

〈22〉

遂にファジーダイスを追い詰めた、ファジーダイスが追い詰められたと盛り上がる中、光の檻に捕らわれた怪盗が不敵に笑う。

「実に、見事だった。だが、このまま捕まる私ではない」

ファジーダイスがそう言い放つと、所長達の表情に緊張が浮かんだ。何を仕掛けてくるつもりか。力ずく以外にも、この檻を破る方法を思い付いたのか。相手は、あの大怪盗である。所長は、その動きの全てを見極めるべくファジーダイスを凝視した。

「スリー……ツー……ワン――」

笑みを浮かべたまま、指を折りカウントを始めたファジーダイス。

何を仕掛けてくるつもりなのか。誰もが身構える中でカウントがゼロになり、所長達の警戒が最高潮に達する。

と、その時にそれは起こった。何と、組合内に白い霧が漂い始めたのだ。

「何と……これは!?」

白い霧で真っ先に思い浮かぶのは、ファジーダイスが得意とする睡眠毒だ。そして事実、その通りであるとばかりに、冒険者達が次々と昏睡していくではないか。

初めに戦士クラスの者達が。続いて慌てふためく術士達が、その睡眠毒によって床に倒れていった。

よく見ると、霧は冒険者達がいた背後から漂ってくる。つまり、そこに発生源があるのだ。

「いったい、どうやって⁉　ファジーダイスはここにいるのに！」

ユリウスが、驚愕したように声を上げる。彼らが使っている術具。その効果は光の檻で閉じ込めるだけでなく、対象の術が及ぶ範囲も制限するという効果があった。

つまり、発生地点を指定するタイプの術の場合、それを檻の外に指定出来なくするというわけだ。

ゆえに、光の檻に閉じ込められたファジーダイスが、檻の外に術で睡眠毒を発生させられるはずがなかった。

だからこそユリウスは驚き、屈強な男達も慌てふためく。

「マスク着用！」

組合員達までもが次々に昏睡していく中、所長の号令が響いた。

すると、その声で冷静さを取り戻したユリウス達は腰の袋からマスクを取り出し、それを被る。

「おお！　確かに有効そうじゃな！」

所長達が装着したマスク。それは、前日にミラがディノワール商会で購入したガスマスク、『安心呼吸マスク水陸両用タイプ』であった。

今こそ出番である。マーテル特製の果実によって強力な耐性を得ているミラだが、それは完全耐性ではない。いざという時に備え、ここぞとばかりにガスマスクを装着した。

と、そうしている間にも事態は推移していき、いよいよ組合内で立っている者は、ミラと所長達、そしてファジーダイスだけとなる。

「しかし、なぜ術が……」

一先ず、睡眠毒はマスクの効果によって防げていた。しかし、そもそも光の檻の中から、どうやって術を行使したというのか。所長は檻の中のファジーダイスを見据えて唸る。

と、次の瞬間だった。

「それは、至極単純な事。そもそも私は、そこにいなかっただけですよ」

うっすらと霞む霧の中に、ふとファジーダイスの声が響いた。しかしそれは目の前にある光の檻からではない。そこよりも離れた場所、霧の発生源がある方向からのものだった。

「まさか……!?」

ファジーダイスは未だに光の檻の中にいる。だが、全員が声のした方へ振り返ると、そこにはあろう事か確かにファジーダイスの姿があった。

いったい、これはどうなっているのかと、所長達の間に戦慄が走る。

すると間髪を容れずに、そのファジーダイスの手から何かが放たれた。素早く構えをとる所長。しかしその直後にユリウス達が小さな悲鳴のような声を上げる。

「どうした、ユリウス君!?」

所長が振り向くと、そこには糸のようなものでマスクを引き剥がされたユリウスと屈強な男達の姿があった。

（今のは、降魔術じゃったな。《鎖蜘蛛の網糸》とかいうたか）

あっという間にマスクを三人から同時に掠め取ったファジーダイス。

ミラは、その卓越した手腕に舌を巻きつつ油断なく構え直した。

ファジーダイスの真の実力が不明である以上、マスクを取られたら睡眠毒にやられてしまうかもしれないと直感したからだ。

「う……すみません。所長……」

僅かの後、霧を吸い込んでしまったユリウス達が昏睡していく。それと共に彼らが手にしていた術具が転がり、光の檻が解除された。

と、その直後である。光の檻に捕らわれていたファジーダイスの姿が、そのまま掻き消えてしまったのだ。

「なるほど……。我々は、幻を掴まされてしまっていたわけか……」

その光景を目の当たりにして、所長は全てを察した。光の檻に捕らえたファジーダイスは幻影だったのだと。

冒険者達に紛れていたところまでは、確かに本物だった。しかし冒険者の姿から、怪盗へと変じたあの時、あの瞬間こそがファジーダイスの仕掛けた罠であったわけだ。

正体を現すと同時に、本人は幻影と入れ替わり、再び冒険者の中に紛れていたという事である。正しく怪盗らしい早業といえるだろう。

「まったく、見事だ」

どうやら所長も遂に、用意していた手札を使い切ったようだ。むしろ清々しいとばかりに笑い、ファジーダイスに向き直る。そして眠る冒険者達の只中に立つ彼を見据えた。

「所長さんも流石でしたよ」

ファジーダイスは実に余裕をもって答えながら、今度こそその正体を現した。それでいてミラへの警戒も忘れていないようで隙はない。

「しかし、こうなるならば、ゆっくりと作業するように頼んでおくべきだったたか」

漂う白い霧の奥を見つめながら、ぽつりと呟く所長。対してファジーダイスは、「そうされていたら、危ないところでしたね」と答える。

はて、二人は何を言っているのだろう。そう首を傾げたミラだったが、所長の視線の先を見て、その理由を悟った。

そこには、組合員の姿があった。ファジーダイスが持ち込んだ証拠品の解術をやり遂げた組合員達だ。

そう、彼らが解術の作業をしている間、ファジーダイスは広範囲に影響が及ぶ白い霧を使えなかったというわけだ。

しかし、《闘術》や適性検査やらで時間がかかり過ぎたため、その作業も終わり、同時に範囲睡眠という常套手段が解禁されてしまった。その結果、残ったのは車椅子の所長とミラのみである。

「ふむ……つまり探偵対怪盗は、これで決着という事じゃな？」

状況からそう判断したミラは、改めるようにしてそれを口にした。毎回繰り広げられているという、所長とファジーダイスの戦い。今回もまた、ファジーダイスの勝利という形で決まったと。

「ああ、そうだ。私の負けだ。ミラ殿、付き合わせてしまってすまなかったね」

多くの策を用意して始まった推理戦。所長は悔しそうに敗北を認めるも、その顔には笑みが浮かんでいた。

そしてミラへと向けられた目には、ここから何をするのかという期待が満ちていた。

「構わぬ構わぬ。実に良い勝負を見られた気分じゃ」

そう答えたミラはファジーダイスに向き直り、改めるようにして言い放つ。「さて、次はわしの相手をしてもらおうか」と。

「……はじめまして。確か、精霊女王、と呼ばれる冒険者の方でしたね。相当な実力者だとお聞きしていますよ」

答えると同時に、ファジーダイスはその手から糸を放ち先制した。その動きは最小でいて、糸は最速。瞬く間にミラの顔にまで迫る。マスクを剥ぎ取るつもりのようだ。

その瞬間だ。ミラもまた最速で召喚術を行使してみせた。

「随分とせっかちじゃのぅ。じゃが、その手は一度見せてもろうたのでな」

一瞬のうちに出現した塔盾（タワーシールド）が糸を防ぎ消えていく。ミラは何事もなかったとばかりに動かないまま、挑発するようにその場にふんぞり返った。

「今のは、ホーリーナイトの……。なるほど、どうやらこれまでの者達とは違うようですね」

ミラの実力の一端を理解したのか、ファジーダイスに明確な警戒の色が浮かんだ。

（ふぅ……今のは危なかったのぅ！）

対してミラもまた、ファジーダイスの腕前に冷や汗を掻く。傍から見ると余裕そうだったが、実は相当にギリギリであったのだ。

互いに警戒し合う二人は、まるで映画の決闘シーンのように、ゆっくりと円を描きつつ、じりじりと間合いを窺う。

そうして十秒、二十秒と膠着（こうちゃく）状態が続いたところで、遂に状況が動いた。

今度は、複数の糸を飛ばしてきたファジーダイス。しかしそれらは、ミラだけでなく組合内の壁や天井、そして床に次々と放たれ張り付いていった。

「ぬ……今度は《滝蜘蛛（たきぐも）の網糸》か！」

またも素早く部分召喚した塔盾で直撃を防いだミラは、周りを囲むように張り巡らされた糸を見て、それが何かに気付く。

まだ残る白い霧でわかり辛いが、泡の浮いた糸。それは降魔術の蜘蛛糸系において、最高の粘着性と柔軟性を誇る糸であった。

（このような閉所で網を張ってどうするつもりじゃ）

下手に糸に触れればべとべとくっついて、身動きがとれなくなってしまう。そのために大きく動きを制限されたミラ。しかし、それではファジーダイスも同じ状態に陥るはずだ。

これでどう戦うつもりなのか。そうミラが疑問を抱いた時である。

封鎖されていた組合内を、不意に風が流れたのだ。

「それではお嬢さん。私にはまだやる事が残っているので、ここで失礼させてもらいますよ」

風によって白い霧が晴れていく中、ファジーダイスの声が響く。見ると開け放たれた扉の傍に、怪盗の姿はあった。

「な……何じゃと!?」

これから怪盗との決戦が始まると、戦う気満々でいたミラ。

対してファジーダイスはといえば初めから逃走一択であり、間合いを窺いつつ最も出入口が近くなるタイミングを計っていたわけだ。

こうしてミラの期待を裏切り、あっさりと逃走を選んだファジーダイスは、爽やかな笑みを残して堂々と出入口から脱出していくのだった。

「おのれ……ちょこざいな」

霧が晴れた組合内。そこには、これでもかというほどに蜘蛛の糸が張り巡らされていた。ぼやくミラは、それでいて焦る事なくダークナイトを召喚し、糸を豪快に引き千切らせていく。

「この状況からして、ファジーダイスは降魔術士で確定だね。やはり私の推理通りだった」

これだけの事が出来るのは、降魔術以外にはあり得ない。これまでは予想だったが、それが確定したとして所長は上機嫌な様子だ。

「しかも、これほどとはのぅ」

どうにも蜘蛛糸の粘度と柔軟性が相当に強化されているようで、ダークナイトの力をもってしても、それを払うのには苦労していた。斬りにくい柔軟な糸だが、それは得物を聖剣サンクティアに換装する事で解決した。

しかし問題は、その粘着性だ。切れると同時に大きく弛む糸が、ダークナイトに巻き付いて完全に動きが封じられてしまうのだ。
三、四本を斬ったところで送還し、再召喚する必要がある。百近く張り巡らされた糸に対してこれでは、実に効率が悪い。
かといって、効率を重視する事も難しい。部分召喚で斬ってみたところ、巻き付くものが直ぐに消えるため、大きく弛んだ糸が暴れて余計複雑に絡まり道を塞いでしまうのである。

最も簡単に済ませられるのは、火だ。《滝蜘蛛の網糸》は、火で簡単に除去出来る。ただ、高い可燃性をもつため、室内かつ昏睡する者が多くいるこの場でその手段を用いる事は厳禁だ。

ゆえにミラは、地道な除去作業を余儀なくされていた。ファジーダイスの後を追うにしても、もうしばらく時間がかかりそうだ。

　蜘蛛糸との格闘を始めてから、三分と少々。マナ量に物を言わせたダークナイトの波状作業によって、ミラは出入口までの道を確保する事に成功した。

「ミラ殿。もしや、今から追いかけるつもりか？」

　未だ諦めた様子のないミラに、所長は問うた。時間にすると、たかが三分程度だ。しかし怪盗ファジーダイスならば、その三分でどこへなりとも消え失せてしまえる。その事をよく知っているからこそ、今から追跡するのは難しいと所長は考えていた。

　先程までの状況は、ファジーダイスがここに来る事がわかっていたからこそである。だが、一度解き放たれてしまえば、もう捉える事は不可能だと所長は言う。

　だが、その言葉は、あくまでも一般的見解だ。所長は、そこから更に言葉を続けた。「その目からして、何か策があるようだね」と。

「うむ。その通り、こういった時のために備えておいたのでな」

「流石はミラ殿だ。して、どのような策を？」

　ミラが自信満々に答えたところ、所長は深い興味をその顔に浮かべた。真の作戦は伏せたままだったにもかかわらず、未だ有効なミラの備えとは何なのかと。

「なに、単純な事じゃ。わしの優秀な仲間達が見張っておるというだけのな」

逃げられたところで、まだ想定内だ。むしろ本気でやり合う事を考えれば、場所を移してもらった方がいい。そう余裕を見せながら答えたミラは、残りの蜘蛛糸は目を覚ました冒険者達に頼んでくれと告げて、組合を飛び出していく。

「なるほど……。召喚術だからこその手か。面白い」

ミラの策を理解した所長は、召喚術の可能性について想像を膨らませながら、一先ずユリウスを起こしてしまおうと車椅子を進ませるのだった。

術士組合から出たミラは、即座に屋根へと上がった。するとその際、大通りに集まっていたファン達の声が自然と耳に入る。

「どうしたんだろう、ファジーダイス様」

「初めてだよね」

「もしかして所長さんが初勝利？」

「あっちだっけ？　行ってみる？」

といった声がところどころから上がっていた。

これまで現場で犯行を終えた怪盗ファジーダイスは術士組合に証拠品を置いてから、所長との知略戦を経て消え去っていた。そしてここにいるファン達は、その見事なフィニッシュを見に集まっている。

しかし今回はどうした事か、正面の扉から出て来たではないか。そんないつもと違う状況に、ファン達は戸惑い、それでいて色めき立っていた。

（確か、やる事が残っている、とか言うておったな……）

術士組合で終了するはずだった怪盗仕事。しかし、思い返してみればファジーダイス本人が、この後にも何かがあると口にしていた。

悪人の屋敷から、犯罪の証拠と財を盗み出す怪盗ファジーダイス。証拠は既に、大聖堂と術士組合に提出された。となれば残るは財であるが、孤児院に寄付するだけならば、怪盗として活動しているこの場で、やる事が残っている、などという言い方をするだろうか。

また、寄付については匿名でされているとの話である。尚更、この線は薄いだろう。

となれば、彼は怪盗として、ここから更に何かをするつもりなわけだ。

そして何よりも、その考えを裏付けるような報告が、ミラには続々と届いていた。

『ずっと、東に真っ直ぐ進んでいるですにゃ。しかし、小生の脚からは逃れられないですにゃー！』

組合の屋根上に待機し、怪盗が飛び出すと同時に尾行を開始した団員一号。屋根から屋根への移動はお手の物だ。

『ミラさん、私の位置からも確認出来ました。情報通りの人影が、屋根から屋根を伝って東へと進んでおります』

そう報告するワーズランベールは、光学迷彩を用いてヒッポグリフの背に乗り、空の上から見張っている。

『主様、目標を捉えました。ただ、どうにも逃走しているようには見えません。あれはあえて、人目を引いているような……』

そう報告を上げたのは、ヴァルキリー姉妹の次女エレツィナだ。

姉妹で一番弓の扱いに長けた彼女は、また観察と観測においても優秀な目を持っていた。それは、街の中心地から隅々までも観測出来るほどだ。

『ほぅ、人目を……。やはり、いつもとは違うようじゃな』

所長とミラの活躍によって脱出を余儀なくされたというのなら、少し離れたところで変装し直してしまえば、それで今回の怪盗騒動は終わりになるはずだ。

しかしそうはせず、ファジーダイスは怪盗の姿のままどこかに向かっている。

しかも報告によれば、隠れる様子などなく堂々とだ。

そこへ更にクリスティナからの報告が入る。

『大聖堂の方にまた来ましたー！　って……あ、そのままどっか行っちゃいましたー』

わざわざ大聖堂にまで戻ったにもかかわらず、何もせずにどこかへ行ってしまう。その行動に何の意味があるのだろうか。そうミラが考え込んだところで、再びクリスティナの声が届く。

どうやら大聖堂に集まっていたファン達が、ファジーダイスを追って移動を始めたようだ。また、かの怪盗は通り沿いの屋根を伝っているため、姿を見失う事なく追える状況らしい。

（わざわざ、ファン達が追いかけてくるように仕向けた、とでもいうのじゃろうか。いったい何が目的じゃ？）

気付けば、組合前にいたファン達の移動も始まっていた。誰かが教会にいる仲間と連絡をとり、その結果がここにも伝わったようだ。多くの人達が、それこそ波のように流れていく。

「気付かれぬように……などという必要はもうなさそうじゃな」

皆からの報告と目の前の様子から、そう判断したミラは、クリスティナにもそのまま追跡するよう伝える。そして自らもペガサスを召喚してすぐさま跨り、怪盗の大よその進行方向に移動を開始した。

(次に奴が向かう先は、どこじゃろうか)

移動をペガサスに任せたミラは、そのまま集中してポポットワイズに意識を同調させていく。怪盗の登場からここまで、常に空の上で見張っていたのだ。

覚えたばかりの《意識同調》だが、十分に視界が開けた。

鳥瞰での街の景色の中心に、ファジーダイスの姿がはっきりと確認出来る。

すると、そこからミラはポポットワイズに加速するよう頼む。

少しして、徐々に速度が上がっていき、遂にはファジーダイスを後方へと置き去りにして、視界は先行する。怪盗が進んでいるその先へと。

「ぬ……あれは……」

進行方向に見えてきたのは、ドーレス商会長の屋敷であった。

その直ぐ上空で旋回を始めた視点から、ミラは現場の様子を窺う。そこにある光景は、実に悲壮感漂うものだ。

どうやら睡眠毒はほぼ抜けているようで、ほとんどが既に目覚めていた。その中で商会長は、憤慨した表情で何かを叫んでいる。対して部下達の反応は半々だ。茫然とする者と、どことなく気楽そうな者とである。

傭兵達はといえばあまり動きはなく、それぞれの団ごとに集まって何かを話していた。時折、苛立ちを露わにする者の姿もあった。

きっと余程の自信があったのだろう。しかし、それでもたった一人の怪盗に翻弄されたわけだ。荒れるのも仕方がない。

屋敷の外には、まだファン達の姿もあった。もしかしたらファジーダイスは彼女達の前にも姿を現し、どこかへと誘導するつもりなのだろうか。

そんな考えが浮かんだ時である。屋敷の敷地内に、ファジーダイスが堂々と降り立ったのだ。

ミラの《意識同調》では、まだ音を聞く事が出来ない。しかし、それでも見ただけで、瞬間的に怒号が飛び交っているのはわかった。それほどまでに、商会長と傭兵達の動きが激しかったからだ。

得物を手に立ち上がり、一も二もなく突撃していく一人の傭兵。それをひらりと躱したファジーダイスは、そのまま外壁の上に飛び乗った。

すると直後に、傭兵達が激昂したかのようにファジーダイスへ殺到する。挑発的な言葉でもかけられたのだろうか、実に鬼気迫る様相だ。

（本当に、何が目的なのじゃろう……）

更には外にいたファン達に手を振って沸かせると、あろう事かファジーダイスは、そのまま隣の屋敷の敷地内に入っていってしまう。そこは幾つもの彫像が並べられた、どことなく悪趣味な庭であった。

ファン達を誘導しながら傭兵達を挑発し、そんな場所に入り込んでどうするつもりなのか。

これが、まだ残っていたという『やる事』なのであろうか。

そこにどのような真意が隠されているのか考えていると、更に現場はややこしい事態になっていく。

（これはまた、とんだ巻き添えじゃのぅ）

あろう事か怒りに火のついた傭兵達が、隣屋敷の壁を乗り越えたのだ。そして、そのまま敷地内に侵入し、ファジーダイスと戦い始めてしまったではないか。

慌てたように、隣屋敷の警備兵らが出てくる。しかし傭兵達はおろかファジーダイスも、意に介さずとばかりな様子だ。

また、そうしているうちにファン達も結集していた。隣屋敷の門の前は大賑わいである。見ると、そんなファン達を掻き分けるようにして進む兵士達の姿もあった。

だが、あまりの人数と騒がしさに上手く進めていない。

そこから更に状況は目まぐるしく変化していく。突然の閃光が奔った直後から、傭兵達が不可解な行動をとり始めたのだ。

（今のは……《幽玄の怪光》じゃな。見事、術中に嵌っておるのぅ……）

それは目を眩ませると同時に幻覚を見せるという効果を持つ降魔術によるものだろうと、ミラは状況から推測する。きっと傭兵達は、敷地内にある彫像がファジーダイスに見えてしまっているのだろう。これでもかというほどに彫像を破壊している。

（ふむ……しかし、わしは何ともないのぅ。抵抗した感覚もなかったが……）

ファジーダイスが放った《幽玄の怪光》は、その光を見た者に対して効果を発揮する。しかし、それを見ていたにもかかわらず一切の影響がない事。術を完全にレジストしたとしても、かけられたという感覚は残るものだ。しかし、それすらもない。

そこでミラは、視界を共有しているポポットワイズに問うた。今の状況はどうなっているかと。

『カイトウさん、倒れても倒れても起き上がってるのー』

どうやらポポットワイズもまた幻覚を見せられているらしく、そんな答えが返ってきた。術の範囲内であった事は間違いないようだ。

（これはもしや、《意識同調》している間は大丈夫、という事じゃろうか？）

要因として考えられる事は、それ以外にない。使いようによっては、光を介する状態異常に対しての切り札にも成り得る。ミラは、思わぬところで大きな収獲を得られたと、ファジーダイスに少なからず感謝した。

「ぬ？　どうするつもりじゃ？」

ミラがあれこれ考えている間に傭兵達のみならず警備兵達も眩ませたファジーダイスは、そのまま屋敷に入っていってしまった。

ドーレス商会長の屋敷の隣であるそこは、今回の標的とは無関係なはずだ。

しかし、ファジーダイスのこれまでの行動からして、何かがあるに違いない。そう察したミラは、《意識同調》を切り替えた。

ポポットワイズの視点では、流石に屋敷内までを捉える事は出来ない。だが、ファジーダイスを追跡している者は、まだいた。

『団員一号よ。誰もいないようじゃが、状況はどうなっておる？』

ポポットワイズから団員一号に切り替わったところで、ミラがまず最初に目にしたのは、どこかの部屋だった。閉塞的でいて調度品の類もない無機質な部屋である。

団員一号は、現在ファジーダイスを尾行中であるはずだ。しかし、肝心の追跡対象が見えないというのは、どういった事なのか。

『団長、少し問題が発生しましたにゃ！』

即座に応答した団員一号は、言い訳を交えながら現状について詳細に報告した。

団員一号は語る。全ては、一瞬の閃光だったと。略して瞬光であったと。

瞬光が閃いた、その直後から追跡対象の幻覚が見え始め、それでいて本物が見えなくなってしまった。

しかしながら、それでどうこうなるほど、やわではない。目がやられただけである。マナの気配を察知する事が出来る得意の才能を駆使して、幻覚を見極め、見えなくなった本体の追跡を続行した。

庭を抜けて屋敷内に入り込み、廊下を駆け抜け地下室に下りる。そこから更に奥へ進んだところに隠し扉があり、今はその扉を抜けたところ――であるそうだ。

しかしながら、そこで一つの問題が浮上したと団員一号は言った。マナの匂いでは、距離感が掴みにくいのだと。

『奴めは音を殺していますにゃ。にゃので音の反響で距離を掴めず、かといってマナの気配だけを頼りに進むと、奴の感知範囲に入り込んでしまう恐れがありましたにゃ。にゃからこそ、慎重に進んでいましたにゃ』

きりきりと報告していた団員一号の口調が、徐々に言い訳めいたそれに変わっていく。何でも慎重に進み過ぎたがゆえに、怪盗本体からずっと遠くまで離されてしまったようだ、と。

そんな報告の中でも、景色は徐々に進んでいた。そして、無機質な部屋の奥に到達したところで、それが視界に入る。不自然にずれた石壁と、更にその奥が。

『ほぅ、何とも怪しさ満点な状況じゃな』

隠し部屋の奥にあったのは、隠されていたのであろう階段だった。そして、地下へと向かって延びるそれは、先が見えないほど深くまで続いていた。

これだけ厳重に隠されているとなれば、もう秘密と犯罪の匂いしかしない。ミラがそんな偏見を全開にしたところで、階段を覗き込んでいた団員一号が、様子を報告した。『にゃにやら、水の匂いがしてきますにゃ』と。

『水の匂い……じゃと？』

その言葉から、ミラは昨日の事を思い出す。アンルティーネが言っていた、地下水路の事をだ。入口らしきものはなく、あるとしたら隠されている可能性が高い。そして北東の方向には、人の通った痕跡があった。と、概ねそのような内容だった。

(ふむ……こっちじゃったというわけか)

一度、一人でドーレス商会長の屋敷付近を訪れた際に、ちょうどその辺りの地下が話に出てきた北東方面であると確認していた。その時は、きっとドーレス商会が……などと思ったものだが、実際は一つ隣が関係していたようだ。

そう考えている間にも団員一号は進み続けており、いよいよ視界に地下水路が広がった。《キャット・サーチアイ》に照らされたそこは、見える範囲だけでも細い水路と太い水路が五本は交わっている。そして何よりもまず目につくのは、苔むした緑ばかりな光景だ。

『団員一号よ、他に何か気になるものは見当たらぬか?』

ミラがそう訊くと、視界があちらこちらへと向けられた。それから少ししたところで地面が映る。周りと違い、その地面は掃除されたように苔はなく、だからこそくっきりとした足跡が残されていた。

『足跡ですにゃ。きっと、怪盗何某(にゃにがし)のものですにゃ!』

団員一号の推理はともかくとして、予想は的中だ。人の形跡があったという北東の場所は、やはりここで間違いないようである。

(さて……どういう事なのじゃろうな)

情報は色々と得られた。しかし、どうにも違和感があると、ミラは考え込む。

まず気になる点は、ファジーダイスの行動だ。何よりも水路に逃げ込んだ理由が謎である。

逃走経路として水路を選んだ。そして下調べをしたからこそ、そこに痕跡が残っていた。誰にも気付かれる事なく、こっそりと街の外に逃げ出すには、この水路はうってつけだ。

そのように考えれば、水路に逃げ込んだ理由もわからなくはない。

けれどそれは、そこらの盗賊か何か程度の輩(やから)に有効な手段であって、怪盗ファジーダイスには無意味なものだろう。かの者ならば少し身を隠すだけで、どこへなりとも紛れ込めてしまえるのだから。

また何よりも、わざわざここまで戻ってきて、標的とは関係のない屋敷の者を巻き込むなど、ファジーダイスらしくもないといえた。

(……実は無関係でもない、なんて事ではないじゃろうな……)

わざわざ別の屋敷を騒がせてまで入り込んだのだ。きっと、この水路には重大な秘密が隠されている。そんな推理を脳内で展開したミラは、団員一号に追跡の続行を告げて《意識同調》を切ると、急ぎ現場に向かった。

ペガサスで急ぐこと数分で、ドーレス商会長の屋敷の隣にある敷地にやってきた。

空から見るそこは、多くの人で埋め尽くされている。

敷地内には傭兵の他、ファン達の壁を突破出来たのだろう兵士達と複数人の屋敷の者が見られた。

また周辺はというと、ファジーダイスファンが次から次へと集まってきており、それはもうお祭り騒ぎだ。

（あの者達の機動力は、恐ろしいものがあるのぅ……）

相当な手練れや移動手段を持つ術士なども多くいるのだろう、ペガサスに乗って急いできたミラに負けず劣らずな迅速さで駆け付けてくるファン達。時に連携する彼女らは、そこらの軍隊よりも練度が高いのかもしれない。

屋敷の敷地内はといえば、それはもう酷い有様であった。そこらの彫像は全て破壊し尽くされ、もはやただの瓦礫(がれき)の山となっている。そして、それらをやった傭兵達はというと、先程から怒号を上げていた。

「さて、これはどういった状況じゃ？」

ひらりと屋敷の敷地内に降り立ったミラは、そこで言い争う両者を目にする。片方は傭兵達で、もう片方は、ここの屋敷の者だ。

「だから、ファジーダイスが屋敷の中に入っていったんだよ。そこにポーチが落ちてるだろ。あれは、俺が奴に奪われたもんだ。そんなところにあるって事は、屋敷に入っていったって事だろうがよ」

「ですから現在屋敷を捜索しておりますので、少々お待ちください。それと、屋敷内には貴重な品や機密性の高い書類などが多いので、部外者の立ち入りは禁止させていただいておりますので」

今にも屋敷に突入しそうな傭兵達と、それを必死に食い止めようとする屋敷の者達が、入口付近で押し問答をしている。

兵士達は、そんな両者を宥めながらも、ファジーダイスを追うために協力をと、屋敷の主人らしき者と交渉していた。しかしながら主人の返答は、必要ないの一点張りだ。

(何とも、ややこしくなっておるのぅ)

傭兵達に交ざり、そっと窺ってみたところ、傭兵の一人が言った通り、破壊された屋敷の扉の奥にポーチが転がっているのが見えた。それは、ファジーダイスに奪われたものだという。とすれば、それをわざわざあのようなところに置くなど、屋敷に逃げ込んだと知らせるようなものではないか。

ファジーダイスは、明らかに誘い込もうとしている。だが何のために。そうミラが考えたところで、ふと目の端に見覚えのある顔が映った。それと同時に、その者もミラに気付いたようで何やら嬉しそうに駆け寄ってくる。

「おお、ミラさんではありませんか」

それはいつぞやの兵士長だった。また彼の部下達も一緒で、ミラの姿を見るなりAランクのお出ましだと盛り上がり始める。

「何やら立ち往生しているようじゃな」

「ええ、そうなんですよ。奴が潜伏している恐れもあるため屋敷内を検めた方がいいと進言しているのですが、屋敷の者だけで十分だと聞いてくれなくて困っておりました」

義賊だ何だと言われているが、相手は怪盗だ。しかも、悪党を専門に狙う怪盗である。となればこうしている間にも、屋敷の貴重品が盗まれるかもしれない。そう、これみよがしに愚痴を零す兵士長。どうやら彼の口振りからして、ここの屋敷の主人もまた探られると痛い腹があるらしい。ギロリと兵士長を睨みつける屋敷の主人は、ミラも納得な悪党顔であった。しかしミラの姿に視線を移した今は、悪党というより変質者のそれに近い。

怖気立つようなその顔にミラがぶるりと肩を震わせたところで、再び怒号が響き渡る。

「いや、返せって言ってるんじゃねぇよ！　屋敷を捜索させろって言っているんだ。中に逃げ込んだのは明らかだろう！」

見ると、屋敷の者がご丁寧にもポーチを男に返却していた。そして執事風の男が、そもそもそのポーチをファジーダイスが置いたのだとしたら、わざわざ自分の逃走経路を知らせる事になり、それは怪盗として明らかにおかしな行為だと反論する。そう見せかけるための策であると。

事実、それが最も妥当な考えと言えた。わざと痕跡を残し、そちらへと注意を向けている間に身を潜めていた場所から抜け出し、手薄になった場所から逃走する。盗人が使いそうな手だ。

誘われるまま突入しようとする傭兵と、冷静に対応する屋敷の者。一見するなら、傭兵側に落ち着けと声をかける場面かもしれない。

しかし、団員一号からの報告で真実を知っているミラは、むしろ屋敷の者に多大な不信感を抱いていた。

屋敷にファジーダイスが侵入している事は確実だ。そして、かの怪盗がここに来るまでの間、あえて目立つような動きをしていた事。それと先程のポーチの件からして、傭兵達をこの屋敷に誘い込もうとしているのは疑いようもない事実に思えた。

では、なぜか。それは、これまでの怪盗ファジーダイスの仕事ぶりからして、一つしかない。

（ふーむ……もしかすると、ここもまた奴のターゲットじゃったのかもしれぬのぅ）

その考えが真実だったとすれば、きっと屋敷内にもその痕跡を残している事だろう。そして屋敷の者ならば、それにいち早く気付くはずだ。しかし、その事を認めずに、ここまでごねるのには余程の理由があると考えられた。知られたくはない、理由が。

（とすればやはり、逃げ込んだ場所が問題なのじゃろうな）

ファジーダイスが逃げ込んだ地下水路。考えられるのは、そこ以外にはないだろう。

「怪盗ファジーダイスが、この屋敷に逃げ込んだのは確かじゃよ」

言い争いが続く中、ミラは傭兵側に立って、そんな言葉を口にした。すると飛び交っていた怒号が急に静まり、そこにいた全員の目がミラに集まる。

「やっぱりそうか！　ほら、この……えっと、精霊、女王？　が言うんだから間違いねぇ！　中を捜索させろ！」

心強い援護を得たと、傭兵達が勢いづく。また、静かに交渉を続けていた兵士達も、ここぞとばかりにミラの言葉を掲げて屋敷の主人に迫る。

「まったく、そのような冗談を言われては困ります。屋敷内は私達の方で隈（くま）なく調べました。その結果、その怪盗とやらが潜んでいる気配はなく、変装？　だかで見知らぬ人物が紛れているという事も一切確認出来ませんでした。私達は自信をもって、屋敷に怪盗はいないと断言致します」

執事もまた、嘘偽りなどないとばかりに毅然とした態度で、そう言い返してくる。屋敷に怪盗はいないと。

ゆえに、屋敷を捜索しても無駄であり、そもそもファジーダイスが中にいる証拠がどこにあると、ミラを見据えた。

「俺のポーチが証拠だったろうが！」

ミラが何かを言うより早く、苛立たしげに傭兵の男が突っかかっていく。だが執事は、さて何の話かと答えるだけで、もはや取り合う様子もなかった。

その態度に、ますます腹を立てた傭兵の男。そんな彼をそっと手で制したミラは、執事の目をじっと見つめ返し、うっすらと笑みを浮かべた。

「まずは一つ、訂正させてもらうとしよう。わしは、屋敷の中に怪盗がいる、などとは一言も口にしてはおらん。逃げ込んだ、と言っただけじゃ」

そうミラが口にすると、傭兵と兵士達にざわめきが生じた。そして、それはどういう意味かと、次の言葉に注目が集まる。対して執事の表情に変化はない。だが、どことない緊張感がその目に浮かぶ。

「ファジーダイスはここに逃げ込んだが、今は既に別の場所へと逃走しておる。ゆえに、屋敷にはいないというのは確かじゃ」

ミラが、そう執事の言葉を肯定すると、兵士と傭兵がどよめき立った。

「え？　そうなのですか……？」

「おいおい、何だよそりゃ？」

屋敷の捜索を始めるための援護かと思ったら、その必要はないとばかりの内容だ。戸惑うのも無理はない。

そして精霊女王という二つ名と、Aランクという肩書によって、ミラの発言力は高まっている。だからこそ、その言葉は屋敷内の捜索の意義を消し去ってしまったわけだ。

傭兵達が求めていたものとは正反対の言葉。それに対して屋敷側はというと、早く帰れとばかりに傭兵達を睨みつける。ただ執事の目は、より鋭さを増してミラに向けられていた。

「その通りでございます。さあ、そうとわかれば尚更の事、私共の屋敷に用はないでしょう。ここで足を止めるよりも、捜索範囲を広げる事をオススメいたしますが」

ただただ、淡々とした口調のまま、傭兵と兵士達を見回す執事。そして、ここぞとばかりに一歩踏み込んだ。屋敷内を調べる必要はなく、また兵士と傭兵を入れるつもりもないと。

屋敷を調査する明確な理由がなくなってしまい、勢いを失う傭兵と兵士。だが、そこでミラは不敵な笑みを浮かべ、また一歩執事に迫った。

「まだ、しらを切るつもりのようじゃな。わしが言いたいのは、だからこそ早く後を追うためにそこをどけ、という事なのじゃがのぅ」

ミラがそう口にした瞬間に、執事の表情に僅かな変化が見て取れた。

また同時に、傭兵と兵士達の間に戸惑いが浮かぶ。ファジーダイスは屋敷にいないと言っておきながら、屋敷に入ろうとする理由は何なのかと。

「さて、何を仰っているのか……」

ポーカーフェイスが僅かに崩れ、そこに怒りの感情を浮かべ始めた執事。それをミラは真正面から受け返し、どんと胸を反らせた。

「ならば、わしから話してやるとしよう。問題の、どこからどこへ逃げ出したかという点を詳細にのう」

事実を把握し勝利を確信しているからこそ、ミラの自信に満ちた態度は、いつも以上に堂に入っていた。それはもはや、一度読んだ推理小説の犯人を語るが如くである。

「と、その前に、一つ謝罪せねばいかんかった」

ミラがそう前置きをしたところ、「嘘出鱈目(でたらめ)をでっち上げた事について、ですかね?」と、執事が冗談交じりに笑いながら挑発するような目を向けてくる。

だがミラは、それを軽くあしらうように、やれやれと肩を竦めて返した。

「なわけがないじゃろう。まあ、ちょっとした事じゃよ。ただ、わしのケット・シーが、ファジーダイスを追う事に夢中になり過ぎて、ここの屋敷に入り込んでしまった、という事についてじゃ」

「なっ……」

それをミラが告げた瞬間、執事の目に明らかな動揺が浮かんだ。たとえファジーダイスに暴かれたとしても、それを誰にも見られていなければ、隠し通せると考えていたのだろう。

だが、小さな目撃者が存在しており、執事はその事実に表情を歪ませた。

「そこでじゃな。わしのケット・シーが目撃しておるのじゃよ。ファジーダイスが屋敷から逃げ出した出口と、その先に広がる地下水路を、のぅ」

執事の様子から、ここが決め時だと考えたミラは、真相を語る探偵の如くじっくりと、屋敷の者達が隠しているだろう真実を語った。

ハクストハウゼンの街の地下には、広大な水路が広がっている事。

その出入口は、はっきりとした場所にはない事。

そして、人の出入りについてもほとんどないが、ここの地下室にある隠し部屋の先には、その水路を頻繁に出入りしている痕跡が多く残っていたと。

「ちなみに現在もわしのケット・シーは、地下水路で奴を追跡中じゃ」

じっと反応を探るようにして、それらの事実を明かすと、真っ先に反応を示したのは兵士と傭兵だった。

「水路、だって？」

「下水路、とは違うのか？」

その存在は、やはり一般に知られていないのだろう。だからこそ、下水路が真っ先に脳裏を過ったらしく、どこか不安そうな色を顔に出す傭兵と兵士達。

その質問に対して、ミラはアンルティーネから聞いた事を、そのまま伝えた。

水路は人の生活環境とは、ほぼ無縁の状態にあると。

「なるほど、な。つまり、こんだけ抵抗したのも、その水路を隠すためだったたってわけだ。なあ、そんな秘密の水路を使って、お宅ら、何をやってたんだ？」

ここぞとばかりに執事を睨む傭兵の男。対して執事はといえば、いよいよ言い逃れが出来なくなったようで、助けを求めるかのように屋敷の主人へと視線を送る。

しかし主人もまた、兵士長を相手に真っ青な顔で立ち尽くしていた。

〈24〉

「で、出鱈目だ！　そのようなものは、この屋敷に存在しない！」

兵士長が地下水路について追及したところ、屋敷の主人が唐突に叫んだ。

だがそれは、一目で苦し紛れだとわかるほどに稚拙な言葉だった。けれど主人は、なおも続ける。ケット・シーが目撃したなどというのは偽りであり、そもそも、ここにいない者の報告をどうやって受ける事が出来るのかと。

「召喚術士の技能の一つじゃよ。口を使わずに意思疎通をする事が可能じゃ」

それは召喚術の基本であり、調べれば直ぐにでもわかる事。そう説明したミラは、そこで少し言葉を切った。

そして僅かな沈黙を置いたところで、にっと不敵な笑みを浮かべ、屋敷の主人を見据える。

「ちょうど今しがた、わしのケット・シーから報告があった。何やら怪盗の足跡を追っていた先で、扉を発見したそうじゃ」

団員一号からの経過報告。それは、ホシを追跡中に扉を見つけた事に加え、頻繁に出入りのあった痕跡と、傍で眠らされている男がいるというものだった。

ミラは、それを聞いて直感する。その扉の先にこそ、ここの主人が隠している悪事の証拠があると。

そして、ファジーダイスはそれを見つけさせるために、水路へ逃げ込んだのではないかと推測する。そのくらいの理由がなければ、ファジーダイスの行動に説明がつかないからだ。

ゆえに、ここは一つ義賊ファジーダイスの思惑通りにいこうではないかと考えた。

「それとじゃな。怪盗の足跡はそこでぱったり途切れていたという。もしかすると、その扉の先に奴のアジトがあるのかもしれぬな。これは是非、踏み込んでみなくてはのぅ」

報告によると、足跡は確かに途切れていた。

しかしファジーダイスは今も団員一号が追跡中であり、そこがアジトであるはずはない。けれどミラは、あえてそう口にした。

その場所に傭兵と兵士達が行き着き、秘密を暴くように。

「そ、そこはただの倉庫だ！　奴のアジトであるはずがない！」

屋敷の主人が喚く。扉の先には貴重品を置いてあるだけで、他には何もないと。

しかし、それは致命的なミスだった。

せめて、そのような場所は知らないとでも口にしていれば、まだ関与から逃れる術もあったであろう。

だが、水路の存在を知らないなどと言い訳した後にこれでは、もはや、どちらの言葉も意味を成さなくなった。

それどころか主人は、その場所を知っていると自ら証明してしまった事になる。その迂闊さに執事は頭を抱え、観念したように下がっていった。

「ミラさんの話によれば、ファジーダイスが逃げ込んだという水路の入口について、現在判明しているのは、こちらの地下だけのようです。となれば、かの怪盗のアジトを探るためにも、こちらの入口を使わせていただくしかありません」

兵士長は、どこか説明的な口調で屋敷の主人に話しかける。そして理由を明確に並べ、正当性を主張したところで、何かの紋章を取り出して突き付けた。

「特例第二項、追跡捜査及び調査時における占有地への進入権を行使させていただきます。よろしいですね？」

「何だと……!?　そのような事が！」

憤慨し兵士長を睨む屋敷の主人だったが、紋章を確認した次の瞬間に、顔を驚愕に染めたまま絶句した。

そして、「ばかな……本物、だと……」と、茫然と呟き、その場に頽れる。

紋章には余程の効力があったようで、主人は抗おうという気すら完全に喪失した様子だ。

そうして完全に抵抗を止めた屋敷の者達を尻目に、兵士と傭兵の全員で屋敷に突入していき、ミラもまた紛れ込むようにしてそれに続いた。

「これは……葡萄酒、か？」

屋敷に踏み込んだところで、兵士長はそこに広がる光景を前に困惑する。

いったい何が起こったのか。屋敷の中はアルコールの匂いで充満していた。

見ると、ところどころに割れたビンが散乱しており、多くの葡萄酒が床を濡らしている。

そして、屋敷の使用人達がそれらを掃除している姿も見受けられたのだが、ミラはそこに違和感を覚えた。

（ふむ……どうやら奴は、ここからご丁寧に足跡を残していったようじゃな）

よく観察すると、使用人達は盛大に散らばったガラス片と葡萄酒には見向きもせず、そこから点々と続く足跡を消していたのだ。

きっと主人の命令であろう。足跡を辿った先に地下水路への入口があるため、証拠となるそれを真っ先に隠蔽しようと企んだわけだ。

（まあ、それも無駄な努力だったようじゃがな）

足跡は消せても天井に張り巡らされた蜘蛛の糸は、ちょっとやそっとでは隠し切れないだろう。ミラはファジーダイスの用意周到さに苦笑しつつ、その思惑通りに形跡を辿っていく。

兵士長が特例第二項によって調査中であるという旨を説明すると、屋敷の奥で証拠隠滅をしていた使用人達は、その手を止めて速やかに従った。

どうやら痕跡隠しは、水路の入口に近い場所から始めたのだろう、地下室まで下りたところで足跡は綺麗になくなっていた。

ただ、蜘蛛糸の除去には相当手こずったようだ。

そこにいた使用人達は、全身糸塗れであり、数人は身動きが出来ないほどの状態で転がっているではないか。

そこへ兵士長が紋章を掲げながら踏み込むと、使用人達は驚いたようにその場を離れ、どこかへと退散していった。

「ところで随分な効果じゃが、その紋章と特例第二項というのは、いったいどういうものじゃ？」

ところどころにしつこくへばりついている蜘蛛の糸を頼りに、地下室を進む中、ミラはふとそう問うた。先程の見事なまでの逆転ぶりからして、いったいその紋章と特例とやらに、どれだけの意味があるのだろうかと気になったのだ。

屋敷の規模から考えても、余程の有力者であろうはずの主人だが、たった一つの特例と紋章を前に絶望の表情を浮かべた。それはまるで、御隠居様の印籠を突き付けられた悪党の如き反応だ。

「もしや兵士長とは仮の姿で、その正体は王族に連なっておったりするのじゃろうか!?」

一見すると、ただ人の好さそうな印象だが、その実体は、やんごとなきお方だった。そんな展開を一瞬期待したミラだったが、途端に兵士達の笑い声が響いた。

「それはあり得ないな」

「特売日に買い込み過ぎて身動きとれなくなる者が王族だったり……っ」

「昨日、法務省の使いの者相手にビクビクしていた男が王族とか」

どうやら兵士長は、超が付くほど庶民的なようだ。

彼の部下の兵士達は、そう散々口にして笑った後、「デズモンド様、足元にお気をつけください」「デズモンド様、階段が見えてまいりました」などと、兵士長──デズモンドを王族の如く持ち上げ始めた。

「お前ら……任務中だぞ……」

「申し訳ございません、デズモンド様」

「以後、気を付けます、デズモンド様」

階段の前に立ち止まったところでデズモンドが睨みを利かせると、兵士達はびしりと敬礼の姿勢をとった。一糸乱れぬ動きである。

追跡中のファジーダイスは、既にここより先の水路の中だ。

若干、緊張感が緩むのも仕方のない事かもしれない。

ただ、口ではふざけているものの、兵士達の動きは機敏であり、そこに油断の介在する余地は見られなかった。

(思ったより、ずっと愉快な奴らじゃのぅ)

軽口を叩きながらもよく動く彼らは、きっと相当に連携の鍛錬を積んできたのだろう。

深くまで続く暗くて不気味で、何が出るかわからない階段を前にして、自然な流れで傭兵達に先行を譲った彼らのチームワークは、それはもう素晴らしいものであった。

そうして先頭が傭兵に入れ替わり、長い長い階段を下りていく中、ミラは兵士長から紋章と特例についての続きを聞かせてもらった。

「こんな事、あるんですね」という前置きから始まった兵士長の話。それは聞いた限り、実に都合の良い事があったものだと思えるようなものだった。

まず、兵士長が掲げた特例第二項だが、これは概ね、犯罪に関係のある人物、または証拠品の存在が確認された場合に限り、捜査権を持つ者の立ち入りを拒む事は出来ない、というような内容だった。

この特例は、調べれば必ずあるというような状況であろうと執行出来ないという特徴を持つ。確かな証拠の存在が確認されて、ようやく効果を発揮するというものだ。

ただ、制限が厳しい分、一つ強力な効果が付随していた。それは、公爵どころか王族ですら、この特例による調査の妨害は許されないというものだ。しかも場合によっては、貴族であろうと武力による制圧を許可するという特例中の特例であった。

「しかしまた、とんでもない強権を持っておったものじゃな」

それだけの特例の行使を許可されていたデズモンドに、少しだけ敬意を向けるミラ。するとデズモンドは苦笑いを浮かべながら、「実は昨日の事ですが」と話を続けた。

本来特例は、たかが兵士に行使出来るようなものではないものだそうだ。だが、つい昨日の事。国王の使いだという者がやってきて、この紋章と特例の使用権限を一時的に付与する旨が記された証文を渡されたらしい。何でも、ファジーダイスを追う際に必要になるかもしれないという国王の計らいだとの事だ。

「ほぅ、なるほどのぅ……。そして見事に、この状況というわけか」

国王には素晴らしい先見の明があり、こうなる事まで予想して、特例の使用権限を兵士長に託した。その結果、屋敷の主人を黙らせてファジーダイスの更なる追跡を可能とした。

実に素晴らしい読みである、とも思えるが、ミラはそこに引っかかる何かを感じた。

まず、これまでのファジーダイスの犯行は、術士組合を終点としていた。これは所長から詳しく聞いた事であるため間違いはない。となれば、現在の状況は完全にイレギュラーといえる。本来の流れにはなかったはずの、屋敷までの追跡。いくら先見の明があるといっても、これを予測する事など出来るのだろうか。

（……こうなる事も思惑通り、なのじゃろうな）

思い返してみれば、そう考えられるだけの要素が幾つかあった。

組合にて、まだやる事が残っているというファジーダイスの発言。わざわざファンに姿を晒してから、ここまで来た事。ご丁寧に、屋敷へ入ったと知らせるような痕跡と、奥まで続く足取り。

ただの逃走経路として地下水路を選んだ、などという事はまずあり得ないだろう。

屋敷に入るための障害と成り得る主人を黙らせるため、ファジーダイスが国王に働きかけて特例を引き出していた。十分にあり得る話だ。

（ふむ……確かハクストハウゼンの街は、リンクスロット国領内じゃったな……となると）

リンクスロット国の王。もしもゲーム時代に出会った事のある、あの王子が三十年後の今、そのまま王になっていたとしたら。そう考えたミラは、さりげなく兵士長に国王の名を訊いた。それはジューダスではないかと。

「ええ、そうですよ。ジューダス・リンクスロット十六世陛下ですね」

兵士長は、当然だとばかりに頷き答えた。

リンクスロットのジューダス王子。かつてミラは、何度か彼にかかわった事があった。そしてその際に感じた印象は、正に正義の使徒といったものだった。

正義感が強い熱血気質でありつつも、柔軟な策を用いる一面もある王子は、時に盗賊団すら利用した作戦を打ち立て、しかも成功させている。

そんなジューダス王子が今の国王ならば、義賊と呼ばれるファジーダイスと手を組むのも十分に考えられるというものだ。

そして、もしもその予感が的中していたとしたなら、きっとこの地下水路に、王と怪盗の正義に反する何かがあるのだろう。そしてそれは、きっと見つけた扉の先に。

ちなみに当時利用された盗賊は、土地を報酬としてもらい受け、盗賊を廃業し、土地を耕しながら慎ましく暮らしているという後日談があったりする。

(完全に手のひらで踊らされている状況じゃが……かといって台無しにするわけにもいかぬな)

ファジーダイスがこれまでに行ってきた実績からすれば、怪盗の計画通りに進んだ先に待っているものは、きっとまた一つの悪事の終焉だ。そう考えると、ここで足を止めるわけにはいかない。だが、きっとこのままでは、これまで通りに怪盗には悠々と逃げられる結果になるだろう。

「ところで、ジューダス陛下がどうかしたのでしょうか？」

ミラの様子から何かを感じ取ったのだろう、デズモンドが質問を返してきた。対してミラは、はてどうしたものかと考える。気付いた事、推察した事を話そうかどうかと。

（……ふーむ。やはりここは一つ）

少しして結論を出したミラは、一行より少し離れてからデズモンドを手招きした。それからちょいと耳を貸せと言って、デズモンドに推察を耳打ちする。その考えに至った要素と、それをより強固にした特例の件。そして、ファジーダイスの狙いは、多分扉の先にある何かを見つけさせる事かもしれないと。

「なるほど、アジトではなく……そのような。国王様がわざわざ使いを寄越して、こんな特例を預けていくなんて不思議だなとは思いましたが……」

ミラの説明には、それなりの説得力があったようだ。デズモンドは、その可能性は十分にありそうだと小声で答える。

「きっとこのまま行っても、ファジーダイスを捕らえる事は出来ぬじゃろう。かといって引き返してしまえば、奴が暴こうとしている悪事を見逃す事になる。そこでじゃな――」

考えを理解してくれたデズモンドに、ミラは更に考えていた案をそっと伝えた。それは、今出来る中で最善とも思える手だと前置きしてからだ。

階段を下り切り地下水路に到着した。傭兵と兵士達が各々に明かりを手にして周囲を照らし、状況を確認する。そこから少し遅れて、ミラとデズモンドもそこに降り立った。

「こんなところがあったとはな……」

「いったいどこに繋がってるんだ」

「不気味だな……」

そこは団員一号の目を通して見た光景のままであり、少し辺りを見回したところで、あっさりとファジーダイスのものらしき足跡が発見出来た。

この先にずっと続いているぞと盛り上がって、早速追跡を始めた傭兵達。デズモンドは、隊の半数にそのまま追跡するように指示を出し、残り半分には少しこの周辺を調べるために残るよう伝えた。

「しかしまた。ファジーダイスもですが、何より私も、この場所が気になりますね」

そう口にしたデズモンドは、残った半数の隊員にミラの考えを話して聞かせた。そして、その案に乗ってみないかと提案する。

ミラが打ち出した案。それは、至ってシンプルなものだ。

傭兵と兵士達はファジーダイスの思惑通り、ここにある何かを突き止める。そしてミラは先回りをして怪盗を待ち受ける、という内容だ。

「俺はそれで構いませんよ」

少しの間を置いて、実にチャラそうな兵士の一人がそう答えた。ただ、その見た目に反して、しっかりと現状について考えての発言のようだ。また、他の者達からも特にこれといった反論はなく、あれよあれよという間にミラの案が採用される事となる。

「正直、このままファジーダイスを追っても捕まえられそうにないしな」

「そうそう。俺達だけでなく、あの傭兵達だってさっきまで完敗状態だったわけだしさ。追いつけたところで……」

「だなぁ。こん中で可能性があるのは、精霊女王さんくらいなもんだ。なら俺達は、街に蔓延る悪を一つ潰す方が有意義ってもんですよ」

義賊であるファジーダイスが、ここまでして兵士と傭兵を誘導した事から、きっとこの先では何らかの悪事が行われているはずだ。

まだそうと決まったわけではないが、兵士達の間では、きっとそれで間違いないという思いが広がっていた。

今は仕事で敵対しているが、ファジーダイスのヒーローぶりは、ここにいる誰もが認めるものであるらしい。

(……まあ、ヒーローを追う敵役などより、悪を挫くヒーローになる方がずっと張り合いもあるじゃろうからのぅ)

男なら誰だって、正義のヒーローになりたいと一度は考えるものだ。きっと、だからこそ兵士になった者もいるだろう。

ゆえに方針を転換した今、彼らのやる気が漲っていくのが一目でわかった。

「うむうむ、感謝するぞ。では、早速この先の事についてじゃが――」

ファジーダイスの痕跡を追っていたところ、犯罪の現場を発見してしまった。そのまま見過ごす事は出来ないため、怪盗の追跡をミラに委ねて兵士達はその現場を押さえる事を優先した。

と、そんな口裏合わせをしたところで、兵士の一人が疑問を口にした。自分達はこのまま足跡を追っていくとして、ミラはどうやって先回りするのかと。

「それは、簡単な事じゃよ」

ミラは待ってましたとばかりな気持ちを抑えつつ、その方法を簡単に説明した。

水路に入ったのならば、当然どこかより出る必要がある。そして、水路は入り組んでいるため、たとえファジーダイスとて、そこまで速くは移動出来ない。対して空で待機しておけば、相手がどれだけ動き回ろうと最短距離で頭上をとる事が出来る。

つまり、ファジーダイスの動きが把握出来れば先回りも容易いのだと、ミラは自信満々な様子で話す。そして現在は、ケット・シーがファジーダイスを尾行中であると続けた。

「なるほど……。召喚術士ならではの策ですね」

流石はランクAの召喚術士だと感心するデズモンド。すると兵士達も、そこらの斥候よりもずっと優秀そうなケット・シーに感心する。

彼らの召喚術に対する認識を、より良い方向へ導けたようだ。その事に満足しながらも、ミラはそこで更に召喚術を発動した。

無形術の明かりの中に浮かぶ魔法陣。そこから現れたのは、水の精霊アンルティーネであった。

「早速出番のようね」

初召喚という事もあってか、アンルティーネは随分と張り切っている様子だ。なお、今回もまた精霊王が見事に実況していたようで、彼女は既に大方の状況は把握しているとの事だった。

「では早速じゃが、どこかにいるファジーダイスの位置の特定を頼めるじゃろうか」

「ええ、任せて！」

ミラが依頼すると、アンルティーネは早速とばかりに水路に飛び込み、水を伝って全体を見通し始めた。

その隣。こんな綺麗な精霊の姉ちゃんも召喚出来るなんてと一瞬盛り上がった兵士達だが、それはそれ。彼らは早速とばかりに意識を切り替え、犯罪の現場を見つけた際の立ち回りについて確認し合う。

暗号めいた単語が多く飛び交う兵士達の打ち合わせ。常に幾つもの連携パターンの訓練をしていたのだろう、現場での動きについては早くに決まった。しかし、傭兵達についてはどうしたものかと意見が割れる。

傭兵達は、対ファジーダイス要員として参加している。その事から、怪盗捕縛を諦めるという意味も持つ今回の作戦を快く思わないかもしれなかった。

行き着く先にあると思われる悪事の現場。そこに、どのような戦力が存在するかわからない今、傭兵達の力は欠かせない。けれど現状では、この作戦を聞き入れてもらえない恐れが強く、その戦力を当てに出来ないわけだ。

「それならば、頼もしい仲間を同行させるとしようか」

どうしたものかと唸る兵士達にそう告げたミラは、召喚術士の技能《退避の導き》を発動する。

「あっ……！」

遠くの召喚体を近くに呼び寄せるという効果を持つこの技能によって、瞬時にこの場に現れたクリスティナ。彼女はミラの姿を目にするなり表情を凍らせ、ばつが悪そうにそっと目を泳がせた。

きっとその理由は、手にした丸パンだろう。食べあとの残る丸パンと、口元のクリームからして待機中に何をしていたかは明白だ。

「ああ、アルフィナか。実はじゃな――」

「――お待ちください主様ー！　これには、これには深い理由がー！」

早速とばかりにミラが告げ口をしようとしたところ、クリスティナは瞬時にミラへ迫り泣きついた。

どうやら何かしら深い理由があるらしい。

それは何かと訊いたところ、クリスティナは答えた。丸パンはファジーダイスファンが盛大に配っていたものであり、最初は任務中だからと断っていたけれど、とても熱心で少々強引なファン達の勧めに逆らい切れなくなり、仕方なく一つだけ受け取ったのだと。

「……まあ、いいじゃろう」

ミラはクリスティナの慌てようから、ついついからかいたくなると心の中で笑う。対してクリスティナは、そんなミラの胸中など知る由もなく特練を回避出来た事に大喜びだった。

「さて、クリスティナよ――」

気を取り直して、今からデズモンドに同行するように告げる。こう見えても彼女は、そこらの剣士などでは相手にならないほどの腕前だ。傭兵の協力が得られなくとも、十分に戦力を補える事だろう。

「任務、んぐっ……拝命致しましたー！」

残りの丸パンを口に放り込みながらも、姿勢だけはびしりと決めて礼をするクリスティナ。

こう見えても、だが、やはり若干の不安が過るのだろう。またかわいこちゃんがと騒いでいた兵士達は、そっとデズモンドに目を向けた。

そんな兵士達に対してデズモンドは、多分きっと恐らく頼りになる者なのだろうと小声で返す。そして何より最後に、あの精霊女王がわざわざ寄越してくれた戦力なのだから大丈夫なはずだと、自分にも言い聞かせるよう言葉にした。

〈25〉


「では、ミラさん。我々はこれから急ぎ合流します」

簡単な打ち合わせで、クリスティナは遊撃役という事に決まる。なおその際、目安としてクリスティナが少し実力を披露したところ、明らかに兵士達の目の色が変わっていた。見た目と雰囲気に反して、超一流の剣技の冴えを目の当たりにしたからだ。

能ある鷹は何とやらを実感した兵士達。またデズモンドは、ほら見ろやはり流石は精霊女王だと、なぜか得意顔であったりした。

戦力に不足はなくなった。その確信を得てからの兵士達の動きは迅速だ。今から直ぐに先行している者達を追い、今回の作戦について伝えるとデズモンドは言う。

「うむ。そちらはよろしく頼む」

ファジーダイスが狙う何か。きっと悪事に繋がるものが、この水路にはある。兵士達が駆け足で水路の奥へと消えていく姿を見送ったミラは、定期的に状況の報告を入れるようにとクリスティナに伝える。

『わかりました！　今は、足跡を辿って進んでいますー』

早速、返事と共に報告が入る。それを受けてミラは、変化があった時だけで構わないと伝え直した。

それから少しして、アンルティーネがファジーダイスらしき人物を見つけたと、水面から顔を出した。

「灰色のマントをした男の人だけど、この人でいいのよね？」

水が繋がっていれば、その水を通して周辺を『見る』事が出来るというアンルティーネの能力。その能力をもって、念のために水路の全体まで捜索した結果、それらしい人物は、その一人だけしか見つからなかったそうだ。

どうやら、また変装していたようである。きっと逃走後に、そのまま名もない冒険者として世に紛れるつもりだったのだろう。

「うむ、きっとそやつじゃな。して、どの方向に向かっておる？」

ファジーダイスが向かう先に水路の出口があるはずだ。そうミラが訊いたところ、アンルティーネは少しだけ思案するように目を閉じてから答えた。

ファジーダイスは現在、最短で水路の水の出口に向かっていると。

「水の出口……か。なるほどのぅ、このまま街から脱出するつもりじゃな」

事実、考えてみれば、それが一番リスクの少ない手段であるといえた。下手に街のどこかに隠された他の出入口から脱出して、その場面を見られでもしたら、民衆や警備といった者の目が折角誘導した水路から離れてしまう。

だからこそ、誰の目にも触れずに街から出た方が水路に注目を集めたままにしておけるというものである。

アンルティーネの話によれば、水路の水の出口は街の南東方面であり、大きな川の中にあるという。ただ、少々複雑になっているそうで、出口の詳細な場所については、その近くまで来たらアンルティーネに誘導してもらう事となった。

「では、アンルティーネ殿はそのまま追跡を頼む。わしは直ぐに空へ上がるのでな」

何よりもまず、先回りに成功する必要がある。ミラは言いながら足早に階段へと駆けていく。

「ええ、わかったわ」

そう答えたアンルティーネは、再び水路の中に沈んでいった。そして早速彼女から、怪盗が現在の速度を維持して最短距離を進んだ場合、あと十五分もすれば出口に到着するとの報告が入った。

「急がねばのぅ……」

下りる時にも時間がかかった階段は、当然上るとなれば長く遠い。そして何よりも、これを駆け上がるとしたら相当に体力を削られる事になるだろう。

そこでミラは、召喚術が成長した事で新たに可能となった新術を使う事にした。

【武装召喚：ダークナイトフレーム】

その術を発動すると、ミラの足元に魔法陣が浮かび上がり、ダークナイトが出現した。しかし次の瞬間に、それはミラの全身を覆い、新たな力の形へと変化していく。

黒い炎となった魔法陣は、やがて一点に集束し、その力を実体として定着させた。

「実戦投入は初めてじゃが、良い具合じゃな」

その姿はまるで、黒いヴァルキリーのようであった。ミラは、感触を確かめるように少しだけ身体を動かしてから、そのまま一気に階段を駆け上がっていく。

新たな術によって得た新たな力。武具精霊によって武装するという、召喚術を一つ先へ進化させたこの術は、まだ未知の部分が多い。だが合間合間の時間で研究を続けたミラは、この術が一種のパワーアーマーに近いものであると確認していた。

武具精霊の力によって身体能力を補助し、また装甲によって防御力を高める。ゆえに、これの使い方を確立し広く伝える事が出来れば、召喚術士の弱点である術者本体の弱さを補えるようになるわけだ。

それはきっと、今後の召喚術界においてのターニングポイントにもなるだろう。

「うむ……素晴らしいのぅ。まるで翼が生えたようじゃ！」

長い上り階段も、ダークナイトフレームのアシスト効果によって難なく上っていける。

この先に待つのは、怪盗ファジーダイス。目の当たりにした実力からして、ダークナイトフレームの性能テストにはうってつけだ。

孤児院の場所を訊き出す以外に、そんな事を目論(もくろ)みつつ、ミラはあっという間に屋敷の地下室にまで戻った。

「む……。どういう事じゃ」

地下室を見回したミラは、はてと首を傾げる。来た道をただ戻っただけのはずだが、どういうわけか、その戻り道が見当たらなくなっていたのだ。つまり、水路へと繋がるこの地下室は今、完全に密室となってしまっているわけである。

「確かこの辺りのはずじゃったが……」

出入口があったであろう壁を念入りに調べるミラ。だがそこには、石の壁がそそり立つだけで、扉や、隠しスイッチ的なものは一切見当たらなかった。

「これは、つまり……」

前にあるのは、完全に封鎖された地下室の壁。分厚い石の壁に囲まれたそこを内側よりこじ開けるのは、並の者では不可能だろう。

後ろにあるのは、複雑に入り組んだ地下水路。ミラならばアンルティーネの力を借りる事で、難なく脱出可能だ。しかし、もしも兵士や傭兵達だけだった場合はどうだろうか。下手をすると延々と彷徨う事になるかもしれない。

ミラは地下室の壁を睨みながら、そういうつもりかと察した。きっと、ここの屋敷の主人は、全てを地下水路に閉じ込めて、なかった事にしようとしているのだろうと。

「随分な強硬策に出たものじゃな」

浅はかな考えである。外には兵士と傭兵が屋敷に入っていく場面を目撃した者達が大勢いる。地下水路については知らないまでも、皆が戻ってこなければ、余計に何かあると疑われる事になるはずだ。

「まあ、無駄な足掻きじゃがのぅ」

【召喚術：ノーミード】

石の壁を前にしたミラは、街中で待機しているノーミードを一度送還してから、再度召喚した。すると、魔法陣から小さな精霊が現れる。

土の精霊、ノーミード。身長三十センチほどの少女の姿をした彼女は、それでいて自身と同じくらい大きな石のハンマーを軽々と手にしていた。

「さぁ、頼むぞノーミードや。そこの壁に穴を開けてくれ」

ミラがそう指示すると、ノーミードはこくりと大きく頷いて、ハンマーを担ぎ壁の前にまで駆けていった。そしてハンマーを掲げてから一気に振り下ろす。するとどうだろうか、頑丈な石壁の一部が突如として砂に変わり、崩れ去ったではないか。

更に、それだけでは終わらない。山となった砂は、まるで生き物のように動き始め、そのまま通行の邪魔にならない場所に移動したのだ。

「うむ、ようやった。偉いぞ」

褒めて褒めてとばかりにミラの足元で飛び跳ねていたノーミードを抱き上げて、そっと頭を撫でてやるミラ。それが嬉しかったのか、ノーミードはハンマーを振り回して喜んだ。

「おーおー、元気じゃのぅ」

石で出来たハンマーは、そこそこの重量があるため、ノーミードがハンマーを振るたびに、その反動でミラの身体が左右にぐらつく。簡単に抱えられるサイズ感だが、ハンマーを持ったノーミードの重量はかなりのものであり、武装召喚状態でなければ、きっと支え切れなかった事だろう。

「ご苦労じゃったな」

ノーミードに労いの言葉をかけてから送還したミラは、武装召喚の強化効果にも満足しながら再び駆け出して、大きく開いた穴を抜けていった。

「随分と片付いておるな」

ここの主人はあれだが、使用人の方はずっと優秀なようだ。

初めに見た時は、割れたワインやら何やらで散々な状態であった廊下が、今は既にその面影もない。ただその代わりに、心底疲れ切った表情の使用人達が転がっているだけだ。

そんな使用人達が、ミラの姿を目にするなり驚愕の表情を露わにした。

そして同時に「お待ちください」と口にするも、その声が届く事はなく、ミラは悠々と屋敷の廊下を駆け抜けていく。

そうこうして、玄関にまで戻ってきたミラ。外に出たらペガサスを召喚し、一気に水路の出口まで直行だ。と、次の行動を考えていた時だった。

「確かに来たが、もうここにはいない。とっくに出ていったぞ」

「また、御冗談を。聞いたところ、入っていくのは見たが出ていくのを見たという者は一人もおりませんでしたよ」

何やら誰かの言い争うような声が、出入口の向こう側から響いてきたのである。

（この声は……屋敷の主人か……？　相手は誰じゃろうか）

はて、何を言い争っているのか。気になったミラは扉の前で立ち止まり、そのままそっと聞き耳を立てた。

両者の口論は、なおも続き、次第にその内容が明らかになってくる。

聞いた限り、屋敷の主人が言い合う相手は、デズモンドの上司に当たる人物のようで、ギーズ大隊長と呼ばれていた。

そして、そんなギーズと屋敷の主人が言い争う内容だが、それは正につい先程の事についてであった。

ギーズは、調査のために屋敷に踏み入ったデズモンドの隊を支援しに来た。しかし屋敷の主人は、確かに彼らは来たが怪しいところはないとして、既に帰っていったと答えたわけだ。

とはいえ、それを鵜呑みにせず、まだここにいるはずだと主張するギーズ。その根拠は何よりも、この屋敷を取り囲むファジーダイスのファン達全員の証言だ。屋敷に入っていくところは見たが、まだ出てきてはいないと。

しかし屋敷の主人は、堂々とした口調で『この屋敷には、もういない』と宣言する。そして、何なら『剣の審判』を受けてもいいなどと口にした。

（ぬけぬけと、よう言ったものじゃ）

そんな屋敷の主人の言葉に、ミラは呆れたように苦笑する。

三神の一柱、正義の神を祀る大国グリムダートには、神器の剣がある。神の力を秘めているという

それは、極めて強力な武具であると共に、その光で偽りを露わにするという効果を秘めていた。

先程言葉に出た『剣の審判』とは、そんな神器の力によって発言の真偽を問うというものだ。そして、その結果は絶対の証拠とされるが、それゆえに慎重な扱いが求められるものでもあった。

だからこそミラは、屋敷の主人の言い回しに嫌悪感を抱いた。

『この屋敷には、もういない』

それは真実だ。デズモンド達は今、屋敷ではなく地下水路にいる。屋敷にいない事は確かであるのだから。

「では、こうしよう。そこまで言うのなら、好きなだけ調べればいい。もしも捜している人物がいた場合は、どのような罰も受けようではないか。だが、何も出なかった場合は……覚悟する事だ」

言い合いが平行線となったところで、屋敷の主人が妥協したとでもいった体で、そんな事を言い放った。

屋敷にデズモンド達がいない事を確かめる。仕方がないとばかりな口調であったが、屋敷の主人のその言葉には、罠に誘い込むかのような狡猾さが滲んでいた。

事実、いくら捜しても見つかるはずはない。だが彼は、まだ知らない。ミラがその言葉を聞いてい

た事を。そして、ミラがそこにいる事も。

「……では、調べさせてもらおう」

熟考の後、ファン達の目撃証言と自身の直感を信じる事にしたのだろう。ギーズは、そう答えた。

そして、少ししてから正面玄関の扉が開く。

「な……貴様は⁉」

その声を発したのは、屋敷の主人だった。罠に嵌ったとばかりな笑みを浮かべていた彼は、扉の先にいたミラの姿を目の当たりにして、その表情を一変させる。

ただ、それも仕方のない事だろう。聞こえてきた話の流れからして、今の状況で絶対に会いたくないであろう人物がいたのだから。

（やはりあれは、故意だったようじゃな）

水路に続く地下室は、完全に封鎖されていた。そして主人は、その隠蔽具合に余程の自信があったようだ。そこにもう一つの地下室があるなどと、気付かれない自信が。

けれど今、そんな場所に入っていったはずのミラが、ここにいる。屋敷の主人の表情と相反するように、ミラは不敵な笑みを湛えた。

「その主人の言った事は間違いではない。ただ、少々言葉が足らぬようじゃ」

ミラは明らかに狼狽（ろうばい）する屋敷の主人を、してやったりとばかりに睨みつけてから、その視線を兵士達の先頭に立つ者へ向けた。

「そう、なのか？　して、貴女は何者だろうか？」

中年を少し過ぎたあたりだろうか。男の渋みが出てきたその者こそが、ギーズで間違いないようだ。

ミラに真っ直ぐと向かい合うギーズ。そんな彼にミラは、簡単に自己紹介をした。召喚術士のミラであると、特に召喚術士の部分を強めにだ。

「とすると、貴女が先程話に聞いた精霊女王か」

「そのようにも最近は呼ばれておるようじゃな」

どうやらファジーダイスファン達が、ここに精霊女王も来たと話していたらしい。そしてデズモンド達と屋敷に入っていったという事まで、ギーズ達は把握しているようだった。

ならば話は早いと、ミラはここまでの経緯を簡潔に説明する。屋敷内に残されていたファジーダイスの痕跡と、それを隠そうとする使用人達。そして、痕跡を辿った先に見つけた地下水路への入口と、戻ってきた時の状態についての全てをだ。

「なるほど……それであのような言い回しを」

ミラの話から、ギーズも屋敷の主人が目論んでいた事に気付いたようだ。睨むように振り返ると、屋敷の主人は明らかに動揺を浮かべて執事に助けを求める。だが、執事ももはやお手上げのようで、ただ首を横に振って応えるだけだった。

「では早速、デズモンドの隊を援護するために、その地下水路とやらに行くとしよう」

そう言って進み始めるギーズ達。対してミラは、反対に玄関扉へ向かう。

「わかり易く痕跡が残っておるからな。それを辿れば追いつけるはずじゃ」

すれ違う際に、ミラがそう口にしたところ、ふとギーズから疑問の声が上がった。「案内しに来てくれたのではなかったのか？」と。

どうやらギーズは、ミラがデズモンドに頼まれて援軍を呼びに来たと思っていたようだ。

「いや、わしは外側から先回りするために出てきただけじゃ。援軍だの何だのといった事は、聞いておらぬな」

ミラがそのように答えたところ、ギーズは呆れたような表情を浮かべ「また、あいつは……」と呟いた。

ギーズ曰く、兵士長の中でもデズモンドは他の隊を置き去りに直感でばかり動く問題児だそうだ。だがそれでいて、その直感が外れた事はないらしい。

「ともかく、情報感謝致します」

愚痴めいた言葉を吐きつつも改めるように礼を言ったギーズは、使用人の一人を案内として捕まえ、急ぎ足で屋敷の奥へと入っていった。

「もう、余計な事をするでないぞ？」

威嚇代わりの素振りをするダークナイトを召喚して見せつけながら、睨みを利かせるミラ。すると屋敷の主人らは、しきりに頷き、同意を示した。

「さて、わしも急がねばな」

こうしているうちにも、ファジーダイスは出口に近づいている。アンルティーネから逐一入る報告によれば、あと三分もなさそうだ。

ミラはすぐさま屋敷から飛び出すと、そのままペガサスを召喚して颯爽と空へ飛び上がっていった。

「ふむ……この下に出口があるわけか」

　空を行くミラは、最短最速で目的地に到着した。

　ハクストハウゼンの直ぐ隣、草原を両断するように流れる大きな川。地下水路の出口は、その水面下にあり、アンルティーネから入ってくる報告によれば、もうじきそこにファジーダイスが到着するとの事である。

「さて、この辺りが良いかのぅ」

　早速出番が来たとばかりに迷彩マントを羽織ったミラは、更にガスマスクと暗視ゴーグルも装着するという万全な状態で地に伏せた。

　明るい街から少し離れた場所である事に加え、曇り空も相まって、周辺は深い夜の闇に覆われている。そこに夜用迷彩は抜群の効果を発揮して、今のミラのカモフラージュ率は極めて高い。

　また、あとどれだけ待てばいいのかがアンルティーネの報告によって明確になっているというのも強みだ。いつ来るともしれない相手を待ち伏せるとなれば、相当に神経をすり減らす事になるが、今回はその心配がない。集中するべきタイミングがわかるというのは、それだけで大きなイニシアチブとなる。

更にミラは暗視ゴーグルによる良好な視界の他、《生体感知》という優秀な技能がある。範囲内に入ってしまえば、たとえゴーグルがなくなろうとも見失う事はない。

そして今、ミラは一つの魔封爆石を握っていた。夜の闇の中に投じれば、瞬く間に行方が分からなくなってしまうであろうほど、小粒な石だ。しかしそれでいて今回のため昨日の夜に拵(こしら)えたそれは、ミラが作った事もあり秘めた力は確かな代物だ。

『あ、潜ったわ。もうすぐよ！』

アンルティーネから最後の報告が入った。水路の出口は水中にある。潜ったという事は、いよいよその出口の直前まで来ているわけだ。

少しだけ身を起こしたミラは、ゆっくりと魔封爆石を持つ手を構えて息を潜める。そして川の中を重点的に《生体感知》で探った。

(来おったな！)

厚い地面の下では、感知感度が鈍くなってしまうが、水の中ならばそこまでではない。ゆえにミラには水中に現れた大きな反応を捉える事が出来た。

間違いなく、それがファジーダイスだろう。ゆっくりと浮上してくる反応に注意しながら、手に力を込める。

いよいよそれが水面にまで達すると、人影がゆらりと浮かび、川べりに近づいてきた。

二十メートルほど離れているだろうか。ざばりと音を立てて、人影が川から上がる。そして、次の瞬間にマナの流れが生じた。それは術を行使する時の予兆のようなものであり、ミラは何をするつもりかと様子を探る。

（なんじゃ。服を乾かしておるだけか）

ミラもよく髪を乾かすために使う、あの無形術を使っているようだ。

人影の様子から察したミラは、そこで一気に動いた。無形術を使いながら別の術を使う事は出来ないため、今こそが一番の好機だと。

丁度人影の向きが、こちら側からずれた瞬間、ミラは素早く立ち上がって魔封爆石を投擲した。夜の闇に紛れ鋭く飛んだその石は、若干のずれはあったものの、見事に人影の間近で炸裂する。

それは、強烈な閃光と音を発した。ミラが作製した魔封爆石は、いわゆるスタングレネードと同じ効果を持つものであった。

直後、小さくうめき声のような音が聞こえたところで、今度は捕縛布を手に駆け出したミラ。

流石のファジーダイスとて、今のを受けて五感を正常に保ったままでいられるはずはない。

昨夜、その効果を自分の身で試していたミラは、確信をもって取り押さえにかかる。

残り五メートル。あと一秒もかからない位置にまで踏み込んだところで、人影の姿も暗視ゴーグルによって鮮明に確認出来た。

そこにいたのは一見すると、服装から何から普通としか言いようのない男だった。どこにでも紛れ込め、そして見分けがつかなくなってしまうであろうほどに特徴のない男である。

そして、だからこそファジーダイスであるとも確信出来た。

（これで終いじゃ！）

魔封爆石が相当な効果を発揮したようで、ファジーダイスは未だに前後不覚といった様子でふらついている。そこへ、ここぞとばかりに捕縛布を広げて飛びかかるミラ。

しかし、その時であった。

「何じゃ、と!?」

あと一歩まで踏み込んだところで、ミラは何かにより身体の自由を奪われてしまったのだ。

「おのれ、《墓守（はかもり）蜘蛛の結界糸》か。小癪（こしゃく）な真似を……」

よく見るとそれは黒い蜘蛛の糸であり、ファジーダイスを守るような状態で周辺に張り巡らされていた。そして、その領域に足を踏み入れたところで、一気にミラへと糸が殺到して、その動きを封じられてしまったというわけだ。

「いやまったく、見事に不意を突かれてしまいましたね」

しかも、その僅かな時間で感覚を取り戻してしまったようだ。ファジーダイスは、感心したとばかりな調子でミラを見据える。

「これは何とも……。遂に特殊部隊が来ましたか」

ミラの格好を見てそう言ったファジーダイスは、うっすらと笑いながらミラのガスマスクと暗視ゴーグル、その手にあった捕縛布を取り上げた。

と、その直後、ミラの顔を見たファジーダイスは、「まさか、ここまで……」と、僅かに驚いたような表情を浮かべた。

それは、特殊部隊員が少女だったからか、それとも見覚えのある顔だったからか。

正確には読み取れないが、彼は何事もなかったとばかりに「ここまで食い下がられたのは初めてでしたよ」と続けた。

先程とは逆に、捕縛布を手にしてミラに迫るファジーダイス。

たとえミラとて、捕縛布に巻かれてしまっては手も足も出なくなる。

しかし現時点でも既に、蜘蛛の糸によって、身体の自由はほぼなくなっていた。多少、指が動かせる程度のものだ。

「のぅ、ちと訊きたい事があるのじゃが、良いか？」

ミラは、苦し紛れとでもいった顔で、そう語り掛ける。するとファジーダイスは少しだけ動きを止める。

「訊きたい事？　それはあの日、地下で……いや――もしやそれは、森の奥にある、とある孤児院の事を知らないか、というような内容かな？」

そうファジーダイスはミラの質問について、ずばりと当ててみせたのだ。

「うむ、その通りじゃ。やはり、所長とのやり取りは聞かれておったようじゃな」

術士組合での出来事に今の反応からして、準備段階の頃から既に話の内容は筒抜けだったわけだ。

ただ、そうであろうと思っていたミラは、別段驚く事もなく、ならば話は早いとばかりに教えてもらえないかと問うた。

「それを探す理由による、ってところですかね」

そう答えたファジーダイスは、探るようにミラの顔を覗き込む。表情の変化から、真偽を判断しようとでもいうのか、それとも別の目的か、その目はこれまでにないほど厳しく、真剣な色を湛えていた。

（まあ、そうじゃろうな。当然、そこを明かさねば、話してくれるはずもなかろう）

目的である孤児院の場所について、交渉次第では話し合いで決着がつく可能性もあった。しかしそのためには、相手が話してもいいと思える理由を明確に提示しなければいけない。

力のない子供達が多く集まる孤児院。各地にあるそれらの中から、わざわざ特定の場所を探しているミラの状況は、他者から見た場合、相当に怪しく映る事だろう。孤児院側に立つ者なら尚更に警戒する案件だ。

つまりは理由を話さず、場所だけ教えてもらう事は不可能であるわけだ。

しかし、理由は話せない。たとえ、知り合いがいるという噂を聞いたので確かめに来た、などと少しだけはぐらかしたとしても、その知り合いとは具体的に何者かと再度問われる事になるだろう。

この場面において必要なものは、相手を納得させられるだけの明確な理由である。

かといって正直に、その孤児院の長がアルテシアかどうかを確かめに来たなどと話す事は出来ない。

何だかんだいっても、それは国家機密だからだ。

ミラとしても正体のはっきりしない相手には、おいそれと言えない事だった。

結果、ミラの選択肢は一つだけとなる。

予定通り、ファジーダイスを捕らえて吐かせる事。もしかしたならそれ以外に方法はあるかもしれないが、それしか思い付かないミラは早速行動に出た。

「理由のぅ……。それは秘密じゃっ」

ファジーダイスを睨み返しながら、そう口にしたミラは、次の瞬間に握っていた手を開き強く目を閉じた。

その直後、手から零れ落ちた小さな石が二人の間で炸裂し、強烈な音と光をまき散らす。

「くっ……」

僅かながら、苦悶の声が聞こえた。今回もどうにか、ファジーダイスを怯(ひる)ませる事に成功したようだ。

しかしながら、それは正面で相対していたミラも同じである。目を閉じた事で閃光を見ずに済んだものの、強烈な音波によって意識が四方八方に飛び散りそうな状態にあった。

だが、それでいてミラは、どうにか仙術の《焔纏(ほむらまとい)》の発動に成功する。そして両手に宿した炎で蜘蛛の糸を焼き払う。

「あ……っついのぅ！」

一気に燃えていく蜘蛛の糸を振り切ると、眩暈の中で強引に後方へと飛び退き、勢いのまま地面を転がった。それでいて、ダークナイトフレームの効果により、多少の熱を感じた程度で火傷などはなく、随分と転がってなお擦り傷一つ負っていない。

(これはきっと、歴史に残る発明じゃな！)

この分ならば、きっと魔物との実戦でも活躍出来るだろう。

揺れる意識の中にあっても新たな術の使い心地に、思わず笑みが零れる。

だがそれも束の間。

ファジーダイスよりも先に眩暈から立ち戻ったところで、相手の様子を素早く探る。ただ、暗視ゴーグルは取られてしまったため、肉眼での確認は少々不鮮明だった。

「何とも……厄介じゃのぅ」

目では見えないが、ミラはファジーダイスの周辺に張り巡らされたマナの気配を感じ取っていた。どうやら魔封爆石を受けてなお、この一瞬の間に蜘蛛糸の結界を張り直したようだ。相当な技量と根性である。

ファジーダイスを守る蜘蛛糸の結界。先程のは、接近してきた者を拘束するといった効果だったが、果たして今回の糸はどういったものか。

蜘蛛糸といっても、降魔術のそれは種類が多い。そして、この夜の闇の中では見た目での絞り込みは不可能だ。

だが現状において、それを絞り込める要素が一つあった。そして絞り込んだ結果として、共通する弱点が浮かび上がる。それはやはり、総じて炎に弱いというものだ。

よってミラは、ここで更に新たな召喚術を行使した。

【換装召喚：ヴァーミリオンフレーム】

ミラの新しい召喚術である、ダークナイトフレーム。そこに、炎の精霊サラマンダーの力を注ぎ込むという、精霊王の加護を利用した特殊な召喚。それがこの、換装召喚（ミラ命名）である。

炎の力を宿すヴァーミリオンフレームならば、拘束しようと迫る蜘蛛糸を、そのまま容易く焼き払える事だろう。

「何やら弱みに付け込むようで悪いが、それはそれ、これはこれじゃからな」

降魔術の蜘蛛糸にも、炎に強いタイプは存在する。

しかし、そのどれもが多少なりとも殺傷力を持つものであるため、ミラは話通りの義賊ファジーダイスならば、決してそれらは使わないだろうと踏んだわけだ。

新たに捕縛布を取り出して、今一度ファジーダイスに向かい駆け出すミラ。

紅蓮(ぐれん)の輝きを纏い蜘蛛糸の結界に踏み込むと、案の定、ミラに糸が殺到する。しかしそれらは目論見通りに燃え尽きていった。

「ここじゃー！」

相手はまだ、眩暈から立ち直れていないのか、動きが鈍い。そこへ一気に抱き着くように飛びかか

ったミラは、手にした捕縛布を広げた。そして見事にファジーダイスをその中に包む事に成功する。

「む……この感触……」

勢いそのまま地面を転がったミラは、抵抗される前に、ぐるぐると布を巻き付けて完全に拘束していたところで違和感を覚え振り返った。

「しかしまた、奇怪な術を使うのですね。今のは少々、危なかったですよ」

先程までファジーダイスが立っていた場所。その地面に残っていた蜘蛛糸が繭のように盛り上がると、その中から、悠然とファジーダイスが姿を現したではないか。

「何とも、二重に仕掛けられておったとはな……」

手元に視線を戻し確認すると、捕縛布で捕まえたのは草花を束ねた人形だった。ファジーダイスは、その人形に自身の幻影を重ねていたのだ。

本来ミラの魔力ならば、たとえ最高クラスの降魔術士が相手とて、完全に誤魔化されはしない。だがこの夜の闇の中では、そもそも本物であろうと細部までは見分けられないため、効果が半減した幻影でも十分に通用するというわけだ。

しかも本体は、不燃性の蜘蛛糸を地面に張り巡らせて、その下に潜んでいた。しかもそれが人形の真下であったため、ミラの《生体感知》をも誤魔化されてしまったという事だ。

(これは、思った以上に難敵じゃな)

驚くべきは、魔封爆石を受けてなお、それらの企みを実行出来た気力だろう。生半可な効果では、対処されると考えて良さそうだ。

（やはり、切り札を切るしかないのかのぅ……）

今回の目的は、あくまでも情報を訊き出す事だ。そして、そのためには捕まえるのが一番早く、出来れば無傷で捕まえる事が理想だった。

だが、殺傷力のない手段のみを使うファジーダイス相手に容赦なく攻撃を浴びせ勝利したところで、それは果たして本当の勝ちといえるのだろうか。などという余計なプライドが顔を覗かせていた。

しかし、それはほんの言い訳のようなものに過ぎない。ミラの本音は、彼のファンに対してこそあった。

誰も傷つけない正義のヒーローを、これでもかと攻撃して打ち倒す。ファジーダイスと敵対している時点でもいえる事だが、そうなった場合、いよいよミラは完全な悪役の立場になってしまうというものだ。また何よりも、彼女達のヒーローを終わらせた人物として名を馳せる事になるだろう。

（今後、ずっと背中に気を付けるなど御免じゃからな……）

だからこそ、せめて相手と同じく非殺傷の手段のみで対等に戦い正々堂々捕まえたという事実が必要だと、ミラは考えていた。

「となればやはり、これしかあるまい」

ファジーダイスほどの実力者相手に効果のありそうな非殺傷手段は、今回用意してきたものくらいだ。ポーチからそれを取り出したミラは、今一度ファジーダイスを見据える。

対して油断なく構えているファジーダイスは、先程からミラの手元に注目していた。二度も切り抜けてきたとはいえ、魔封爆石の効果がなかったというわけではないのだ。

効き目はある。ただ、その際の対応にも限界がある。だからこその警戒だ。

(もう簡単には決まりそうにないじゃろうな)

ミラは、握った手に反応するファジーダイスの様子から、余程魔封爆石を警戒しているようだと察した。そして察したからこそ行動に出る。

瞬間、ミラは《縮地》によってその場から姿を消し、一気にファジーダイスの側面、向こう側に川が見える位置へと移動した。

「これならばどうじゃー!」

そう叫ぶと同時に、手にした魔封爆石十数個をいっぺんに放り投げてみせるミラ。それはこれまでの二回と違い、あまりにも直球的過ぎる行動だった。しかも、今度は量にものをいわせた単純な手だ。

「な……!?」

ミラの移動には素早く反応してみせたファジーダイス。ただ、きっとそこから次の搦め手が来ると思っていたのだろう。だからこそ、ただただ散らばり飛来する石に驚きの声を上げた。しかし警戒していただけあって、その対応は早い。

ファジーダイスから鋭く伸びた蜘蛛糸が、全ての石を瞬く間に捕らえてしまう。

すると魔封爆石は蜘蛛糸の繭の中で炸裂し、光と音は僅かに漏れ出た程度で終わった。

（ふむ……捕食者の蜘蛛糸に切り替えおったようじゃな）

飛来物を捕らえる事に長けた降魔術の蜘蛛糸。ファジーダイスは、矢の雨すら凌ぎ切るそれを魔封爆石の対処に使ったらしい。また、強度自体は高くない糸だが、破壊力を持たないスタン用の魔封爆石であれば十分に封じ込める事も可能であるようだった。

その糸の登場によって、正面から魔封爆石を見舞う事は、まず不可能となった。しかしミラは、まったく意に介す事なく不敵に微笑む。

捕食者の蜘蛛糸の力は、飛来物に対して、ほぼ無敵とさえいえるほどだ。しかしながら、それだけ強力な力を活かすには当然、相当な集中力が必要になる。

ゆえに今、ファジーダイスの視線は更にミラに釘付け（くぎづ）けとなっていた。

「まだまだ、これからじゃー！」

そう声を上げたミラは、再び石を一握り分投擲する。

だがその石は、魔封爆石ではなかった。

ディノワール商会などでも扱っている、着火石なる日用品だ。

しかしながら火に弱い蜘蛛糸は、これでも十分に燃やす事が出来る。しかも夜の闇の中では、これまでの魔封爆石と見分けがつかないときたものだ。

また直後にミラは、もう一つの石をその手に忍ばせる。それはこれまで以上に大きな魔封爆石だった。

だがファジーダイスの観察眼は、そんなミラの動きを捉えていた。

「おっと、これはあからさまですね」

着火石がファジーダイスの防衛圏内に飛び込んだ時。ミラの狙いに気付いたのか、彼は着火石を蜘蛛糸で受ける事はせず、そのまま大きく横へ飛んだ。そして警戒したまま、ミラの手元に注意を向ける。

その背後では目標を失った着火石がばらばらと川に着水し、じゅわりと小さな音を立てて沈んでいった。

「なるほど。また糸を燃やすつもりでしたか」

その様子からミラの考えを察し、更にその手の中に本命がある事まで感付いたようだ。ファジーダイスの視線が強くなる。

「ぬぅ、小癪な！」

狙いが空振りとなったミラは、どこかやけくそ気味に本命の石を投げつける。放られた石は大きく放物線を描くようにして、ファジーダイスに向かっていった。

「そのような――……!?」

どんな状態であれ窺い知れる大きさから、その石が秘めた力は膨大だ。その事を見抜いていたファジーダイスは、僅かだがその視線を中空へ移した。そして直後にミラの意図に気付く。

その石は、やけくそなどではなく確固たる狙いを定めて放たれたものである事。宙へと視線を逸らせるためであったと。

怪盗は、素早くミラに視線を戻した。いかにも本命といった石に注目させてから、本当の本命を投げる。単純だが効果的な手段だ。

しかしファジーダイスは、そこで更に裏をかかれた事を察した。突如、側面から微かな風切り音と共に飛来した矢が、ファジーダイスの足元より少し前に突き刺さったのだ。

それは街の外壁の上、意識のずっと外側に立つヴァルキリー姉妹の次女エレツィナが放った矢であった。そしてその矢には、しかと小さな石が括りつけられていたではないか。

石が、力を解放する予兆を見せた一瞬。完全に虚を突いたはずの一矢だが、かの怪盗の底力は計り知れないものだった。瞬く間に伸びてきた蜘蛛糸によって、閃光と音が見事に封じられてしまったのだ。

それは正に反射ともいえる速度であり、考えて動いたのでは不可能と思えるほどのものだった。

更にもう一つの存在も、忘れられてはいない。一度意識から外されたとて、緩やかな弧を描き飛来する石など糸を操る彼にとってみれば脅威でも何でもない。ようやく怪盗の範囲内に飛び込んだところで、ついでとばかりに捕らえた。

「掴みおったな」

大きな魔封爆石が蜘蛛糸に捕らえられた直後に、ミラは不敵に笑った。それこそが真の目的であったと。

蜘蛛糸に包まれた石が、その力を解放した。するとそれは、光や音ではなく強烈な風を爆発的に巻き起こしたのだ。

「これは……！」

石を包んでいた蜘蛛糸が、その風に耐え切れず千切れ飛ぶと、そこを中心に膨れ上がった暴風がフアジーダイスの身体を大きく宙へ舞い上げる。

「今ですにゃー！」

すると、それを見計らったかのように川面から団員一号が飛び出した。地下水路でアンルティーネと合流してから、ずっと川の中でタイミングを窺っていたのだ。

暴風によって体勢を崩したファジーダイスに、その接近を拒む手段はなかった。団員一号は中空でひしりと抱き着いた。そして、勢いのまま地面を転がってもなおその手を放さず、ファジーダイスにしがみ付く。

「え……？　君はもしや――⁉」

そんな団員一号の姿を目にした途端、ファジーダイスは明らかな動揺をその顔に浮かべた。

しかし同時に、魔封爆石が団員一号の首からペンダントのように下げられている事にも気付く。

引き剥がそうと試みるファジーダイス。しかし団員一号は意地でも放さないと断固たる構えをとり、また覚悟を決めたとばかりな表情でニヒルに笑ってみせた。

「地獄で会おうにゃ、ベイベー」

決め顔でそう言った団員一号の背中のプラカードには、［家族に、愛していると伝えてほしい］と書かれていた。なお、団員一号は独り身である。

魔封爆石が起動する。あと数秒で炸裂するだろう。と、その時だ。ファジーダイスが団員一号の尻尾の付け根と脇腹を擽（くすぐ）った。

するとどうした事か、強い決意で固められていた団員一号の手が放れたではないか。

「にゃふふーんっ！　そこはダメですにゃ！　くすぐったいですにゃー！」

これでもかというほどに身悶えする団員一号。それは、敏感ポイントを的確に狙われたがゆえの反応だった。

「やっぱり……！」

ファジーダイスはそれを見逃さず引き剥がしに成功すると、そのまま躊躇（ちゅうちょ）なく団員一号をぶん投げた。

「しまった、ですにゃー！」

華麗に宙を舞った団員一号は、その直後、強烈な閃光を放ち音を響かせ、夜の闇の中に消えていった。

何か気になった事でもあったのだろうか。華々しく散った団員一号の事など意に介さず、ミラに歩み寄っていくファジーダイス。

「精霊女王さん……貴女は――」

しかしその瞬間、彼の目の前にぽろりと小さな石が落ちた。

その石は、上空で待機していたヒッポグリフとワーズランベール組より落とされたものだった。夜の闇の中で気配を断ち、ずっとその時を狙っていたのだ。

咄嗟（とっさ）に対応するファジーダイス。しかし、完全な不意打ちとなったそれは、僅かの間も置かずに炸裂し、光と音をまき散らした。

「それこそが本命じゃ！」

はて、何か言おうとしていたような。そんな気がしたけれど今こそが最大の好機であると確信するミラは、捕縛布を手に駆け出す。

「くっ……」

今度は完全に決まったようで、ふらついた末に膝をついたファジーダイス。と、そんなファジーダイスを中心にして、蜘蛛の巣が急速に広がり始めた。

(これはまた、随分と強力な《イドの幻影》じゃな……)

その様子を見て、ミラは警戒を最大にまで引き上げた。

降魔術の最上位技能の一つ、《イドの幻影》。それは、術者が行動不能に陥った際、一時的に内なる影が出現し、術者護衛のために降魔術を行使するというものである。

すなわち自動迎撃モードとでもいった状態であり、それゆえにファジーダイス自身の思慮などは介在しない。

つまり現状のファジーダイスは、どのような攻撃手段を使用してもおかしくはないという事だ。

「虎穴に入らずんば何とやらじゃ！」

それでもミラは、更に前進した。どのような迎撃手段を用いるかは不明だが、そこに術者の意思がないとなれば、つけ入る隙が幾らでもあるからだ。

蜘蛛の巣に足を踏み入れると、瞬く間に無数の糸が殺到する。けれどそれらは、ミラが纏うヴァーミリオンフレームによって燃え尽きた。

次に迫るのも、また蜘蛛の糸だ。しかしそれは、鋭く研ぎ澄まされた刃であった。

（これでわしは、初めてファジーダイスから攻撃された者、とかになるのかのぅ）

蜘蛛の鋼糸を部分召喚の塔盾で受け止め、そのままひらりと跳び越えたミラは、更に複数のダークナイトの部分召喚を発動し、中心部にいた黒い影を切り裂いた。《イドの幻影》の方の本体をだ。

その途端、周囲の蜘蛛糸が全て消え失せて、行動不能状態のファジーダイスだけがそこに残る。

「確保じゃー！」

一気に距離を詰めたミラは、捕縛布を広げてファジーダイスに迫った。そして、あと数センチの距離に入った時だ。

「なぬ!?」

まだ眩暈の中にあるはずのファジーダイスが、その手を伸ばしてきたのだ。

大きな身長差があるため、その手はミラよりも先に届く。そして見事に胸部を捉えた。しかし触れていたのも束の間、その手が強く握られると同時に、もう片方の手が伸びてきて今度はミラのまたぐらに当てられたではないか。

それは、ほんの刹那の出来事だった。先に捕まってしまったミラは飛び込んだ勢いそのまま、華麗なフォームで空へと放り投げられてしまったのだ。

「何じゃとー!?」

数瞬のうちに十数メートルの高さにまで放られたミラは、慌てたように姿勢を整えて《空闊歩》を使い宙を蹴る。そして追撃が来ない事を確認してから、ゆっくりと地面に下りつつファジーダイスの様子を探った。

そこでミラの目が捉えたものは、眩暈などとうに治ったとばかりに佇むファジーダイスの姿に、うっすらと重なる黒い影であった。

(もしや……今のも《イドの幻影》だったというのじゃろうか)

ミラが知る《イドの幻影》は、術を自動発動するだけのものだった。しかし、それは今より三十年前の記憶。もしかしたら、この技能もまた三十年の間に進化していたのではないか。

そう、術者本体をも動かして緊急回避を行えるほどに。

「やはり只者ではないのぅ……」

地面に戻ってきたミラは、警戒しつつ近づいていく。対してファジーダイスは動かず、ミラを見る事もない。《イドの幻影》の効果そのまま、範囲内にさえ入らなければ迎撃はされないようだ。

それならば、次は片方に注意を引いて。と、そんな作戦を実行しようとしたところで、ファジーダイスを覆っていた黒い影が霧散した。

「ちょっと……タイム」

ふと、ファジーダイスはミラに向かってそんな言葉を口にした。眩暈から立ち直ったばかりなため僅かにふらつきながら、手のひらをミラに向ける。

ただの時間稼ぎという可能性もある。だがしかし、ファジーダイスがそのような手を使うとは思い辛く、ミラはその足を止めた。

「何じゃ、降参か？」

ミラの実力に恐れをなして、孤児院の場所を白状する事にしたのだろうか。そんな淡い期待を抱きながらミラが問うたところ、ファジーダイスは「そうしたいところだけれど」と苦笑する。

「精霊女王さん、貴女に訊きたい事があります。その答えによっては、貴女が望む情報をお教え致しましょう」

真っ直ぐと向かい合ったファジーダイスは、真剣な目つきでそんな言葉を口にした。

(訊きたい事、じゃと？)

いったい彼は、何を知りたいのだろうか。若干警戒しながらも、この申し出はチャンスであるとミラは考える。

「探している理由は無理じゃぞ」

「ええ、もちろんです」

念のために放った一言も、承知済みだとファジーダイスは答える。となれば、いよいよ何を訊いてくるつもりなのかわからない。

「して、何を知りたいのじゃ？」

ミラがそう問い返すと、ファジーダイスは少しだけ周囲を見回した。そして何かを見つけたとばかりにそちらを指さして、それを口にする。

「あちらのケット・シーですが、団員一号さん、ですよね？」

ファジーダイスが指さした先。そこには、地に伏せたまま、虎視眈々とした目つきで何かを狙っている団員一号の姿があった。

ただ、居場所に気付かれたと察した瞬間に「にゃーん」と猫の真似（？）をして、何かを誤魔化そうと試みている。

「……あの何ともいえない様子からして、そうとしか思えませんが、どうでしょう？」

更にファジーダイスが、そう言葉を続ける。その目には確信めいた何かが秘められており、同時にミラは、その質問が意味するところを悟った。

「団員一号を知っておるという事は、もしや……というか、やはりお主……星崎昴か!?」

ミラがその名を口にした瞬間だった。いったいどうしたというのか、目の前のファジーダイスの雰囲気が一変した。

「その通り！　闇夜に流れる一筋の光！　それがこの俺、星崎昴改め正義の流星、スタージャスティスだ！」

突如として言葉遣いまでも、がらりと変わったファジーダイス。これまでのすかした感じから、どこか熱血寄りな……ヒーローバカへと。

「一応予想はしておったが、本当にお主じゃったとは……」

ミラは、その変わりように苦笑する。予想はしていたが確証はなかった。その原因の一つがこれだ。

ファジーダイスのキャラクターというのが、微塵も熱血バカな彼に結び付かなかったのである。いうなれば、レッドとブルーほど違っていたわけだ。

しかし今、それが真実だと確定した。ファジーダイスの正体こそが、九賢者の一人『奇縁のラストラーダ』であると。

なお、星崎昴とは本名ではなく彼のヒーローネームだ。

「俺もビックリしたぜ。あの司令官が、こんなヒロインみたいになっちまっているんだからな！」

はつらつと笑う男、ファジーダイス改めスタージャスティスは、じっとミラを見つめ「その可愛さ、ジャスティスだな！」などとサムズアップした。

ケット・シーの団員一号は、相当に特徴的らしい。

ミラもまたダンブルフ時代に比べると、とんでもない違いとなっているが、彼は団員一号から、その正体に辿り着いたようだ。

「その件については触れるでない」

目を逸らしながら返したミラは、ヴァーミリオンフレームを解除すると共に、周辺で待機中の者達全てに労いの言葉をかけてから送還した。ファジーダイスがラストラーダであるとわかったからには、もう戦う必要などないと判断したからだ。

そしてそれはラストラーダも同じようで、展開中の術を解除していた。

「しかしまあ、怪盗の正体がお主じゃったとなれば話は早い」

ミラの任務の目標そのものである彼ならば、孤児院を探しているだ何だという回りくどい言い方をせずに済む。単刀直入に、その孤児院にアルテシアはいるかと訊けばいいだけだ。

「実は今じゃな──」

未帰還の九賢者達を捜している、というような旨をミラが伝えようとした時だった。

「おい、こっちだ！　誰かいるぞ！」

「早く明かり持ってこい！」

そんな声が、街の方向から響いてきたのだ。

「おっと。どうやらゆっくりと話している時間はなさそうだ！」

見ると警備兵やら冒険者やらが、続々とこちらに向かってきているではないか。ミラが幾つも使った魔封爆石の音が聞こえたのだろう、何事かと集まってきたらしい。

それを見て、ラストラーダは上着を脱いだ。そして、くるりと裏表を引っくり返し、マスクを被り直したところ、これまでの地味な姿から、まさかのファジーダイス再誕である。

「何と……そのような仕組みになっておったのじゃな」

一見すると幾重にも着込んだように見えるファジーダイスの衣装。しかしそれは、早着替えで使われるような実に単純な作りであり、ミラはその素早い変わりように感心した。

「とりあえず、詳しい話は後日にしよう。待っていてくれ。今度はこっちから連絡するぜ！」

そう言うと共に、ラストラーダが何かを投げて寄越した。

「何じゃ？……これは!?」

反射的に受け取ったミラは、それを見て驚愕する。ラストラーダに渡されたものは、ふんだんに宝石が鏤(ちりば)められたペンダントだったからだ。

これをどうしろというのか。そう訊こうとしたミラだったが、その直後、ミラ達の周辺が明るく照らされた。

「いたぞ、ファジーダイスだ！」

「おお、精霊女王さんもいるぞ！　こんなところまで追いかけていたんだ！」

警備兵達が、照明を点けたようだ。見ると幾つもの隊が、こちらに向かって駆けてくるのが見えた。

「それじゃあ、後はよろしく頼んだぜ」

そう小声で告げたラストラーダは、大袈裟(おおげさ)に飛び退いてみせた。

「これでは分が悪い。流石は精霊女王と呼ばれる冒険者ですね。それは諦めるとしましょう！」

彼はファジーダイスとして警備兵達にも聞こえるような声で言うと、何かを周辺にばら蒔く。するとそれらから大量の煙が溢れ出て、瞬く間に辺り一帯を覆い尽くした。

「では、さらばだ、諸君！」

煙で何も見えない中、ファジーダイスの声だけが遠くから響き、そしてその気配は闇に紛れるようにして消えていく。それは実に怪盗らしい消え去り方であった。

（……まあ、正体がわかっただけでも、良しとするか）

今回、目的の情報を得る事は出来なかった。けれど、それに繋がる、いや、それ以上の情報を手に入れた。

九賢者の一人『奇縁のラストラーダ』こそが、ファジーダイスの正体。アルテシアを捜しに来たら、予期せぬ一人を見つける事が出来た。これはかなりの僥倖だ。

ただ、ゆっくりと話せなかった事が悔やまれる。

(しかし、後日と言っておったが、それはいつになるのかのぅ)

と、そんな事を気にしているうちに煙幕は晴れていき、兵士達とファジーダイス専門の越境法制官が、こちらに駆け寄ってくる姿が見えた。

「何の音かと見に来てみたら、精霊女王さんでしたか。話には伺っています。今回は、とびきり凄腕のAランクが協力してくれていると。いやはや、あの音からして、相当な激戦だったのでしょうね」

到着するや否や、どこかワクワクとした目でそんな事を口にした兵士長。なお、彼はデズモンドとはまた違う隊の者だ。

「しかし、けむに巻かれてしまいましたね。いや、まさかあのような逃げ方もあったとは」

遠く、ファジーダイスの声が消えていった方向を睨みながら、そう口にするのは越境法制官の男である。よく知るからこそ、今回のような場面は初めて見たと驚き顔だ。

ただ、裏では密かに協力関係にあるからか、越境法制官の口振りは、流石ファジーダイスだと言わんばかりな様子である。

しかしながら、「そこまで追い詰めるとは、やはりAランクの冒険者さんは凄いですね」と、ミラへのフォローも忘れなかった。

「これまで相手にしてきた誰よりも手強い奴じゃったな」

一先ず謙虚に答えたミラは、そこで手にしたペンダントを思い出す。ファジーダイスに渡されたそれが何なのか、とりあえず訊いてみようと。

「ところで、これなのじゃが――」

ミラがそう言ってペンダントを二人に見せた、その時である。

「おお！　それは『銀天のエウロス』ではありませんか！」

目を見開く越境法制官。そして兵士達がどよめく中、兵士長もまた、それをじっくり凝視してから、その顔を驚愕に染めた。

「何と……！　ファジーダイスから取り返したのですか!?　これは快挙ですよ！」

そんな事を兵士長が口にすると、兵士達と越境法制官が騒ぎ立てる。やれ億万長者だ、一攫千金(いっかくせんきん)だと。

「……えっと、何じゃ。これは、そんなに凄いものなのじゃろうか？」

ただただ、ファジーダイスからぽんと渡されただけに過ぎないミラは、彼らの盛り上がりについていけず、そう基本的な事を質問した。その『銀天のエウロス』とは、何ぞやと。

「知らずにも、見事にこれを取り戻すとは……流石です！」

更に驚きながらも感動したとばかりに、兵士長は詳しい事を教えてくれた。

ファジーダイスから取り返した（？）ペンダント『銀天のエウロス』。それは、ドーレス商会長が大切にしていた、最上級のお宝であった。

鏤められた宝石や、実に緻密に施された細工は芸術そのもので、更には人の手では決して生み出せない自然な色合いが見事に調和している。

また、夜天に輝く星々を表したというそれは、話によると商売の神の祝福が秘められているそうで、その価値は最低でも三十億は下らないそうだ。

「何と……三十億じゃと!?」

手のひらに収まる三十億の星空。しかも越境法制官が言うには、今回の件で、価値が上がるかもしれないらしい。

商売の神云々というのが意外にも冗談ではなく、更に今回、かの大怪盗から今話題の精霊女王が取り戻した、という価値が加わったためだと。

何と、この『銀天のエウロス』を手にした者は、一代でトップクラスの商人にまで上り詰めたという伝説があるそうだ。しかも、その歴史は一度や二度ではなく、偶然とするには無理があるほどの逸話ばかり。

しかも、そんな商売繁盛の奇跡は商路にまで及び、これを持つ商会は、盗賊や魔物の類による被害が極めて少ないという。

加えて今回、盗まれても取り戻される、という逸話が加わった。

そのため、これを売りに出せば直ぐにでも数多の商会長が交渉にやってくるだろうと彼は興奮気味に続ける。

「まったく、羨ましいですよ。三十億もあれば、もう一生遊んで暮らせるじゃありませんか」

最高に贅沢な余生を送れる。教会所属の越境法制官でありながらも、彼は実に人間味全開な妄想を膨らませていく。

また兵士長はといえば、「俺は、商売を始めますね」と口にしてから、行商の途中で運命的に出会った女性と結婚する、なんて夢を語った。

そんな兵士長の言葉を聞いた兵士達は、金がなければ相手にされないでしょうからね、と口にして笑う。

「折角お前達を専属の警備兵に雇ってやろうと思っていたのにな。もう、雇わんぞ」

へそを曲げた兵士長がそんな事を言うと、兵士達は前言撤回してよいしょし始める。

(平和じゃのぅ……)

妄想話で盛り上がる彼らのやり取りを眺めながら苦笑するミラ。ただ、そこでふとした違和感を覚えた。兵士長も越境法制官も、この『銀天のエウロス』が、自分のものになった事を前提としているところにだ。

彼らの話によれば、これは盗品である。となれば、元の持ち主に返すのが義務というものだろう。

ミラは、そう考えていた。

しかし、その点についてミラが触れたところ、二人から驚きの言葉が返ってきたではないか。

「そうか、精霊女王さんは、ずっとファジーダイスを追いかけていましたね」

「それなら、知らなくても無理はないでしょう」

二人は、その理由について教えてくれた。何でも、ミラがファジーダイスを追っている間にも裏で色々な事が動いていたようだ。

それは、何を隠そう、ファジーダイスが置いていった証拠に関係する事柄であった。

教会側は大司教に提出された証拠を精査し、ドーレス商会の行ってきた悪事を把握。そこから即座に、ドーレス商会長を拘束。更に術士組合に提出された証拠品を含め簡易法廷が開かれ、商会の解散が決議されていた。

また、その際に全財産が差し押さえられた。だが、それが発令された時、『銀天のエウロス』は既に盗まれていた状態であったため、その対象外となっていた。

つまり、今はもう返すべきドーレス商会はなく、結果ファジーダイスから取り戻したそれの所有権は、そのままミラのものになった、というわけだ。

「おお……何と……」

知らないうちに、三十億の価値があるお宝が自分のものになっていた。二人から理由を聞いたミラは、まさかの出来事に驚愕しながらもペンダントを見つめてにんまりと笑う。

換金してしまおうか、それとも商売の神の加護とやらを活かす方法でも考えてみようかと、そんな妄想を繰り広げた。

だがそこで、ふと気付く。なぜ、あのタイミングでこれを渡してきたのかと。

(あやつは、これをわしに寄越して、どうするつもりだったのじゃろうか)

そう思ったミラだったが、少ししてその理由に気付いた。それは何よりも、ここにいる兵士達と越境法制官の反応から明らかであったと。

ファジーダイスから宝を取り戻した凄腕冒険者。彼らは、ミラの事をそう称賛している。しかし、もしもあのまま逃げられた形になっていたらどうだったか。単純に逃げられた、という結果だけが残る事になるのではないか。

昔のよしみとでもいうべきか。それはきっと、ミラのメンツを守るためだったのだろう。

（随分と粋な事をしおるな）

ペンダントの理由をそのように解釈したミラは、ならばこそ自分も応えなければと考える。

もしもミラが現れなければ、このペンダントは換金されて恵まれない孤児院の未来に投資された事だろう。となれば、次にやる事もはっきりしている。

「これがわしの物というのならば、そうじゃな……では、孤児院の子供達のため、教会に寄付するとしようか」

三神教会は、慈善活動として沢山の孤児院を抱えている。ミラは、その運営資金にしてくれと、越境法制官にペンダントを差し出した。

「ほ……本気、ですか？」

ペンダントを前にして、あからさまに困惑の色を浮かべる越境法制官。また兵士長はといえば、完全に絶句しており、正気かとばかりにミラの事を見つめていた。

「冗談で、このような事は言わぬ。生憎(あいにく)と、そこまで金銭には困っておらぬし、商売をする予定もないのでな。商売の神の加護があるというのなら、有意義に使ってくれる者の手に渡った方が良いじゃろう」

そう答えたミラは、何ならこれを商人に譲る際、孤児院への物資を格安で提供する事などの条件を付けるのもいいのではないかと付け加えた。

「本気、なんですね……わかりました！」

ミラの言葉を真摯に受け取った越境法制官は、ゆえに今は受け取れないと答えた。

「これほどの特別な寄付なのですから、大聖堂で寄贈式を行いましょう！」

突然そんな事を言い始めた越境法制官。彼は、これほどの寄付となれば、この場で簡単にやり取りするわけにはいかないと話す。そして正式な場を設けて――丁度今、この街に来ている大司教様に直接、寄贈するべきであると力説した。

なお、その提案には、これだけ貴重なものを持っていくなど怖くてとても無理だ、という彼の心情が半分ほど隠れていたりする。

「うーむ……そこまでする事では――」

「――いえ、こういうのはきっちりとするべきです。大々的に寄付された事を知らせて、内部での不正を抑止する効果もあるのですから」

ミラが僅かに難色を示した途端、越境法制官は猛追をかける。教会の者でありながら、教会内部に横領する輩がいるような事をさらりと口にしたが、彼は至って真剣な顔で、寄贈式の大切さを説く。

（……面倒じゃのぅ）

ミラが気乗りしない理由は、単純にその一言に尽きた。

式だ何だと形式ばった場というのを苦手とする者は多いだろう。ミラもまたその類に漏れずである。しかも今回は、教会側の上位に位置する大司教が相手だというのだ。出来れば、このまま越境法制官に預けてしまいたいところである。

「では、私はこれで！　早速、寄付の話を大司教様にお伝えしておきます。二、三日中には予定も立つでしょうから、都合の良い時に大聖堂までご足労お願いします！」

ミラの心境を察したのか、そんな言葉を口にした越境法制官は、逃げるようにその場を離れる。そして「あ、一応、来るかもしれない、としておきますのでー」と最後に付け加えて、そのまま駆けていってしまった。

来るかもしれない。きっとそれは、ミラが心変わりした場合の事を思ってのものだろう。

「大事になったのぅ……」

心変わりする事は、きっとない。となれば、確実に寄贈式が執り行われる事になる。ため息をついたミラは、『銀天のエウロス』を手にしたまま、ちらりと兵士長に視線を向ける。

「……おっと、ではそろそろ私は報告に戻るとしましょう」

そちらから渡しておいてくれ。そんな心の内をミラの表情から読み取った兵士長は、即座にそんな事を言って数歩後ずさる。そして「では、寄贈式、頑張ってください」と言葉を残し、足早に去ってに続くのだった。

また兵士達は、流石は精霊女王様だとか、懐が深いというような声を口々に上げながら兵士長の後いった。

兵士長と越境法制官らに逃げられ……別れた後、ミラは地下水路を進んだ結果について、まだ現場にいるクリスティナから詳細な報告を受けていた。

『ふむ……そうか。そのような場所じゃったか。うむ、ご苦労じゃったな。ではゆっくりと休むが……む？　何じゃ？　ああ、そういう事ならば明日は休息するように、わしが言っておったと伝えれば良い。うむ、構わぬ構わぬ』

最後にそう労いの言葉をかけたミラは、クリスティナを送還し、考え込んだ。

ミラがファジーダイスと対決している間に、地下水路側でも色々な事が起こっていた。

（やはり、犯罪が隠されておったか。しかも、これは……）

クリスティナの報告によると、痕跡を辿り行き着いた先には頑丈な鉄の扉があったという。そしてその奥には、人相の悪い男が五人と、拘束された子供が十二人いたそうだ。

なお、現場は即座に制圧し、子供達は全員無事だという事だった。またその際、そこにいた男達を尋問したところ、その場所が人身売買の拠点として使われていたと判明する。

つまりファジーダイスは、その現場を押さえさせるために兵士達を誘導したわけだ。

（人身売買の拠点を暴く事が、わざわざ地下水路に逃げ込んだ理由じゃったというわけか。まったく……あやつらしいのぅ）

不可解だった怪盗の行動に納得がいったミラは、かの友人は昔と何ら変わっていないと笑う。

更に地下水路の入口のあった屋敷の主とその屋敷の者達は、これら人身売買への関与についての取り調べのため全員拘束されたらしい。

屋敷の使用人については、わからない。だが主人の方は間違いなく黒であろうと、兵士、傭兵共に満場一致したとクリスティナは語っていた。

「一先ずは、これで一件落着じゃな」

今回のファジーダイスの仕事によって、ドーレス商会と一つの貴族の悪事が暴かれた。きっと怪盗側からすれば、予定通りの大勝利という結果だろう。

そしてミラもまた、ファジーダイスの正体がわかり、『銀天のエウロス』というお宝を手に入れるという大収穫だ。

ラストラーダとの詳しい話は後日になり、しかも寄贈式を行う羽目にはなったが、それでも十二人の子供達が救われた今夜、ミラは機嫌よくペガサスの背に跨り街に戻るのだった。

街に戻ってみると、その雰囲気がガラリと変わっていた。あれほど賑やかにごった返していた大通りに、今は疎らに人がいるだけだ。

溢れ返っていたファン達はどこに行ったのだろうか。そんな事を思いながら、ミラは術士組合の少し手前に降り立った。

「祭りの後、といった感じじゃのぅ」

ペガサスに労いの言葉をかけて送還したミラは、今日一日の騒ぎっぷりから一転し、どこか物寂しく感じる大通りを眺める。そしてその目が向こう側に並ぶ店を捉えたところで、今の状況に納得した。

所長が教えてくれた高級スイーツ店。ファジーダイスファンが経営していると思われるそこに、大量のファン達の姿があったのだ。

どうやら彼女達は、そういった店で打ち上げパーティをしているようだ。

果たして、ファジーダイスから精霊女王がお宝を取り戻した、なんて話が彼女達の耳に入ったらどうなるだろうか。

理由はどうあれ、ミラが初めてファジーダイスに土をつけた者になるわけである。

「なるべく、会わないようにせねばな」

想像も出来ない状況に思いを巡らせ震えたミラは、こっそりと大通りを進み、逃げ込むようにして術士組合に飛び込んでいった。そして大いに盛り上がっている組合内の様子に呆然とした。

「何ともまた……騒がしいのぅ」

組合のロビーは、さながら宴会会場と化していた。並べられた大きなテーブルに料理と酒が山ほど積まれ、男女入り乱れて飲めや歌えの大騒ぎである。

これは何の騒ぎだろうと、近くの組合の者に訊いてみたところ、それは所長の残念会であるという答えが返ってきた。

「これほど盛大な残念会は、初めて見たのぅ……」

一見するならば、その様子は祝勝会である。組合内を見回しながら、ミラが所長に向けて歩いていくと、それに気付いた冒険者が「精霊女王様のお帰りだぞ！」と声を上げた。

今回、所長の協力者として動いていたためか、さっと冒険者達が割れ所長までの道が出来る。

その先にいた所長は、ミラの姿を見るなり大きく手を振った。

「おお、ミラ殿。戻ってきたようだね。さあ、こちらへ。あの後、どうなったのか詳しく聞かせてくれないか」

どうやらここにいる者達は、ファジーダイスが脱出してから先の出来事については詳細を把握していないようだ。知っている範囲は、どこかの屋敷に入っていった、程度までだという。

「ふむ、ならばわしが見聞きした事を語るとしようか」

そう言いながら所長の向かい側に腰を下ろしたミラは、グラスに果実酒を注ぎ、ぐいっと飲み干すと、気分良く組合を出た後の事を語った。

「と、いうわけでのぅ。きっと奴の目的は、その現場を押さえさせる事だったのじゃよ」

ファジーダイスを追いかけた先にあった屋敷。そこに残っていた怪盗の痕跡。それを追った先にあった、人身売買の拠点。それらについてクリスティナから聞いた事も踏まえ話し尽くしたミラは、最後に兵士長から聞いたドーレス商会の末路についても簡単に付け加えた。

「そのような事があったのか。それは是非とも現場に立ち会ってみたかった」

足がこんなでなければと、残念がる所長。だがそれでいて、流石はファジーダイスだとばかりに笑う。

「まったく。奴は、とことんまで正義のヒーローのようじゃな」

果実酒の瓶を逆さまにしながら、ファジーダイスを持ち上げるミラ。そして、ヒーローバカが本当のヒーローになっていたと、心の中で苦笑した。

そうしてミラの話が一段落すると、組合内は更に盛り上がった。

「ざまあみろ、デンバロール子爵」「まさかハクストハウゼンの汚点を二つも潰してくれるとは」などという声がちらほら上がる。どうやら、どちらも悪い意味で有名だったようだ。

またその他にも、いったいファジーダイスはどうやってそれらの犯罪を見つけているのか、どうやってその犯人を特定しているのかという声も飛び交っていた。

と、そんな声を聞きながら、ミラはここでようやく知った。かの屋敷の主人は、デンバロール子爵という名であった事を。

(まあ、どうでも良い事じゃな)

有罪が確定した悪党の名を知ったところで、もう意味はない。ミラはさっぱりその名前を忘れると、追加の果実酒の瓶を受け取りグラスに注いだ。


「それでだ、ファジーダイスはどうなったんだね?」

ミラが話したのは、ファジーダイスの痕跡を追った先での事だった。では肝心の怪盗について、その後どうなったのか。

所長が再び問うたところ、ミラは不敵な笑みを浮かべ、待ってましたとばかりに立ち上がった。

「奴は……わしらに人身売買の拠点を見つけさせようと痕跡を残していたわけじゃが……わしはそれにいち早く気付いたのじゃよ!」

なぜか勝ち誇ったように言い放ったミラは、先程の話を少し修正しよう、などと言って説明を続けた。ファジーダイスの狙いに気付いたその時、兵士長のデズモンド達と協力して、二手に分かれていたのだと。

「あの怪盗のやる事じゃからな。わしは痕跡を追った先に何かあると直感しておった。ならば、それを見極める必要がある。しかしじゃ。そのままファジーダイスの奴を悠々と逃がすわけにも、またゆかぬ。そこで、わしの召喚術の出番じゃ！」

人身売買の拠点を見つけさせて、尚且つ自身はそのまま姿を消す事がファジーダイスの狙いだった。しかし、そこまで思い通りにはさせるつもりはないと、ミラは笑みを浮かべる。

水路内を逃走するファジーダイスの位置は、水の精霊の力によって特定が容易だった。更には、その向かう先まで予測出来た。よって怪盗が向かう出口へペガサスに乗って向かい、先回りに成功したと胸を張る。

「そこでわしも奴の流儀に則って、非殺傷で相対したのじゃよ」

決して相手を傷つけるような事はしないファジーダイス。だからこそ同じ土俵で戦ったと、ミラはその時の攻防を話し始めた。ファジーダイスが操る、様々な蜘蛛糸。それを掻い潜り、炸裂させた魔封爆石。更には、召喚術による華麗な連携技を。

「というわけで、今回は引き分けという結果に終わったわけじゃ」

召喚術の有用性を要所に織り交ぜながら若干の脚色交じりで語り終えたミラは、果実酒を呷り上機嫌に笑う。ファジーダイスは噂通り、実に手強い相手であったと。

また途中から随分と酔いが回ってきたようで、ミラのろれつが怪しくなってきていた。ただ最も重大なファジーダイスの正体については、しっかりと自制に成功している。

「すげぇな！　流石精霊女王さんだ！」

「相手に合わせるとか、痺れるっすよー！」

どうやらミラ以外の者達も、相当に出来上がってきているらしい。ミラがここぞと決めてみせれば、やんややんやと声を上げる。

その声で更に調子に乗ったミラは「これがその時の戦利品じゃー！」と、かの『銀天のエウロス』を見せつけた。すると三十億は下らないとされるお宝の登場によって、会場は更に沸く。

ただ、流石にお宝過ぎるためか、何かがあっては身の破滅になると本能で察したのだろう、一定距離以上には誰も近づこうとはしない。

そんな中、所長は楽しそうに微笑みながらも、ミラが話していた対決の内容を精査していた。

「確か警邏騎士も、そのような効果の投擲武器を持っていたな……。なるほど、上手く使えば一泡吹かせられるかもしれない」

ミラが使っていたスタングレネード風の魔封爆石だが、警邏騎士はスタングレネードそのものを所持しているようだ。

早くも次の対決に向けて、作戦を練り始めた所長は、「ミラ殿。先程の話にあった蜘蛛糸についてなのだが――」と、情報を求める。

対してミラは、求められるまま存分に答えていった。

そうして非常に盛り上がった残念会は、深夜を回り八割方が酔い潰れたところでお開きとなった。

ミラもまた、そんな潰れた一人だ。

残念会がお開きになると、ニナ達の手によって男爵ホテルまで運ばれ、そのままベッドでぐっすりと眠ったのだった。


次の日の朝。もぞもぞと起き出したミラは、はて、いつの間にホテルに帰ってきたのだろうかと首を傾げる。記憶にあるのは、術士組合で大いに騒いでいたところまでだ。

「誰かの世話になったのは間違いなさそうじゃな……」

更に気付けば、ホテル備え付けの寝間着用ローブに着替えさせられていた。ミラは、その誰かに心の中で礼を言いながら朝の支度を始める。

用を足してシャワーを浴び、着替える。

ただその際にミラは、特製の魔導ローブセットを着ず、普段着用としてカバンに用意されていたワンピースに袖を通した。

ファジーダイスとの戦いやら何やらで、随分と汗だ何だと汚れてしまっていたからだ。

「ふむ……これは快適じゃな！」

また、ついでに下着も替えたところで、ディノワール商会で購入した『魔動式服下用冷却クルクール』をワンピースの下に着込んだ。

その効果は抜群であり、夏の日差しがギラギラと差し込むベランダに出ても、ひんやりとした心地好さが身体を包む。流石はディノワール商会の商品だ。

その性能に満足したミラは、魔導ローブセットを手に部屋を出る。そして廊下の途中にあるクリーニングサービスに預けてからロビーへ下りた。

男爵ホテルのロビーには、見知った顔があった。そう、所長とユリウスだ。

何やら二人は、商人らしき男と冒険者らしき女性を前に話をしている。

と、その途中で所長が気付いたのか、こちらに手を振った。

「では、出発は一時間後に。よろしくお願いします」

商人らしき男は、そう言って振り返る。そしてミラとすれ違うところで、小さくお辞儀をして、女性を伴い去っていった。

「やあ、おはようミラ殿」

「おはようございます」

「うむ、おはよう」

そう何げなく朝の挨拶を交わしたところで、ミラは先程の男が出ていった先に目を向ける。

「何じゃ、出発と言っておったが、もう街を出るのか？」

昨日の今日で随分と忙(せわ)しない事だ。そう訊いたところ、所長は「その予定だ」と頷いた。

「昨日で用事も終わったのでね。長居は無用というものだ」

ニヒルな笑みを浮かべながら、そう答えた所長。しかし、そんな彼の後ろに立つユリウスが、そっとその真実を暴露する。「事件が終わったらすぐに帰らないと、奥さんに叱られてしまうんですよ」と。

自由奔放でそれを許されているような印象の所長であったが、どうやら世の中の旦那の類に漏れず、奥さんには頭が上がらないようだ。

ちょっとした決めどころを潰されて、無言のままユリウスを睨む所長。対してユリウスは、とぼけるように視線を遠くに向けた。

「ミラ殿、朝食はもう済んだかね？」

所長は改めるようにして、そう口にした。その目には、ありありとした期待が込められている。

「いや、これからじゃな」

ミラがそう答えると、所長は早速とばかりに一つのレストランを指し示した。

男爵ホテルに併設するそこは、先日一緒にパンケーキを食べたところだ。

所長が言うには、大聖堂で節気典礼が行われた日より一週間だけ、限定スイーツが食べられるとの事である。しかもそれは、グルメ本に載るほどの逸品だそうだ。

「ふむ、付き合おうではないか」

「そうこなくてはね」

ミラが快諾すると、所長は早速とばかりに車椅子を走らせた。

そうしてありついたスイーツ、『ディープシー・カスタード』。それは、ふわとろパンケーキが溺れるほどのカスタードに沈んでいるという衝撃的なビジュアルのスイーツだった。

この店自慢のカスタードを大盤振る舞いした至極の一品。更に付け合わせのプレーンの薄パンにたっぷり載せると、余す事なくカスタードを堪能出来るというものだ。

三人は、そんなド級のスイーツを朝から存分に堪能する。程好い甘さに、ふわりと鼻に抜ける風味は、重々しい見た目に反して朝食として抜群であった。


「では、ミラ殿。またいつか」

「お世話になりました」

「うむ、達者でのぅ」

朝食を終えロビーに戻ったところで、ミラは所長達と、そう別れの挨拶を交わした。

スイーツといえば、所長の語りたがりもセットのようなもので、気付けばもうじき所長達は出発の時間だ。

なお彼らは護衛兼相談役として、とある商隊に同乗するのだそうだ。先程の商人らしき男こそが、その商隊の代表だったらしい。

待ち合わせ場所まで時間ギリギリなのか、ユリウスが車椅子を押しながら駆けていく。ミラは愉快な者達だったと微笑んで、その背を見送った。

「さて、わしも行かねばな」

昨日の夜、ファジーダイスは別れ際に、こちらから会いに行くと言っていた。しかし、それがいつどこでかは、わからない。

さて、どうしたものか。考えながらも、いい感じに暇が出来たと笑い、街へと観光に繰り出していった。

〈30〉

ファジーダイス騒動から二日経った日の朝。ぼんやりまなこで朝の支度をしていたミラは、扉の下に差し込まれた封書を見つけた。映画や何かで見た事のあるそれだ。

ホラーなどの場合『次はオマエだ』などと書かれていたりするものだが、現状からして差出人には見当がつく。ミラは、思ったより早いものだと、それを拾い上げて手紙に目を通す。

予想通り、その手紙はラストラーダからのものだった。

そして内容だが、落ち合う場所の他に少々頼み事があると書かれていた。

「もしや、今更『銀天のエウロス』を返せとか言わぬじゃろうな……」

一昨日、それを寄付すると豪語して、兵士達や越境法制官をあれだけ沸かせたのだ。返すなどとなれば、金に目が眩み気が変わったなどと思われるのは間違いない。

ただ、ミラに花を持たせるために寄越したそれを返せなどと、かの怪盗が言うだろうか。

けれど貧乏性でいて考え方がみみっちいミラは、そんな心配を胸に秘めながら落ち合う場所へと向かった。

「さて、到着したが、どこにおるのじゃろうな」

ミラがやってきたのは、一昨日ファジーダイスと決戦を繰り広げた場所だった。ところどころに激戦の痕跡が残るそこで、ミラは周囲を見回す。

と、そんな中、ざばりという水の音と共に、川面から何かが這い上がってきたではないか。

その姿に一瞬だけぎょっとしたミラだったが、しかと確認して、その正体に気付く。

「おお、もう来ていたのか。早いな。いやぁ、待たせてすまなかった！」

そんな快活な声と共に現れたのは、平凡な術士といった服に身を包んだ男であった。そして実に暑苦しい笑みを浮かべる彼こそが、九賢者の一人『奇縁のラストラーダ』だ。今は素顔を晒しており、それはミラの知る当時のままだった。

「なに、わしも着いたばかりじゃよ。しかしまた、そのようなところから出てくるとはのぅ。――よもや、まだ何かあるのか？」

ラストラーダは、川の中から出てきた。そしてこの場所は、ハクストハウゼンの地下に広がる謎の水路の出口があるところだ。つまり彼は水路で何かをしていたのだろう。ミラはそのように考えたわけである。

そしてどうやら、予想は的中したようだ。

「ああ……ある！　司令官に頼みたい事にも関係するんだが、まずは――」

そう答えたラストラーダの顔には、溢れんばかりの正義感が浮かんでいた。こうなった彼は止められないと誰もが知る表情だ。

なお司令官とは、彼がダンブルフを呼ぶ際に使っていた呼称だ。

見た目が最も賢者らしいという理由で、ダンブルフが九賢者の代表のような立場であった事が要因だろう。戦隊ヒーロー系のノリだ。また、ソロモンは総司令である。

ラストラーダは、まず初めに、なぜファジーダイスなる怪盗になったのかについて語ってくれた。予告状を出す怪盗などという現実では奇抜過ぎるそれを、どういった経緯でラストラーダがやっていたのか。

そのきっかけは、やはりアルテシアだそうだ。

そして全ての始まりは、一つの誘拐事件だった。

それは今より七年ほど前。アルテシアは小さな村で孤児院を運営していたが、何と孤児院の子供が誘拐される事件が起きたという。

ただ、それは当然、アルテシアの怒りを買い、誘拐を実行した賊達は壊滅。また子供の売買にかかわっていた貴族は、それらに関係する証拠を全て押さえられ、法によって裁かれたそうだ。

ここでミラが驚いたのは、その貴族こそが話に聞く、ファジーダイス第一の事件の標的だったという点である。

最初の犯行と今とでは、そのやり方が大きく違う。そうソロモンと話していたが、これこそがその答えだった。そもそも正体が違ったのだ。

「アルテシアさんの大胆さには驚いたが、その後の街の様子を見ていると、これが高評価だったんだ」

初代ファジーダイスと現ファジーダイスが、どのように結びつくのか。ミラがそこに触れると、ラストラーダは説明を続けた。

アルテシアのやった事は、その当時、謎の告発人として街中で騒ぎになっていたという。

曰く、正義のヒーローが悪徳貴族に正義の鉄槌を下したのだと。

その頃、というよりこの世界に来て以降、裏社会に蔓延る悪と戦っていたラストラーダ。

彼は、その中でも特に大きな人身売買組織の手がかりを追って、丁度その貴族がいた街に来ており、その騒動を目の当たりにしたらしい。

なお、その貴族はというと、十分に証拠も揃っているという事で、数日のうちに処分が下されたようだ。ただ、それはあまりにも早く厳しい処分だったという。

しかもその貴族こそが、ラストラーダの追っていた手がかりでもあった。

「もしかしたら口封じのために判決が早まったのかもしれない」

そうぽつりと口にしたラストラーダは、その事もあって、手がかりもまた途切れてしまったのだと続けた。

だが彼は諦めず、もしかしたら謎の告発人が何か掴んでいるのではと考え、徹底的にその存在を捜したそうだ。そしてようやく見つけたのが、まさかのアルテシアで驚いたと笑った。

そのようにして再会し、互いに情報を交換した結果、ラストラーダは闇の組織に関係する情報の一端を得る事に成功。アルテシアはといえば、潰した貴族が氷山の一角だと知る事となった。

子供達を食い物にする人身売買組織の存在を知ったアルテシアが当然黙っているはずもなく、ここで二人は協力して、これを壊滅させるため動き出した。

そして、民衆の声援が高まっていた謎の告発人の影と手口を借り、ヒーロー好きなラストラーダの感性が加わって生まれたのが、怪盗ファジーダイスであったわけだ。

怪盗ファジーダイスの真の目的。それは、巨大な人身売買組織に繋がる証拠を集め、その喉元に喰らいつき、これを断罪する事。

何と今までの標的は、誰もが組織に関係する者達であったというのだ。しかも教会や組合に提出した証拠は全てではなく、実はそれらの組織に繋がる証拠は持ち帰っていたそうだ。

「なるほどのぅ。そういう事じゃったか。そして噂の孤児院は、やはりアルテシアが関係しておったか」

話の中で気になっていた事実が一つ明らかになった。

予想通りミラが探していた謎の孤児院は、九賢者の一人『相克のアルテシア』が創設したもので間違いなかったのだ。

ファジーダイスの目的はともかく、ここにきてアルテシアの存在まで明らかとなった。やはりファジーダイスとアルテシアは繋がっていた。

ただ二人は随分と大きな敵を相手にしているようだ。今回も見つけて連れ戻して終わりとはいかなそうだ。

「そういうわけで今回の仕事は一通り終わったんだが、少し手間取る部分が出てきたんだ――」

怪盗ファジーダイスとなった経緯。それを話し終えたラストラーダは、そこから更に今の状況を語り始めた。

何とラストラーダは、警備局の牢屋に潜入して、地下水路の部屋にいた者達から情報を聞き出してきたそうだ。

まず一つ。あの地下水路にいた者達は、人身売買のための商品を用意する業者であった。そしてデンバロール子爵は、そんな業者に場所を提供する代わりに利益の一部を受け取っていたという。

そして、この業者についてだが、更に丁寧に話を聞き込んだところ謎の人物の影が浮かび上がってきた。

どうやらその人物は、上からの命令を受けて、彼らのような業者を取りまとめているようだ。仕事が始まると、常に傍にいてずっと見張っていたらしい。だが昨日は、どこかへ出かけており、捕らえた者達の中にはいなかったとの事だ。

「つまり、その人物を見つけられれば、その上にある組織を特定する手がかりになるって事なんだ！」

ここまでの調査結果を一言でまとめたラストラーダは、けれどそこで、ここから先が少し問題なのだと続けた。

「地下水路と、そこにあった部屋を隈なく調査してみたが、その人物を特定出来そうな証拠が一つもないんだ。今日は範囲を広げてみたが、空振りだった」

業者を取りまとめているという謎の人物。聞き込んだ話によると、地下水路のあの部屋には来ていたようだが、その痕跡は残っていなかったそうだ。

「だが、ここで司令官と再会出来た！　思い出したんだ。調査といえば、司令官の仲間に専門家がいるってな。これは、もう正義の神が巡り合わせてくれたとしか思えないよな！　な!?」

謎の人物を追うためには、手がかりが足りない。だがラストラーダは、そこで召喚術が持つ可能性に注目したのだ。

「ふむ、確かにそうじゃな。ワントソ君ならば、その能力で十分に追跡可能じゃろう。目に見えぬ証拠だろうと見逃さぬぞ」

期待の篭ったラストラーダの目。それに対してミラは、自信満々にふんぞり返って答えた。

ラストラーダの用事を手伝う事になったところで、ミラ達は一度、警備局に足を運んだ。

潜入したラストラーダと違い今回の件で大活躍したためか、ミラが水路にいた者達を確認させてほしいと頼めば、直ぐに牢屋まで通してもらう事が出来た。

「ふむ、これで全員分じゃな」

「ばっちり覚えましたワン！」

ミラが考えた作戦。それは、最も簡単で確実な方法だった。

どのような匂いでも嗅ぎ分ける事が出来るワントソの能力。それは、覚えた匂いを追跡するだけではない。覚えた匂いを除外して、残った匂いを追跡するなどという事も可能なのだ。

ゆえに、こうしてあの地下水路の部屋にいた業者達を記憶した今、記憶にない匂いがそこに残っていれば、それがつまり謎の人物のものとなるわけだ。


「なるほど、わかりました。どうぞ、お通りください」

デンバロール子爵邸においても、ミラは顔が利いた。たった一夜で、随分と警備兵達に顔と名が知れ渡ったものである。色々と捜査中という事もあって警備兵達があちらこちらにいる中でも問題なく動けた。

「……何というか、合流してからでも良かった気がするな……」

少し前まで、こそこそと潜伏しながら慎重に調べ回っていたラストラーダは、あまりにも簡単に見て回れる状態に苦笑する。

警備が緩いのか、それともミラへの信頼がそれだけ高いのか。ミラの連れという事もあり、ラストラーダもまたノーチェックで通れたのだ。

そして地下水路にある部屋もまた封鎖されていたが、調べたい事があるとミラが言えば簡単に入る事が出来た。

「さて、ここじゃな。ではワントソ君や、頼むぞ」

「頼んだぜ、ワントソ君」

「お任せくださいですワン！」

ミラ達の期待を一身に受けながら、堂々と答えるワントソは、早速とばかりに匂いの判別を開始した。

この場には、沢山の匂いが残っている。

人身売買の業者達だけでなく、昨日突入した傭兵や警備兵達など、それこそ数十にも及ぶ匂いがあった。

けれどワントソは、冷静に手際よく、それらの匂いを嗅ぎ分けていく。

「これは新しいですワン――……これも昨日みたいですワン――」

ワントソは、ただ嗅ぎ分けられるだけではない。その匂いがいつのものかまでわかってしまうのだ。

つまり、雑多に漂う中の新しい匂いは、全て傭兵や警備兵などのものであると判別出来るわけだ。

ゆえにワントソが探すのは一つ。長く残っている中の、覚えていない匂いだけである。

「ありましたワン！」

地下水路の部屋を調査する事、五分と少々。ついにワントソが、それを見つけた。人身売買業者に出入りしていた謎の人物の匂いを。

「ようや──」

「──よくやってくれた！」

誇らしげなワントソをミラが褒めようとした矢先、ラストラーダの熱烈な称賛の声が響いた。

途切れた手がかりが、これでまた繋がるかもしれない。だからこそラストラーダの勢いは増していく。

「よし、どこだ⁉　見つけてやるぜ！」

ワントソを小脇に抱えて飛び出していくラストラーダ。

あのようになると誰も止められない。それをよく知るミラは「これ、ワントソ君を乱暴に持つでない！」と、急いでその後を追いかけていった。

地下水路の部屋からデンバロール子爵の屋敷を抜け通りに出たところで、ラストラーダの手からぴょんと飛び降り地面に伏せると「ここからが、腕の見せ所ですワン！」と、ワントソは張り切って魔法を発動した。

ワントソの魔法は、覚えた匂いを空間的に認識出来るというもの。更には、時間の経過具合までも把握出来てしまう。つまり匂いさえ残っていれば、順に辿る必要はなく、一気に一番新しい匂いへと到達してしまえるのだ。

「――……いましたワン！」

魔法の範囲外に出ていれば、そこからまた追跡する必要があった。けれど、どうやら謎の人物はまだハクストハウゼンに残っていたようだ。

ワントソは魔法であっという間に匂いを辿り、その張本人を見つけ出した。

「おお、でかしたぞ。流石はワントソ君じゃな」

ミラはラストラーダに攫われるより先にワントソを抱き上げる。そして、早く早くと急かすラストラーダを「お主は少し落ち着け」と制して、ワントソからその場所を聞いた。

ワントソの案内通りに進んでいった先は、何て事のない普通の術具店だった。しかもワントソが指し示したのは、そこにいる普通の男だった。

身なりからして、冒険者だろうか。それなりの武具を身に着けており、一見するとそこそこの冒険者といった風貌だ。

「ふむ、つまり普段は冒険者として潜んでいる、というわけかのぅ。何やら、お主と似たようなやり方じゃな」

人身売買に関与する傍ら、冒険者を隠れ蓑としているのだろう。そのように予想したミラは、その手口がファジーダイスに似ていると、ラストラーダを見やる。

「一緒にしないでくれないか。俺ならもっと大人しめにまとめるさ。あれはちょっと良い物が手に入ったから自慢している風にも見えるからな」

幾らか離れた場所で見張る二人は、そのようにさりげなく謎の人物のセンスに難癖をつけながら追跡する。

謎の男の動きに、今のところおかしな部分はない。術具店を出ると次に食料を買い込んでいった。そして大荷物を抱えた謎の男を追って最後に辿り着いた先にあったのは、ギルドハウスなる施設だった。

ラストラーダに訊いたところ、そこは冒険者達が組織するギルドのために用意された、冒険者総合組合管理の施設だそうだ。

集会所として、倉庫として、また生活スペースとしても使える場所であり、設備関係も充実しているとの事だ。

「ああ、にしても困ったな。ギルドハウスに入るには、まずギルドに所属していなければいけないんだ――」

ここまで尾行してきたものの、この先には進めないというラストラーダ。

何でも警備が厳重であり、防犯対策もばっちりな施設だそうだ。また専用の入場チェックがあるため、変装で紛れ込むといった方法も難しいという。

ラストラーダ自身、前に必要があり、ギルドハウスへの侵入を色々と試みたらしい。

だがギルドハウスには、日之本委員会製の特注品が多数仕掛けられているため、満足に調査も出来なかったと彼は語った。

「今回は、特に重要な相手だからな。出来るなら正規に入って、隈なく調べたいところだが……」

このままではじっくり調べるのは難しい。その場から離れたラストラーダは、ふとアイテムボックスから小冊子を取り出した。

「何じゃ、それは？」

そう言ってミラが覗き込んだのは、ギルドハウスの利用について色々と書かれたパンフレットであった。

「何か、抜け道になりそうな情報でもあればいいんだけどな」

小冊子には、幾つもの厳粛なルールが書かれていた。

それらの中で、まず初めに二人の目に留まったのはギルドを結成する方法というものだ。

いざとなれば、二人でギルドを結成してしまうのも一つの手である。

だが、その支度金として三千万リフほど必要になるという記載を見て、ミラは直ぐにその選択肢を除外した。

「三千万か。そのくらいなら問題ないが……審査に一週間は無理だな」

対して事もなげに言ったラストラーダ。出来るだけ早く謎の人物を調査したいという彼にとっては、一週間の審査の方が厳しかったようだ。

「……うむ、そうじゃな！　三千万など安いものじゃが、一週間は待てぬのぅ！」

まだ残っている魔動石を全て売り払えば、三千万は下らない。そう心の中で計算したミラは、無駄に対抗心を燃やす。

と、そのような事をしながら小冊子を読み進めていったところ、また気になる記述が見つかった。

それは、ゲストとしてギルドハウスに入る方法というものだ。

「なるほどな……ギルドメンバーでなくとも、ギルド責任者の招待状があれば利用出来るのか」

見ると招待状の発行は、ギルド責任者の許可があれば直ぐにでも出来るそうだ。

それは現在考えられる中で、一番早くて確実な手段といえる。

とはいえ、そのハードルは相当に高い。

招待状を出した相手が問題を起こせば、それはギルドの責任になってしまうからだ。ゆえに、そこらの責任者を捕まえて招待状をくださいと頼んでも、きっと承諾してくれる者などいないだろう。

招待状を得るには、相応の信頼が必要不可欠なのだ。

そしてラストラーダはというと、紹介状を発行してくれそうなギルドには心当たりがないと落ち込んだ様子だ。

彼の人脈は情報収集特化であるため、広く浅いもの。紹介状を発行してくれるほど信頼のある知り合いはいないそうだ。

とはいえ、ようやく見つけた謎の男であり、折角見つけた抜け道だ。しかもギルドハウスともなれば、他にも謎の男の仲間がそこにいる可能性が高い。

この絶好のチャンス。逃すわけにはいかないというものだ。

ではどうしたものかと考えたミラは、そこでふと一つのギルドを思い付く。

「ふむ、どうやらここはわしの出番のようじゃな！　幸いにもわしには懇意にしておるギルドがあるのじゃよ」

ラストラーダとは違い強い繋がりがあると、それはもう自信満々にふんぞり返ったミラ。

そんなミラが当てにしたギルド。それは、エカルラートカリヨンだった。

その団長であるセロと連絡をつける事さえ出来れば、きっと招待状を発行してもらえるはずだと信じて疑わない様子である。

今回の目的は、人身売買組織の情報を探るためというもの。つまりは正義のためだ。

そういった理由ならばこそ、善行を進んで行っているセロの事だ、きっと協力してくれるはずだとミラは確信していた。

「おお、流石は司令官だ！　それならば、早速話をつけてくれ！」

出来なかった事をさらりと出来ると言うミラに、多大な期待を向けるラストラーダ。

と、その言葉を受けたところで、ミラは停止した。

（……そういえば、どうやって連絡すれば良いのじゃろうか……）

冒険者総合組合にメッセージを残せば、セロが次にどこかの組合を訪ねた際に、そのメッセージが伝えられる。

だがそれには、いつ相手が受け取るのかわからないという欠点があった。

今求められているのは、直ぐに招待状を発行してもらう方法だ。そのためには、迅速にセロと連絡をとる必要があった。

(確か組合には、有料で使える通信装置があったはずじゃが……)

大陸各地にある組合と繋がる通信装置。それを利用する事で、状況や理由などを直ぐに伝える事は出来る。だがそのためには、やはりセロに連絡し、最寄りの組合まで来てもらう必要がある。

(ふーむ……こういう緊急時には、どうやって連絡をすれば……――!)

どうしたものかと悩んでいたところで、ふとミラの脳裏に一つのアイデアが閃いた。

「もしかすると、上手くいくかもしれぬぞ!」

可能性は十分にある。そんな確信を胸に、ミラは自信ありげに駆け出すのだった。

〈31〉

ギルドハウスに入るための招待状を発行してもらえるよう、セロにお願いする。

その目的のためにミラが向かうのは、冒険者総合組合だった。

「で、司令官。何か思い付いたのか？」

「うむ、それはじゃな――」

期待するように問うてくるラストラーダに、ミラは自慢げに微笑みながら説明した。

このハクストハウゼンは大きな街であり、しかも一昨日まで怪盗騒動で大盛り上がりだった場所だ。そして今もまだ、その熱気がちらほらと残っている。

ミラは、そんな街の様子を見て思い付いたのだ。これだけ大きな街であり、あれほどの騒動があったのなら、一人くらいはエカルラートカリヨンのメンバーが交じっていてもおかしくはないのではと。

それというのも、エカルラートカリヨンというギルドの規模を考えてのものだ。

セロから聞いた話によると、かのギルドは大陸中のあちらこちらにギルドメンバーがいて、人助けとなる活動を行っているという事だ。

かつてミラも、古代地下都市のあったグランリングスの街にて、偶然にエカルラートカリヨンのメンバーと出会った事があった。

ともなれば、この街にいてもおかしくはない。

そして重要な点は、そのメンバーにある。何かしらの緊急な案件が発生した場合、迅速に団長のセロと連絡を取らなくてはいけない事もあるはずだ。

「――というわけでな。ギルドメンバーならば、独自の緊急連絡手段を知っておるのではないかと、そう考えたのじゃよ」

一通り理由を話したミラは、いよいよとばかりに術士組合に入っていった。

「流石は司令官だ！」

ラストラーダも、十分にその可能性はあると納得したようだ。以前にもよく口にしていた言葉と共に、その後に続いた。

ミラが術士組合に顔を出したところ、室内は精霊女王が来たぞと沸き始める。怪盗ファジーダイスを相手に何かを取り返したのは初めてだとして、それはもう拍手喝采であった。

「うむうむ、これが召喚術の力というものじゃよ！」

盛大に持ち上げられたミラは、目的を忘れてここぞとばかりに召喚術とはいいものだと伝え始める。だがそれも束の間。『早く本題に入ってくれ』と催促するラストラーダの言葉を頂戴したミラは、「こほん」と一つ咳払いをしてから改めるようにして言った。

「ところで一つ訊きたいのじゃが、ここにエカルラートカリヨンのメンバーはおるじゃろうか？」

もとよりミラに注目が集まっていたため、その問いは瞬く間に術士組合中に広まった。

そしてどうだったかと、あれやこれやな声が飛び交っていたところで、「ああ、それなら――」と、一人の男が答える。

何でも彼の話によると、ここにはいないが三十分ほど前に、ある店へと入っていくのを見たという。しかも何やら、その店ではイベントのようなものが行われているようだったと彼は言った。

どうやらミラの予想通り、この街にもエカルラートカリヨンのメンバーはいたようだ。しかも、その居場所のヒントまで入手する事が出来たではないか。

今ならば、まだそこにいるだろうとの事で、店の場所も教えてもらったミラは「情報、感謝する！」と礼を言って術士組合を後にした。

またラストラーダも「ありがとう諸君！」と告げてから出ていったところ、術士組合内にて今のは誰だと騒がしくなる。

はて、精霊女王の従者か下僕か、はたまた万が一にも恋人か。一切男の影がなかったところからの唐突な登場に、一部の男達が俄かに沸き立ち始めていた。

「ふむ、ここじゃな」

教えてもらった店の前に到着した。見ると店のドアには『貸し切り』と書かれたプレートが下げられている。そして中から聞こえてくるのは、多くの女性達の声だ。

「何をやっているんだろうな」

その声に耳を傾けながら、疑問を浮かべるラストラーダ。店の中は相当に盛り上がっている様子である。

いったい、どのようなイベントが開催されているのか。それはわからないが、ともあれエカルラートカリヨンのメンバーと話すために、ミラ達はそのドアを開けて店に入った。

入口の受付には、誰の姿もない。全員、奥の部屋に集まっているのだろう。だがここで、どういったイベントが行われているのかという謎は解けた。

入口の受付に大きく書かれていたのだ。『ファジーダイス様グッズ交換会兼オークション会』と。

加えて入店資格なる条件も、そこにあった。

何やら、このイベントに参加するには、ファジーダイスファンを証明するものか、交換会やオークションに出せるくらいのグッズ、または特別な会員証が必要だそうだ。

「何やら凄いイベントをしている場所に来てしまったのぅ」

よもや、このようなイベントまであるのかと驚きつつも、ミラは当事者だとどのような反応をするのかとばかりに、ラストラーダを見やった。

するとラストラーダは、すこぶる良い笑顔で「人気だな、俺」と、それはもう堂々と笑っていた。

「調子に乗るでないぞ……」

むしろ余裕すらあるラストラーダの姿に対抗心を燃やすミラは、自分にも一人はファンがいてくれるのだとぶつくさ言い始める。

と、そんなところで、「いらっしゃーい、参加者の方かなー？」と、店の奥から『責任者』と書かれた帽子を被った一人の女性が出てきた。二人があーだこーだとやっていためか、来客に気付いたようだ。

「おっと、すまぬ。実はじゃな――」

責任者という女性に、ミラは簡潔に事情を話す。中にいるエカルラートカリヨンのメンバーに用があるので、会わせてはもらえないかと。

「うーん……えっとぉ、今はファジーダイス様ファンの交流会中でね。私達にとって凄く大切な時間なの。だから、出来れば終わるまで待ってもらえないかな？」

少し考えるように俯いた責任者は、そう答えてから「ごめんなさいね」と続けた。

けれども事態は人身売買に関係する、とても重大なものだ。

ただ、だからといって楽しむ彼女達の場を荒らしていい理由にはならない。

「ふむ、そうか……。して、終わるのはいつ頃じゃろうか？」

「んっと、夜にはなっちゃうかなぁ」

イベントの終わりについてミラが問うと、そのように返ってきた。時間にして、最低でも七時間以上はある。

はてさて、どうしたものか。「ふーむ……」とミラが唸っていたところだ。ラストラーダが突如として何かを取り出して、それを広げたではないか。

「これで、通行証代わりにならないか？」

そう言ったラストラーダが手にしていたのは、一枚のマントだった。しかも裾の部分が汚れたマントだ。

いったい何がどうして、そのような汚れが付いたのか、蛍光色のピンクの染みになっている。

「何じゃそれは？　これまた随分な汚れようじゃな」

ここはクリーニング店ではないのだから、そんな汚れたマントを出してどうするのだと苦笑するミラ。

だがそんなミラとは対照的に、責任者の表情はみるみるうちに驚愕の色へと染まっていった。

「よ……よく見せてもらってもいいですか⁉」

目を見開き驚くばかりかワナワナと震えながら、それでいて極めて丁寧な態度で問うてきた責任者。

「ああ、存分に確認してくれ」

そんな彼女にラストラーダは、何やら勝ち誇ったかのような様子で頷いてみせると、そのマントをそっと差し出した。

「お……お、お預かりいたします……！」

震える声で答えた責任者は、慌てたように手袋を嵌めてから、そのマントを受け取った。そして、それはもう穴が開くほどに凝視し始める。

マントの全体をじっくりと見回していく責任者。続いて彼女は肩に下げたバッグから、何十枚もの写真を取り出していった。そして写真とマントを、何度も何度も見比べる。

「……こ……これは……これは、やはり！　シーキリックの街で、所長さんが仕掛けた蛍光塗料の罠をファジーダイス様が躱した時のものですね⁉　けれど躱したものの、蛍光塗料入りのボールが一つだけ弾けるのが遅れた事で、偶然にもマントの裾にかかってしまったというあの時の！　所長さんが初めて一矢報いたと大騒ぎになった、あの日のマント！」

責任者は興奮気味に鑑定結果を述べると、その目を見開いたままラストラーダに迫る。

何でも彼女の話によると、そのマントに付いているピンクの汚れは、かつて所長が使ったペイントボールによるものと一致するそうだ。また、その塗料は布などに一度ついたら何をどうしても消えないものであるという。

それはファジーダイスのマントとて例外ではない。ゆえに今のファジーダイスが翻しているマントは、二代目になるそうだ。

それでいて一枚目のマントについては、どうなったのかファン達の間でもまったく情報が出回っていなかった。

だが今回、その初代のマントが現れた。責任者は断言する。当時の、丁度蛍光塗料が飛び散った時に撮られた写真と、このマントの汚れの跡が完全に一致した事から、このマントこそ初代マントで間違いないと。

「その通り。素晴らしい鑑定眼だ。それで、ここには交換会に出せるグッズがあれば入れると書いてあるようだけど、入ってもいいかい？」

責任者の目を称賛したラストラーダは、続けて受付に置かれている案内板を指し示しながら問うた。このマントで、その資格は得られないかと。

「はい、十分過ぎるくらいです！　どうぞ、お入りください！」

それはもう、最大級の快諾だった。


通された店内は広く、そこには多くのファジーダイスファン達の姿があった。

見ると幾つものグループが作られており、多種多様なグッズの取引が行われている。手作りだったり、生写真だったり、薄い本だったり、はてはどうやって入手したのかという品だったりと、その内容は千差万別だ。

そんな数多くのファンがいる中で、エカルラートカリヨンのメンバーは誰かと問うたところ、責任者は一人の女性を指し示した。

窓際の席。見るとそこには、丁寧に荷物整理をしている女性の姿があった。それなりの収穫があったのだろう、実にほくほく顔である。

「ありがとうな、お嬢さん！」

ラストラーダは責任者に礼を言うや否や、ファン達のグループの間を縫いながら窓際の席に向かい歩み寄っていく。

「良い出会いをー」

そして責任者はというと、名残惜しそうにその背を——ラストラーダが手にするマントを見つめながら見送る。

お宝を前にしながらも、我先にと主張しない責任者。ミラはその心意気を天晴と称賛しつつ、ラストラーダに続いた。

「しかし、あれじゃな。思えば本人なのじゃから、幾らでもお宝が出し放題じゃな！」

やりようによっては、ここにいる全員からも情報を聞き出せると、ミラは小声でひそひそと笑う。

今回のマントしかり。ファジーダイス本人なのだから、お宝グッズを提供し放題である。

「いやいや、そんな簡単にはいかないぜ。今回みたいに、本物だと鑑定出来る跡でもないとな」

たとえファジーダイス本人のものだとしても、本物だと証明するには、やはり証拠となるものが必要だ。

ラストラーダは、その点がはっきりしているこのマントを捨てずにとっておいて良かったと安堵した様子であった。

なお、そのマントはアルテシアのお手製であるため、捨てるに捨てられなかったとの事だ。

そのような事を話していたところで、いよいよ窓際の席に到着した。

「初めまして、わしはミラという者じゃ。して、お主をエカルラートカリヨンのメンバーと知って頼みがあるのじゃが、聞いてはもらえぬじゃろうか？」

窓際の女性の隣に立つなり、そう口にしたミラ。すると女性は、グッズを整理する手を止めて振り返る。

「ん？　えっと私はメイヤールよ。で、頼み？　なーに？」

そう振り返った女性——メイヤールは、とても機嫌の良さそうな顔をしていた。今ならば大抵の事は聞いてくれそうにすら感じる、快晴の表情だ。

「頼みというのは他でもない。お主達の団長であるセロと連絡をとる必要があってのぅ。そこでじゃ。エカルラートカリヨンのメンバーならば、直ぐにでも連絡する手段というのがあるのではと思い、声を掛けさせていただいた次第じゃ」

そのように説明したミラは、「いかがじゃろう、出来るならば連絡をつけてはもらえぬか？」と続けて伺う。

だがメイヤールは、ミラの話が終わると直ぐに首を横に振って答えた。

「確かに専用の連絡手段があるから、セロ様に報告を入れる事は出来ます。でも、ごめんなさいね。こう言っては何だけど、貴女のような方って結構多いの」

少しだけ申し訳なさそうにしながらも、それは出来ないときっぱり言い切るメイヤール。

「そこを何とか出来ぬじゃろうか。こう見えて、セロとは知り合いでのぅ。話を通してもらえれば、直ぐにわかるはずじゃ」

どうにかならないかと頼むミラ。だが返ってきた答えは、組合の連絡網を使えばいいではないかというものだった。

だが、それでは相手に届くまでに時間がかかる。出来れば今すぐにでも頼みたい用件だとミラは食い下がった。

けれど、メイヤールの答えは変わらない。

やはり、エカルラートカリヨンというのは相当な人気のようだ。

何でも、団長のセロに口利きしてもらいたいという者が来るのは、日常茶飯事なのだという。

加えて、知り合いだからだとか、連絡してくれと頼まれたなどと嘘をついてくる者も大勢いるそうだ。

だからこそ彼女は、基本的に何と言われようとも、団長のセロに連絡をつけたいという頼みは全て断るようにしているとの事だった。

「ほれ、あれじゃ。キメラクローゼンの一件は知っておるか？　何を隠そう、あの一件以来わしは精霊女王などと呼ばれるようになってじゃな。お主も、団長のセロが参戦していたと聞いておるじゃろう。あの戦いで共闘した一人こそが、このわしなのじゃよ」

ミラは、それでもどうにかならないかと食い下がった。

けれどもメイヤールの答えは変わらず、首を横に振る。共闘したという者もまた他に沢山いると。

有名人である事に加え、人助けのために東奔西走するセロだからこそ、あらゆる場所で多くの人々と共闘しているわけだ。

だからこそメイヤールの決意は固かった。連絡は出来ないの一点張りだ。

「それじゃあ、こいつでどうだ？」

もうお手上げか。そうミラが挫けそうになったところで前に出たラストラーダは、その言葉と共にあのマントを広げてみせた。

「え？　っと……」

突然出てきて、何がどうだなのか。その行動に首を傾げたメイヤールだったが、流石はこんなところにいる一人か。そのマントを疑問顔で見つめた彼女の表情は、みるみるうちに驚愕の色へと染まっていった。

「え……え!?　このマントの色……形……ピンクの染み！　もしかしてこれは!?」

ファンにとっては常識なのだろう。メイヤールもまた、そのマントが初代マントであると気付いたようだ。

これまでのミラに対する頑固な態度とは一変して、頬は上気し、その目は欲望を湛え始めていった。けれども、まだそれが本物とは限らないという疑いも残しているようで、「でも、本物とは……」と疑い構える。

「ああ、見ての通りだ。しかも、ここの責任者という方に鑑定してもらい、しっかりと本物だと認められた一品さ。だからこそ俺達がここにいて、君と話せているわけでもある」

ここぞとばかりに捲し立てるラストラーダ。エカルラートカリヨンのメンバーである彼女と話しため、このイベント会場に入るために持参したマントは、ここに自分達がいるからこそ本物であるという証明になると。

「会長さんが⁉」

ラストラーダの言葉を聞いた彼女は、まさかと振り返る。その視線の先にいるのは、先程鑑定してくれた責任者だ。メイヤールが言うに、彼女は会長だそうだ。

それが何の会長かは不明だが、どうやらそんな会長もまた初代マントがどうなるのか気になっていたようで、こちらを見ていた。

ゆえに二人の視線が交差し、それだけで事情は伝わったようだ。

会長が、それは本物であるとばかりに深く頷いてみせたのである。

会長への信頼は相当であった。あの人が認めたのならば本物で間違いないと、メイヤールの目の色が本気のそれに変わっていく。

ラストラーダは、その一瞬の変化を見逃さなかった。

「連絡をつけてくれたら、これは君のものだ」

そう一気に畳みかけたのだ。

エカルラートカリヨンの団長のセロと連絡を取りたがっている戦友に、ちょこっと協力するだけで、この世に二つと無いファジーダイスの初代マントが手に入る。

これほど簡単で単純な取引は、もう二度とありはしないだろう。

「あ……ああ……ファジーダイス様の初代マント……」

ラストラーダの言葉には、あまりにも甘美な魅惑で満ちていた。それこそ、これまでダイエットを頑張ってきたのだから一食くらいは……とでもいった誘惑の言葉である。

これには断固とした意志を持っていたメイヤールも、かなり揺らいでいた。

お金では決して手に入らないだろう。また、これを逃せば一生出会う事もないだろう。

そんなファン垂涎の初代マントが目の前にある。

メイヤールにとって、それに抗うのは、身を引き裂くほどであったはずだ。

だが彼女は鋼の精神力でもって耐えた。「いいえ、だ……だめ、です……！」と、血の涙を流しながら答えたではないか。

私利私欲に流されず、しっかりと己の本分を貫く。その姿は、正しく勇者であった。流石はセロの志に共感したギルドメンバーの一人だ。

とはいえ今回は、そんな彼女を篭絡しなければいけない。そうでなければ、落ち着いてギルドハウスを調べられないというものだ。

そこでミラは、ここだとばかりにそれを口にした。

「何ならエメラでも良いのじゃが、どうにかならぬかのぅ？」

最初に無理なお願いをしてから、次にギリギリの線を狙うという、あの技だ。

ミラにとってみれば、直接セロにでなくてもいいのだ。エカルラートカリヨンには、エメラを筆頭によく知る相手がいる。信頼出来る者達だ。そして、きっと向こうも、幾らかはこちらを信頼してくれている事だろう。

ともなれば、まずはそんなエメラ達に連絡してからセロに繋いでもらえばいいわけである。緊急の連絡手段があるならば、エメラ達もまた間違いなくそれを知っているのだから。

「あ……ああ、エメラさん……でも……？」

ミラが仕掛けた作戦は、明らかに効いていた。メイヤールが鋼の精神力で振り払ったはずの欲望が、再び戻り始めていたのだ。

頑なだったメイヤールに生じた僅かな綻び。ミラは、そこで更に追撃をかける。

「エメラだけでなく、アスバルやフリッカ、ゼフとも知り合い……というよりは、もう友人のような間柄でのぅ。どうじゃろう、この誰でも構わぬのじゃが、どうにかならぬか？」

セロでなくていい。エメラでなくてもいい。そこまでミラが譲歩したところで、ラストラーダが止めの一撃を加えた。

「どうにかなれば、これは君のものだ！」

テーブルの上に、ふわりとマントを広げてみせる。すると更に、メイヤールの目の色が変わっていく。

「エメラさん……エメラさんでもいいんですね……？　エメラさんでも、その初代マントを……」

メイヤールの信念は、決してこういった状況で団長のセロに話を取り次がないというもの。だが、エメラはどうだ。そこにメイヤールは、一切の制限を設けてはいなかった。

メイヤールは理性で考える。ここでエメラに話を繋いでもいいのかと。

「うむ、そうじゃ。わしはただ、至急友人に話したい事があるだけじゃからな。それでこれはお主のものじゃ」

メイヤールは考えて考えて考えた末――「わかりました、お任せください！」と力強く答えた。最終的に友人だと言うのなら問題ないと結論を出したのだ。

〈32〉

冒険者総合組合には、通信室なる部屋があった。そこには高価な通信装置が置いてあり、大陸中にある組合と繋がっている。

そこそこ高額だが利用料金を支払えば、冒険者達もこれを使う事が出来た。

ミラ達は、更にそんな通信室の奥にある部屋にいた。

そこは特別通信室なる場所だ。重要な情報をやり取りするための部屋であり、極めて高い機密性が保たれている。その分だけ利用料金も割高だが、それはラストラーダがぽんと支払った。

「エメラさんに連絡をすればいいんですよね。そうすれば……」

通信装置の受話器を手に取ったメイヤールは、最後の確認――というよりは念を押すようにして振り返る。

「ああ、そうだ。そうすれば、これは君のものだ」

初代マントを手に、仰々しく頷くラストラーダ。

メイヤールはそれを確かめた後に、いよいよ通信装置のボタンを押した。

響く呼び出し音。それが二度、三度と繰り返したところで応答があった。

『はい、エカルラートカリヨン本部です』

ミラは緊急に連絡するとはいえ、どのように連絡をとるのだろうかと疑問に思っていた。

その答えがこれだ。

流石は大陸中にメンバーがいるという巨大ギルド、エカルラートカリヨンである。その本部となる場所があったのだ。

「ギルドナンバー１３９０、メイヤールです。至急、副団長のエメラさんにお話ししなければならない事がありますので、連絡をお願いします――」

『承知しました。折り返しますので、通信番号をどうぞ』

「えっと……こちらは０８３９７７です――」

そのようなやり取りが終わったところで受話器を置いたメイヤール。

今のはいったいどういうやり取りだったのか。問うたところ、メイヤールは簡潔に教えてくれた。

エカルラートカリヨンのメンバーは、全員が連絡用の簡単な術具を持っているそうだ。それが光って震えたら本部に連絡を入れるという決まりになっているという。

そして先程の通信相手であるギルド本部専任の連絡係が、その術具への発信を担当していた。

今頃は、エメラが持つ術具が反応しているだろうという事だ。

だが直ぐに対応出来ない状態――たとえばダンジョン攻略中や、近くに組合がないという状況にあったら、その術具から対応不可の返信が本部に入るようになっている。

その場合は、本部より連絡不可の通信が返ってくる。だが対応可能ならば、そのままエメラから通信が入るそうだ。

「さて、まだかのぅ……」

そうして待つ事十分と少々。連絡はまだ来ないが、メイヤールは「これなら多分、エメラさんに繋がるはずです」と口にした。

その理由は、ギルド本部からの通信もないからだそうだ。

対応出来ない状況ならば、術具で不可と返すだけでいい。余程の事でもない限り、それだけの事に十分もかかるはずはないからだ。

となれば残るは、対応するために組合へ向かっていると考えるのが妥当というわけだ。

そんなメイヤールの予想は正しく、連絡から十五分ほどして通信装置が鳴った。

「はい、ギルドナンバー１３９０、メイヤールです」

『副団長のエメラです。ごめんね、緊急通信なんて滅多にないから手間取っちゃった。それで、どうしたの？』

通信装置から、懐かしいエメラの声が響いてくる。

「あの、えっと……至急エメラさんに連絡したいという方がおりましたので、繋いでいただきました！」

私利私欲のために緊急通信を使った事に多少の罪悪感を抱いたようだが、メイヤールはここが正念場とばかりに告げると、そのまま受話器をミラに差し出した。

『え？　私に？　誰だろ？』

初めての緊急通信に加え、用件のある相手がメイヤールではないと知ったエメラ。その相手に見当もつかないようで、その声は戸惑いに満ちていた。

そこで受話器を受け取ったミラが第一声を発する。

「エメラや。わしじゃよ。わかるかのぅ」

『あ……もしかしてミラちゃん⁉　うわっ、久しぶりー！』

ミラの声は、エメラの戸惑いを一瞬で吹き飛ばしたようだ。驚きと共に感激の声が返ってくる。

「うむ、久しぶりじゃな。元気にしておったか……と、聞くまでもなさそうじゃな――」

どうやら向こうにはエメラの他にもいたようだ。遠ざかっていくフリッカの奇声は無視して、軽く雑談を始めるミラ。エメラもまた、色々あったと笑いながら返してくる。

と、そのようにミラが挨拶代わりの雑談に入ったところで、メイヤールの任務は無事に完了となった。

「メイヤールさん、ありがとうな。さあ、約束の品だ」

礼を言うなりラストラーダは、期待に満ちた顔をしたメイヤールに初代マントを手渡す。

「ありがとうございます！」

それはもう光り輝かんばかりの笑顔で受け取り礼を返すメイヤール。

怪盗ファジーダイスの私物であるマント。もしかするとファン達の間で、これ以上のお宝はないかもしれない。希少性からすると、それほどまでの代物だ。

だからだろう一仕事終えたメイヤールは、羽が生えたかのように軽やかな足取りで「御用があれば、またいつでも！」と言い残して帰っていった。


『それにしても、まさかミラちゃんからだなんて驚いたよ。それで、どうしたの？　緊急連絡だなんて』


雑談も一通り済んだところで、エメラが改めるように言う。

その声には、ミラがエカルラートカリヨン専用の緊急連絡を利用した事などについて、まったく気にした様子もなかった。もしかしたらエメラにとって、ミラはもう身内に近い感覚なのかもしれない。

それよりも、ミラが緊急連絡を使った理由の方が気になる様子だ。

「うむ、それなのじゃがな。ちょいと頼みたい事があってのぅ――」

エメラがミラを信頼しているように、ミラもまたエメラを信頼していた。ゆえにミラは、そう前置きしてから現状についてを全て語った。

ハクストハウゼンでの怪盗騒ぎ。地下水路での一件。そして今はファジーダイスに協力して、人身売買組織を追っている事。そして調査のために、ギルドハウスに入りたい旨を包み隠さずに話したのだ。

「――というわけでのぅ。招待状を発行してほしいのじゃが、そのようにセロに伝えてはもらえぬじやろうか」

ミラは、人身売買組織の大本を突き止めるために力を貸してほしいと頼む。

『流石ミラちゃん……今度も凄い事になっているんだね……』

僅かな嘆息の後に、そう苦笑交じりなエメラの声が返ってきた。

前回会ったのは、キメラクローゼンを追っていた時だった。続き今回もまた、人身売買組織の大本という大きな悪を相手取っている。

「そういう事なら喜んで協力するよ！　それに招待状の発行は私でも出来るから、直ぐに手続きするね！」

その事に相変わらずだと笑うエメラは、どこか嬉しそうにそう続けた。

何とギルドハウスの招待状は、セロだけでなくエメラでも発行出来るという。副団長という肩書だけあって、そのあたりの権限も有しているそうだ。

「おお、そうじゃったのか！　では頼む！」

実に話が早いと、ミラはすぐさまエメラにギルドハウスの招待状を発行してくれるように頼むのだった。

エメラとの通信を終えてから十分後。冒険者総合組合の受付にて確認したところ、ミラ達分のギルドハウス招待状の発行手続きが完了していた。

二人は、冒険者証を呈示してそれを受け取り、そのままギルドホームに急ぐ。

なおラストラーダは、ジョンという名で冒険者登録をしていた。そのランクはC。普通くらいの冒険者として振る舞っているそうだ。

「ご苦労じゃったな、ワントソ君や」

ギルドハウスまで戻ってくるなり、まずは外で見張らせていたワントソと合流する。

「出入りした様子は、一切ありませんですワン」

ミラに抱きかかえられるなり、そう報告するワントソ。魔法による匂い追跡でも、特別な動きはなかったとの事だ。

つまり標的は間違いなく、まだこの中にいるわけだ。

「さて、行くとしようか」

「ああ、行くか」

「いざ、突入ですワン」

ミラ達は、いよいよとばかりにギルドホームへと足を踏み入れた。

まずはロビーだ。ホテルというよりは、小さな企業のロビーに近い造りとなっているその真ん中は受付となっており、また左右に続く扉もあった。

「こちらで、ギルド証の確認をさせていただきます」

「うむ、これで頼む」

その受付の案内に従ったミラ達は、招待状を提示する。

当然、貰ってきたばかりの本物であるため、ギルドハウスに入るための手続きは問題なく完了した。

そうして受付の右の扉を抜けると、今度は学校などを彷彿(ほうふつ)とさせるような廊下に出た。

簡素な内装でまとめられており、ちらほらと冒険者達の姿も見える。一見すると合宿場のような雰囲気だった。

「……やっぱり、信用って大事だな」

ワントソの案内通りに廊下を進む途中で、ぽつりと呟いたラストラーダ。

ギルドハウスは、ファジーダイスの力をもってしても落ち着いて捜索出来なかった場所だ。だが今は、誰の目を気にする事もなく堂々と廊下を歩いている。

それもこれも、ミラがエメラの信用を勝ち得ていたからである。

情報収集のため広く浅く人脈を広げていたラストラーダは、あちらこちらと施設を覗き込むミラを見つめながら感慨深そうに笑った。

「この奥ですワン」

ワントソの鼻を頼りに標的のいる部屋を探していくと、四階の奥側にあったレンタルルームに行き着いた。

そこは日ごとでも週ごとでも月ごとでもレンタルする事が出来る部屋であり、ギルドハウス一番の施設だ。主に宿代わりとして使われる事が多いため、そこにいる標的もまた、今日は一仕事終えたと休んでいるのかもしれない。

「しかしまた、この辺りは人がほとんどおらぬな」

「方角的に日当たりが悪いからじゃないか？　宿代わりに使っているのなら、この辺りはハズレ枠だろうしな」

この辺りは日当たりが悪い事に加え、他の有益な施設から離れているため、あまり人気のない場所のようだ。階段近くに比べて、幾つか部屋に空きがあるようだった。

「わざわざこんなところを選ぶとは……きっとやましいところがあるからじゃろうな」

人身売買組織に加担しているからこそ、他の誰かと遭遇し辛い場所にあるレンタルルームを利用しているのだろう。そのように推察しつつ、ミラは《生体感知》でもって奥にある部屋の様子を探った。

その結果、室内には五つの反応があるとわかる。その中の一つは、地下水路にあった部屋にいた者で間違いない。

問題は、残りの四人だ。他にも人身売買にかかわっているのか、一人か、二人か、それとも全員か。そこまではまだ判断し切れない状態である。

「とはいえ、ここまで入り込めれば後は簡単だ」

どうやって探ったものか。そう考え始めたミラとは違い、ラストラーダは一切の迷いもないという顔で言い放った。

「ここからは正義の怪盗ではなく、ダークヒーロー方式でいくぞ」と。

「ダークヒーロー方式……？　何じゃそれは？」

その意味を測りかねるミラは、そのまま問うた。すると返ってきた答えは、『正義のためには悪も辞さない、闇のヒーロー』だというものだった。

それは、盗みで正義を為したファジーダイスとどう違うのか。そんな疑問を抱えながらも、ミラは堂々と歩いていくラストラーダに続いた。


地下水路にいた人物が潜むレンタルルームの前。ここからはダークヒーロー方式だなどと言っていたラストラーダがそこで何をしたのかというと、ただ扉を普通にノックしただけだった。

ゆっくりと三回、トン、トン、トン、と静かな廊下にも音が響く。

直ぐに反応はなかったが、ミラは内部の動きを《生体感知》で捉えていた。何やら相談でもするかのように集まったではないか。

それから少しして一つの反応が近づいてくると、そっと扉が開き、一人の男が顔を覗かせた。

「ん？　誰だお前らは。何の用だ？」

ミラ達を見るなり、訝（いぶか）しむように眉をひそめる男。

とはいえ、見知らぬ男女が、このような場所にわざわざ訪ねてきたのだ。その反応は至極当然ともいえる。

「ああ、ちょっと話があるんだ」

ラストラーダは相手の表情などお構いなしに告げると、男の顔をじっと睨みながら「君は、人身売買にかかわった事はあるか？」と続けた。

「……あ？　何の話だ？」

ラストラーダの言葉を受けて、男は意味がわからないといった様子で答えた。

「僅かに考える間があった。目線も動いたな。加えて声が少し走り気味だ。どうやら心当たりがあるようだな」

ラストラーダは、そんな男の反応から多くを見抜いていた。鬱陶しそうに返す男の声に、僅かな殺意が含まれていた事も。

「ちょっと、お邪魔させてもらおう」

それを確認したラストラーダは、随分と冷たい声で言い放ち、そのまま男の隣をすり抜けていった。

だが男は、そんなラストラーダを止めようともしなかった。見ると彼は目を見開いたまま、その動きを止めていたのだ。

あのやり取りの合間に、ラストラーダが降魔術で麻痺状態に陥らせていたのだ。それはもう、あっという間の早業である。

(正面から強行突破とは……なるほどのぅ、こういう事か)

相手の容疑は、まだ確定したわけではない。けれども有無を言わさず強引に抜けてしまう。これがダークヒーロー方式かと納得したミラは、そっと扉を閉めて鍵をかけた。

「何だ貴様は⁉」

部屋の奥から、そんな声が響いてくる。ミラが顔を覗かせると、そこにはラストラーダを前にいきり立つ四人の男の姿があった。どこか冴えない冒険者とでもいった様相の男達だ。

ラストラーダは、そんな四人の声には一切答えず、ただ一瞥すると問答無用で蜘蛛の糸を放ち、あっという間に拘束してしまった。

「何だこれは、どういうつもりだ！」

「貴様……俺達を『ギリアンロック』と知っての事か⁉」

突然の襲撃に動揺する男と喚く男。だがラストラーダは気にする素振りもなく振り返り「さて、地下水路にいたのは誰だかわかるかい？」と、ワントソに問うた。

「そいつですワン！」

ワントソはミラの腕に抱きかかえられたままながら、びしりと決めて一人の男を指し示してみせた。

「なるほど、こいつか。ありがとう、名探偵」

この部屋にいた五人の男。そのうちの一人こそが、地下水路にあった人身売買組織の拠点に出入りしていた者である。

ラストラーダは不敵に微笑みながら、いよいよ追い詰めたその男に歩み寄っていった。

ダークヒーローモードのラストラーダが行う尋問は、ダークというだけにかなりギリギリなものだった。

降魔術によって生成される毒と薬をちらつかせて、揺さぶるのである。

右手は二度と動かない、左足は二度と動かないと、徐々に追い詰めていく。

なお、実際は部分的に麻痺させる事でそのように思い込ませているのだが、徐々に身体の感覚を削ぎ落されていく恐怖といったら相当なものだろう。男は赦(ゆる)しを請いながら、知っている限りの事を洗いざらい白状した。

まずは彼が所属しているギルド『ギリアンロック』だが、これがもう真っ黒だった。話を聞くまでは彼だけが人身売買に関与していたという可能性もあったが、男が言うに、このギルドがそもそも人身売買などを円滑に進めるために組織されたものだというのだ。

彼らが担うのは、連絡と監視。それぞれの取引についての情報のやり取り。また人身売買の現場や保管庫、その他において、横領だ何だといった事が起きないように監視する役割だそうだ。

「――本当に知らないんだ……！　指示を出すのはギルドマスターで、俺達はただそれに従っているだけなんだ。その指示がどこから下りてきているのか、まったく知らねぇんだよぉ……。だから赦して……赦してくれよぉ……」

首から上以外の感覚を奪われた男は、恐怖に涙を流しながら赦しを懇願する。

その姿は、思わず憐(あわ)れにすら感じてしまいそうになるものだが、犠牲になった子供達を思えば、そんな感情など直ぐに消え去った。

「そうか、では最後だ。そのギルドマスターとやらはどこにいる？」

人身売買組織の大本に辿り着くには、そのギルドマスターから話を聞く必要がありそうだとして、冷徹な声で問うラストラーダ。

だが男は、それを言ってはギルドマスターに殺されてしまうと言い淀む。その直後だ。男は糸が切れたかのように沈黙した。

「今死ぬか、俺達がギルドマスターを潰すのに賭けるか、どちらを選ぶ？」

ラストラーダは、続いて残りの男達に問うた。

すると彼らは震えながら、「ルーミット渓谷にある洞窟だ！」と口々に答える。そして更に、地図があれば印をつけると積極的に協力を申し出た。

「初めから素直にそうしていればいいんだ」

ラストラーダは冷たい声で言いながら地図を取り出し、男達の前に広げた。

男達は、大陸の各地に『ギリアンロック』の隠しアジトがあると言い、その全ての場所を白状した。

そして今現在、ギルドマスターが在中しているアジトが、その一つであるルーミット渓谷の洞窟だ。

ギルドマスターがいるアジトは、意外とこの街から近かった。何でもアルドロリス男爵の件を処理するため、丁度出張ってきているところなのだそうだ。

なお、彼らがここに集まっていたのは、どうやって組織から逃げるかという相談をするためだったらしい。

その理由は単純だ。

今回のファジーダイスの件でドーレス商会が潰されたばかりか、デンバロール子爵までが捕まってしまった。そして最も大切な水路のアジトまでもが見つかり、商品だけでなく貴重な古株までも捕まる事態となった。

これは組織として大打撃だそうだ。

このような大失態を演じて許されるはずはない。だから、明日中にもどこかへ逃げようと話し合っていたというわけだ。

それからミラ達はギルドハウスの管理人に男達の素性を話し、その身柄を引き渡してからその場を後にした。


「アルドロリス男爵といえば、あの変態男爵じゃったな」

詳しい話を知っていそうな『ギリアンロック』のギルドマスター。それがアルドロリス男爵の件で、近くにまで来ていた。

よもや前回の一件が、こんなところで功を奏すとは追い風が吹いているなと軽い足取りのミラ。

「へぇー、そんな偶然もあるんだな」

対してラストラーダはというと、そのようにどこかとぼけた様子である。

「ところでじゃな、あの場には覆面をした変態がもう一人おった気がしたが……」

「いやいや、ピンチの時に現れたのなら、それは間違いなく正義のヒーローだったんだと思うけどな」

あの姿は実に変態であったとミラが続けたところ、ラストラーダは庇うような言い方で返してきた。その目は若干泳ぎ気味であり、どうにも当時の一件を誤魔化しているような様子であった。

「……ふむ、そうか。そうじゃな」

流石の本人も、多少その可能性に気付いていたようだ。ミラはそんなラストラーダの気持ちを考慮して、それ以上は触れない事に決めたのだった。

「凄いな。これは快適だ！　まさに空中司令室だな！」

訊き出したアジトは近いとはいえ徒歩で向かうには遠いため、二人はガルーダワゴンに乗って移動していた。

空飛ぶ司令室、空飛ぶ秘密基地といえば、特撮ヒーローでもよく出てくる定番である。幾らか規模は落ちるとはいえ、それを彷彿とさせるためか、ラストラーダは相当に興奮気味であった。

ミラもまた子供の頃に憧れた事もあってか、「そうじゃろう、そうじゃろう！」と実に自慢げだ。

そうして目的地のアジトの近くにまで差し迫ったところで、急なラストラーダの要望に応え、最寄りの街の傍にワゴンを下ろした。

何やら準備するものがあるからと言って、ラストラーダが入っていったのは服飾店だった。変装用の服でも買うのだろうか。ミラはそんな事を思いながら近くの喫茶店に立ち寄って、チーズタルトを楽しむ。

「んむ、この酸味と甘みのバランスが絶品じゃな！」

と、そのような調子で二つ目もぺろりと平らげたところで、服飾店からラストラーダが出てきた。

「して、何を買ったのじゃ？」

合流して直ぐに問うたミラ。だがラストラーダは、「それは後でのお楽しみだ」などと言ってはぐらかし、答えてはくれなかった。けれどもその顔は何かしらを企んでいるかのようでありながら、少年のようでもあった。

こういう時のラストラーダは、間違いなくヒーローがどうとか考えているものだ。

服飾店とヒーロー。いったい何を企んでいるのかと疑問を抱きつつも、ミラはラストラーダに続きアジトに向かった。

先程の街よりも西に広がる森の奥。鬱蒼（うっそう）とした森に隠れた崖の下に、目的の洞窟はあった。

その洞窟こそが『ギリアンロック』の有する秘密のアジトであり、現在ギルドマスターが滞在しているという場所だった。

見た限り、その入口に人影はない。《生体感知》で探ってみても、その手前側には反応がなかった。

一見すると、何でもない自然洞窟だ。

「さて、奥はどんな感じだろうな」

ラストラーダは洞窟の前に立つなり降魔術を行使した。

【降魔術・魔：夜蝙蝠】

それは広がる音波によって、地形などを把握するための術だ。

ラストラーダはその術を何度か繰り返す事で、洞窟の内部を隅々まで捜索していった。

結果この洞窟は、細く入り組んだ通路の先に大きな空洞が広がっているという構造になっていると判明した。

「ふむ、つまりはここさえ押さえておけば、袋のネズミというわけじゃな。ならば簡単じゃのぅ。とっとと白い霧をばら蒔けば終いじゃ」

入口を押さえたまま、洞窟内部をファジーダイスお得意の白い霧で満たしてしまえば一網打尽である。

これは思った以上に楽勝だと高を括るミラ。

だがラストラーダにそのつもりはなさそうだ。

「いや、そんな簡単に済ますつもりはない。ダークヒーローっていうのは容赦がないんだ」

そのような事を言い出したラストラーダは、もう完全にダークヒーローモードに入っていた。そして、こうなった彼を止める事は、まず不可能である。

その事をよく知るミラは、「まったく、仕方がないのぅ」と同意した。ここにいるのは、無垢な子供達を犠牲にして金儲け(かねもう)などをしているような者達だ。多少痛い目に遭ったところで自業自得だろうと。

「ああ、司令官ならそう言ってくれると思ったぜ！」

楽に決着出来る手段がありながら、容赦なく潰していくとやる気を漲らせるラストラーダ。彼は頷くミラに笑顔で何かが入った袋を差し出してきた。

そして言った。

「さあ、ダークヒーローに変身だ！」

ラストラーダが何を言い出すかと思えば、まさかの変身である。

しかもその言葉通り、ラストラーダは、いそいそとダークヒーローの衣装に着替え始めたではないか。「ドドッドーン、デーテレレー」などとダークヒーロー風な音楽を口ずさみながら、まるで変身シーンでも再現するかの如く、衣装を身に纏っていく。

「ほら、指令官も早く！」

そう促すようにして、ミラの手にある袋を見やるラストラーダ。

もしやと思い袋の中身を見てみたところ、そこには黒っぽい女物の服が詰められていた。どうやら途中で服飾店に寄ったのは、ミラ用のダークヒーロー衣装を誂（あつら）えるためだったようだ。

「はぁ、しょうがないのぅ……」

わざわざ着替えるまでもないと嘆息するミラだったが、ヒーローの事となるとラストラーダは決して止められない。

ごねたところで、どのみちこの服を着る事になるのは明白だ。ゆえにミラは仕方がないと苦笑しながら、手渡された服に着替えた。

「これはいったい……」

袋に入っていたものを一通り身に着けたミラは、その完成具合に苦悶する。

着替えた結果、ミラは夜の女王さながらな姿になっていたのだ。

女王の如き黒のドレスは、可愛らしくも妖艶さを際立たせている。更には、用途不明な赤い紐が巻き付いていた。ただ、誰かを縛るのに使えそうなくらい丈夫そうだ。

加えて足元は、夜の女王感を際立たせる黒いハイヒールだ。しかもダーク感を演出するためか、主張の激しいドクロマークが張り付けてあった。

そして極めつけは、黒いマスカレードマスクである。バラのようなアクセントが、より夜の女王感を引き立てている。

「何というか、あれじゃな。これではダークヒーローというより、悪の女幹部じゃろう……」

手鏡で自分の変身の完成具合を確認したミラは、その出来栄えから直ぐに思い浮かんだ印象をぽつりと呟いた。

ダークヒーローというのとは少し違う。夜の女王感が高いが、それよりもしっくりくる感想。それが、悪の女幹部だ。

「おお、素晴らしいな！」

ラストラーダも着替え終わったようだ。駆け寄ってくるなりミラの変身ぶりを前にして、それはもう会心の笑みを浮かべていた。

ミラはというと、変身を完了したラストラーダの格好を見て、その違いぶりに唖然とする。ドクロの仮面に漆黒のマント。そして蝙蝠男のようなスーツに身を包んだラストラーダは、確かにダークヒーロー然としていたのだ。

それを見るに、彼が描くダークヒーロー像が特別おかしいというわけではなさそうだ。

「いや、これはダークヒーローとは少し違う気がするのじゃがのぅ」

けれど事実として、今のミラの姿はダークヒーローとは別のところにあった。

ミラがその点について口にしたところ、ラストラーダはそうだろうかとばかりに首を傾げて、そのままミラの全身を隈なくチェックし始めた。しかし彼にとっては想像通りの出来栄えなのか唸るばかりだ。

だが少ししたところでラストラーダの目が光る。

「そうだ、わかったぞ指令官！　虎だ！　虎が足りないんだ！」

考えた末に、ラストラーダがよくわからない事を言い出した。しかも、そう言うなりジングラーラを召喚するようにと促してくるではないか。

何がどうして、そんな結論に至ったのか。それは不明だが、ミラは促されるままに霊獣、氷霧賢虎ジングラーラを召喚した。

「わざわざ付き合わせてしもうて、すまぬな」

体長四メートルは超えるほどに大きな身体をしたジングラーラ。雪を纏っているかのように白い毛並みと、刃のように鋭い氷のような爪が特徴だ。

「うん、いいな。ぐっとダークヒーローっぽくなったぞ！」

ミラの隣にそっと寄り添うジングラーラ。その様子をまじまじと見つめたラストラーダは、これこそが正解だと断言する。

「もうお主が良いなら、それで良い……」

今度は、むしろ女王感が増した気がすると思いつつも、ミラはそれ以上の意見を述べる事を止めた。更に酷い事になりそうだと直感したからだ。

なお、ミラがこのように完成したのは、ラストラーダのお気に入りである特撮シリーズが原因だった。

敵女幹部が実は敵側に潜入するスパイだったり、主人公の説得によって寝返ったりという展開が多いのである。

ゆえにラストラーダにとっては、女幹部もまたダークヒーローたり得るというわけだ。

満足そうなラストラーダを先頭に、いよいよ敵地へと踏み込んでいくミラ。ダークヒーローとは何なのかという疑問を浮かべながらも洞窟を進んでいく。

入り組んだ洞窟の奥に入り込むと、見張りと思しき男が立っていた。だがそれらの見張りは、ラストラーダの変身した姿を目にした途端に驚き、その瞬間に沈黙させられていった。

ダークヒーローがどうのと過分に趣味が交じってはいるものの、仕事ぶりはプロのそれである。

人身売買組織の壊滅のために奮闘する彼のヒーロースピリッツに、一切の揺るぎはない。

そして、使命に燃えるラストラーダの後ろに続くミラはというと、何やら苦戦した様子だ。

「しっかし、これは……むぅ……！　歩き辛いのぅ！　よくこんなものを履いて歩けるものじゃ」

履いた事のないハイヒールに加え、洞窟のゴツゴツとした地面に足を取られて、戦闘どころか歩く事すら困難だったのだ。

このような靴を履いて颯爽と歩ける女性は、いったいどんな修行を積んだというのか。そんな事を思いながら自力で歩くのを諦めたミラは、そのままジングラーラの背に跨った。

こうなれば、もう問題はない。気付けば先にスタスタと行ってしまったラストラーダを追いかけていくミラ。

そうして『ギリアンロック』の拠点が広がる空洞に辿り着いたところで、ミラはその光景を目撃する。

方々に灯りが掲げられた空洞。そこは、小屋や組み上げられた足場などで造られた集落のようになっていた。洞窟内でありながら、なかなかの生活空間である。

だが今は、化け物が現れたと大騒ぎだ。

そう、ラストラーダの仕業だ。その姿に加え、ダークヒーローモードとなった彼には容赦というものがなかった。

ファジーダイスとは違い攻撃手段の全てが解禁されている事に加え、ここのギルドメンバーは全員が人身売買組織にかかわっているという話であるため、手加減する必要がないのだ。

見ると相手側には、それなりの実力者も交ざってはいる。だが正義執行中のラストラーダが相手となると、数秒だけ長く耐えられる程度だった。

そこで繰り広げられるのは、アメコミのヒーローさながらなアクションシーンだ。

「まったく、一人で始めおってからに」

なぜ待てないのか。それともミラが遅れていた事にすら気付いていないのか。どちらかというと後者だろうと思いつつ、ミラもまた参戦する。

とはいえハイヒールではろくに動けないため、ジングラーラをけしかけるだけにして、ミラは逃走者がやってこないかと入口で待機していた。

そうこうして、更にラストラーダの暴れっぷりが激しくなってきたところだ。

「ん、何だって女の子がこんなところに」

逃走を図ろうとしたのだろう、数人の男がミラの待機する出入口前に現れたのだ。

そのうちの一人が、ミラの姿を見るなり疑問を口にする。ただそれも遭遇したその瞬間のみ。

「いや、こいつ……あのおかしな男の仲間だぞ！」

ミラの格好をまじまじと見ていた男が、そう叫んだ。どうやら彼らにとってダークヒーローも、悪の女幹部も、さほど違いはないようだ。急激に警戒が高まる。

「そこを通してくれるか、お嬢ちゃん。そうすりゃ、何もしないからよ」

ただ、そのような格好をしているものの中身が可愛らしい少女であるためか、男達の態度は強気であった。

「ふむ……それは出来ぬのぅ！」

当然の如く、却下するミラ。ともなれば男達の目つきも変わり、険しくなる。

「そうかよ、なら恨むんじゃねぇぞ！」

言うが早いか剣を手にした男達は、そこを通せとミラに襲い掛かった。

その直後、数人の男は目の前に突如現れた塔盾（タワーシールド）に激突し、引っくり返る。また数人は、ミラが放った仙術の《衝波》によって吹き飛ばされていった。

そして残る最後の一人。あっという間に地を転がった仲間達を目にした事で恐怖したのか、二の足を踏む。

いったい何がどうなったのかと、理解が追い付かずに戸惑う男。そんな彼の隙をミラが見逃すはずもない。

これで終わりだとばかりに踏み込んだミラは、その勢いのままに鋭い蹴りを放った。

しかし、その時だ。慣れないハイヒールという事もあって、ミラは僅かにバランスを崩してしまったのである。

するとどうだ。ミラが放った蹴りは狙いから僅かに逸れて、あろう事か男の急所に直撃したではないか。

「おぉ――――っ!!」

しかも、ただ蹴ってしまっただけではない。何という災難か、直撃したのはヒールの部分だった。

男は、もやは声にすらならない声で叫び悶絶する。そしてのたうち回りながら、激しい呼吸音を漏らし震え始めた。

誰がどう見ても、彼の息子は無事では済まなかったであろうとわかる状況だ。

「今のは、本当にすまんかった……」

相手は人身売買に手を染め、数多くの子供達を犠牲にしてきた悪党だ。どうなろうとも自業自得というものである。だが、その辛さに理解のあるミラは、心から申し訳なさそうに謝罪した。

そして優しく男を落ち着かせると、彼の股間に貴重な回復薬をたっぷりと振りかけた。多少の欠損ならば簡単に治してしまう、とっておきの霊薬だ。

「何て恐ろしい事を……」

「くそっ……悪魔のような奴らめ……」

やり過ぎてしまったと男を介抱するミラの様子を離れたところで見ていた男がいた。脱出するため、更に逃げてきた者達だ。

彼らは遠目ながら、その瞬間を目撃していた。あの、あまりにも惨たらしい一撃が決まった光景を。

その苦しみがわからないからこそ、女だからこそ出来る所業であると震え絶句する男達。

彼らが目撃したそれは、彼らにとってみると見せしめのようなものだった。逃げようというのなら、強制的に去勢する。男達の目には、そう映ったのだ。

可愛らしい姿をしながらも、あまりに非情なやり方だと縮こまる男達。

「おい、まだ何かやっているぞ……」

「あれは何だ……何をかけているんだ……」

「きっと……劇薬だ。治療も出来なくして、完全に子孫を断絶させるつもりなんだ……！」

見せつけられた無慈悲な一撃に加え、いかにもサディスティックだと言わんばかりな服装も相まって、ミラに対する男達の印象がそうだと固まっていく。

あの犠牲になった男は、どうされてしまうのか。戦々恐々とした顔で見守る男達は、その一点に集中し過ぎていた。ゆえに彼らは、背後に迫るジングラーラの存在に気付いていなかった。

ほんの僅かな悲鳴の後、彼らもまた完膚なきまでに叩きのめされる。だが幸いな事に、彼らの息子は無事であった。


「さて、これでどうじゃろうか……」

やれるだけの処置はした。そう確信するミラは、恐る恐るといった手付きで、男のパンツを脱がす。

「よし……どうにかなったようじゃな」

特におかしなところはない。どうやら霊薬がしっかりと効いてくれたようだ。

ほっと胸を撫で下ろしたミラは、そこでふと周囲が静かになっている事に気付く。

「ふむ、終わっていたようじゃな」

ラストラーダが暴れ回る音が止んでおり、またジングラーラも仕事は完了したとばかりにミラの後ろで待機していた。

どうやら、この拠点にいた『ギリアンロック』のメンバーは、全て戦闘不能となったようだ。

ともなれば、ここに滞在していたというギルドマスターも、既にラストラーダが確保しているはずだろう。

「さて、どこにおるのか」

ラストラーダとギルドマスターの居場所はどこかと見回せば、ジングラーラがあちらだと指し示す。

「おお、そっちか」

ミラはラストラーダと合流するべく歩き出したが、その途中でふと振り返り男を見据える。

ミラは思う。今の身体になった事で、その痛み、その恐怖とは無縁になったな、と。

(もう、あの地獄の苦しみとはおさらばなのじゃな……)

その点については、大きな利点かもしれない。だが、喪失感も否めない。

ミラは自分の下腹部を見つめつつ物思いに耽(ふけ)るも、先程の一撃を思い出すと縮こまるような感覚にぶるりと震えた。

空洞より更に奥へと続く洞窟の先。随分と暮らし易く整えられたそこにラストラーダの姿を見つけた。彼はミラが来るのを待っていたようだ。椅子に座ったまま、こっちに来てくれとばかりに手を振っている。

「こんな奥におったのか」

ミラはようやく見つけたと声を掛けつつジングラーラの背から降りて、ラストラーダの隣に立つ。そして更に奥に目を向ければ、横たわる男の姿が確認出来た。彼こそが、『ギリアンロック』のギルドマスターとみて間違いないだろう。

「して、どうじゃ。上手く訊き出せたか？」

そこに横たわるギルドマスターは、蜘蛛の糸で地面に張り付けられていた。もはや煮るなり焼くなり、どうとでも出来る状態だ。

ならば既に色々と訊き出した後だろう。そう思ったミラであったが、どうやら状況は少し厳しいようだ。

「これが随分と強情でな。まったく口を割ろうとせず、難儀していたところだ」

そう答えたラストラーダは、先程までどのような手段を試していたのかを説明した。

その内容によると、彼は極めて痛みに強いようだ。加えて命への執着も薄く、毒を使った尋問を試みたものの、決して口を割らなかったという。しかも、その顔に一切の変化もなかったそうだ。

「これまでにも色々と尋問してきたが、ここまで強情な者と出会うのは初めてだ」

それは彼の矜持か、はたまた忠誠心か。痛みに耐え、恐怖にも動じず、鋼の意志で沈黙を貫く男。その名は、『ロック』。調べる事で唯一判明した名だという。

ラストラーダは、その名の通りのあまりな頑なさに相当難儀した様子だった。

かといって、これ以上の非情で苛酷な尋問手段を使う気はないらしい。「ノワールクイーン、君ならどうする？」と、期待を込めて問うてきた。

「ノワール……まあ、よい。ふーむ、どうしたものか――」

いつの間にか、ミラのダークヒーロー名が決まっていた。その事に苦笑しつつも、ミラは一先ず様子を探るべくロックの傍へと慎重に歩み寄っていく。

かといって、名案などさっぱり浮かばない。ミラは、そういった手段に疎かった。

「これまた、強情そうな男じゃな」

地面に張り付けられているギルドマスターのロック。仏頂面で天井を睨み続ける男は、かなり筋骨隆々であるとわかった。そしてその身体にはラストラーダの尋問痕と思われる傷が幾つも見て取れる。

だが彼の身体には、それ以上の傷痕が刻まれていた。

もはや、傷つく事には慣れているとでも言うべき身体である。どのように責めたところで、この沈黙の牙城を崩す事は不可能ではないか。そう一目で実感させるような強い意志に満ちた身体だ。

「何をしようと無駄だ」

ミラが近づいていったところ、ロックはそのまま目を閉じて淡々と告げる。どのような拷問を受けようと、応じるつもりはない。そのように全身で語っていた。

捕らわれの身でありながら、余裕すら感じさせる態度。一切、動じた様子のない声。そして、それらを真実たらしめる経験の刻まれた肉体。

ミラは、こんな男を相手に打つ手などあるのかと考える。

この場にカグラさえいてくれれば、直ぐに終わっただろう。だが今はいない。連絡を取る方法もあるにはあるが、直ぐにとはいかず、来てもらうにしても時間がかかる。

（ともかく今は今で、出来る限りを試してみるとしようか。カグラを呼ぶのは最後の手段じゃな）

カグラに頼りきりでは、少し悔しい。そんな思いも覗かせながら、ミラはロックの弱点などを探るべく、更に近づいていった。慣れないハイヒールであるため、一歩一歩ゆっくりとだ。

ロックは、じっと目をつむったまま微動だにしない。痛々しい傷口が数多く刻まれているが、まったく気にしていない様子だ。その顔に浮かぶのは恐怖でも不安でもなく、無である。一切の感情も読み取れなかった。

（ふーむ……わしでは、どうにか出来るとも思えぬな）

幾らか尋問した経験のあるラストラーダですら、お手上げだというほどの相手だ。考えたところで何も思い浮かばなかったミラは、何か知恵はないだろうかと、精霊王とマーテルに問うてみた。

『私がそちらに行ければ素直になる果物をお出してきたのに、残念ねぇ……』

まさかのマーテルの言葉である。

どうやらカグラの自白の術にも匹敵する、とんでもない果物があるようだ。

とはいえマーテルがここにいなければ、それを使う事は出来ない。そのために古代地下都市まで戻るというのも現実的ではないというものだ。

『そうだな……サラマンダーの力を使い、身体の内部から焼くというのはどうだ。内臓を鍛えるなど、そう出来る事でもないからな！』

精霊王の案はというと、そこらの非人道的な拷問に類するようなものであった。

当然、流石にそこまではとミラが答えたところ精霊王は、精霊の力とは使い方次第でどのような方向にも転がるのだと告げて、冗談だと笑った。

『ともあれ、ここまで腹を据えた者を揺るがすとなれば、逆転の発想が必要かもしれないな。たとえば、レティシャの歌で心を揺さぶるとか、だな』

拷問などで肉体を責めるのではなく精神面の方を、感情などを刺激するのはどうか。それも負の感情ではなく、正の感情を。それが精霊王の提案だった。

『なるほど、確かにその可能性もありじゃな！』

ロックの態度、そしてその身体を見ればわかる。彼がどれだけの苦痛に耐えてきたのかが。また、そのためにどれだけの訓練を積んだのかも。

だが、それとは真逆の尋問だとしたらどうか。天にも昇るような気分にさせてくれるレティシャの歌声で、心を解放させるのだ。そうして心地好さによって堕落させ、更に求めるならば情報と引き換えだと持ちかけるのである。

苦痛では決して揺らぎそうにない相手だからこそ、その方が可能性があるかもしれない。名案だと感じたミラは、まずラストラーダの傍まで戻りその事を話した。

「押してダメなら、ってやつだな。なるほど、いいじゃないか。流石はノワールクイーンだ！　わかった、やってみてくれ！」

ラストラーダもまた、悪くない案だと同意した。

「さて、ここからはわしの番じゃ。覚悟すると良い」

ミラは今一度、ロックの傍まで歩いて近づいていった。その際にハイヒールで歩くコツを若干掴んだため、幾らか足取りも軽快になる。

コツ、コツと、ハイヒールの音が響いた。

すると、その直後だった。全てを拒絶するように閉じられていたロックの目が、カッと見開かれたのである。

そしてその視線は、すぐさまミラの足元へと向けられた。だがそこで終わらない。視線は、ゆっくりとミラの足元から上へと動いていく。

「何……だと!?」

やがて視線がミラの全身を捉え切ったところで、ロックが口を開いた。彼の声、そして表情には純粋な驚きだけでなく、別の感情も含まれているように見える。

「ん？　どうした、何をしたんだ？」

まだ作戦を開始していないにもかかわらず、いったい何がどうしてロックが反応したのか。先程までの態度とは打って変わって、明らかに感情が表に出てきているではないか。

それに驚いたラストラーダは直ぐに駆け寄り、その変化に注目する。

けれどもロックは、また岩を思わせる無表情に戻っていた。何に反応したのかを、そこから見定めるのは難しそうだ。

ただ、理由はわからないものの、あの一瞬だけ彼の鋼の意志に僅かな綻びが生じていたのは確かだ。

「もう一度、調べてみよう」

何か弱点などに繋がるヒントが得られるかもしれないと、ロックに歩み寄るラストラーダ。

対してミラは、一先ずレティシャ作戦を保留にして、ラストラーダの邪魔にならないように横へずれた。

と、その時だ――。

「おっと……！」

少し慣れたと高を括っていたのが油断となり、ミラはハイヒールに足をとられてバランスを崩してしまったのだ。けれどもミラの反応は迅速だった。その脚が素早く踏み止まろうと動いた――ところである。

「ぬぉぉぉぉぉぉぅ!!」

反射的に出したミラの足が、なんとロックの脚を踏みつけてしまったのだ。しかも見事にハイヒールの部分に体重が乗った形だ。ミラ程度の体重だとしても、その痛みは相当だろう。その瞬間にロックの絶叫が響き渡った。

「おっと！　すまんかった！」

今のは悪かったと謝りつつ、慌てて足をどけるミラ。だが直後に背筋がぞくりとするような気配を感じて振り向く。

見るとロックは、じっとミラの事を見つめていた。無表情ながらも、何やら熱の篭ったような眼差しである。

「さっきの叫び声といい、どういう事だ？」

何をしても表情を変えず、一切の声も漏らさなかった男が、この短時間で大きな変化を見せた。これはいったい、どういった反応なのかとラストラーダはロックを注視する。

「何やら、気持ち悪いのじゃが……」

向けられる熱い視線。その中に、そこはかとない気味悪さを感じたミラは、ゆっくりと後ずさっていく。だが彼の目は完全にミラを捉えているようで、動きに合わせて視線が追いかけてきた。

「……もしや」

そんなロックをじっと観察していたラストラーダは、その身体に起きていた変化の一つから、何かに気付いたようだ。

「ノワールクイーン、ちょっといいか。一つ試してほしいんだが――」

それを伝え実行するべく、ミラに耳打ちするラストラーダ。けれど、その方法を聞いたミラは「いや待て。それをわしにやれと言うのか⁉」と表情を歪ませて、戸惑いを浮かべた。

「上手くいけば、ずっと簡単に吐かせられるかもしれない。それと見たところ、可能性は極めて高そうだからな」

口にはしにくいが、成功すると思える根拠は確かにあると豪語するラストラーダ。

正義を為すために鍛え抜かれた彼の目は、事実、昔から相当な悪事を見抜いてきていた。

「……わかった。まあ、いいじゃろう」

ラストラーダがそこまで言うならば、可能性は確かにある。そう信じたミラは彼の作戦実行を承諾して、再びロックの傍に近づいていった。

〈34〉

ラストラーダから作戦を受け取ったミラは、再びロックの傍にまで歩み寄っていく。そしてロックの近くに堂々とした態度で佇み、ぎろりと睨む。

「さて、お主の名を答えよ」

どこか高圧的に、強く命令するような口調で告げたミラ。

ロックは、じっとミラの事を見上げたまま口を結んだ。しかも言ってやるもんかという意思を示すかのように、その口を真一文字に閉じたのだ。

その反応は、明らかに不自然であった。ラストラーダが尋問した際は何をしても一切の変化がなかったというのに、今回は明らかに表情が出ている。

どうにも様子が違う。むしろロックの目からは、何か期待するような色が垣間見えてくるではないか。

それを前にしたミラはラストラーダから聞いた作戦通りに、それを実行する。

「素直に答えるのならば――」

そう言いながらすっと片足を上げたミラは、途中で僅かに躊躇いつつも、そのままロックの肩を思い切りヒールで踏みつけた。

するとど、うだ――

「んふぉぉぉぉーう！」

これまで巌のようだった表情から一変。ロックは歓喜に打ち震え、まるで堪えていた感情を吐き出すかのように叫んだではないか。

しかもそれだけでは終わらない。

「褒美が欲しいのならば、わかっとるじゃろう？」

そのままヒールでグリグリとしながらミラが囁いたところ、あろう事かロックは恍惚とした表情で「ロック・グリッキンと申します、女王様ー！」と、あっさり白状したのである。

(これはまさか……冗談であってほしかったのじゃがのぅ……)

ロックは、マゾヒストの気があるのかもしれない。それがラストラーダの予想だった。

そしてミラを女王様としてしまおうというのが、その予想を元にした作戦だった。

流石に、そう上手くいくはずもない。精霊女王などと呼ばれてはいるが、そういった女王ではない。

そのように難色を示していたミラだったが、こうも見事に白状するとはと困惑顔である。

一方、ロックはというと、次の言葉はまだかというような忠犬顔でミラを見つめていた。熱く、更に焦がれるような眼差しである。

そう、彼はラストラーダの予想通り、筋金入りのマゾヒストであった。だが、そんな彼の趣味を知る者はどこにもいない。

それは、彼が反応したところを見た者がいないからだ。

だが、それもそのはず。彼が望むのは、ただの女王様ではない。少女の一面を併せ持った女王様であったからだ。

少女の女王様。そのような存在どころか、サービスを提供しているところすらあるはずもない。実に稀有な望みといえるだろう。

けれど、この時、この瞬間。彼の前に、その理想は降臨した。

ダークヒーロー風に決めた今のミラの姿は、ダークヒーローだ悪の女幹部だという前に、夜の女王様に近い仕上がりとなっていた。

ゆえにロックは、初めて出会えた理想に驚愕し、そして完全に落ちたというわけだ。


(よもや、一発とはのぅ……)

偽称などするはずもないとばかりな勢いで本名を名乗ったロック。

こうまでも上手くいくとは。彼は本物だった。

そう驚きながらロックの肩に乗せていた足を下ろすミラ。

そして、物欲しそうに見てくるロックの視線から顔を逸らして、ラストラーダを見やる。

ラストラーダは、ここぞとばかりに尋問内容を紙に書いてミラに手渡した。そして、そのまま戻っていくと、後は任せたとでもいった態度で椅子に腰かけた。

渡された紙の初めには、こう書かれていた。『彼の理想の女王様として、尋問を続けるべし』と。

つまりはミラにサディスティックな女王様になり、情報を聞き出せというわけである。

（これもまた一応は、苦痛とは逆の方法になるのじゃろうか……）

苦痛に慣れているロックの口を割らせるために、心地好く陥落させる。それをレティシャの魅惑的な歌声で行う予定だったが、状況は思わぬ方向に転がってしまった。

とはいえ、この形もまた、相手にとっては心地好さに陥落している状態になるのだろうか。

そのあたりにはあまり詳しくないミラは、ともあれ話す気になってくれたのならと自らを納得させて、仕方なしに尋問を開始した。

「さて、次に訊きたいのは――」

紙に書かれた尋問内容を確認してから、その通りに問いかける。

対してロックはというと、もはや一切隠すつもりもなくなったようで、その顔は期待に満ちていた。先程まで僅かに残っていた、話してやるものかという意思は掻き消え、責めてくれれば何でもというような顔である。

その反応に呆れ返るミラであったが、ともあれ簡単に話してくれるのならいいだろうと、その足を上げる。そしてまたロックの身体を踏みつけて、彼が喜び答える声を聞いた。

ただ、それを何度か繰り返したところで、若干ロックの反応も小さくなっていき、言い淀む事が多くなってきた。物足りなそうである。いわゆるマンネリ感というやつだ。

とはいえ人を踏み慣れていない、責め慣れていないミラは、次にどうすればいいのか思い付かない。

と、そのように悩んでいたところで、不意にロックが謎の行動をとっている事に気付く。

彼は何かを気にするかのようにして視線を、ミラとどこか別のところへ、ちらりちらりと往復させているのだ。

いったい何を気にしているのか。もしや、助っ人に合図でも送っているのか。気になったミラは、その視線の先を確かめるために、そちらへと顔を向けた。

そこは書類やら道具やら、食料やらといったものが雑然と置かれている物置のような場所だった。

ロックは何を気にしているのか。そこに何かあるのか。特にこれといってめぼしいものは見当たらなかったとミラが視線を戻したところ、ロックはますますソワソワとした様子でその物置に視線を向け始めた。

その目は明らかに、『気付いてくれ』と言わんばかりである。

「んー……？」

あからさまな誘導だがミラは眉間にしわを寄せながらも今一度、物置をじっくりと見やる。そして、そこに置いてあるものを一つずつ確認していたところだった。

「お、あれは……！」

そこには、柄に十数本もの革紐が付けられた、いわゆるバラ鞭なる代物が何げなく置かれていた。

拷問などといった場面で重宝されるタイプの特殊な鞭である。

丁度、ヒールで踏むという行為に飽きられてきていたところだ。新しい道具は丁度いいかもしれない。

ミラは、ひょいとロックを跨いで物置にまで行くと、そのバラ鞭を手に取った。そして軽く素振りをしながら振り向いてみたところ、ロックの顔には溢れんばかりの喜びが満ちていた。

どうやら、これで正解だったようだ。

（ふーむ……わざわざ望み通りにしてやる必要もないが、効率よく情報を得られるのならばやむなしか……）

作戦は、ロックを喜ばせて情報を訊き出そう、だ。これでまた、すらすらと答えてくれるのなら安いものである。

そう自分を納得させながら、ミラはバラ鞭を振るった。

鞭を打ち付けるたびに、ぴしゃりと激しい音が鳴る。それと共に、悦に入ったロックの声が響き、情報が一節ずつ明らかとなっていった。

そうしてミラの尽力により、『ギリアンロック』の人身売買への関与、ギルドメンバーの数などが判明する。

ただ、事情を知らない者が見たら……事情を知っている者が見ても、それはもはや、そういったプレイにしか見えない光景だっただろう。

それでもミラは子供達のため、人身売買組織壊滅のためにと奮闘した。

女王様としてロックの尋問をやり遂げたミラ。結果、ラストラーダが求める情報が全て得られた。

ただ、ロックの変態性はかなりのものだった。その情報を得るために鞭を振るった回数は百を超えており、ミラは疲れ果てたと座り込む。加えて性に合わない事をしたとあって、げっそりとした様子だ。

しかし、そんなミラに対し、ロックはますます絶好調になっていた。

「女王様、他には何を！　何でも申してください女王様！　ご褒美と共にこの駄犬が何でもお答えいたします！」

彼の身体には、ミラが振るった鞭の痕がまざまざと刻まれている。血の滲むそれは見るだけで痛々しく、思わず顔をしかめてしまうほどだ。

しかしロックは、これほど見事な鞭の痕を残せる女王様はそういないと、その傷を勲章だとばかりに誇りながら更に更にと求めてくる。今の彼ならば、仲間どころか親兄弟に至るまで、あらゆる秘密を暴露してしまいそうだ。

「ご苦労……いや、お疲れ様でございます、ノワールクイーン様」

ラストラーダはどこか楽しげに、それでいて演技がかった態度で歩み寄る。そして喜色満面なロックを見下ろすと、そのまま白い霧で包み込み、あっさりと眠らせて完了させた。

「お主……このような役目を押し付けおって。これは貸しじゃからな！」

子供達のためとはいえ女王様役は心労が溜まると、ミラはラストラーダを睨む。

対してラストラーダは、「それはもう何なりと。女王様」などと答えて、優雅に一礼して見せた。

「覚えておれよ……」

いつか必ず無理難題を押し付けてやる。そう心に誓うミラであった。

〈35〉

「これまた、随分と溜め込んでおったのぅ。お、この剣などソロモンが欲しがりそうじゃな！」

ギルド『ギリアンロック』の拠点となっていた洞窟の更に奥。どん詰まりとなっていたそこに隠し部屋の入口はあった。

そこはロックから訊き出した隠し倉庫であり、様々なお宝の他に重要な資料などもまた、まとめて置かれていた。

「――こいつは偽造の通商許可証か。こっちは取引目録。お、こいつは業者の報告書だな。いいぞいいぞ、ここは大当たりだ！」

このギルドは多くの人身売買にかかわっていただけあり、関連資料が豊富に残っていた。ラストラーダにとっては、余程重要なものだったのだろう。それはもう嬉々として、それらを手当たり次第に回収し始める。

そうしてラストラーダがあれやこれやと人身売買組織の大本に繋がりそうな情報を集めている中、ミラはというとお宝の方に釘付けだった。

「ほぅ、グランドールの魔剣ではないか！　こちらは冥府(めいふ)の呼び笛(よぶえ)、おお、名刀荒雪(めいとうあらゆき)に流星の槍までありおるぞ。宝の山じゃな！」

仙術も駆使して戦う召喚術士のミラにとって、武器の類は無用の長物だ。

とはいえ、やはりカッコイイ武器というのは、それ以前に憧れたりするものなのだ。それが男というものである。

「うむ、悪くない、悪くないのぅ！」

特に日本刀というやつは、数ある武器の中でもその憧れ度が高い傾向にあった。

ゆえにミラもまた、名刀荒雪を手に大はしゃぎだ。腰に帯びて構えると、漫画やアニメでよく見るような居合もどきな技を繰り出しては悦に浸っていた。

「よし、こんなもんだな」

と、ミラがそのように遊んでいる間にラストラーダの仕事が完了した。余程手応えがあったのだろう。入手した資料とこれまで集めた資料とで、人身売買組織の元締めに辿り着けそうだと自信満々な様子だ。

「して、残りのこれはどうするつもりじゃ？」

めぼしい資料は回収した。すると自然に残るお宝の処遇を気にするのは当然の流れというものだろう。ミラは表情を輝かせながら、全部貰っていってしまおうとばかりな目で期待する。

するとラストラーダはそれを察したのか、「ああ、それはもう俺達はダークヒーローだからな。当然、全て回収だ」と答えた。

「ふむ、そうか！」

ダークヒーローとは素晴らしいものだと喜び勇んで、ミラは金目のものをあれやこれやと回収し始めた。

ただ「全て回収だ」と言うだけでは終わらず、そこで更にラストラーダが言葉を続けた。

「まあ、いつもならこれも全部、孤児院の運営や寄付のために充てるんだけどな。今回は指令官のお陰ってのが大きい。だから好きに持っていけばいいぞ」

瞬間、ミラの手が止まった。

ただ、贅沢をするためにと略奪していたミラは、なぜこの場面でそれを言うのだとラストラーダを睨む。

その言葉は、あからさまともいえるものだった。子供のためになる資金だが、今回ばかりは功労者のミラに譲ると。

そして、一般的な良心を持つ者に対して、それは実に鋭く心に突き刺さる言葉でもあった。

「……では、わしはソロモンへの土産として、この聖剣を貰っていくとしようかのぅ。これでおだてやれば、色々と融通してくれるじゃろうからな。わしには、これで十分じゃ。うむ、じゃから、ほれ、残りは子供達のためにお主が持って帰ると良いぞ！」

子供達のためならば諦められると、どこかやけくそ気味に返したミラ。ただ少しばかりはと見返りを望み、他を譲る代わりに聖剣を一本だけ手にした。

現時点で最も可能性のある一つがそれだと確信したからだ。その希少な聖剣でソロモンの好感を得られれば、より大きなものをねだる時の糧になるはずだと。

「そうか、指令官がそう言うのなら、孤児院のために役立てると約束しよう」

ミラならば、きっとそう言うだろう。わかっていたとばかりに笑いながら、それでいて嬉しそうに答えたラストラーダは、残りのお宝を回収していった。


「して、こやつらはどうするつもりじゃ？」

お宝の回収を終えて隠し部屋から出てきたところで、ミラはそこに転がるロックと、更に方々で打ちのめされているギルドメンバー達について問うた。

このギルド『ギリアンロック』のメンバーは、全てが人身売買に関係していた者達だ。ともなれば、このまま放置というわけにもいかないというもの。

とはいえ、これだけの人数を運ぶのは大変だ。多くのダークナイトを召喚して最寄りの街まで運ばせるという手もあるが、ミラは実に面倒だとその顔で訴える。

「ああ、それなら心配ご無用さ。ここの場所と事情を組合に報告すれば、向こうで処理してくれる。しかも今回は、冒険者ギルドの一つが犯罪に加担していたって内容だ。この事実があれば、それこそ総出で後始末をしてくれるだろうな」

言いながらラストラーダは、白い霧で洞窟中を埋め尽くしていった。これでもう、二、三日は目覚めないのだそうだ。

「確かに。組合に認可されていたギルドがこんな事をしていたとなれば、そうじゃな」

状況が状況だ。そういった理由があるのなら、組合が綺麗に後片付けをしてくれるだろう。この拠点だけでなく、他の場所にある拠点もまた全てだ。そうミラが同意したところで、不意にラストラーダが、とある提案を口にした。

「そうだ、指令官がこの事を報告するといい。そうすれば、かなりのポイントになるぞ」

何でも、冒険者ランクのみならず、どれだけ組合に貢献したかでも色々な優遇措置があるのだという。

今回は『ギリアンロック』が人身売買という犯罪に深くかかわっていた秘密を暴き、尚且つそのギルドマスターを制圧した。ともなれば、精霊女王の名に更なる箔が付くだろうとラストラーダは語る。Aランク冒険者としての名も広まり、一目置かれるような存在になれる。そうすれば自ずと召喚術の良さもまた広まっていくだろう。良い事尽くしだ。

「嫌じゃ」

組合からの評価が上がれば、それだけ利点も多くなる。だがミラは、一切迷う事なくその案を拒否した。

ミラは懸念しているのだ。もしもロックが、あの尋問について証言したらどうなるかと。

ミラ自身が組合に報告すれば、その時の女王様と精霊女王が結びつくのは間違いない。

女王様の格好をして鞭を振るっていたなどと知られた日には、もう外を歩けない。ミラは、それが一番の懸念であると告げる。

「いやいや。普段は精霊女王、しかしその正体は悪を許さぬダークヒーロー『ノワールクイーン』！　最高にカッコいいじゃないか！」

極度のヒーローバカであるラストラーダにとって、そういった展開は秘密のヒーローの醍醐味であった。ゆえに、ミラが抵抗する意味をさっぱり理解出来ていないようだ。

「あの絵面を見てヒーローだと思う者が何人いるじゃろうな……」

明らかに特殊なお店での一幕だ。そう自らの所業を後悔しつつため息をつくミラ。

いったい、それの何が悪いのか。そんな疑問を浮かべるラストラーダに何もかもだと嘆きながら、ミラはその場で衣装を脱ぎ捨てて、手早く元の服に着替えた。

（リリィ達の怨念……情念が篭ってはいるが、こちらの方が安心するのはなぜじゃろうな……）

夜の女王様スタイルに比べれば、魔法少女風の方が遥かにましに思えてくる。そんな不思議な感覚を覚えつつ、ミラはこれが慣れなのかと考える。

だがもう一つ。リリィ達の手で徐々に染められているという可能性に気付き、ゾクリと背筋を震わせた。

「組合長に事の顚末を伝えてきた。謎のヒーロー達が、犯罪組織に加担していたギルドの拠点を壊滅させたってな」

ラストラーダが女王様の衣装を調達した最寄りの街。その街の全景を望める森の高台に止められた一台のワゴン。そこに乗り込みながらそう告げたラストラーダは、立派な装備に身を包んだ冒険者に扮していた。

彼には、冒険者としても二つの顔があった。平凡なCランクの冒険者であるジョンと、Aランクの凄腕冒険者のスバルという二つの顔が。

「して、どんな反応じゃった？」

ミラが問うとラストラーダは、不満そうな顔で「何か……あんまりだったな」と答えた。

話し合いの結果、今回は謎のヒーロー二人がギリアンロックに天誅を下した、という筋書で決まった。

正体は隠してこそヒーローだ。そうミラが主張した事で、精霊女王のお手柄にしてしまおうというラストラーダの案は否決された。加えて、ラストラーダ扮するダークヒーローも謎のままとしたようだ。

ただそうした結果、組合への報告は何とも胡散臭いものとなったわけだ。

「お、早速動き出したみたいだな」

とはいえ、それを報告したのはAランクの冒険者だ。組合としては無視出来るものではない。遠く見える街から、組合員と思しき者達がわんさかと出て行くのが見えた。これから、ギリアンロックの隠し拠点を調査しに行くのだろう。

後はもう、このまま任せてしまっても問題はなさそうだ。

「さて、これで一件落着じゃな。して、どうじゃ？　他に助力は必要か？」

ラストラーダのため、ひいては子供達のためにまだ必要な事はあるか。そうミラが問うと、ラストラーダは首を横に振って答えた。

「いや、ありがとうな指令官。もう大丈夫だ。情報は十分に揃った。後はこれを照らし合わせて、大本を突き止めるだけさ」

それはもう自信満々に答えたラストラーダ。『ギリアンロック』から得られた情報は、それほど有力だったようだ。彼は、もう時間の問題であると豪語した。

「それで、指令官は？　このままアルテシアさんのところに案内するっていう選択肢もあるが、確かハクストハウゼンで授与式がどうとか盛り上がっていたよな」

残るは、資料を精査するだけだ。ともなれば、このまま一緒にアルテシアのいる場所へ向かう事も出来る。だが、やはりファジーダイスだけあって耳が早いようだ。まだ正式には決定していないにもかかわらず、授与式について知っていた。

「う……まあ、そうじゃな。お主が寄越した、あのお宝を寄付すると言うたらのぅ。そうなったのじゃよ……」

忘れたかったが、そういえばそのようなイベントがあったと、ミラはため息交じりに呟く。

「まあ、そうなるだろうな！」

それほどのお宝だとわかっていたのだろう、ラストラーダは小気味よく笑いつつも、ミラならばそうするだろうと思っていたとばかりに微笑んでいた。

「それなら、また後でだな。落ち着いた頃にでも、こっちから連絡しよう！」

ラストラーダは、そう言い残して去っていった。そんな彼が向かった先は、街ではなく『ギリアンロック』の拠点があった方向だ。

どうやら、二人のダークヒーローが活躍したそれを見て、組合員達がどのような反応を見せるのかが気になっている様子だった。それはもう、少年のような笑みを浮かべて飛んでいった。

「さて、一先ず戻るとしようかのぅ」

授与式のみならず、ハクストハウゼンでの約束はまだ他にもある。ニナ達の妹に召喚術を教えるという大切な約束だ。

未来の召喚術士達のため、そして悩める少女のため、ミラを乗せたワゴンはハクストハウゼンに向かって飛び立つのだった。

悲願の契約

それは、怪盗ファジーダイスとの対決を控えた前日の事だ。

ミラはハクストハウゼンの大通りから横道に逸れてしばらく進んだ先にある閑静(かんせい)な住宅街にやってきていた。

石造りのアパートと街灯が等間隔で並ぶそこは、どこかゆったりとしており、遊び回る子供達の姿が、より鮮明に浮き上がっているようだった。

大通りの賑わいとは無縁の生活感に溢れた、とても落ち着いた雰囲気の場所だ。

しかしながら、時折ちらりと冒険者らしき姿が見える。その様子からして、アンルティーネを捜しているのだろう事が窺えた。

(なかなか勘の鋭い者がいるようじゃな)

アンルティーネはこの近くに隠れている。加護による感知によってそれを把握しているミラは、誰にも気付かれないように注意して、そちらに進んでいった。

更に先へと進んでいったところ、ミラはふと違和感を覚える。遠くからではわからなかったが、近づけば近づくほどに反応が下から感じられると。

結果、それはやはり間違いではなかった。見る限り住宅以外には何もない住宅街の中心近くの小さな空地。そこまでやってきたミラは、そのまま足元に目を向けた。どうやらアンルティーネは地下にいるようだ。

（確かに見つかりにくい、良い場所じゃな。しかしこれはまた、どう行けばいいのじゃろうか）

ここまで来た道中で、地下への入口らしきものを見た覚えはない。迎えに行くにはどうしたらいいのか。そう考え始めたところで、地下のアンルティーネに動きがあった。どうやらミラが直ぐ上にいる事に向こうも気付いたようだ。

アンルティーネはこちらに来ようとしているらしい。だが、周囲には地下からの出入口らしきものはない。

どうするのか。そう思った時の事だ。地面の溝から水が溢れてきたのである。そしてその水は立体的に溜まっていき、ゆっくりと人の形となり、次の瞬間には見覚えのある姿、アンルティーネに変わっていた。

「おお……！　流石は水の精霊じゃな」

身体を水にして、隙間を抜ける。とてもファンタジーで、水っぽい光景に感心するミラ。と、アンルティーネは素早く周囲を見回してから、そんなミラに駆け寄る。

「お久しぶりですね、ミラさん。では約束通り、早速契約を！」

挨拶もそこそこに、そう迫るアンルティーネ。随分と急いだ様子だが、それも仕方がないのかもしれない。何せ現在、召喚契約を狙って多くの冒険者が暗躍しているのだから。

「あー、うむ。久しぶりじゃな」

そう答えたミラは、そう急くなと手で制してからワーズランベールを召喚した。

「無事に会えたようで、良かったです」

本人の能力に似て、見えるか見えないかといったとても目立たない魔法陣から現れたワーズランベールは、そこにいたアンルティーネの姿を見て安心したように微笑む。

「まあ、そうなのじゃが、少々立て込んでおってのぅ」

一先ず冒険者達の目から逃れるために、ミラは光学迷彩を頼もうとそう前置きした。するとである。

「ええ、とりあえず姿だけでも隠しましょう」

ワーズランベールは、まるで何もかもわかっているとばかりにそう言って、ミラが頼むより先にミラ達の姿を隠蔽したのだ。

「……随分と話が早いのぅ」

敵地でも潜入中でも何でもない平和な住宅街でありながら、ミラが話す前にその必要性を確信していたワーズランベール。なぜその確信があったのか。それはもう訊くまでもないと、ミラは苦笑する。

「精霊王様とマーテル様が楽しそうに状況を話しておりましたので」

「まあ、そうじゃろうな」

少し静かだと思ったら、精霊王とマーテルは遂に精霊ネットワークを通じて実況まで始めていたようだ。

随分とエンジョイしている二人の様子に少々笑いながらも、こういう時に説明が省けるのは利点だなとミラは考える。僅かな一瞬が運命を分けるような戦場の場合、初めから状況を理解してくれていると、とても動き易いというものだ。

「では、契約するとしようか」

ワーズランベールの力により、目視で見つけられる事はなくなった。

だが、冒険者達の事である。どのような感知方法を持っているとも知れない。

捜索隊に仙術士が交じっていれば、《生体感知》によって違和感を抱いてしまうだろう。

どちらにせよ、契約は早く済ませてしまった方がいい。ミラは小さな空地の隅に移動すると、早速とばかりに差し出してくるアンルティーネの額に手をかざす。

『準備は良いじゃろうか？』

今回の召喚契約は特別なもの。本来は不可能な同属性との二重契約。それを可能にするのは精霊王の力であり、精霊王の協力が不可欠だ。

『うむ、準備は出来ているぞ。いつでも大丈夫だ』

さあ来いとばかりに、力強い精霊王の声が脳内に響く。実況者だけあって、その行動は迅速なようだ。

【召喚技能：契約の刻印】

ミラの手のひらが淡く光ると、その全身に精霊王の加護紋が浮かび上がる。それはこれまでの召喚契約とは違い、この契約が特別なものである事を鮮明に示していた。

まるで、身体がもう一つあるような感覚。それでいて今以上に自身を自覚出来る、言い表せないほどの不思議な感覚であった。

ミラとアンルティーネ。両者の間に生まれた縁が結ばれる。それは精霊王の加護紋を介し、寄り添うようにしてミラの全身に溶けていった。

「おお……成功じゃー！」

これまでにない初めての体感に驚きながらも、ミラは問題なくアンルティーネとの繋がりが身体に馴染んだ事を自覚していた。これまでは一つだけで、選択も何もなかった。けれど今は水の精霊を意識すると、ウンディーネとアンルティーネのイメージが浮かぶ。

精霊王が言った通り、ウンディーネとの契約に影響なく、アンルティーネとも契約出来た。

きっと同属性との二重契約は自分が初めての成功者であろうと、ミラは飛び跳ねるようにして喜びを露わにする。

「あっとミラさん、声は……！」

瞬間、ワーズランベールが慌てたようにミラの口を塞いだ。その直後である。空き地に面する建物の屋根の上から、冒険者が何事かと顔を覗かせたではないか。

ミラの声に反応したようだ。

じっと空地を見回す冒険者。ミラ達の姿は見えない。しかし、何かしらを感じているようで注意深く目を凝らし始めた。

対してミラ達は、隅っこで息を殺す。

ここで見つかっては面倒だ。捜していた水の精霊が精霊女王と隠れて会っており、あまつさえ契約済みになっていたなどと女性冒険者達に知られたら、どうなる事か。

震えたミラは、ワーズランベールに完全隠蔽の発動を頼む。全ての感知を掻い潜る反則級の一手だが、それゆえに時間が限られているとっておきだ。

完全隠蔽によって、ミラ達の存在は誰にも捉えられなくなった。それが功を奏したのか、少しして冒険者もどこかへと消えていった。

「ふぅ……すまんすまん。嬉しさのあまりつい……」

ミラは小声でそう謝罪すると、周囲を《生体感知》で探る。そして冒険者らしき反応がない事を確認したところで、完全隠蔽からまた光学迷彩のみに切り替えるよう頼んだ。

「ああ、精霊王様、マーテル様！」

そうこうしている間に、精霊ネットワークも開通したようだ。マーテルと精霊王の声が聞こえたようで、アンルティーネは感極まった様子で笑顔を咲かせる。また、ワーズランベールもどことなく嬉しそうに微笑んでいた。

これでようやく仲間外れでなくなったアンルティーネ。

それが余程嬉しかったのか、精霊王とマーテルだけでなく、サンクティアや目の前にいるワーズランベールとも精霊ネットワークを通じて話し始めた。

なおミラに、その会話は聞こえていない。

精霊ネットワークと一言でいっても実は現在二種類ある。精霊王とマーテルがミラの様子を窺ったり声をかけたりするための特別回線と、精霊同士で会話するための精霊専用回線だ。

この精霊専用回線だが、これは見聞を広げるためという名目で精霊王が勝手に拡張したもので、ミラとは繋がっていない。ただ、もしも繋がっていたら常日頃から相当に騒がしい事になるため、むしろ繋がないのが正解だ。

ちなみに精霊達の間では、ミラに用事がある場合、精霊王やマーテルに言伝を頼むという事になっていた。

と、アンルティーネがそういった一通りの説明を受けている間だが、それはミラにとってただただ静寂の時であった。そして新召喚術を会得したミラがそれに耐えられるはずもない。

「さて、契約は大成功という事でじゃな。アンルティーネ殿の能力について教えてもらえぬじゃろうか!?」

回線の裏でどんな話をしているのかは知らない。しかし一番重要な事は、これからの助けになるアンルティーネの能力だ。ミラはもう、辛抱堪らずといった様子でアンルティーネに迫った。

「あっ、そうよね。それが先よね」

ミラがマッドな笑みを浮かべて迫るその状況を前に、サンクティアやワーズランベールが契約した時の事を思い出したアンルティーネは、改まるようにミラへ向き直り、己の能力について説明した。

アンルティーネが説明した能力。それはやはり、ミラの戦闘特化型ウンディーネとは大いに違うものだった。

まず、アンルティーネが最も得意な能力。それは、潜水だそうだ。初めて会ったあの日、ミラを湖の中に連れていった、あの能力である。その効果は、効果範囲内全てのものを連れて、水圧を無効化し、どこまでも深くまで潜れるというもの。

アンルティーネが言うには、水深十キロメートルでも問題なく潜れるらしい。水深十キロなど、未知の世界だ。派手さはないが、ワーズランベール同様に突出した能力といえるだろう。

また彼女は、戦闘が得意ではないそうだ。しかし、防御の術は心得ているようで、それを幾つか語った。

その中でも、特に強力な能力が水の被膜だった。効果はそのまま高圧縮した水を膜のように張り巡らせるというわかり易いもの。ただ、その性能がとんでもなかった。

アンルティーネの事をよく知るワーズランベール曰く、物理や魔法といった類もだが、何より炎や熱に対しては絶大な防御性能を発揮するとの事だ。ポイントは高圧縮という点であり、とんでもない量の水を圧縮しているため、炎竜(えんりゅう)のドラゴンブレスだろうと防げる事が実証済みだという。

と、その間、心なしかアンルティーネが苦笑を浮かべていた。炎竜とワーズランベール、そしてアンルティーネ。過去にいったい何があったのかは、当事者にしかわからない事である。

なお、彼女が唯一持つ攻撃手段は、高水圧の水の珠に閉じ込めて圧殺するというものだった。

「ふむ。概ね理解した！　素晴らしいのぅ、心が躍るのぅ！」

アンルティーネの能力は、主に水圧などの操作が根幹にあるようだ。流石は能力の多様性に優れた既存の精霊というべきか、知らない効果ばかりであり、そんな精霊と契約出来たミラの心境は今、最高潮に達していた。

「海底遺跡に沈没船……。冒険の舞台が一気に広がりおったぞ」

ミラが口にしたように海底遺跡や沈没船など、海にまつわる噂や物語はこの世界にも無数にある。しかしながら、それを追う方法は極めて限られていた。それこそアンルティーネのような能力を持つ水の精霊や、それに似た術を使える術者の協力が不可欠だ。それでいて、そのような存在はそういるものでもない。

ゆえにこの世界では、未だ手付かずの海底ロマンがあちこちに転がっているというわけだ。

ミラは、新たな冒険の舞台に想いを馳せると「これから、よろしく頼む」と、アンルティーネの手を力強く握った。

「わざわざ来てもらってすまんかったのぅ。帰りはどうじゃ？　このままワーズランベール殿に街の外まで送ってもらった方が良いかのぅ？」

目的は達成した。後はアンルティーネを捜す冒険者達から隠れたまま、元いた住処に帰るだけだ。その方法としては、ワーズランベールがその能力でアンルティーネを隠したまま街の外まで連れ出すのが確実だろう。

そう考えたミラだったが、アンルティーネは「いえ、ここでもう大丈夫よ」と答える。

「さっきまで私が隠れていた場所は大きな地下水路で、この街の地下全体に広がっているみたいなの。ちょっと探ってみたら、外の川まで繋がっていたから問題なく街を出られそうよ」

アンルティーネは足元に目を向けながら、まったく問題はないとばかりに続けた。

「ほぅ、地下水路とな。なるほどのぅ」

思えばここに来た時に、アンルティーネは地下にいた。そしてそこから細い溝をすり抜けて出てきている。つまり、その時の溝は地下水路に繋がっていたわけだ。確かに水の精霊ならば、その水路を進めば誰にも見つからず簡単に外に出られそうだ。

しかし、ミラはふと考えた。地下にある水路といえば何かと。

「ところでそれは、下水道とは違うのじゃろうか」

様々な汚水排水が入り交じる下水道。そんなところを通らせるより、やはりワーズランベールに送ってもらった方が。そうミラが思った事を口にしたところ、アンルティーネから、そんな事はなかったという言葉が返ってきた。

「特に汚れてはいなかったわね」

考える素振りもなく、そう即答したアンルティーネは、その地下水路の状態について簡潔に話してくれた。

アンルティーネは地下水路を見つけた際、どこまで逃走経路として利用出来るかと、全体を調べてみたそうだ。何でも水の精霊は、水で繋がっていれば、その周辺を知覚出来るという。とはいえ、どこまでもというわけではない。その範囲は個体差や得手不得手で限界はあるが、それでも街一つ分くらいならば、十分に見えるという事だ。

何と、そんな能力もあったのか。先程の説明にはなかったアンルティーネの能力に驚くミラ。アンルティーネはというと、水の精霊ならばだいたい出来る事なので、言うまでもないと思っていたようだ。

と、そんな能力によってわかった事。それは、地下水路の特殊性だった。

アンルティーネが言うには、地下水路は大きな川の上流から水を引き入れ、下流に通すという流れになっているそうだ。また他にも、何ヶ所か水路内に水の湧き出している場所があり、後は雨水などが混じっている程度。汚水などが流れ込む箇所はなく、水質的には人里の地下にあるとは思えないほど綺麗だという。

また、とても閉塞的であると共に、水路は異常なほど複雑に入り組んだ構造をしているらしい。アンルティーネ曰く、水路の中に水路が通っているような状態だそうだ。

また、水路全体は苔に覆われており、薄暗い。そして見た限り、人が出入り出来そうな場所はなく、あったとしたらそれは巧妙に隠されているだろうとアンルティーネは話す。ただ、現在地より北東の方向に苔の生えていない場所があり、もしかしたら、その近くに隠し通路などがあるかもしれないとの事だった。

「思えば不思議よね。人は何のために、こんなに広くて複雑な水路を造ったのかしら」

一見すると用水路として利用している形跡はない。雨水の排水のためならば、これほど複雑に入り組ませる必要もない。苔の状態から、一部以外に人が利用した様子もない。そして下水道でもない。それでいて、町全体に行き渡るほど広大な規模を誇る。

「ふむ……確かにそうじゃな。何の意味があるのじゃろうか」

果たして、この地下水路は誰が何のために造ったのだろうか。そんなアンルティーネの疑問に、ミラもまた首を傾げたが、思いつく事は何もなかった。

「それじゃあ、ミラさん。ありがとう。必要があったらいつでも喚(よ)んでね」

「こちらこそじゃ。これからよろしく頼む」

そう挨拶を交わした後、アンルティーネは溝から地下水路に入り、元いた住処に帰っていった。来る時は大急ぎだったが、帰りはゆっくりと観光でもしながら戻ると、アンルティーネは実に楽しげな様子だ。

なお、観光しながらというのは精霊王とマーテルのリクエストらしい。アンルティーネを通して、二人もまた観光を楽しむ気満々のようだ。

「ワーズランベール殿もご苦労じゃった。ああ、それと明日、怪盗とやり合う事になる。もしかしたら、その時に力を貸してもらう事になるかもしれぬ」

ワーズランベールを送還する前、ミラがそう口にすると、精霊王から既に聞いて把握していたようで、ワーズランベールは「お任せください」とやる気十分に答えた。相手が怪盗となれば、きっと純粋な戦闘力以外の要素も重要になってくる。ならばこそ、特殊性の強い静寂の能力が大いに光る。と、そんな事をワーズランベールは思っていたようだ。

そしてミラもまた、ワーズランベールは切り札にすら成り得ると考えていた。

「ではまた、後ほどにのぅ」

「はい、わかりました」

また明日。そう伝えたところで、ミラはワーズランベールを送還する。そして、そろそろ所長との約束の時間だと、待ち合わせ場所に向けて歩き出したのだった。

あとがき

さて、あとがきとなりました。

なんと、ありがたい事に十三巻でございます！

そして今回の表紙は夜景です。いつもながら、藤ちょこ先生のイラストは最高ですねぇ……。

と、そんな藤ちょこ先生の画集第二弾『彩幻境』が発売中となっております！

『賢者の弟子』の表紙の他にも素晴らしいイラストが盛り沢山。是非ともご堪能ください！

更に、すえみつぢっか先生が担当してくださっているコミックス版も六巻までが発売中です。こちらも何卒、よろしくお願いします！


という事でして、この本を手に取ってくださる頃……むしろ手に取った際に本の帯で気付いた方もいらっしゃるでしょうか。

遂に……遂にこの、『賢者の弟子を名乗る賢者』のアニメ化が決定いたしました！

そう、アニメ化です。アニメ化なんです！　テレビなどで放送されているあのアニメになるというのです！

なんと自分が想像した世界が、子供の頃より馴染みのあったあのアニメによって再現されるというではありませんか！

いやはや凄いところにまで来られたものだなと、どこか夢心地な気分です。今からもう、動いて喋るミラを見るのが楽しみでなりませんね。

詳細についてですが、それはまた後日に発表されるようです。

ともあれ、ここまで来られたのも応援してくださった皆様のお陰でございます。

本当にありがとうございました。今後も末永く、よろしくお願いします！

フフフ……アニメ化……グフフフフフ。

Profile

りゅうせんひろつぐ

今を時めく中二病患者です。
すでに末期なので、完治はしないだろうと妖精のお医者さんに言われました。
だけど悲観せず精一杯生きています。
来世までで構いませんので、覚えておいていただけると幸いです。

藤ちょこ

千葉県出身、東京都在住のイラストレーター。
書籍の挿絵やカードゲームの絵を中心に、いろいろ描いています。
チョコレートが主食です。

GC NOVELS

賢者(けんじゃ)の弟子(でし)を名乗(なの)る賢者(けんじゃ) 13

2020年6月3日　初版発行

著　者　りゅうせんひろつぐ
イラスト　藤(ふじ)ちょこ

発行人　武内静夫
編　集　伊藤正和
装　丁　横尾清隆
印刷所　株式会社平河工業社
発　行　株式会社マイクロマガジン社
〒104-0041　東京都中央区新富1-3-7　ヨドコウビル
[販売部] TEL 03-3206-1641／FAX 03-3551-1208
[編集部] TEL 03-3551-9563／FAX 03-3297-0180
http://micromagazine.net/

ISBN978-4-86716-012-1　C0093　

本書は小説投稿サイト「小説家になろう」(http://syosetu.com/) に掲載されていたものを、加筆の上書籍化したものです。